이것이
나의

도끼다

* 이 도서의 국립중앙도서관 출판시도서목록(CIP)은 e-CIP홈페이지(http://www.nl.go.kr/ecip)와
국가자료공동목록시스템(http://www.nl.go.kr/kolisnet)에서 이용하실 수 있습니다.
(CIP제어번호: CIP2017008240)

소설가들이 소설가를 인터뷰하다!

이것이
나의

도끼다

『Axt』 편집부
지음

은행나무

차례

프롤로그

서평과 소설 전문지를 표방하는 『Axt』를 기획하면서 가장 어울리지 않는다고 생각한 코너가 바로 인터뷰였다. 게다가 그 인터뷰가 잡지의 메인으로 자리를 잡게 되자 우리는 사실 당혹스러웠다. 당시 기획에 참여하고 있던 우리 셋(배수아 백가흠 정용준, 나중에 번역가 노승영이 합류했다.)은 모두 작가로서 인터뷰를 당해보기만 했지 한 번도 누군가를 인터뷰해본 경험이 없었다. 게다가 동료 작가를 인터뷰하다니, 이것은 여기서 굳이 길게 설명하지 않아도 작가라면 누구나 다 속으로 비명을 지를 만한 사건이었다. 솔직히 고백하자면 우리는 다들 자신이 인터뷰를 담당할 차례가 돌아오면 스트레스를 느꼈고, 어떻게 해서든 그 기회를 피해보려고 했다.

나는 좋아하는 작가들의 인터뷰를 즐겨 읽는 편이다. 특히 번역서에 역자 후기를 쓸 때, 각종 매체의 작가 인터뷰 자료는 매우 큰 도움이 된다. 하지만 그건 오직 작가의 직접적인 목소리를 듣기 위해서이지, 인터뷰어가 하는 질문 자체에 관심을 가져본 적은 한 번도 없었다. 대부분의 작가는 인터뷰에서 자신의 작품에 대하여 독자들이 감동할 만한, 멋지고 시니컬하며 인상적인 말을 한다. 인터뷰어는 작가가 이런 말을 할 수 있도록, 눈에 띄지 않는 방식으로 작가의 자의식을 부추기고 자극하는 역할을 하는 것일까? 그렇다면 구체적으로 어떻게 해야만 그런 결과를 유도할 수 있을까?

내 경험에 의하면, 작가에게는 평소에도 하고 싶은 이야기가 가득하다. 하지만 발화라는 것은 질문에 의해 촉발되는 구조이므로, 누군가 그것을 물어봐주기를 기다린다. 인터뷰어가 "그럼 이제 당신이 평소에 하고 싶었던 이야기를 자유롭게 해주시겠어요?"라고 요청하는 정도로는 작가의 수줍음이나 에고를 깨기 힘들다. 반면에 독자들이 재미있어 하는 인터뷰가 있다. 인터뷰어가 작가를 은근히 기습하여, 준비되지 않은 답변이 무의식 중에 나오게 하는 것이다. 하지만 대개의 경우 작가들은 후자의 답변을 '오프 더 레코드'로 처리해달라고 요구하기 십상이다.

신문이나 방송처럼 인터뷰어 측의 필요에 의해 사용되는 인터뷰가 아니라, 인터뷰 대상자인 작가와 긴밀한 협력 체제로 이루어지는 『Axt』 인터뷰의 경우 허를 찌르는 예리한 대화가 독자들에게까지 전달되기 힘들다는 한계가 분명했다. 하지만 우리는 처음부터 이 결함을 안고 가기로 결정했다. 그런 점에서 우리의 인터뷰는 실시간적인 저널리즘이라기보다는 공들여 책을 만드는 작업과 비슷하다. 『Axt』가 인터뷰 시작부터 공공연하게 전제한 것은 문학에 대한 노골적인 흠모의 태도 그리고 인터뷰어로서의 우리의 비전문성을 인정하기이다. 그렇지 않다면 작가가 작가를 인터뷰한다는 기획은 이처럼 지속되기 힘들었을 것이다.

그동안 『Axt』를 출간하면서 우리가 인터뷰했던 작가들을 생각하면 감사의 마음이 앞선다. 특히 잡지가 실물로 나오기도 전인 창간호의 인터뷰에 두말없이 응해준 천명관 작가를 잊을 수 없다. 어쩌면 그런 이유로 가장 자유롭고 가장 편안하게 인터뷰를 진행할 수 있었을지도 모른다.

매호마다 인터뷰에는 독자들에게 공개되지 않는 에피소드들과 뒷얘기가 가득하다. 우리는 인터뷰어이기 이전에 각자가 자신의 스타일을 가진 작가이자 번역가이다. 따라서 인터뷰를 하는 방식도 각자 자신의 스타일에 최대한 충실했고 그럴 수밖에 없었다. 물론 작가의 스타일이란 것이 완벽하거나 객관적인 만큼은 아니기에 매번 아쉬움과 후회는 남는다. 이것이 『Axt』의 개성으로 발전할지, 아니면 단지 서투름으로 주저앉아버릴지는 앞으로 우리들 각자가 하기에 달려 있다고 생각한다. 개인적으로 직접 인터뷰한 작가들에게 이 기회를 빌려 특히 감사를 드리고 싶다.

우리가 처음 인터뷰 섹션을 준비하면서 꿈꾸었던 것은, 국내 작가들만큼이나 해외 작가들을 인터뷰해보는 거였다. 그 첫 번째 시도가 바로 파스칼 키냐르였다. 그 일은 우리가 거의 창간호 이후부터 계속 꿈꾸며 준비를 해왔고, 키냐르 전공자이며 번역가인 류재화 씨의 도움이 있었기에 가능했다. 우리가 잡지 초기부터 문학 번역가들과의 적극적인 협업을 시도한 이유 중하나도 해외 작가 인터뷰를 염두에 두었기 때문이다.

다와다 요코의 경우는 한국의 번역가가 개입하지 않고 우리 자체적으로 인터뷰를 진행했다. 다와다는 내가 오래전부터 관심 있게 지켜보던 작가였고, 외국어로 글을 쓰는 작가로서 해외에서도 호평과 사랑을 받고 있다. 내가 작가이면서 외국어(독일어)를 독학으로 공부하고 있다고 하면, 해외에서 만난 문학 관계자들은 거의 예외없이 다와다 요코의 이름을 언급하곤 했다. 하지만 내가 다와다에게 관심을 갖는 것은 그녀가 독일어로 글을 쓰는 일본 작가여서가 아니라, 그녀의 문학 세계 자체가 나에게 흥미롭기 때문이었다. 한국 독자들에 대한 애정을 보여준 다와다 씨에게 감사를 드린다.

오랫동안 기다렸으나 한국의 많은 독자들이 사랑하는 존 버거와의 인터뷰가 끝내 성사되지 못했던 건 아쉽고도 가슴 아픈 경험이다. (그는 건강상의 이유로 고사했다.) 인터뷰 시도 후 얼마 지나지 않아 그의 부음이 날아온 것이다. 존 버거의 평안과 명복을 빈다.

그 밖에도 그동안 우리와의 인터뷰에 기꺼이 응해주신 모든 인터뷰이들에게 『Axt』는 큰 빚을 지고 있다. 우리는 감사의 마음을 잊지 않는다. 한 명한 명의 문학 세계가 모두 다르고 작품이 다르고 생각은 다를지라도, 문학을 사랑하는 마음, 스스로 문학에 속하고자 하는 마음 그 하나만은 다들 한결같았던, 우리와 그들 모두에게.

『Axt』편집진 일동
대표 집필 **배수아**

나는 그것을
문단마피아라고 부른다

『Axt』 no. 001

2015

07 / 08

Chon Myung kwan 천명관, 2015

photo **Paik Da huim** 백다흠

천 명 관

───

정 용 준

"그러니까 그는 프로다. 글을 재미로 쓰지도 개인적으로 쓰지도 않는다. 그는 글을 전문적으로 쓰는 선수다. 그의 문장은 뼈와 근육으로 이루어져 있다. 계체량을 앞둔 격투가의 육체처럼 군더더기 없이 쌈빡하다. 상대에 따라 새롭게 전략을 짜고 링에서 일어나는 수없이 많은 변수에 감각적으로 반응한다. 목표는 이기는 것뿐 일관된 방법이란 것은 없다."

천명관을 만나기 전 생각했다. '그는 어떤 소설가인가.' 얼마 전에도 비슷한 고민을 했어야 했다. 한국문학번역원에서 발간하는 영문 계간지에 그에 대한 추천사를 써야 했기 때문이다. 그의 소설을 추천할 수 있겠냐는 질문이라면 고민할 필요가 없겠지만 그것이 '천명관'이라는 작가에 관한 것이라면 망설여진다.

최고의 장편소설이라 말해도 과언이 아닌『고래』부터 최근에 출간한 소설집『칠면조와 달리는 육체노동자』까지 그의 소설은 좋다. 놀랍고 뛰어나다. 그의 소설을 추천할 수 있겠냐고 묻는다면 한 점의 망설임 없이 '읽어라'라고 답하겠다. 하지만 그에 관해서라면, 모르겠다. 다른 이유가 아니다. 그에 대해 아는 게 별로 없다. 우연한 자리에서 한 번 만났을 뿐이다. 어색하게 인사를 나누고 점심을 먹고 커피를 마셨으며 저녁에는 술을 마시며 대화를 나눴다. 그게 다다. 그런데 그는 내게 자신에 대한 추천사를 써달라고 부탁했다.

솔직히 느닷없었다. 좋아하고 존경하는 선배님의 부탁이라 그 순간에는 기꺼이 수락했지만 나중에는 내내 궁금했었다. 그는 내게 왜 그것을 부탁했을까. 친한 소설가가 거의 없을 수도 있다. 친한 소설가가 엄청 많지만 딱 한 번 만난 내가 아주 마음에 들었을 수도 있고 누가 어떻게 쓰든 별로 상관이 없는 것일 수도 있다. 하지만 나는 이렇게 생각하기로 했다. '한 번의 만남이었지만 그가 내게 보여준 모습이 스스로 마음에 든 것인 게 분명하다.'

나 역시 그 만남이 무척 좋았기 때문이다. 그래서 한 번 만난 그 인상에 의지해 추천사를 썼었다.

그럼에도 불구하고 나는 아직도 '그는 어떤 소설가인가'라는 질문 앞에 쉽게 답할 수 없다. 그가 선수라는 것은 안다. 유능하고 유려하며, 빠르고 파괴적이다. 하지만 그가 어떤 사람인지는 모르겠다. 그래서 『Axt』 창간호에서 만날 소설가가 천명관으로 결정되었을 때 기뻤고 기꺼이 그를 인터뷰하겠다고 나설 수 있었다. 잘 알진 못하지만 더 알고 싶은 마음이랄까. 독자의 입장에선 소설가 천명관이 궁금했고, 동료의 입장에선 선배의 작업 스타일이나 소설에 관한 생각이 궁금했으며, 동생의 입장에선 답답하고 막막한 청춘의 시절을 어떻게 헤쳐나가야 할지 조언을 듣고 싶었다.

Round 1 / 지극히 촌스러운 자아

인터뷰 시작 전 촬영을 했다. 잡지 표지에 들어갈 포트레이트였다.

"나는 사진 찍을 때 항상 정면을 봐. 작가들 프로필 사진을 보면 시선이 애매한데 뭐가 부끄럽다고 앞을 못 보는 건지 모르겠어."

그는 어색함을 떨쳐내려는 듯 농을 던지고 강렬한 눈으로 렌즈를 응시했고 자신감 있는 표정으로 촬영에 임했다. 정말 모델처럼 자신감이 넘치는 얼굴이었다. 하지만 나는 봤다. 그의 눈빛이 조금씩 흔들린다는 것을. 부끄러워하진 않았지만 부끄럽지 않은 것도 아닌 듯 보였다. 당당함과 수줍음이 반씩 섞인 묘한 표정이었다. 그럼에도 그것을 감추고 자세를 잡고 렌즈를 향해 무심히 시선을 툭, 툭, 던지는 모습은 정말 근사했다. 나는 리액션 좋은 스태프들처럼 "선배님 멋져요."라는 말을 남발했다. 진심이었다. 사진을 찍는 동안 우린 의상에 대해 가벼운 농담을 주고받았다. 그는 말했다. "패셔니스타는 좋은 옷을 많이 가지고 있는 사람이 아니다. 후진 옷이 없는 사람이다."

정용준　**후지다는 감각은 어떤 건가? 문학이든. 뭐든.**

천명관　멋있으려고 하는 거? 세상엔 아직도 멋있어 보이려고 하고, 멋있는 게 남아 있다고 믿는 사람들이 있다. 하지만 나에겐 그런 의식 자체가 멋있어 보이지 않는다. 문학도 마찬가지다. 한국문학은 대체로 자의식 과잉이다. 90년대 이후 줄곧 그래왔던 것 같다. 작가 자신의 내면적 자아가 투영되고 스토리 대신 작가의 직접적인 생각이 아포리즘으로 포장되어 독자에게 전달된다. 그것은 뭔가 특별한 예술가적 자의식이 작용하기 때문이다. 현실은 초라하고 누추하니까. 작가들은 언제나 그런 초월에의 욕구가 있다. 하지만 작품 안에서 작가의 자의식이 강하게 느껴지는 순간, 나는 흥미를 잃는다.

그렇다면 당신은 당신의 글에 작가적인 자아를 투영시키지 않나? 아니면 의도적으로 투영하지 않으려고 노력하는가?

원래 작품 안에서 자아를 드러내는 게 익숙지 않다. 10년간 시나리오를 썼는데 그 안에는 고백적 자아가 들어갈 자리가 없다. 무조건 3인칭일 수밖에 없다. 그래서 어느 인터뷰에서 말했듯이 '정작 말해져야 할 바는 이야기 속에 침잠되어야 한다'고 생각한다. 오스카 와일드도 예술을 드러내고 예술가를 감추는 것이 예술의 목적이라고 했다. 작가의 내면적 자아를 드러내는 것이 문학적이라고 생각하는 경향이 있는데 나에겐 그것이 여전히 불편하고 촌스럽게 느껴진다. 에세이나 칼럼을 안 쓰는 이유도 그 때문이다. 그것은 필자의 생각과 의견이 직접적으로 드러나니까. 그래서인지 소위, 본격문학이라는 걸 하는 데 점점 더 회의를 느낀다. 이런 식으로 진행되면 결국 나의 소설은 장르로 가지 않을까 싶다.

Round 2 / 스펙트럼

　그의 소설들은 각각 다르다. 단편들끼리도 다르고 장편들끼리도 다르다. 그는 소설 전문가다. 가령 고래와 칠면조가 있다고 치자. 고래와 칠면조라, 그 둘은 어떤 사이처럼 느껴지는가. 둘은 어떤 연관이 있으며 어떤 기준으로 나열되어 있는 걸까. 그 사이에 뭔가가 있다면 무엇일까. 동물일까? 포유류? 파충류? 아니면 사물일까? 나는 모르겠다. 그러니까 천명관은 측량할 수 없는 몸피의 거대한 고래부터 시작해 비닐봉지 속 냉동된 비루한 칠면조까지 쓰는 작가다. '고래'와 '칠면조' 사이가 아무리 멀고 서로 무관해 보여도 기어이 자신의 소설로 만들어내는 프로다. 단순한 에피소드를 기이하고 시적인 서사로 변화시키는 테크니션이고 말릴 수 없는 이야기꾼이다. 나로서는 '필력이 엄청나다'라고밖에 달리 설명할 길이 없다.

얼마 전 당신에 대한 추천사를 쓰면서 가장 많이 생각났던 단어가 '스펙트럼'이다. 뭐랄까, 단순히 소설의 스펙트럼이 넓다는 게 아니라 그 사이를 부지런하게 오고 간다는 느낌이 들었다. 그러니까 한쪽을 고래라고 하고 반대편 한쪽을 칠면조라고 가정해볼 때 아무리 생각해봐도 그 사이는 쉽게 가늠이 되지 않는다. 그 사이에 대체 어떤 동물이 있을지도 모르겠고 둘 사이가 가까운지 먼지도 모르겠고. 언뜻 생각해보면 거리가 아주 멀고 연결점도 없어 보인다. 그런데도 양쪽을 부지런히 오고 가면서 그 사이를 모두 몸으로 때우는 것 같다. 뭐가 됐든 기어이 해내고야 마는 육체소설가랄까. '아무렇게나 던져봐. 다 쳐줄 테니까'라고 무심히 중얼거리며 타석에 들어서는 타자 같은 느낌이다. 당신에게 있어 소설은 정말 노동이구나, 숙련된 기술자들처럼 소설에 있어 프로구나, 라는 생각을 했다.

스펙트럼이 넓다면 그것은 나의 노력이나 의도와는 상관없다. 그간 살아온 경험과 환경에 의해 우연히 그런 장점을 갖게 되었을 것이다. 소설을 쓸 때 고집하는 취향 같은 건 없다. 특히 단편을 쓸 땐 가급적 자유롭고 즐겁게 쓰려고 한다. 일종의 놀이처럼 다양한 스타일을 시험해본다고 할까. 작가가 누군지 드러내는 것보다 매번 다른 문체로 써서 매 작품이 모두 다른 작가가 쓴 것처럼 보였으면 좋겠다. 이번 소설집에 실린 「동백꽃」과 「핑크」와 「파충류의 밤」은 서로 상이한 스타일을 가지고 있다. 최근에 「퇴근」이라는 단편을 발표했는데 그것은 장르소설이다. 작품마다 일관된 문체와 주제의식이 없다. 그런 점에서 난 스스로 예술가가 되기 어렵다고 생각한다. 일관성도 없고 치열함도 없고 고통을 감내할 소명의식도 없다. 그래서 사람들이 생각하는 예술가와는 거리가 한참 멀다.

아…… 그 말은 정말 대단하게 느껴진다. 고통을 감내할 소명의식이 없다니, 그 말은 마치 글쓰기를 할 때 고통을 느끼지 않는다는 것처럼 들린다. 슬럼프 같은 것이 없다는 건가?

내내 슬럼프다.(웃음) 글 쓸 때 고통스럽지 않다는 말은 예술가적 자아와 관련한 부분이고 글쓰기 자체는 늘 어렵다. 사실 『고래』이후에 글을 쓸 수 있는 동력이 없었다. 얼떨결에 등단하고 책까지 냈는데 웃기게도 곧바로 동력을 상실한 거다. 『고래』를 쓸 때는 재미있었다. 어떤 소설적인 목표가 있는 건 아니었지만 그래도 이야기를 만드는 게 좋았다. 흥이 나서 썼다고 할까. 그땐 글 쓰는 거 말고는 달리 할 일도 없었다. 영화를 하다가 파산했으니까. 당시 나는 인생에 실패했다는 강렬한 느낌에 사로잡혀 있었다. 한마디로 '좆됐다'는 기분이었다. 그리고 실패에 대한 느낌을 지금도 완전히 떨쳐내지 못하고 있다. 최근에 들어서야 겨우 그 패배감에서 벗어나는 중이다.

그렇다면 등단과 동시에 동력이 사라졌다는 얘긴데 그런데도 계속 글을 쓸 수 있었던 힘은 뭔가? '나는 프로니까 마음과 상관없이 그냥 쓴다.' 이런 건가?
원활하게 써진 건 아니다. 소설집 『유쾌한 하녀 마리사』를 묶어내고 계간지에 장편을 연재하다 중단했다. 문학에 대한 회의도 있었고 때마침 몸도 아팠다. 그러다 『고령화 가족』과 관련된 아이디어가 떠올랐는데 쓰다 팽개치고 쓰다 팽개치고를 반복하다 보니 3년 만에 겨우 책을 냈다. 그래서 연재를 해야겠다고 마음먹었다. 그래서 나온 게 『나의 삼촌 브루스 리』다. 그리고 또 쉬면 안 될 것 같아서 책 나온 지 3개월 만에 다시 새 소설의 연재를 시작했다. 5개월 만에 1,200매를 썼는데 그건 아직 책을 못 내고 있다. 뭐, 대강 그런 식이다. 단편은 띄엄띄엄 청탁이 들어오는 대로 쓰다 지난해에 두 번째 소설집을 묶어냈다.

나도 소설을 쓰지만 소설가들을 만나면 궁금한 것이 있다. '소설을 어떻게 쓸까?' 이 궁금증은 정신과 마음의 문제가 아닌 순전히 물리적인 작업방식에 대한 것이다. 어떤 시간에, 무슨 음악을 들으며, 노트는 무엇을 사용하고, 노트북은 뭘 사용할까. 선호하는 펜은 무엇일까. 플롯을 짤까. 짠다면 어떻게 짜는 걸까. 플롯을 짜지 않는다면 어떻게 쓰는 걸까. 초고를 쓰고 그냥 발표하는 걸까. 초고를 느리고 천천히 쓰는 걸까 등등. 이런 디테일하고 시시콜콜한 것들이 궁금하다. 뭔가 그 작가만의 비법이 있는 것만 같고 (그것을 믿진 않는다. 하지만 혹시나 하는 마음에) 좀 더 효율적이고 좋은 방법이 있을 것만 같다. 하지만 그것을 물어볼 기회는 별로 없다. 술자리에서 갑자기 진지하게 "그 소설은 어떻게 쓴 건가요? 플롯은 어떻게 짜나요?" 이렇게 물어볼 수는 없지 않은가. 그래서 이번 인터뷰 때 묻기로 했다.

소설을 쓸 때 어떻게 쓰나? 구상하는 방법이랄까. 시나리오를 써봤으니 이야기를 생각하거나 그것에 대해 소설로 쓸 때 좀 더 구체적으로 혹은 다른 방식으로 작업할 것 같다.

어떤 아이디어가 떠오르면 일단 메모를 해둔다. 내 노트북에는 그런 것들을 모아둔 폴더가 있다. 대개는 영원히 써지지 않을 소설이지만 자꾸 마음이 끌리는 게 있다. 그러면 또 메모를 한다. 그중에 특별히 마음이 끌리거나 아이디어가 많이 축적되어 '이 정도면 써도 되겠다' 싶은 기분이 들고 스타일이 손에 잡히는 것을 본격적으로 쓰기 시작한다.

시놉시스나 스토리보드 같은 것을 만드나?

그렇지는 않다. 기본적으로 나에겐 전체를 바라보는 어떤 감각이 있는 것 같다. 전체 이야기를 머릿속에 가지고 플롯과 구성을 자유롭게 굴려본다. 가지고 노는 느낌으로. 이 장면을 뒤로 돌리고, 여기서 이런 사건이 터져주고, 이런 인물도 들어오면 재미있겠다, 이런 식으로. 문장은? 한 땀 한 땀 쓰는 스타일이 아니다. 난 원래 문장을 가지고 뭘 하려고 하지 않는다. 독자들의 귀에 걸리는 그럴듯한 말, 소위 밑줄 긋는 문장을 지어내려고 노력하지도 않는다. 문장은 이미 정해져 있다. 스토리를 가장 정확히 전달하는 것으로 충분하다. 그뿐이다.

소설마다 소재나 형식, 스타일은 다르지만 뭐랄까 주제의식이랄까. 소설끼리 관통하는, 아니면 비슷하게 연결되는 공통된 지점이 있다. 일관되게 관심이 가거나 흥미를 갖고 반복해서 쓰는 무엇인가가 있나?

특별히 의식하는 건 없지만 쓰고 보니 대개 가난한 사람들이나 실패하고 불행한 사람들의 이야기가 많다. 왜 그런지는 나도 모르겠다. 좀 더 대중적이고 재미있는 얘기, 말하자면 뭔가 달달하고 눈물 나는 얘기나 독자들의 선망을 자극하는 그럴듯한 얘기도 많은데 왜 계속 그런 칙칙한 이야기를 쓰는지 모르겠다. 앞으로 그런 이야기는 그만 쓰려고 한다. 사실 요즘 그런 이야기를 누가 좋아하겠나. 대중도 그렇고, 문단 안에서도 그렇고. 그런데 실은 지금 쓰고 있는 이야기도 앵벌이 이야기이다.(웃음)

한참 소설을 쓸 때는 일과를 어떻게 보내나?

주로 오후에 글을 쓰는 편이다. 반나절 정도를 쓰는 것 같다. 실제로 쓰는 시간은 하루에 서너 시간. 그렇게 매일 일을 한다면 엄청난 양을 쓸 수 있다.

하지만 실제로 그렇게 하진 못한다.

지금 레지던스에서 두 달째 생활하고 있고 전엔 소설을 쓰기 위해 태국에도 있었다고 했다. 집필을 할 때 특정한 공간을 찾는 편인가?
그런 건 아니다. 공간 때문에 글이 잘 써진 적은 없다. 그냥 답답하니까 어디라도 가보는 거지, 실제로 거길 가서 뭐가 잘되지는 않는다. 특별히 주위 환경이나 공간의 영향을 받지는 않는 것 같다. 결국 마음의 상태가 중요하다.

Round 4 / 육체소설가

「칠면조와 육체노동자」에는 비루하고 고단한 삶을 살아내는 한 남자가 나온다. 그는 모든 면에서 실패한 사내다. 억울하고 분노해야 마땅한 상황에서 화조차 못 내는, 아니 화를 내야 한다는 것조차 잊은 것 같아 보이는 무기력한 루저다. 이야기는 인물을 가만히 두지 않는다. 잔인할 정도로 사각으로 몰고 간다. 그는 깡마른 두 팔로 가드를 올리고 쏟아지는 펀치를 맞고 위태롭게 서 있다. 마침내 카운터를 날린다. 비닐봉지 속 냉동 칠면조를 도끼처럼 휘두른 것이다. 서사가 절정에 이르렀는데, 인물이 분노했는데, 파토스는 터졌는데, 소설은 이상하게 쓸쓸한 해프닝처럼 느껴진다. 화산처럼 분출되는 것이 아닌, 용암처럼 바닥에 엎드려 느리게 흐르는 뜨거움이랄까. 나는 이 소설을 쓴 작가가 『고래』의 작가라는 것을 의심한다. 그가 『유쾌한 하녀 마리사』를 쓰고, 『나의 삼촌 브루스 리』도 썼다는 것이 믿기지 않는다.
　그러니까 그는 프로다. 글을 재미로 쓰지도 개인적으로 쓰지도 않는다. 그는 글을 전문적으로 쓰는 선수다. 그의 문장은 뼈와 근육으로 이루어져 있다. 계체량을 앞둔 격투가의 육체처럼 군더더기 없이 쌈빡하다. 상대에 따라 새롭게 전략을 짜고 링에서 일어나는 수없이 많은 변수에 감각적으로 반응한다. 목표는 이기는 것뿐, 일관된 방법이란 것은 없다. 나는 그에게 육체소설가라는 수식을 붙이고 싶다. 그는 소설을 쓰기 전 손과 발을 사용해 다양한 일을 해왔다. 마찬가지로 소설을 쓸 때도 몸을 쓴다. 그러니까 그에게 있어 소설 쓰기는 예술이 아닌 노동이고 일인 셈이다.

책을 읽는다는 건 무엇이라고 생각하는가.

사회생활을 한다는 건 독서를 할 수 없다는 뜻이다. 한때 내 소설을 읽어줬던 동생도 이젠 책을 읽지 않는다. 그것은 좀 슬픈 일이지만 먹고사는 게 힘들면 글을 읽을 수가 없다. 그런 면에서 독서는 매우 특수한 행위이다. 이십대 때 책 읽는 걸 좋아해서 이것저것 읽었다. 골프숍 점원 일을 3년 했었는데 그땐 힘들어도 책을 읽었다. 시집도 읽고 소설도 읽고 심지어 요즘 읽지 않는 계간지도 당시엔 열심히 읽었다. 그것을 통해 당대의 중요한 담론들을 접했다. 민족문학이니 노동문학이니 사구체 논쟁이니 하는 것들. 당시 나는 골프숍 점원인데도 그런 것에 흥미가 있었다. 지금은 뭘 읽었는지 잘 생각나지 않지만 백낙청, 김명인, 조정환 같은 분들의 글들을 재밌게 읽었던 기억이 있다.

이십대 때부터 원래 문학에 관심이 있었나보다.

문학보단 세상에 대한 비판의식 같은 게 있었다. 내 또래의 젊은이들은 대학을 다니며 자연스럽게 사회적 문제에 관심을 갖고 조직적으로 학습화 과정을 거쳤다. 나는 고립되어 있으니까 책을 읽었던 거다. 그것으로 내 인생이 바뀔 거라고 기대하진 않았지만 그래도 뭔가 알아야 할 것 같은 강박이 있었다.

문학이 그런 걸 다룰 수 있다는 것에, 문학담론에서 그런 부분을 다룬다는 것에 대해 관심이 있었던 건가?

그땐 문학이 지금보다 더 세상의 중심에 있다는 느낌이 있었다. 지금은 한참 변두리로 밀려난 느낌이지만. 이런 말 하면 선생님들한테 혼나나?(웃음) 어쨌든 계간지뿐만 아니라 당시 대학생들이 보던 이론서들을 열심히 봤다. 결국은 대학에 가지 못한 콤플렉스였겠지만 거기엔 분명 뭔가 중요한 게 있다는 느낌이 있었다. 세상의 중심이라는 느낌? 당시 대학생들은 자연스럽게 접하고 학습할 수 있었던 걸 혼자 힘들게 했던 것 같다. 아무 정보도 없고 아무 지표도 없이 마치 장님이 코끼리 만지듯 더듬더듬 공부를 했으니까. 대강이라도 코끼리의 전체 모습을 알기까지 시간이 참 많이 걸렸다. 그리고 아직도 여전히 남들이 다 아는 걸 모르는 게 많다.

이십대 때부터 다양한 영역의 책을 읽으면서 나름의 공부를 한 것 같다. 관심도 많았고.

그래도 뭔가 진심으로 전전긍긍 애쓴 시절이 있었으니까 작가가 됐겠지, 라고 생각한다. 사람들이 사회 경험이 많기 때문에 소설가가 된 게 아니냐, 시나리오를 썼기 때문에 스토리를 다루는 게 능숙한 거 아니냐, 라는 말을 할 때 약간 어이가 없다. 영화판에서 시나리오를 쓰는 사람이 얼마나 많겠나. 그렇다면 그들이 다들 소설가로 등단했어야 마땅할 텐데, 그리고 소위 밑바닥 경험을 가진 사람들이 다들 소설을 잘 쓸 수 있다면 소설가가 세상에 기백만은 될 거다.

그렇다. 사람들이 소설가에게 가지고 있는 기본적이고 단순한 오해가 있다. 다양한 이야기를 많이 쓰는 것을 보니 사회 경험이 많을 거다. 다르게 말하면 사회 경험이 많아야 이야기를 쓸 수 있다. 물론 틀린 말은 아니지만 정확한 말도 아니다. 당신의 인터뷰를 몇 찾아 봤는데 그런 식의 접근이 많다.

영화를 했었고 밑바닥 경험을 했다, 그러니까 이자는 글을 이렇게 쓰는구나, 뭐 그런 식으로 사람들은 단순한 정보 몇 개를 가지고 단순하게 규정해서 쉽게 정리해버리려는 속성이 있다. 뭐, 그래도 어쩔 수 없는 일이긴 하지만.

Round 5 / 경계에 서서

소설의 세계에는 보이지 않는 경계가 있다. 누구 하나 그것의 실체를 설명할 수도 이쪽과 저쪽을 명확하게 구분할 수도 없지만 그 선은 있다. 투명하지만 단단한 벽이 서 있고, 좁지만 깊은 골짜기가 가로지르고 있다. 순수냐 참여냐. 순문학이냐 장르문학이냐. 이제는 그런 식의 구분은 낡고 촌스러운 것이 된 것 같다. 하지만 그 선은 기이하고 애매모호한 방식으로 여전히 존재하는 것 같다. 그것은 이상하고 불분명한 기준이지만 실제로 굉장히 강력한 힘과 영향력을 행사한다. 문학의 수준과 깊이와 재미와 의미의 차이에 관한 담론을 이끌어내고 평가를 만들어내기도 하니까. 이 부분에 대해서는 나는 잘 모르겠다. 다만 좋은 소설이 무엇이냐는 질문에는 내 나름의 단순하고 확고한 입장이 있다. 좋은 소설은 어떤 식으로든 매력적인(재미있는) 소설이다. 이런 문제를 비판적 시각에서 공론화시켜볼 때 가장 뜨겁게 오르내릴 수 있는 작가는 천명관일 것이다. 그는 '그 기준'을 놓고 볼 때 분명 경계에 서 있는 작가다.

일각에서는 당신을 두고 경계를 말한다.

경계라 함은 문단과 문단 바깥의 경계를 얘기하는 것인가?

여러 가지 의미로 해석해도 좋다.

내 작품의 성격도 그렇고 퍼스낼리티도 그렇고 문학에 대한 태도도 그렇고 이쪽 사람들 눈엔 그렇게 보일 수도 있겠다는 생각이 든다. 스스로도 온전히 문단에 속해 있다는 기분이 들진 않으니까. 실제로 문단 얘기를 들으면 나와는 상관없는 다른 동네 얘기처럼 느껴진다. 말하자면 교회는 다니는데 믿음이 별로 없는 신자가 된 기분이다. 그래서인지 믿음이 굳건한 형제자매님들의 불편해하는 시선이 느껴질 때가 있다.(웃음)

그 경계에서 이쪽을 바라볼 때의 느낌이 어떤지 궁금하다.

문단을 좀 씹어달라는 소리처럼 들리는데……(웃음) 문단의 작가들은 시선에서 자유롭지 못한 것 같다. 어떤 시선이냐 하면 바로 선생님들의 시선이다. 책상 앞에서 글을 쓰는 동안 선생님들의 엄한 눈이 등 뒤에서 늘 자신을 지켜보고 있는 거다. 출발부터 그렇다. 대학을 다니며 교수들의 지도편달과 평가를 받는다. 그리고 등단을 할 때 심사위원 선생님들의 심사, 청탁을 받을 때도 편집위원 선생님들의 평가, 문학상 후보에 오를 때 또 심사위원의 평가, 하다못해 문예 창작과 관련한 지원금을 받을 때도 누군가의 심사를 받는다. 그러니까 문단생활을 한다는 건 내내 선생님들의 평가와 심사를 받는다는 의미이다.

선생님들의 시선이 등 뒤에 있다. 의미심장한 말이다. 생각해보면 지금의 문학이라는 것이 수업의 형태, 즉 가르치고 배우는 구조가 되었으니까. 문창과에 진학하기 위해 입시과외를 받고 문창과에서는 또 작법에 관한 수업을 들으니까. 상당수의 작가들이 선생님들의 시선과 말, 그리고 문학적 판단 같은 것에서 자유로울 수 없는 것 같다.

당연하다. 결국 선생님들의 평가와 심사가 작가의 문학적 성취와 문단에서의 위치를 결정할 수밖에 없는 상황이다. 이럴 때 과연 어떤 일이 벌어질까? 선생님들의 심사는 언제나 저울처럼 공정하고 유리알처럼 투명하겠지만(웃음) 문제는 심사하는 사람들이 아니라 심사를 받아야 하는 위치에 있는 사람들이다. 작가들이 눈치를 볼 수밖에 없다는 얘기다. 술자리에서의 눈치뿐만이 아니라 글을 쓸 때 이미 심사위원들의 시선을 의식하지 않을 수 없다. 요즘 신인들의 글을 보면 다들 너무 똑똑하다. 이미 문단에 나올 때부터 준비가 되어 있는 느낌이다. 어떻게 써야 등단을 하고 어떻게 써야 문학상을 받는지 영악하게 알고 있다. 나는 작가들의 상상력과 취향이 공장에서 생산된 것처럼 다 비슷하다는 걸 믿을 수 없다. 그리고 한 주머니에 다 담아도 삐져나오는 송곳 하나 없다는 게 기이할 정도이다. 결국 선생님들의 시선이 절대적인 영향력을 끼치고 있다는 뜻이다. 그 시스템이 반백 년 넘게 문단을 지배하고 있다. 바깥에서 보면 믿기 어려울 정도로 권위적이고 전근대적이다. 그것은 어떤 의미에서 봐도 나쁜 짓이다.

이십대 때 계간지를 읽으면서 사회적인 문제에 대해 고민했다고 했는데 지금은 어떤가? 최근 작가들이 사회적인 문제 앞에 책임감을 느끼고 민감하게 반응하고 있다. 지금 세월호 관련 일들도 그렇고 몇 년 전 용산참사 때의 6·9선언도 그렇고. 문예지들도 많은 지면을 할애해 그것과 관련된 담론과 특집 글을 싣기도 했다. 소설가로서 사회적 의식이나 공적인 책임감 같은 것을 느끼는 편인가?

지식인이라고 생각해본 적도 없고 예술가의 자의식도 없다. 그러니 그런 거창한 책임감 같은 게 있을 리 없다. 젊을 땐 사회문제에 대해 관심도 많았지만 텔레비전 뉴스를 안 본 지 7년이 넘었다. 지금은 내 삶을 꾸려가기에도 벅차다. 나이를 먹어가고 몸도 예전 같지 않다. 죽음이 아득히 멀리 있지 않다는 감각도 생겨났다. 나는 철저히 개인으로 살 뿐이고 가능한 한 그러려고 노력한다. 그것이 세상에 해악을 끼치지 않는 최소한의 윤리적 삶이라고 생각한다.

자신의 작품이 세상에 나가 어떤 영향을 미치고 어떤 의미를 가지는지에 대해 관심이 없다는 말인가?

굳이 대답하자면 이런 마음은 있다. 부자들을 위해 글을 쓰지 않는다. 거창한 의미를 부여하고 싶진 않지만 그것이 나에겐 작가로서 최소한의 윤리 같은 것이다. 얼마 전엔 「퇴근」이란 단편을 발표했다. 슈퍼리치들이 지배하는 미래사회에 대한 암울한 이야기인데 후에 읽어보니 그 안에 이 사회에 대한 나의 절망과 분노가 담겨 있다는 것을 깨달았다. 하지만 작가가 얼마나 진지한 사회의식을 가지고 있느냐 하는 것은 중요하지 않다. 작가는 어떤 의미 있는 스타일로 그 의식을 드러내느냐 하는 게 중요하다. 누가 더 뜨겁냐, 하는 당위만이 중요했던 과거 리얼리즘 문학이 미학적으로 도태된 것은 바로 이런 고민이 없었기 때문이라고 생각한다.

　개인적으로 이와 관련해 떠오르는 작가가 한 명 있다. 바로 장정일이다. 당시 그는 다른 어떤 예술 분야에서보다 전위에 서서 새로운 스타일을 만들어냈다. 거기엔 경직된 사회에 충격을 던지는 전복성이 있었고 사람들이 한 번도 생각해본 적 없는 방식으로 이 세상을 투사해 보여주었다. 대부분 동의하지 않겠지만 나는 그가 문학을 세상의 중심에, 그리고 예술의 전위에 세웠던 마지막 작가라고 평가한다. 이후, 문단은 그런 파괴적인 전복성을 가진 작가를 배출하지 못하고 있다. 오히려 그를 살해하고 고립을 자처해 문학주의의 성채에 스스로를 가두었다. 벌써 20년도 더 된 얘기다.

문학에 실망했나?

당시 나하곤 아무 상관 없는 일이니까 실망이랄 것도 없지만 아무튼, 90년대 이후 자연스럽게 한국문학과는 거리가 멀어졌다. 대신 영화 쪽으로 관심을 돌렸다. 이후의 얘기는 쓰디쓴 실패담뿐이니까 특별히 할 말은 없지만.

90년대 나타난 어떤 변화와 경향이 지금까지 하나의 정통으로 굳어진 것이 마음에 들지 않아 보인다.

내면성의 문학? 문학주의 문학? 뭐라고 이름해야 할지 모르겠는데 마음에 들지 않는다기보단 그냥 기질과 취향의 차이라고 해두자. 모옌이 노벨상 수상 소감에서 자신은 마르케스나 포크너의 영향을 받았는데 그렇게 한 작가가 다른 작가의 영향을 받았다면 그것은 서로 영혼이 닮아 있기 때문이라고 했다. 아마도 이쪽엔 나와 영혼이 닮은 사람이 별로 없는 모양이다.(웃음)

Round 6 / 모른다고 해놓고 다 아네

그를 소설 속의 인물이라고 상정하고 분석한 캐릭터는 다음과 같다. 바깥에 있다고 하면서 중심에 있는 사람이다. 시종일관 농담을 하면서 그 속에 진지한 생각과 진심을 쓱 집어넣는 사람이다. 대충 쓰는 것처럼 말하면서 얼굴엔 글쓰기의 피곤함이 가득하고 '난 잘 모르지만……'이라고 말하면서 실은 다 아는 사람이다. 결혼생활에 관해 너무도 잘 아는 아내 없는 남자이자, 여자에 관해 모르는 게 없는(이건 신뢰할 수 없다) 노총각이다. 삶에 통달한 인생 선배 같았다가 어느 순간에는 우울한 모던보이가 된다. 나이를 짐작할 수 없는 동안 중의 동안인 탓에 단박에 말을 놓고 "형"이라고 부르고 싶은 충동을 느끼게 하지만 그랬다가는 바로 정색하고 혼낼 것 같은 남자다.

그렇다면 어떤 소설을 좋아했나?

주로 미국 소설을 읽었다. 존 업다이크, 헤밍웨이, 토니 모리슨 등등. 후엔 커트 보니것, 저지 코진스키 같은 작가들도 좋아했다. 존 어빙도 작품을 모두 찾아볼 정도로 매료됐던 작가다. 모옌이나 위화, 거훼이 같은 중국 작가들의 작품을 읽으면 나와 영혼이 닮은 사람들이라는 기분이 든다.(웃음) 참, 엘모어 레너드도 좋아한다. 〈겟 쇼티〉나 〈재키 브라운〉 같은 영화의 원작을 쓴 작가다. 그를 좋아하는 이유는 살아 있는 캐릭터들을 잘 그려내기 때문이다.

이곳(변산 바람꽃 작가레지던스)에서 2개월 동안 있었다고 했는데 무슨 작업을 했나?

연재했던 장편을 마무리하려고 왔다. 아직 반밖에 못 썼다. 2년 전쯤 연재를 마치고 한 1년 더 빈둥거리다가 어떤 계기로 영화를 다시 해봐야겠다는 생각을 했다. 그래서 시나리오를 1년 6개월 정도 썼다. 그런데 제작비가 너무 많이 들어 약간 소강상태다. 뭔가 전략을 바꿔야 하는 시점이다. 그래서 고민이 많다.

요즘 흥미를 갖고 있는 건 뭔가?

뭔지 모르지만 재미있는 걸 하자는 생각이다. 영화를 다시 만들어보고 싶은 마음도 있고. 나이 오십이 넘어서 인생을 바꾸는 사람은 거의 없지만, 그렇게 할 수만 있다면 인생이 더 재밌어질 것 같다.

일반적으로 작가들은 혼자 있는 것을 좋아하는데 당신은 낯선 곳에서 혼자 글을 쓰는 게 괴롭다고 했다. 작업 스타일만 놓고 보면 소설 쓰기와 영화를 만드는 과정의 궁극적인 차이가 여기에 있는 것 같다. 소설은 혼자 하는 것이고 영화는 여럿이 함께 하는 것이고.

나는 스스로 작가의 기질이 없다고 생각한다. 소위 사색적 인간형과는 거리가 멀다. 그리고 혼자 하는 걸 별로 안 좋아한다. 사람을 좋아하고 같이 일하는 것도 좋아한다. 계속 그렇게 살아왔고. 그런데 소설은 처음부터 끝까지 혼자 하는 거다. 그리고 밀도 있는 집중력과 집필 노동이 필요한데, 그것 역시 내가 감당하기 어려운 부분이다. 책상에 오래 앉아 있어야 하는데 애초에 그런 것과는 거리가 먼 사람인 것 같다. 나이를 먹어가면서 조금 차분해지긴 했지만 대개 집중력이 없고 산만한 편이다. 실제로 학교 다닐 때 생활기록부를 보면 산만하다는 지적이 항상 있었다.

하지만 어쨌든 소설가로, 그것도 성공적인 소설가로 10년 넘게 살았다. 어떤가? 소설가로 사는 것이.

성공인지는 잘 모르겠다. 하지만 작가의 삶에 대해선 매우 만족한다. 세상에 이런 직업이 있다니! 하는 기분이다. 대단한 인정을 받는 건 아니지만 그래도 누군가 내 책을 읽어주고 그걸로 밥을 먹고 살 수 있다는 게 다행이라는 생각이다. 심지어 출근도 안 한다. 무엇보다 지금까지 내가 겪은 일들에

비하면 정말 좋은 일이다. 그래서 열심히 써야 하는데 믿음이 깊지 못하다. 쩝.(웃음)

Round 7 / 직업 ― 소설가

언젠가 그는 말했다. "돈 되는 소설을 써. 소설을 써서 먹고살 생각을 해. 소설을 사랑하고 열심히 쓰는 마음도 먹고살 수 있어야 유지되는 거야." 당시 나는 그 말을 들었을 때 저항심이 생겼다. 그런 말은 천명관이니까 할 수 있는 말인 것이다. 누가 일부러 돈 안 되는 소설을 쓰겠는가. 그것은 마음대로, 의지대로 되는 문제가 아닌 것이다. 그는 나의 이 같은 반응에 웃으면서 좀 더 자세하게 설명했다. 요약하자면 소설을 쓸 때 마음가짐을 바꾸라는 것이었다. 독자를 생각하고 이야기를 생각하라는 것이었다. 나는 곰곰이 생각해봤다. 독자를 생각한다는 것은 무엇일까. 나는 독자가 내 글을 읽어주는 게 고맙고 신기한 일이라고만 생각했지 스스로 독자에게 향하는 글을 쓴다고 생각한 적은 별로 없었다. 인터뷰를 하면 할수록 그의 말이 이해가 가고 수긍이 되었다.

소설을 쓰려는 사람들이 조언을 구하면 가장 많이 해주는 얘기가 뭔가?
근본적으로는 글을 써서 자기 생계를 유지할 수 있어야 한다는 말을 한다. 안 그러면 글을 쓰는 것에도 회의가 온다. 선배 작가들 중에 그런 사람들이 많다. 평생 글을 썼는데 밥 먹고 살기가 힘들다. 그래서 계속 문학을 사랑하기가 어렵다. 당연히 그럴 거라고 생각한다. 불편한 진실일 수도 있지만 문학을 계속 사랑하기 위해선 일단 밥벌이가 되어야 한다.

소설가도 어떻게 보면 직업이라고 할 수 있는데 이 직업으로 먹고사는 사람이 많지 않다는 게 생각해보면 참 아이러니하다. 이유가 뭐라고 생각하는가?

문학은 종교가 아니다. 숭고한 신념이 필요한 게 아니라 기술이 필요한 일이다. 내가 자주 인용하는 말 중에 조이스 캐롤 오츠의 말이 있다. 문학에 예술만 있고 기술이 없다면 개인적인 일일 뿐이다. 반면에 기술만 있고 예술이 없다면 그것은 밥벌이에 지나지 않는다. 『작가의 신념』에 나오는 말인데 여기서 기술(Craft)은 단순한 테크닉이 아니라 오래 축적된 장인적 기술, 즉 대장장이가 쇠와 불을 다루는 기술 같은 것을 말하는 것이다. 나는 문학에도 그런 기술이 있다고 믿는다. 그런데 한국에서 문학은 종교처럼 숭고한 태도와 정신적 가치만을 강조하는 측면이 있다. 밥벌이는 천한 일이고 예술은 숭고하다는 식의. 이런 분위기가 문제라고 생각한다.

문학상 제도도 이런 분위기에 일조한다. 대부분 단편에 주는 상인데 상은 여러 개이지만 문학성을 평가하는 기준은 획일화되어 있다. 심사위원이 모두 같은 선생님들이기 때문이다. 말하자면 오 헨리 문학상만 있고 브램 스토커 문학상은 없는 셈이다. 매 시즌 문학상을 놓고 겨루는 이 리그에선 장편보다 단편이, 스토리보다 문장이, 서사보다 묘사가 더 중요하기 때문에 당연히 대중의 취향과는 괴리가 있다. 하지만 한 작가의 문학적 성취에 대한 유일한 잣대가 문학상을 얼마나 많이 수집했느냐, 하는 것이다 보니 작가라면 다들 이 리그를 포기하기도 어렵다. 실제로 소설집을 대여섯 권쯤 낸 한 작가가 탄식하는 걸 들은 적이 있다. 이십 년간 매 시즌 단편을 쓰다 보니(나는 이것을 단편생활이라고 부른다) 이젠 더 이상 쓸거리도 없고 에너지도 모두 고갈되었다고, 그동안 문학상도 적당히 탈 만큼 탔지만 여전히 먹고사는 게 쉽지 않다고, 아직 오십도 안 됐는데 앞으로가 더 걱정이라고. 그래서 나는 글을 쓰려고 하는 작가지망생이 조언을 구하면 가능한 한 문단에 발을 디디지 말고 바깥에서 작가의 길을 모색해보라고 한다. 일단 문단리그에 발을 담그면 가망 없는 단편생활을 해야 하는데 문학상을 놓고 겨루는 이 리그에서 성공을 거두고 전업작가로 먹고사는 건 너무 어려운 일이기 때문이다. 지난 10년간 등단한 작가 중에 회사원 정도의 수입을 올리는 작가가 얼마나 되는지 궁금하다. 내 짐작엔 한 명도 없는 것 같다. 그렇다면 심각한 문제 아닌가? 결국 작가에게도 독자에게도 그리 신나는 리그는 아닌 것 같다.

Round 8 / 게으른 고수의 여유

 천명관의 첫인상은 별로였다. 잠이 덜 깬 얼굴로 늘어진 티셔츠와 헐렁한 추리닝을 입고 있었다. 수염은 덥수룩했는데 당분간 면도할 계획은 없어 보였다. 피곤해 보였고 지루해 보였다. 만사가 귀찮은 듯 눈도 느리게 껌벅였다. 내 입장에서는 그가 엄청나게 보고 싶었던 동경의 작가였는데 정작 그는 내게 관심조차 없어 보였다. 실망까지는 아니었지만 서운했고 아쉬웠다. 나는 좀 더 그가 다이내믹하고 날카로운 눈빛을 가진 작가일 거라고 상상했던 것이다. 그런데 시간이 지날수록 그가 한 마디 두 마디 하기 시작했고 농담을 하기 시작했다. 시시콜콜한 이야기 속에 섬세하고 예리한 말 한 마디씩을 칼날처럼 쑥 집어넣기도 했고 대답하기 곤란한 질문으로 나를 혼돈에 빠트리기도 했다. 나중에 나는 그의 말을 경청하고 있었고 즐거워하고 있었다. 그는 말끝마다 자신이 실패한 사람이라고 말했지만 내 눈엔 성공한 작가의 여유와 너스레가 보였다. 그의 얼굴은 피곤에 찌들어 푸석푸

석했지만 눈빛은 반짝반짝거렸다.

다른 곳에서 인터뷰한 것을 봤는데 실패에 대한 말을 많이 했다. 예전에 나에게도 술자리에서 기형도의 시 「빈집」을 인용하며 결국 작가들은 사랑에 실패해서 글을 쓰는 거라고 말한 적이 있다. 실패에 대한 어떤 감정을 뮤즈로 삼는다고 한 말을 인상적으로 기억하고 있다. 실패라는 감각과 감정에 대해 얘기해달라.

아, 사랑을 잃고 나는 쓰네?(웃음) 돌이켜보면 나는 다 실패했다. 성공한 게 없다. 대강 그런 느낌으로 산다.

실패하지 않으려 애썼나?

당연히 그렇다. 나에겐 패거리라고 할 만한 게 없었다. 그래서 나를 환대해주고 따뜻한 느낌을 받을 수 있는 무리를 좇았던 것 같다. 그런데 결국 실패했다. 영화판에서도, 문단에서도. 운명인 것 같다. 그래서 실패에 대한 경험과 감각의 힘으로 계속 뭔가를 쓰는 거다.

그런 마음으로 소설을 쓰면 만회가 되나?

될 리가 없다. 이게 엄살 같은 건데 나만 그런 건 아니다. 인간은 운명적으로 다 실패할 수밖에 없다. 우리 세대들 대부분 그렇지 않나 싶다. 다들 거창한 생각들을 많이 했다. 나라 걱정 많이 하고, 권력욕도 강하고 출세욕도 강하고. 그러다 보니 정작 자기 자신에 대해 별 관심이 없다. 나도 그랬던 것 같다. 실제로 인생을 구성하는 것은 촘촘한 삶의 결들인데 허깨비 같은 목표나 욕망을 앞세워 그것에 가려진 자신을 돌아보지 않았다. 요즘에서야 그런 점들에 대해 생각하게 되었다. 마치 근대성을 둘러싼 이야기와 비슷하다.

나의 의식이 어떻게 출발해서 어떤 과정을 거쳐 변이되어왔는가를 살펴보는 거다. 나의 꿈은 뭐였을까, 그 꿈은 어떻게 만들어졌나, 그리고 지금의 의식구조는 어떻게 생성되었는가. 그런 생각을 통해 나 자신이 어떤 사람인지 조금 알 것 같은 기분도 든다.

실패에 대한 감각이 글을 쓰게도 하지만, 글을 쓰는 과정 속에서 고민하고 생각하는 것들이 나를 알아가도록 도왔다는 건가? 그건 그렇고 왜 지금도 계속 실패하는 걸까? 연애만 놓고 말해달라. 결혼을 안 했다고 하는데 안정을 꿈꾼다고 하면서 안정을 거부하는 것은 아닐까? 뭐랄까. 안정을 꿈꾸는 지속적인 상태로 안정적인 삶을 살고 있는 것 같은.
음…… 그렇지 않다고 생각하지만 실제는 그렇지 않나보다.(웃음) 하지만 난 언제나 안정을 꿈꾼다.

Round 9 / 그래도 소설

'문학은 죽었다' '근대문학의 종언을 선포한다' '독자들이 소설을 읽지 않는다' '한국소설은 재미가 없다'는 말들이 많다. 맞는 말인지 틀린 말인지 판단할 수는 없으나 적어도 소설이 어려운 상황에 놓여 있는 것은 틀림없어 보인다. 쓰는 자에게도, 읽는 자에게도, 펴내는 자에게도 위기다. 하지만 어렵다는 말이, 위기라는 말이 어제오늘의 일인가. 그렇다고 마냥 무시할 수도 없고 답답한 상황이다. 어떻게 하면 좋을지 천명관에게 물었다.

마지막 질문이다. 사실 인터뷰하면서 내내 아이러니하다고 느낀 것은 당신의 말과 생각과 무관하게 나는 당신이 한국문학의 중요한 위치에 있다고 생각한다. 독자들의 사랑과 선택뿐만 아니라 문학적 인정도 받았다고 생각한다. 『Axt』는 소설을 중점적으로 다루어보고 싶은 마음과 의지로 출발하는 소설 전문 잡지이다. 창간호에 당신을 인터뷰하기로 결정한 것은 잡지를 만드는 이들이 생각할 때 당신이 한국문학에 있어 의미 있고 중요한 소설가라고 판단했기 때문이다. 경계에 서 있는 작가라고 생각했다. 경계에 있다는 것은 양측의 바깥에 있다는 말이기도 있지만 양측을 모두 아우를 수 있는 지점을 갖고 있다는 말이기도 하다. 물론 인터뷰 내내 스스로 그렇지 않다고 얘기하지만 나는 지금 이 순간에도 당신이 아주 중요한 지점에 서 있는 영향력 있는 소설가라고 생각한다. 어쨌든 『Axt』에게 바라는 점이 있거나 한국소설 전체에 바라는 점이 있나?

한 작가의 삶에 대해 이야기해보자. 문창과나 국문과를 졸업해 열심히 소설을 써서 적당한 나이에 등단을 한다. 문장도 훌륭하고 나름 개성 있는 스타일도 가지고 있다. 평론가들이 심심하지 않게 이 시대의 징후를 포착할 만한 단서들을 떡밥처럼 던져주기도 한다. 그렇게 문단이 주목하기 시작하면 매 시즌 빠지지 않고 주요 문예지에 이름을 올린다. 적당한 때가 되면 문학상 후보에도 이름을 올린다. 그리고 소설집을 묶어내면서 한두 개씩 문학상을 수집하기 시작한다. 그렇게 커리어를 쌓는 동안, 대학 쪽에도 연결되어 강사도 병행한다. 그러다 주요 문학상을 타면서 마흔을 전후해 드디어 대학의 교수로 부임한다. 여기가 하이라이트다. 축하가 쏟아진다. 마침내! 뭐, 그런 느낌이다. 이후엔 이런저런 심사에 얼굴을 내민다. 예심부터 본심까지 심사위원 명단에서 이름이 빠지지 않는다. 그렇게 모난 구석 없이 두루 원만하게 제자도 키워내고 후배들도 챙기면서 존경받는 문단의 원로로 늙어간다. 작가 개인의 삶으로 보면 아무런 문제가 없다. 그런데 문득 그의 대표작이 뭐지? 라고 생각하면 딱히 제목이 떠오르지 않는다. 겨우 제목을 떠올려도 근데 그게 다였나? 라는 느낌이 든다. 작가의 이름은 드높지만 작품을 생각해보면 뭔가 허전한 기분이 드는 건 왜일까? 그것은 기획상품처럼 순전히 시스템이 만들어낸 작가이기 때문이다.

연극의 경우 이제 지원금 없이는 아무도 제작을 하지 않는다. 국악계도 마찬가지이고 무용계도 세상과는 무관하게 대학을 근거로 존속하고 있을 뿐이다. 그런 점에서 보면 문학은 아직 형편이 나은 편이다. 시어머니 칠순 잔치에 제자들 동원해서 공연을 시키거나 꽃다발로 구타를 할 정도는 아니니까. 하지만 점점 더 세상으로부터 멀어지는 느낌이다. 스스로 고립을 자처해서인지, 숲 속의 호수처럼 고요한데 그 안에서 무슨 일이 벌어지는지 알 수가 없다. 그래서 전엔 문단이 사교클럽 같은 거라고 생각했는데 요즘은 무슨 밀교집단 같은 분위기다. 좀 으시시하다. 결국 정부에서 주는 창작 지원금과 지원금의 성격을 가지고 있는 문학상 상금으로 생계를 꾸려야 하는 일이라면, 그래서 무엇보다 처신이 중요한 예술이라면 그리고 예술가의 최종 목표가 대학의 교수 자리라면 그것이 세상에 나가 뭘 할 수 있을까? 그것은 이미 세상에서의 유효성을 상실했다고 봐도 무방할 것이다.

당신의 인식에는 대체로 동의한다. 그런데 이렇게 된 데에는 뭐가 문제라고 생각하나?

처음 문단에 나왔을 때 누군가 나에게 조언을 한 적이 있다. 벙어리 3년에 귀머거리 3년, 시집살이한다고 생각하라, 그리고 덕을 쌓으라. 말하자면 처신을 잘하고 인맥 관리를 하라는 뜻이었다. 한국사회가 대체로 그런 분위기라는 건 알고 있었지만 문단조차 그럴 거라곤 상상도 못했다. 하지만 실제로 경험을 해보니 문단엔 절대 무너지지 않는 권력이 존재한다는 것을 깨달았다. 나는 그것을 문단마피아라고 부른다. 출판사와 언론사, 그리고 대학이 카르텔을 형성해 시스템을 만들고 작가들을 지배하고 있다. 작가는 더 이상 문단의 주인이 아니다. 선생님들이 주인이다. 이런 의견에 대해 다들 펄쩍 뛰며 노발대발할 것이다. 하지만 권력은 언제나 그 권력의 존재 자체를 부정해왔다. 십수 년 전에 문단에도 권력논쟁이 있었다. 그때도 문단의 권력논쟁은 대표적인 가짜 논쟁이라며 권력 자체를 부정하는 이들이 있었다. 하지만 나는 모든 심사 자리에 앉아 있는 선생님들의 명단을 확인할 때마다 그 실체를 경험한다.

그럼 결국 문단권력이 문제라는 것인가?

그렇다. 지금의 문단 시스템은 독자와 상관없이 점점 더 대학에 종속되어가고 있다. 문창과가 없으면 문학도 사라질 거라는 얘기들을 한다. 선생님들은 모두 대학을 근거지로 삼아 물밑에서 문단에 보이지 않는 영향력을 행사한다. 다들 그 사실을 잘 알고 있지만 아무도 말하지 않는다. 그것은 문단 시스템에서 아무도 자유롭지 않기 때문이다. 처음엔 나도 다들 외로우시니까 잔칫상에 와서 한두 숟가락 떠 드시는 거라고 좋게 생각했다. 나아가 문학을 사랑하는 충정이라고까지 이해했다. 하지만 한두 숟가락 정도가 아니라 아예 문학의 형질을 바꿔놓고 있다는 게 문제다. 자신들의 권위를 위해 문학을 고립무원의 산중으로 끌고 들어가 작가와 독자와의 거리를 점점 더 벌려놓고 있다.

좀 위험한 얘기인 것 같은데…… 이런 말을 해도 괜찮나?

실은 나도 선생님들이 무섭다.(웃음) 하지만 이젠 오십이 넘은 나이이다. 적당히 처신 잘해서 문단의 원로로 늙어가고 싶은 생각은 추호도 없다. 난 그렇게 살도록 태어난 사람이 아니다. 지금도 심사 의뢰가 와도 맡지 않는 건 나와 형질이 다른 일이라고 생각하기 때문이다.

그렇다면 당신이 생각하는 대안이 있는가?

우선 작가들이 먹고살 수 있는 판이 되어야 한다. 그러기 위해선 선생님들이 먼저 숟가락을 거둬가야 한다. 편집위원이니 심사위원이니 하며 문학에 영향력을 행사하게 내버려둬선 안 된다. 그것은 마치 하나님과 신도들 사이에 끼어 권력을 누리던 중세의 성직자들과 같은 것이다. 작가와 독자 사이에 왜 선생님들의 지도편달이 필요한지 알 수 없다. 필요하다면 유능하고 영민한 편집자가 필요할 뿐이다. 거슬러 올라가 선생님들이 문단을 점령한 것은 콤플렉스 때문이다. 역사가 일천하다 보니 뭔가 권위가 필요했고 그것을 대학에서 빌려왔는데 결과적으로 주객이 전도되었다. 지식인에 의해 예술이 점령당한 꼴이다. 다른 예술 분야도 그와 비슷한 길을 걸었다. 하지만 문학은 문학주의의 성채에 가둘 수 없는 역동성이 있다. 지금도 독자들은 재밌는 작품을 애타게 기다리고 있다. 보라, 영화판은 대학의 권위를 빌리지 않아도 잘 돌아가고 있지 않은가. 문단도 당연히 작가가 주인이 되어야 한다. 등단제도니 청탁제도니 문학상이니 다 때려치우고 문을 활짝 열어젖혀야 한다. 대중 위에 군림하는 대신 대중과 소통해야 한다. 모든 걸 시장에 맡겨야 한다. 그리고 평가는 당연히 독자의 몫이어야 한다.

모든 걸 시장에 맡긴다면 문학의 질적 저하를 우려하는 목소리도 나올 것 같다.

누군가 문학의 질적 저하를 우려하는 말을 한다면 장담컨대, 그자는 틀림없이 나쁜 새끼이다. 패거리를 짓고 조직을 만들어 권력자로 군림하려는 새끼가 틀림없다.

그런데 궁금한 건 당신이 말하는 그 마피아나 선생님은 구체적으로 누구를 가리키는 것인가?

누군가 이 글을 읽고 불편함을 느낀다면 그가 바로 마피아의 일원이거나 패밀리와 커넥션을 갖고 있는 작자일 것이다.(웃음)

오늘 이야기한 것 다 써도 되나?

물론이다. 쓰라고 한 얘기니까. 하지만 이런 소리 해봤자 아무 소용 없다는 걸 잘 알고 있다. 결국 아무것도 안 바뀔 테고 선생님들은 만수무강하실 테고, 나는 기껏해야 또 적이나 잔뜩 만들었겠지. 쩝.

　　소설 쓰기는 권투 같다고 했던 헤밍웨이의 말을 비슷하게 바꿔본다면 천명관에게 있어 소설 쓰기는 격투다. 그는 권투도 하고 킥도 쓰고 필요하다면 레슬링도 하는 종합격투기 선수다. 빠르고 유연하며 강한 선수다. 상대는 그가 뭘 사용할지 모른다. 처음부터 끝까지 스탠딩으로 꼿꼿이 서서 정교한 스텝과 빠르고 정확한 정타로 점수를 누적하기도 하고, 어떤 게임에서는 바로 몸을 낮추고 상대의 하반신에 태클을 건 다음 그라운드에 누워 뒤엉키기도 한다. 그는 능숙한 테크니션이자 지지 않는 싸움꾼이다. 그는 일관되게 사용하는 주무기가 없지만 소설 쓰기가 시작되고 이런저런 라운드를 거쳐 마지막 라운드가 끝나면 어쨌든 이겨버린다. 천명관이 쓴 소설이라고? 그러면 재미있겠지. 매번 다르게 쓰지만 누적되는 승리로 인해 웬만해선 절대 지지 않을 것 같다. 이것은 그가 스스로 만들어낸 작가에 대한 신뢰다.

천명관

1964년 경기도 용인에서 태어났다. 2003년 문학동네신인상에 소설 「프랭크와 나」가 당선되며 작품활동을 시작했다. 장편소설 『고래』로 2004년 문학동네소설상을 수상했다. 이외에 소설집 『유쾌한 하녀 마리사』『칠면조와 달리는 육체노동자』, 장편소설 『고령화 가족』『나의 삼촌 브루스 리1, 2』『이것이 남자의 세상이다』가 있다.

정용준

1981년 전라남도 광주에서 출생했다. 2009년 『현대문학』 신인상에 단편소설 「굿나잇, 오블로」가 당선되어 등단했다. 소설집 『가나』『우리는 혈육이 아니냐』, 장편소설 『바벨』이 있다. 2011년, 2013년 젊은작가상, 2016년 황순원문학상을 수상했다.

진실만이 우리를
가장 덜 다치게 해

『Axt』 no. 003

2015

11 / 12

공 지 영

———

백 가 흠

Gong Ji young 공지영
photo Paik Da huim 백다흠

"인생을 살아오며 절절히 느낀 것이 하나 있다. 언제나 똑같은 원칙이 보였다. 그것은 그나마 진실이 모두를 덜 다치게 한다는 것. 진실이 우리를 해칠 것 같고, 바르게 얘기하면 고통을 받을 테니 숨겨야 할 것 같지만, 아니다. 진실만이 우리를 가장 덜 다치게 할 수 있다."

티타임, 수다

백가흠   담배 끊은 지는 얼마나 됐나?

공지영   담배 끊은 지 칠팔 년 됐다. 못 끊었다면 지금은 귀찮아서 살기 힘들 것이다. 담배 때문에 밖에 돌아다니지도 못하고 집에만 있을 것이 분명하니까. 이 인터뷰도 집에서 했을 거다.

글쓰기 작업은 집에서 주로 하나?

평창에 작은 집이 하나 있는데 주로 그곳에서 여름을 난다. 나중에 한번 놀러 와라. 여름에 너무 좋다. 올해는 거의 못 갔다. 언제나 그렇듯이 내겐 예상할 수 없는 일들이 많이 일어난다. 고2인 막내아들 밥을 챙겨줘야 해서 올해는 거의 움직이지 못했다.

막내아들이 고2인가? 수험생 부모로 바쁠 때다.

애가 공부를 열심히 해야(학원 가느라 집에 없으면 내가 한가할 텐데)…… 서구의 고등학생처럼 일찍 집에 와서 여가생활을 하니 내가 다 챙겨줘야 해서 힘들다.

위로는 모두 딸인가?
아니다, 딸 하나에 아들이 둘이다.

뭘 준비한다고 했는데 딱딱하게 안 하고 편하게 했으면 한다. 하지만 별로 중요한 얘기는 없다. 그냥 꼭 한번 뵙고 싶어서 만든 자리이다.
편하게 해라. 편하게 해도 되고 딱딱하게 해도 된다. 딱딱하게 물어봐도 별로 딱딱하게 대답 안 할 테니까.

실은 카테고리를 네 개 잡았다. 여성, 문학, 정치, 종교 네 가지다. 질문이 너무 많은데 다 할 수 있을지 걱정이다.
너무 많다. 엄청나겠다.

「Axt」를 본 적 있는가? 처음 취지는 좋았는데 요즘은 욕도 얻어먹고 있다. 그래서 잘되고 있다고 여기는 중이다.
보내줘서 봤다. 이 정도 가격이면 정기구독을 해야겠다, 생각했다. 그러나 저러나 내가 부담스럽다, 정말.

비평이 없는 잡지라 여기에 이야기들이 솔직하게 담겨야 하는데 중요한 이야기들이 빠지고 또 숨겨지기도 하고, 그러다 보니까 힘든 부분이 있다. 독자들이 민감하다. 솔직하게 만 말해주면 된다.

그야 내 특기니까 걱정 마라. 지난호 봤는데 어차피 그런 마음이라면 더 나가야 한다고 생각한다. 나도 독자와 같은 마음이다. 용기를 내라.

나는 여자다

다음 세대나 따님 세대를 생각해서 본인이 겪었던 어떤 여성의 삶과 가장 많이 달라졌으면 하고 바라는 것이 있는가?

자기가 하고 싶은 일을 하면서 생계를 이어갈 수 없는 시절이다. 자기 하고 싶은 일 하면서 먹고살 수만 있으면 좋겠다.

『딸에게 주는 레시피』를 보면 딸이라는 개인적인 대상에게 하는 말이 아니라 사회 전반에 걸친 당부처럼 읽힌다.

보편적인 게 있다. 그걸 따뜻한 음식으로 응원하고 싶었다. 또 자존감을 주고 싶었다. 그나마 지금 내가 버티고 있는 힘은 어떤 것과 상관없이 나 자신의 존엄함을 인정하는 것이었다. 그게 모든 것의 출발이라고 나는 생각한다. 딸에게 하는 말이지만 그건 내게 다시 하는 말이기도 하다. 그러나 여자만 바뀌어선 힘들다. 아직도 데이트폭력, 직장 내 성희롱/성추행이 만연한 사회에서 여성의 자존감을 회복하는 일은 어려운 일이다. 인권 이전에 안전이 더 급한 일이기 때문이다.

사회가 더 보수화되다 보니 여성의 인권도 뒤로 가는 것 같다. 심지어는 요즘 데이트폭력

도 문제가 심각하다. 여학교 강의를 한 지 꽤 됐는데, 남자친구에게 맞은 사람이 있느냐고 물어보면, 한 명도 없다. 그럼 질문을 바꿔서 혹시 너희들 주변이나 친구들 중에 남자친구한테 맞은 사람 있느냐고 물으면 정확히 평균적으로 때리는 남자 수만큼 손을 든다. 사랑을 착각하는 남자들. 그냥 살기도 힘든데 사랑이라는 이름으로 가해지는 폭력이 이 사회에 너무 광범위하고 흔하게 난무하는 것 같다.

요즘은 좀 나아지지 않았나. 충격이다. 하기야 나도, 페미니스트도 당시에 맞고 살았으니까. 하지만 지금이 어떤 시대인데, 남자에게 맞고 사는가, 애인을 때리는 놈은 또 어떤 놈들인가, 하물며 부부도 아니고 연인 사이에, 정말인가?

사실이다. 데이트폭력으로 3일에 한 명이 살해당하고 있는 실정이다.

내가 너무 다른 일 때문에 무심했나 반성이 든다. 하긴 나의 경우도 보니까 돌연히 사람이 변해서 때리는 데에는 할 말이 없다. 어떻게 할 수가 없다. 내가 여자고 작가고 페미니스트니 때리지 말라고 할 수도 없는 노릇 아닌가. 유일한 방법은 떨어지거나 이혼하는 수밖에 없다. 그 당시 한창 페미니스트로 앞서가던 분도 맞고 산다는 것을 알고 놀란 적이 있다. 나 혼자에게 일어나는 개인적인 일이 아니라는 것에 더 놀랐던 것 같다. 여성의 삶 자체는 봉건적이었다. 그러나 그건 거의 20년 전 일이고, 세상에, 데이트폭력이라니, 놀랍다. 사회문제화되고 있는데, 부부관계도 아니니 어디 하소연할 데도 없을 거란 생각이 든다. 인권과 법으로 문제를 풀어야 하겠지만 이전에 인식의 전환이 필요하다고 생각한다. 남자들이 마음을 바꾸어야 한다. 여자는 상대적으로 약하지 않은가. 마찬가지로 여자도 인식을 바꾸어야 한다. 사디스트랑 같이 붙어 있으려면 마조히스트가 될 수밖에 없잖은가. 남성에게 공격성이 커지면 상대적으로 여자는 수동적이거나 피학성이 더 강화될 수밖에 없다. 좋지 않은 인연이다. 나만 돌아보아도 때리는 남자랑 당장 헤어지지 못했던 것은 나 스스로의 잘못이 크다. 당시 내 속에 있던 어떤 불안과 공포 혹은 사회적 위선 혹은 그런 걸 몇 번 더 수용했던 것이 아니었을까. 하지만 답은 정해져 있다. 잘못됐다는 걸 깨달았다면 바로잡아야 한다. 무조건 헤어져야 한다.

한국소설에서도 마찬가지로 여성주의적인 관점은 굉장히 수동적이라고 생각한다.

전근대적.

전근대적인 신파가 더욱 실제를 왜곡하는 게 아닌가.

그럼에도 그러한 소설들이 승승장구하는 이유는 수동적인 여자들을 좋아하기 때문일 것이다. 남자들이 그런 여자를 좋아한다는 말이다. 말을 바꾸면 어떤 헤게모니를 쥐고 있는 게 남성들이고 남성들이 선택한 게 수동적인 여성상을 선택한 것과 무관하지 않다고 본다. 소위 진보적인 문학을 한다는 사람들조차도 소설 안에서의 여자가 진보적인 건 수용할 수 없었다는 말이기도 하다. 예로 소위 진보 문학권에서도 『토지』를 인정한 적 없잖은가. 『토지』의 서희가 우리 문학의 여자 계보에서 보면 대단히 선진적인 여자가 분명함에도 인정받은 적 없다고 생각한다. 한국소설 안에서 여성상은 투항의 이미지가 강해서 서양소설을 예로 드는 게 좋을 것 같다. 『보바리 부인』이나 『테스』나 『채털리 부인의 연인』 같은 소설의 여자들이 다 난리가 났던 여자들이잖은가. 그런 소설이 반향을 일으켰을 때 이 작가들 소설 말고 과연 기존 문단과 타협하는 수많은 다른 소설의 여성 캐릭터들이 없었겠는가. 그러나 그런 소설과 그런 캐릭터는 남지 않았을 뿐이다. 한국문학도 아주 망하지 않고 제정신으로 돌아온다면 이건 그런 식으로 정리가 되지 않겠는가. 가끔 생각하는데 부당한 권력에 대해 저항하는 것도 필요하지만 가끔은 그냥 앞으로 가면 되는 때가 있다. 글 쓰는 친구들이 이 잡지를 많이 읽는다고 들었다. 하고 싶은 얘기가 있는데 나는 문학에서 가장 중요한 것은 모더니티라고 생각한다. 셰익스피어를 지금 읽으면 지금에서의 모더니티가 살아난다. 왜 그러냐면 캐릭터가 시대에 함몰되지 않기 때문이다. 인간의 본질을 드러내고 있기 때문이다. 시대가 변하면 그 시절에 맞는 모더니티가 생겨나는 것이 작품의 생명력이다. 『로미오와 줄리엣』에서도 마찬가지이다. 줄리엣이 "무슨 소리예요. 지금은 봉건시대인데 내가 어떻게 저런 남자랑 하룻밤을 먼저 잘 수가 있어요. 엄마한테 허락받아야지." 이랬다면 줄리엣이 살아남을 수가 없었을 것이다. 『춘향뎐』의 춘향이도 마찬가지다. "어디 양반이 어따 대고 나보고 이래라저래라 하나. 나는 죽어도 내 꼴리는 대로 할 거다"라고 말하지 않는가. 그러고는 목숨까지 건다. 우리 소설의 주인공들은 아직도 춘향이도 못 넘고 있다. 그런데 잘 생각해보면 그때 다른 소설들이(혹은 판소리의 캐릭터들이) 없었을까? 구전되는 다른 소설들이 없었을까? 있었을 것이다. 그러나 『춘향뎐』만 뚜렷이 살아남았다. 모더니티만이 살아남는 거다. 후배들한테 말하고 싶은 건 그렇게 눈치 보지 말고 정말 인간의 본질로 파고들면 된다는 것이다. 그게 모더니티고 작품의 생명이다.

여성 얘기하다가 소설 안의 여성을 얘기하다 보니 논점을 잃어버렸다. 다시 돌아가보자.
미안하다. 집에서 내가 남자들(우리 아들들) 위에 군림하고 있으니까 여성에 대한 문제가 생각이 안 난다.(웃음)

예전에는 여성인권의 문제, 한국사회 안에서 여성이 가지고 있는 역할, 지위나 평등에 페미니즘의 초점이 있었다면 요즘은 많이 바뀐 것 같다. 실제 하부사회가 90년대 이후 더욱 보수화, 계급화됐고, 그래서 그런지 여성 문제는 그 내막이 훨씬 더 심각해졌다. 여성의 인권이 안정적으로 바뀌었다기보다는 남성의 하위계급으로 전락한 것 같은 착각이 들 정도다. 사회 분위기와 엉켜 있다는 인상을 받는다. 예전보다 보수화된 남성이 여자들을 자꾸 가르치려고 드는 것 같다. 그런 측면에서 당신에게도 보수집단이나 언론으로부터 공격이 가해진 것 같은 인상이 짙다.

그러니까 예전에 조선일보를 비롯한 보수언론이 나를 공격하는 이유를 몇 가지 생각해본 적이 있다. 그들이 나를 불편하게 생각하면서 유독 재수 없는 여자로 만들어버리려고 하는 의도를 보면서 내 무엇이 저 사람들을 저렇게 불편하게 했을까, 생각해본 적이 있다. 두 가지 정도로 좁혀지는데 하나는 진보적인 정치관을 가진 것에 대한 비판이고, 또 하나는 내가 여자라는 것이다. 더 솔직히 말하면 진보적 정치관 때문이 아니라 여자라는 이유 때문에 저들이 더욱 분노하는 것이다. 여자인데 진보적인 정치관까지 있으니 싫은 것이다. 내가 자란 집에서는 그런 일이 없었지만 결혼생활을 할 때 전 남편들에게 가장 많이 들었던 말이 "여자가 왜 저렇게 나서?" 혹은 "여자가 세"와 같은 말이었다. "남자가 세"와 같은 말은 너무너무 이상한 사람한테나 붙이는 거잖나. 그 말이 한때는 상처였는데 평등한 관계가 아닌 데서 나오는 것이라 이해하고부턴 신경쓰지 않으려고만 했다. 그런데 그게 문제의 시작이 아니었나 싶다. 이해하고 신경쓰지 않으면 끝까지 상대는 모르니까 말이다. 나는 그저 자기 의견을 명확히 표현하길 좋아하고, 어렸을 때부터 남한테 피해를 주지 않는 사람이 되고 싶은 게 다였다. 그 범위 안에서 내가 하고 싶은 대로 하는 게 옳다고 생각했다. 그런데 이런 것 자체가 엄청 튀는 사람으로 기억되는 거였다. 나를 만난 후에 누군가 불편해져서 배척하는 건 상관없는데, 이런 여자의 존재는 참을 수 없어, 이런 말들이 나에게는 엄청 폭력으로 느껴진다.

당신을 대하는 언론의 태도를 보면 사회의 일원 혹은 작가, 활동가, 정치적 관계 같은 맥락이 아니라 거대한 가정의 가부장적인 남성이 여성을 억압하는 느낌이 든다.

보수언론의 나에 대한 기사 중 내가 연관된 형사사건만 언급하고(불행히도 지난 몇 년간 몇 건이었던지) 문학 기사를 쓰지 않은 지가 오래됐다. 내가 한국문학에서 그렇게 후진 존재가 아닌데도 불구하고 말이다. 조선일보는 『도가니』 때부터 안 쓰기 시작했다. 한번은 영문과 후배인 기자가 찾아온 적이 있는데 "너 뭐하러 왔어, 쓰지도 않을 거면서"라고 면박을 준 적도 있다. 예전에 문학 기사를 쓸 때는 사이가 그렇게 나쁘지 않았음에도 정작 기사에서는 '세 번 이혼하고 성 다른 애를 키우는 작가'가 되어 있곤 했다. 그게 그들이 나를 표현하는 수식어이다. 그런 명백한 성차별은 이제 내게 있어 특별히 놀랄 일에 끼지도 못한다. 비슷한 상황의 남자작가들 앞에 이혼이니, 몇 번이니 그런 말이 붙은 걸 본 적이 없다. 그러니까 이건 이데올로기의 문제, 즉 진보나 보수의 문제가 아니었던 거다. 보수적인 가부장이 생각하기에 이혼이라는 것은 굉장히 자신들에게 위협적이라고 느끼는 것이다. 가정이 깨지는 것이라고 여기는 것이다. 모든 이유가 드세고 말 안 듣는 여자 때문이라고 여기는 것이다. 자신이 완벽하게 군림할 수 있는 장벽이 허물어지는 느낌일 것이다. 여자가 성이 다른 아이들을 키운다는 게 그들에게는 절대로 있어서는 안 되는 일처럼 말이다. 그래서 그들은 내게 주홍글씨를 달아놓아야 하는 거다. 보수언론의 태도는 그런 의도에서 비롯됐다고 생각한다.

그럼 그 의도라는 건 가부장적 권위 같은 것들이 무너질까 두려워서 만드는 건가?

내가 세 번 이혼해서 그게 화제가 될 무렵이었는데, 그때 알았다. 나의 불행과 슬픔이 이 사람들에게 위협이 된다는 것을. 어떻게 보면 그냥 조금 시끄러운 한 여자의 이혼, 이런 사소한 걸 가지고 위협을 느낀다는 것을 알았다. 그리고 내가 명랑하게 사는 게 더 못마땅을 부추긴다는 것도 알았다. 망가지고 소설도 못 쓰고 알코올중독자가 되고 정신병원 가고 이래야 하는데 정치적인 발언까지 당당하게 하니 견딜 수 없었던 것이 아닐까.

여성을 경청할 만한 존재로 여기지 않는 남성이 훨씬 많아진 것 같다.

그렇지는 않을 것이다. 그냥 생각 없이 있는 것뿐이다. 요새 아이히만(한나 아렌트, 『예루살렘의 아이히만』)을 보면서 생각한 게 하나 있는데, 한나 아렌트가 이렇게 말했다. "모든 사고의 정지 자체가 악(惡)"이라고 말이다. 이야기는 듣는데 사고하지 않는 사람이 많아진 거다. 만일 어떤 여성이 자신의 주장을 조근조근 이야기하는데 목소리 큰 남성이 "저 여자 시끄러워"하면 모두 입을 다물고, 말하던 여자를 바라보는 거다. 여성에 대한 자기폄하의 전통적 사상 이런 것에 묻혀가는 모든 사람들이 입을 다문다. 진실을 아주 자세히 알기 전에는 그냥 싫은 거다. 그냥 시끄러운 게 싫은 거다. 그래서 원래 큰소리를 치는 남자 대신에 여자에게 말하고 싶은 거다. "너 하나만 조용해지면 돼."

여성이 말하는 것 자체를 싫어한다는 말인가?

예로 나 같은 여자가 말하는 것도 싫어하고 어떤 이슈의 도마에 올라 있는 것도 싫은 거다. 왜냐하면 자기가 생각을 좀 변화시켜야 되기 때문이다. 그게 너무 귀찮은 거다. 나는 이 모든 악의 근원 중 하나가 게으름에 있다고 생각한다. 그 게으름 중 하나가 사고하기 싫어하는 것이다. 한번 뭐에 꽂히면 사고하기가 편하기 마련이니까. 갈릴레이는 지구가 돈다고 말했지만 사람들은 그저 우주가 돈다고 원래대로 믿는 게 편해서 그를 파문할 때 아무도 반대하지 않았다. 이런 게으름이 역사를 퇴보시킨다.

일부 찌질한 남성들이 가진 콤플렉스도 당신을 향하고 있는 것처럼 보인다. 당신은 똑똑하고 예쁘고, 좋은 학교 출신이다.

'일베'를 예로 들면, 이것은 절대로 우연히 생겨난 남자들의 반감이 아니라는 것을 확신할 수 있다. 나는 어떤 거대한 조작이 뒤에서 상당부분 밑받침되고 있다고 생각한다. 보수정권이나 보수언론이 하던 짓을 보면 비슷했다. 예전에 조선일보와 인터뷰한 적이 있는데, 나중에 기사 나온 것을 보니 눈 감은 사진을 대문짝만 하게 실었더라. 예쁘게 눈감은 게 아니라 우스꽝스러운 사진이었다. 어떤 이미지 조작을 유도하는 거다. 일베를 허용하고 방조하는 주체가 누구이고 그것을 누가 운영하느냐 하는 것이 문제의 근본이다. 일부 남자들에서 시작되어 점점 병이 번지는 것이다. 일베 사이트에 누가 돈을 대는지 밝혀야 한다. 특히 나에 대한 폭력은 이명박 정권 이후에 심해졌다. 공개적으로 문재인 후보를 지지한 사람이었고, 여자로선 드물었다. 반대자에게 나는 표적이 되는 거고 그들에게는 시끄러운 여자가 되는 거다.

생각해보니 대선 투표 끝나고 처음 만나는 자리이다. 벌써 3년이 지나고 있다.

맞다. 홍대 근처에서 술을 엄청 마셨던 것 같다. 마지막 공식 외출을 했던 날이다. 인생이 뭐 그런 거 아닌가. 하지만 어쨌든 살아가야 한다. 근래 프랑스 혁명 이후의 유럽사를 다룬 만화를 보고 있는데, 보면서 느낀 것은 나는 그

때 살았어도 똑같은 이야기를 했을 거라는 거다. 프랑스혁명 이후 대반동이 왔는데도 혁명정신은 결코 사라지지 않았다. 지금 우리는 그런 대반동의 시기라고 생각한다. 나는 인간의 그런 부분을 믿는다. 나는 여성으로서 자유를 맛봤다. 여자도 평등하고 똑같은 인간이라는 것을 맛본 후, 나는 필요에 의해 남자에게 복종할 수는 있지만 정신은 절대로 사라지지 않는 것과 같은 것이다. 이 시기를 통과해서 견뎌야 한다.

80년대의 경험이 그런 생각에 영향을 미치는 것인가?

그건 아니다. 세계현대사와 내면의 성장과정을 보면서 깨달았다. 역사와 개인, 즉 세계는 끊임없이 전진과 후퇴를 반복한다. 때때로 원치 않는 일을 겪으면 자존감이 후퇴하기도 하지만 아주 밑으로 떨어지지는 않는 것과 같다. 간혹 후배들이 '고민하고 마음공부를 했는데도 또 제자리예요'라고 하면 나는 모든 정신들은 나선형으로 발전한다고 얘기한다. 그렇다. 나선형 발전 혹은 나선형 후퇴가 우주의 본질과도 비슷한 거 같다. 그래서 발전하고 있지만 잘 모르는 것이기 쉽다. 나선형에서 세로나 가로가 그 지점에 맞아떨어지기 때문에 기시감을 느끼는 것뿐이다. 그래도 어쨌든 앞으로 가고는 있다고 믿는다. 일부 극우들과 반동세력들은 우리나라를 한없이 바닥으로, 혹은 옛날로 끌어내리려고 노력하지만 그들이 절대 끌어내리지 못하는 게 분명히 있다.

최근 일고 있는 국사 교과서 국정화 논란에 대해서도 마찬가지의 시각인가?

김대중, 노무현이라는 역사상 초유의 개혁정부를 보내고 나서 반동이 올 거라고 생각했다. 역사라는 것은 결코 앞으로만 나가는 것은 아니라는 것을 우리는 역사 교과서를 통해 배웠으니까. 또 한 번 역사를 빌려 말하자면 사초를 손대는 통치자는 결코 좋게 기억되지 않는다는 것을 말하고 싶다. 그런 맥락에서 이 정부는 임기도 얼마 남지 않았는데 이런 일을 벌이는 것은 매우 어리석은 짓이라고밖에 생각이 안 든다. 큰 틀에서 봤을 때 이번 일로 역사가 후퇴할 거라고 생각하지 않는다. 이 반동조차 앞으로 나가기 위한 진폭이라고 생각한다. 얼마 전에 경향신문에 기고한 황현산 선생님의 글을 읽고 참 좋았다. 마지막 구절에서 이런 말이 나온다. '지옥을 지옥으로 인식하면 이미 지옥을 벗어나는 것'이라고. 헬조선이란 말 속에서 이미 지옥을 인식하고 있으니 우리는 이미 지옥을 벗어났고 희망은 여전히 유효하다는 뜻이다. 그 말을 읽고 눈물이 났다. 그 글은 지옥 같은 현실 속에서 지옥을 인식함으로써 지옥을 벗어나는 첫 번째 단초를 마련하고, 결국엔 희망을 이야기하는 사람, 그 희망은 잘사는 것이 아니라 조금 더 인간다워지려는 희망을 가져보자는 것이었다.

그런 의미에서는 훨씬 방관이 심했던 것 같다. 기대감도 없었지만 더욱 절망적이다. 대안일 수 있는 야당의 상황도 별반 다르지 않게 보인다.

요즘 나는 야당이 참 싫다. 존경하는 교수님이 그러더라. 좋았다 싫었다 하지 말고 한번 밀었으면 바뀔 때까지 쭉 밀어주라고. 맹목적인 보수들 좀 보라고 말이다. 맞는 말씀인 것 같다. 그러니 싫다고 한 얘기는 빼달라. 대신 야당이 좀 젠틀하지 않았으면 좋겠다, 제발. 지금 젠틀할 때가 아니지 않은가.

맞다. 나도 같은 바람이다. 야당은 야성을 회복해야만 한다.

교황님이 되게 멋있는 이유가 가난하고 불합리한 상황에 놓인 사람들을 바라볼 때는 부드럽고 눈물짓지만, 돌아서 뒤에서는 진리에 벗어난 성직자들을 예외 없고 용서 없이 다 잘라버리는 것이다. 너무 멋있지 않은가? 그런 야성을 회복해야 한다.

최근에 미국의회에서 연설했던 내용을 봤는데 올해의 어떤 문학도 그 이상을 차지할 수 없을 것 같았다.

맞다. 말과 글에 그 사람의 정신이 보이는 거니 당연하다.

왕따였고 여전히 왕따다

어렸을 때 왕따였다는 게 정말인가.

잘난 척이 너무 심해서 그랬을 거다.(웃음) 몇 년 전에 우연히 고등학교 동창을 만났는데 "이 나쁜 계집애가 잘난 척하면서 우리 반 69명 모두 왕따시켰"다는 말을 들었다.(웃음)

진짜 그랬는가보다.

나도 니들이랑 안 놀이, 그런 기었는데, 실은 힘들었나. 상처노 많이 받은 만큼 더 미웠던 거 같다. 어렸을 적부터 그랬으니 웬만한 왕따는 개의치 않고 넘어가곤 했는데 잘 안 되는 것도 있더라. 아는지 모르겠지만 나는 데뷔 초부터 왕따였고 악플에 시달렸다. 문단에서도 별반 다를 바 없었다. 얼굴로 책 판다고 왕따시키고(웃음), 그다음엔 운동권 팔아서 책 판다고 왕따시키고

(웃음), 또 페미니즘 팔아 책 판다고 악플에 시달렸다. 지금 생각하면 정말 웃긴 말들이다. 지금은 돌아가신 한 여성 원로작가가 내게 직접 '공지영 씨는 얼굴이 예뻐서 책이 그렇게 잘 팔린다면서요' 하고 인터뷰에 대놓고 말한 적도 있다. 훌륭한 분이라고 여겼는데, 그건 좀 수준 낮은 이야기였다. 그건 나를 작가로써 폄하할 때 가장 쓰기 좋은 말이다. 문단하고도 친한 줄 알았는데 왕따인 걸 그때 알았다.

지금 한쪽에서 가해지고 있는 폭력성과 분위기가 비슷하다.

그렇다. 그것 때문에 내가 정신과 병원도 다녔었다. 하지만 그것은 좋은 기회였던 거 같다. 나 자신의 줏대를 확실히 세울 수 있게 도움을 받았으니까. 내가 왕따당한 것보다 너무 가슴 아팠던 일이 하나 있다. 막내가 인터넷에 떠도는 내 얘기 때문에 친구들에게 왕따당한 일이 있었다. 큰애하고 둘째도 마찬가지였던 것을 나는 나중에 알았다. 아이들이 너무 괴롭고 힘들었다고 했다. 사랑하는 사람들이 그런 꼴을 당하는 걸 보니까, 원래 상처도 크지만 더 큰 상처가 생겼다. 가슴이 미어지고, 엄마로서 실의가 컸다. 우리 애들을 아프게 한 사적인 부분도 미안해 죽겠는데, 화가 나서 죽을 것 같았다. 그래서 가만히 있으면 안 되겠다고 결심했다. 근본적으로 허위사실과 악의적인 글을 올리는 사람들을 찾아서 가만두지 않겠다고 다짐했다. 귀찮고 힘들어도 찾아내서 혼을 내줘야겠다고 마음먹었다.

그래서 찾아서 처벌했나?

그렇다. 그런데 찾고 보니 그 다수라는 게 허깨비들이었다. 한시라도 강력한 누군가가 나타나면 변절이 준비된 자들이었다. 아마 갑자기 민주정부가

들어서서 그런 자들을 척결하기 시작하면 당장 회개할 인간들이었다.

그럼 도대체 그들은 왜 그러는 것인가?

어떤 친구가 나한테 난데없이 메일을 보내온 적이 있다. 지레 겁을 먹고 자기를 한 번만 용서해달라는 내용이었다. 아마 게시판에 내가 악플러들을 찾아서 처벌을 받게 할 거라는 소문이 돌았던 모양이다. 구구절절 이유를 늘어놓기에, 대체 내게 왜 그러는 거냐고 물어본 적이 있다. 그랬더니 자기는 시골에 사는 재수생이라며 공부도 못하고, 너무 속만 상하고, 스트레스 많은데, 우연히 그 사이트에 들어갔더니 모든 사람들이 다 선생님을 물어뜯더란다. 그래서 그래도 되는 줄 알았다고 하더라. 그런데 나는 대부분이 그런 사람들일 거라고 봤다. 그냥 재미있어서 그러는 거다. 재미엔 철학이나 정치관이 실리기 쉽지 않다. 그러니 실체 없는 허상인 거다.

거의 애들이란 말인가.

애들도 있고 큰 사람도 있을 거다. 자기 판단에서 내가 그렇게 막돼먹은 여자이고, 그게 싫어서 그런 거라면 그들에게도 욕할 자유가 있다고 본다. 그런데 나는 그런 사람도 아니고 그 사람들이 나라는 인간을 그렇게 미워할 정도로 나에게 관심이 있다고 생각하지 않는다. 정말 나라는 인간을 미워할 정도로 그렇게 관심이 많은 게 아니다. 화가 나는 것도 이해를 해버린 것도 그 부분이다. 나는 결국 정치의 많은 부분, 권력의 의도 같은 것이 내게 영향을 미치고 나와 내 아이들을 상처 입히고 있다고 판단했다.

그럼 요즘 재밌는 것은 무엇인가?

소설이다. 뭐랄까 이제 소설에 아무것도, 아무것도 바라지 않으니 재미난 거다. 하지만 인생에서 우리는 눈치를 보며 살 수밖에 없잖은가. 그게 다 나쁜 것도 아니고, 그래도 그중 불필요한 것들을 찾아 하나둘 깨고 보니까 자유롭고 재미있는 일이 많아지더라. 내가 마지막으로 눈치 본 게 가톨릭이었는데…… 몰랐다. 위험하다는 건 알고 있었지만 교정위원 탈락 건으로 천주교와 마찰이 생겼다. 5년 만에 욕을 했다. 하느님 이거 절대 고해성사에서 잘못했다고 안 하겠어요, 기도도 했다. 가톨릭 비판하면 정말 또 왕따가 될 게 분명한데, 왕따는 이제 내 운명인 것 같다.

신과의 문제가 아니니까 괜찮을 거다.

프란체스코, 아딜라, 테레사 같은 성인도 당시 교회관료들이랑 불화했었다. 절대 내가 그렇게 훌륭한 성인이라는 말이 아니다. 진리, 아니 진리는 고사하고 진실, 아니 그것도 아니고 거짓 아닌 데로 가는 길이 비단길이면 왜 사람들이 안 가겠는가. 진리로 가는 길은 항상 가시밭길인데 그래도 가는 사람들이 있으니까 지금의 우리도 있는 거다. 그래도 아직 가톨릭은 건강한 편이다. 오히려 그래서 비판할 가치도 있다고 생각하는 것이다. 『우리들의 행복한 시간』 이후 나는 이제 자유롭게 살겠다고 다짐했었다. 그때 머릿속에 어떤 이미지가 떠올랐는데 그건 '피에 젖은 맨발'이었다. 두려웠다. 내가 자유롭게 살려면 내 발이 피에 젖을 거라는 생각을 했다. 하지만 근데 그게, 막상 걸어보니 아프긴 한데 그때그때 약도 있고 업어주는 사람도 있고 생각

만큼은 피에 별로 안 젖더라.(웃음)

13년간 사형수를 보듬으며 봉사해왔던 교정위원직에서 최근 석연치 않은 이유로 해촉되었다. 사형수들에게 교정위원은 어떤 존재인가? 재위촉 탈락에 대한 솔직한 심정이 복잡했을 것 같다.

13년째 교도소에 출입하면서 재소자들 봉사랄까 상담이랄까 그런 부드러운 일을 하고 있었다. 교정위원은 아무 대가가 없는 일이다. 그런데 역사상 교정위원 중에 해촉된 사람은 내가 처음이라더라. 그쪽에서 해촉 이유를 말하기를 자질 문제라고 하더라. 어이가 없었다. 10년 전 늙어서 교정위원을 그만둔 사람 해촉해달라고 몇 번이나 정리 의견을 내고도 아직도 해촉 안 한 법무부가 나를 콕 찍어 해촉했으니까, 물론 기분이 좋지 않았다. 사상검열 당하는 느낌이랄까. 법무부에서는 민간인 신분으로 다닐 수 있으니 마음껏 다니라고 한다. 정부가 발급한 증(?)을 더 이상 발급하지 않겠다는 의미로 받아들였다. 정부가 인정하는 착한사람증(?)을 내게 발급하지 않겠다는 의미다. 그래서 얼마 전에 민간인 신분으로 교도소에 갔다. 메르스 사태 때문에 몇 달 못 들어갔었는데 오랜만에 들렀더니 그쪽에서도 매우 반가워했다.

나라면 감당이 힘들 것 같다. 당신 개인에게 엄청난 폭력이 가해지고 있는 것뿐만 아니라 또 많은 사람들이 그것을 바라보며 오랜 시간 묵도하고 있다는 생각이 든다.

괜찮다. 모르게 지지해주신 분들도 의외로 많다. 가끔 그런 분들의 편지나 따스한 손길을 받으며 혼자 울기도 한다. 나는 그리스도교를 어렸을 때부터 믿었기 때문에 의인들이 항상 박해받는다는 것을 알고 있었다.(웃음) 몇천 년의 역사가 그것을 증명하고 있다. 나에게 항상 중요했던 건 누가 나를 박해하고 모함하는 게 중요한 것이 아니었다. 나는 내가 옳은 길을 가고 있고 나 자신에게 올바르고 부끄럽지 않게 사는 게 너무 중요했다.

종교적으로 믿음이 더 커지는 것을 느낄 수 있다. 큰 계기가 있었을 것 같다.

진정한 종교는 나를 자유롭게 만든다.

종교는 죽음과 삶으로부터 자유를 얻기 위해 다가서지만 실제론 종교 자체에 속박당하고 함몰되어가는 사람들이 많은 게 사실이다.

잘못된 믿음이 그렇게 만드는 게 아닐까. 글이 나한테는 그렇게 중요하지 않았다. 더 자유로워지고 싶었으니까. 오래전에 글과 내가 하나가 되었다는 느낌을 받은 적이 있었다. 가식 떨지 않고 수식하지 않고 있는 그대로를 말하고 싶은 욕망이 엄청나게 올라왔는데, 글이 구원의 유일한 종교였을 때가 있었다. 글쓰기가 내게는 일종의 구도의 길인 거였다. 그런데 종교는 문학보다 한 수 위다. 프란체스코 교황처럼 말하자면 가장 낮고 가난한 사람들 속에서 내가 가야 할 길을 발견하게 해주니까 말이다. 그리스도가 안내해주니까 그게 더 자유로운 것이다. 글쓰기는 내가 그 길을 찾아 자유로워졌다면 종교는 그 길의 안내자라고 말해도 될는지 모르겠다. 글을 쓰는 동안에는 두려움이 사라지지 않았지만 신앙 안에서는 아무것도 두렵지 않다. 그게 자유다. 지금 이 곳이 절두산이지만 여기 김대건 신부 같은 사람도 있다. 무엇이 그를 역경 앞에서도 당당하게 만들었을까?

뒤에 동상이 있다.

앗, 김대건 신부님이 여기 계신 걸 몰랐다. 내가 뒤에다 대고 뒷담화를 하고

있었다.(웃음) 어쨌든 나는, 요새 그렇다. 뭐든지 감사하다. 실은 이 모든 것에
도 불구하고 평화롭고 약간 행복하기까지 하다.

종교로 자유를 얻는다는 게 온정주의로 들린다. 다른 사람에게도 행해져야 하는 자유처
럼 들린다.

그렇다. 예를 들면, 내가 어떤 발언을 하거나 어떤 행위를 할 때 그 기준이
이렇게 해서 누가 어떤 이런 게 아니라, 이게 옳을까, 이게 사람들에게 도움
이 될까, 그런 생각이 나를 거꾸로 자유롭게 만든다. 그것으로 인해 내가 어
떤 피해를 받는다고 해도 어쩔 수 없다. 내가 회피함으로써 얻는 불편함보
다 그로 인해 받는 고통이 편하다. 그런 것이 내게는 자유다.

실제 요즘은 가톨릭의 어떤 부정함과 갈등을 빚고 있는 것으로 알고 있다. 성직자를 주인
공으로 다룬 「높고 푸른 사다리」를 보면 가톨릭의 희망적이고 낭만적인 시선이 넘쳐 보인
다. 그걸 쓸 때와 지금은 다른 시각인 건가.

돈과 권력이 모이면 필히 부패가 일어나기 마련이다. 내가 몰랐을 수도 있
다. 잘 알지 못하지만 알게 모르게 비리도 많을 테고 가진 권력이 너무 크다.
교회가 너무 비대해졌고 돈도 많아졌다. 인간들이 모였는데 돈과 권력이 있
다. 이러면 죄를 지을 수밖에 없는 구조라고 생각한다. 그러나 그것은 가톨
릭에 대한 비판이 아니라 어쩌면 타락하고 남을 억압하고자 하는 끝없는 인
간의 본성에 대한 비판일 수도 있을 것이다. 나라고 거기서 자유로운 것은
아니니까.

잠깐 소설 이야기를 해보면 「도가니」나 그전의 사형수 이야기를 다룬 「우리들의 행복한

시간』도 그렇고 인권적인 문제에서 구원의 문제로 넘어가고 있는 것처럼 읽힌다.

다음 소설에서도 구원의 문제를 다룰 예정이다. 그런데 그걸 다뤄야지, 하고 쓰는 건 아니다. 그냥 쓰는 건데 내가 많이 산 모양이다. 인간에게 진짜 무엇이 필요한가, 하는 질문으로 소설을 쓰는데 사람들이 그걸 구원의 문제라고 하더라. 작가가 되고 처음 여성 문제에서 소설을 쓰기 시작했다면 중년의 요즘, 나를 지배하고 있는 건 '허무'라는 것이다.

허무한가?

삶이 엄청 허무하다. 오십이 되던 때였는데, 어느 날 '인생이 이게 뭐야?' 그런 생각이 들더라. 책을 서른 권 가까이 내고도 인생이 이렇게 허무한데 다른 사람은 어떡해? 그런 생각이 들었다. 결혼하고 이혼한 것도 아무것도 아닌 게 되고, 애들이 공부를 못해 대학을 떨어진 것도 아무것도 아닌 게 되었다. 평론가들이 나를 뭐라고 하든 상을 주든 안 주든 솔직히 상금에는 관심이 있고 나머지는 어째도 좋았다. 왜냐하면 돈은 조금 위로가 되긴 하더라.(웃음) 돈이 있으면 조금 더 편하고 사소한 일에서 조금은 덜 비굴하게 살 수 있으니까. 그래도 돈이 전부가 되지는 않는다. 허무를 조금 편하게 느끼게 하는 정도다. 하지만 내가 추구하는 가치에 돈이 위배된다면 이것도 버려야 될 때가 올 것이다. 지금은 다 버릴 수 있을 거 같다. 그게 허무란 것이다. 단 내가 못 버리고 있는 게 있다면, 미모뿐이다.(웃음) 미모에 대한 집착을 못 버리니까 늙는 것에 대해 두렵고 젊다는 것에 대한 집착이 생기는 것 같다. 그거 되게 무섭다.(웃음)

지금도 예전이랑 똑같다. 내가 스물두 살 때 우연히 교보문고에서 본 적이 있다.

지난번에도 얘기했었다. 둘째 임신하고 만삭이었을 때였다.

맞다. 여름이었고 민소매 원피스를 입고 있었다. 그때도 그랬지만 지금도 여전히 아름답다.

내가 좀 아름답긴 하다.(웃음)

나이 먹으면서 조금씩 변해가는 모습도 좋아 보인다.

그게 상당히 의식된다. 내가 얼굴을 책임져야 하는 시기가 된 거니까.

작가라서 더 그런 것 같다.

그렇다. 선배 중에 그런 의미에서 얼굴 관리를 제대로 한 사람이 아무도 없는 것 같다. 예를 들면 수전 손택이나 제인 구달 같은 미모, 굉장히 아름답잖은가.

잘 늙은 여자의 얼굴. 버지니아 울프도 생각난다. 이르게 잘 죽은 느낌이랄까?

우리는 이미 놓쳤다. 벌써 노년으로 가고 있다.

그런가?

사실은 오늘 내가 좋아하던 어떤 신부님이 돌아가셨다. 갑자기 너무 허무하게 돌아가셨다. 지난 6월에 울릉도에도 같이 갔었다. 그때 같이 동행했던 신부님보다 훨씬 건강하게 산도 잘 올라가고 그랬는데…… 내가 많이 슬퍼하니까 수도원에 계시는 다른 신부님이 그러더라. "워낙 세상에 미련이 없는 사람이잖아요. 그래서 빨리 갔을 거예요." 순간, 가슴이 뭉클해졌고 '아, 나도 저렇게 가고 싶다'라는 생각이 들었다. 요즘 죽음을 많이 준비하고 있다. 지상에서 나를 떠나지 못하게 막는 모든 것들을 조금씩 정리해나가고 있다. 거기에는 막내가 스무 살이 되는 것도 있었는데 잘 크고 있다. 이제 거의 다 컸고. 작년부터 그런 것들을 차근차근 준비하고 있는데 괜찮다.

아까 말한 자유로움과 같은 건가. 그래도 많은 것들이 귀찮게 하지 않는가.

죽음에서도 점점 자유로워지고 있다. 사람들이 나를 비판하는 건 이제 신경 안 쓴다. 책도 아무것도 아니고 결혼도 이혼도 아무것도 아닌데 뭐가 아무 거란 말인가. 그렇지만 당장 김득중 씨가 쌍용자동차 앞에서 단식하고 있는 것은 내겐 "아무" 그러니까 "어떤 것"이다. 지금 해결해야 하는 큰 문제(당시 김득중 지부장이 단식 중이었다.)니까. 그런데 그런 생각이 들더라. 또 싸워야 하는 문제고 화나는 문제이긴 하지만 이제 나한테 예전처럼 땅을 치고, 절대 안 돼! 하고 울 일은 없을 거라는 생각이 들었다. 싸우는 거와 평화, 싸우는 거 와 자유로움은 별개라는 생각이 들더라.

작가들은 그런 의미에서 위험한 것 같다. 책상 앞에 앉아 있는 것과 현장과의 괴리감에 갈 등하는 것 말이다. 용기를 내야 하는 일이 항상 위험의 기로에 서 있는 것처럼 느껴진다.

어떻게 위험하지 않고 작가가 된다는 말인가. 당신들 아까 뭐라고 말했던 가. 내 안에 있는 뭘 깨부수라고?

얼어붙은 바다. 우리가 한 건 아니고 카프카가 편지에 썼던 문장이다.

말 잘 듣는데 어떻게 작가가 될 수 있겠는가.

이제 소설에서도 그런 걸 다루고 싶어 하는 작가는 거의 없는 것 같다.

전에 요즘 소설에 대해 어떻게 생각하느냐는 질문을 받고 내가 읽은 게 없다고 그랬더니, 읽은 걸로 이야기를 해달라는 질문을 받은 적이 있다. 그래서 "저보다 더 늙은 것 같아요, 젊은 작가들이"라고 한 적이 있다. 근데 늙는다는 것, 젊다는 것은 작가에게 있어서 절대로 나이의 문제가 아니다. 용기와 양심의 문제이다.

아직 우리는 자유롭지가 않다. 소설 쓰면서 눈치를 본다는 말이 넘치는 요즘이다.

눈치를 보니까 잘 먹여주고 잘 대해주고 돈도 많이 준다면 생각해볼 일이다. 그런데 눈치 보는 분들에게 눈치 주는 주체들이 별로 그러지도 않은 것 같다.

그런 의미에서 문단에서의 창비의 역할이 어떤 때보다 중요하다고 생각한다. 하지만 요즘의 상황과 대응을 보면 그런 것을 기대하기 힘든 것 같다.

처음 창비에 가서 느꼈던 게 의외로 관공서 같았다. 놀라기도 했지만, 나름대로 해야만 하는 역할이 7, 8, 90년대에 있었다. 또 잘해왔다고 생각했다. 『동의보감』『나의 문화유산 답사기』 같은 책으로 돈을 벌면서 상업적으로 변한 거다. 내 책도 창비의 이름으로 많이 팔렸으니 책임이 없다고는 할 수 없겠지만 나는 그것도 나쁘게 보지는 않았다. 한편으론 영향력을 가지고 가난한 작가들을 발굴하고 역량을 발휘할 거라 생각했으니까. 하지만 지금은 아니다.

근래 문학적 상황에 대해선 어떻게 생각하나? 독자들은 굉장히 냉소적인 반응이고 문단

내부는 독자들의 온도와는 다르게 시끄러운 것 같기도 하다.

문학에 권력이 있나? 댓글에 달린 걸 봤다. 인생을 살아오며 절절히 느낀 것이 하나 있다. 언제나 똑같은 원칙이 보였다. 그것은 그나마 진실이 모두를 덜 다치게 한다는 것. 진실이 우리를 해칠 것 같고, 바르게 얘기하면 고통을 받을 테니 숨겨야 할 것 같지만, 아니다. 진실만이 우리를 가장 덜 다치게 할 수 있다.

그 말 멋있다. 한편으로 창비의 대응이 다른 논란을 부르고 있다.

'알아서 하겠지요. 내 알 바 아니지' 같은 말밖엔 할 말이 없다. 〈바람과 함께 사라지다〉 마지막 대사가 그거다. 남편이 떠난다고 하니까 스칼렛이 "당신이 오지 않으면 어떻게 해야 하나요"라고 묻는다. 대답은 이렇다. "Frankly, my dear, I don't give a damn.(솔직히 그건 내 알 바 아니요.)"

나는 이 세상 모두가 유기체로서의 운명을 가지고 있다고 생각한다. 작품도 그렇잖은가. 창비라는 커다란 출판사에 왜 자기운명이 없겠는가. 그런데 운명을 관리하지 않거나 불의한 것을 시정하지 않고 안이하게 견딜 때, 일찍 조로하거나 사라져버리는 게 자연의 법칙 안에 많지 않은가. 창비가 이 시련을 도려내는 아픔으로 삼으면 좋겠지만 그럴 리가 없다.(이건 내가 점쟁이가 아니라 인간이 그렇듯 조직도 그렇게 쉽게 변하지 않는다. 알지 않는가.) 하지만 이 말이 너무 상투적이라 해도 그것 말곤 답이 없다. 얼마나 자주 적용되면 상투어가 되었겠는가. 도려내는 아픔으로 삼는다면 살아나겠지만 아니라면 사라지게 될 것이다. 독자들은 굉장히 똑똑하고 의외로 무섭다.

우스갯소린데 『도가니』 때 작가사진이 인상적이었다. 창비는 참 이런 것도 마케팅 활용을

잘하는구나, 했었다.(웃음)

지났으니까 하는 말인데 나도 가슴골 나온 사진 때문에 안티들한테 욕 많이 먹었다.(웃음) 내 가슴이 그렇게 컸나 싶었다. 그런데 요즘엔 그렇게 찍히는 사진이 좋다. 옛날에는 내가 섹시했기 때문에 섹시한 사진이 안 좋았는데 지금은 섹시하지 않으니까 좋은 거다.(웃음)

우리에게 재미없는 이야기란

당신 소설엔 온정이 넘친다.

소설에서만 그런가? 아니다. 나는 원래 온정이 넘치는 사람이다. 정에 겨워서 인생을 말아먹은 사람이다. 그런데 다른 사람을 도와준답시고 거기에 의지하고 그러다 보니, 이상한 일에 자꾸 휘말리게 되니까 자꾸 피하고 싶어지는 마음이 드는 거다. 그래서 요즘에 회개했다. 남을 돕는 것을 망설이지 않고 하며, 했으면 후회하지도 않게 해달라고 기도하고 있다.

근래에는 소설보다 산문을 많이 쓰는 것 같다. 어쨌든 산문이 직접적인 이야기라면 소설은 진실을 바탕으로 허구적인 것들을 활용하고 압축하거나 빗대서 간접적으로 이야기하는 것이라고 생각한다. 산문으로 얘기하는 게 편한가?

편하다. 산문은 시간만 되고 체력만 되면 몇 권이고 써낼 수 있다. 그냥 나이만 든다고 생각이 많아지는 건 아닌 것 같다. 마음공부를 많이 해야 했고 책도 많이 읽어야 했다. 그러다 보니 드는 생각이 어떻게 하면 이 불행의 상태에서 벗어날 수 있을지 고민이 드는 거다. 삶의 어려운 여정들을 남들보다 많이 거쳐왔기 때문에 그런 것을 나눠주고 싶었다. 사람들과 나누고 싶은 게 많이 있다. 그런 것을 표현하는 데엔 산문이 편한 것 같다.

어쨌든 그게 그런 것이 소설에 활용되면 리얼리즘이란 생각이고, 큰 효용을 이끌어내는 것 같다. 하지만 때론 그런 소설을 촌스럽게 여기는 사람들도 있다. 리얼리즘을 화두로 삼은 작가들에겐 그래서 어떤 사명감 같은 게 깃들어 있는 것 같다.

촌스럽지 않은 분들의 소설도 재미있으면 찬성한다. 그러나 진정한 의미의 활자적 재미조차 없다, 그저 지리멸렬하게 느껴진다, 나는 서사가 있는 소설이 좋다. 서사가 도도히 흘러가는 느낌만 주는 소설. 내가 김훈 선생님이랑 친해지게 된 계기가 있는데, '당신은 소설을 왜 쓰십니까' 하는 질문에 그분과 나만 밥벌이하기 위해 쓴다고 말했다더라. 요즘에는 다들 그런 말 많이 하더라. 직업이니까 쓰고, 문학하기 위해서 쓰고. 다 맞는 얘기일 거다. 돈만 벌려고 소설을 쓰지는 않지만 돈을 벌려고 소설을 쓰는 것은 맞는 얘기 같다. 작가의 사명은 나중에 따라오는 것이다. 『우리들의 행복한 시간』을 쓴 뒤로는 소설의 재미에 대해 많이 생각한다. 소설만이 줄 수 있는 재미는 무엇일까. 우리가 말하는 도도한 흐름은 무엇일까, 고민한다. 인생에 대한 절묘한 통찰 같은 거 있잖은가. 그게 내가 가진 유일한 사명감이다. 소설을 보면서 무릎을 치게 되고 묘사 하나가 좋아지는. 예전에 나는 『토지』를 읽으면서 페이지를 넘기기 싫어했었는데 그런 고민이 작가의 사명감이어야 한다고 생각한다. 소설이 줄 수 있는 재미로부터 고민되는 것 말이다.

인터뷰를 위해 뭔가 준비하면서 뒤져봤더니 초기작 말고는 변변한 비평도 없고 소설로 향하는 질문도 별로 없었다. 문단이 너무 소홀한 거 아닌가.

내가 참 운이 좋았던 게 내가 7, 80년대 중반까지 활동하던 작가였다면 나는 생존하지 못한 작가가 되었을 거다. 90년대에 활동을 시작했고 2000년대에 본격적으로 독자를 만났는데 좋은 시절을 타고난 것 같다. 내가 작가활동을 시작한 시대는 특정한 부류만 소설을 읽는 시대가 아니었던 거다. 20세기는 엘리트가 대중이다. 소수의 엘리트가 독점하던 문화는 사라졌다. 인터넷 다중매체의 확산 때문에 나는 살아남았다. 운이 엄청 좋았다고 생각한다.

'이 글을 쓰는 마지막 순간까지도 신열에 들떠 며칠씩 누워 있어야 했지만 그런 의미에서 나는 이 글을 쓰며 행복했다. (중략) 내가 어떤 삶을 살든 내가 어떤 작가라는 사실을 받아들이는 어떤 순간만큼 고통스럽고 행복했다'라고 '작가의 말'에 쓴 적이 있다. 스스로를 위안하는 말처럼 들린다.

현실을 보면 고통스러운데 그것을 형상화시킬 수 있다는 사실이 너무 행복했다. 현실 자체는 말하자면 끔찍하고 돌아버릴 것 같지만 그것을 형상화해내는 일은 행복했다. 그런 점에서 나 자신은 작가라는 직함을 떼어내어 생각할 수 없다는 결론을 얻었다. 90년대 내내 작가를 그만두어야겠다고 생각했다. 그래서 7년을 쉬었던 거다. 자꾸 그런 생각만 들었다. 도대체 왜 소설을 써가지고 유명해져서 사람들 입에 오르내려야 하나, 그런 생각뿐이었다. 억울하고 이해할 수 없었던 거다. 밥만 먹고살 수 있다면, 이딴 걸 안 하고 살 수 있다면 좋을 텐데, 그런 생각만 했었다. 하지만 다시 글을 써야만 했던 중요한 이유가 있었는데, 돈이 필요했다. 난 할 줄 아는 일이 없었고 할 수 있는 유일한 것은 글쓰기였다. 그래서 다시 썼다. 애들을 먹여 살리고 키워야 했으니까. 2004년부터 다시 책을 내기 시작해서 『즐거운 나의 집』이후부터 생각이 바뀌었다.

『즐거운 나의 집』에 개인적 서사가 많이 들어간 것 같다. 주제의식도 그렇고 넓어진 느낌이다.

나 자신을 우스꽝스럽게 드러낸다는 게 지금 보면 아무렇지도 않지만 그때는 엄청 두려운 일이었다. 글 쓰는 엄마가 소설에서는 불쌍하지 않게 나온다. 우리 딸이 나를 바라보는 것을 투영해서 썼는데 실제론 우리 딸은 나를 엉뚱하고 황당하고 불쌍하게 생각한다. 그걸 묘사하는 데 두렵더라. 그런데 막상 질러버리고 나니까 자유로워졌다. 7년간 아무것도 안 쓰다가 소설을 쓰는데 쉬울 리 없는 게 당연한 일 아닌가. 그 소설은 두려움으로 썼다. A4 한 장 정도를 쓰고 나서 어떻게 써야 할지를 몰라서 식은땀 나고 벌벌 떨리고 만약에 내가 돈이 있었다면, 애들이 없었다면 나는 더 이상 쓰지 않았을 거다.

그럼 전남편들이 소설을 다시 쓰게 했다는 말인가.(웃음)

전남편들도 그렇고 우리 애들도 그렇다면 그렇다. '내 짐이, 내 십자가의 날개가 되었다'라는 표현을 한 적이 있다. 『즐거운 나의 집』『도가니』같은 소설을 쓰면서 드는 생각이 내 삶이 앞으로 한 달밖에 남지 않았다 선고받는다 해도 나는 글을 쓸 것 같은 확신이 들었다. 지금도 그 마음에는 변함이 없다. 만약 시한부 선고를 받는다면 내가 사랑하는 우리 애들에게 남길 글을 쓰고 죽고 싶다.

올해 노벨문학상 수상작가로 논픽션 작가인 스베틀라나 알렉시예비치가 선정되고, 2009년 쌍용자동차 2646명의 해고 발표 이후 시작된 77일간의 파업과 스물두 번째 죽음까지를 현장 목소리로 담은 『의자놀이』가 떠올랐다. 일본의 노벨문학상 수상자인 오에 겐자부로도 이전에 원폭 피해자의 목소리를 받아 적어 『히로시마 노트』라는 르포르타주

를 발간한 적이 있다. 작가의 양심적 역할 혹은 사명은 무엇이라고 생각하는가?

역사적으로 매우 의미 있다고 생각한다. 오륙 년 전부터 '나'라는 사람의 정체성을 소설가에서 작가로 바꾸었다. 현대세계라는 게 이제는 소설 하나에 담아내기가 어렵다는 시대적 변화를 읽었다. 소설이라는 장르보다 훨씬 빠르게 혹은 다이내믹하게 변하는 현대가, 현실은 다른 그릇이 필요했다. 소설보다 우리에게 직접적인 기록의 가치가 있다고 생각했으니까. 『의자놀이』 등 직접적 진술들을 많이 펴내는 이유가 그런 맥락이다. 이번의 수상 소식을 접하면서 '아, 이제 현대세계가 나와 같은 인식을 하고 있구나. 문학이라는 게 결코 저 좁은 세계에 가둬지는 게 아니구나'라는 생각을 했다. 소설이라는 장르가 태어난 지 200년이 채 안 되는데, 그때의 시대적 변화 요구에 의해 탄생했다고 생각한다. 문학은 영원하지만 그 형식은 얼마든지 변할 수 있는 것이다. 그것의 다양성을 인정해준 올해 노벨문학상이 참 멋졌다고 느꼈다. 나로서는 삶이라는 게 항상 글쓰기와 떨어질 수 있는 게 아니어서 기쁘다. 내가 어떤 사명을 느끼는 건 아니나 주변에 어떤 것이 있고 그것이 심지어 아프거나 위대한데 어떻게 안 쓸 수가 있겠는가. 인간이 가지고 있는 타자에 대한 공감과 연민의 능력은 위대하다. 내가 엉뚱하게 빗나간 건 아니구나, 하는 안도감이 들기도 했다.

그런 의미에서 작가란 무엇이고 소설이란 무엇인가?

옛날에는 '소설이란 무엇인가' 하고 질문하면 대답이 줄줄 나왔다. 요새는 소설이 정말, 정말 모르겠다. 새 소설을 시작하는데 요즘, 그래서 더더욱 진짜 소설이 뭐지? 하는 질문을 스스로에게 하고 있다. 일본 영화 감독인 구로사와 아키라가 인터뷰에서 한 말이 있다. 손주가 쓴 짧은 글을 인용하더라.

"우리 강이지는 이상하다. 어떤 때는 여우 같고 너구리 같고 어떤 때는 곰 같고 어떤 때는 돼지 같다. 그런데 우리 강아지는 개다." 이렇게 말하면서 영화가 무엇인가 물어볼 때 그 손주의 말로 답하더라. 많이 공감했다. 나도 그 말로 인용해보자면, 소설이란 무엇인가 하면, 시 같고 영화 같고 드라마 같기도 하지만 소설은 소설이다.(웃음) 그런 말로 대신할 수 있을 거 같지만, 정말 잘 모르겠다.

공지영

1988년 계간 『창작과비평』 가을호에 단편 「동트는 새벽」을 발표하며 작품활동을 시작했다.
장편소설 『높고 푸른 사다리』 『도가니』 『즐거운 나의 집』 『사랑 후에 오는 것들』 『우리들의 행복한 시간』 『봉순이 언니』 『더 이상 아름다운 방황은 없다』 『착한 여자』 『고등어』 『무소의 뿔처럼 혼자서 가라』 『그리고, 그들의 아름다운 시작』 등이 있고, 소설집 『인간에 대한 예의』 『존재는 눈물을 흘린다』 『별들의 들판』 『할머니는 죽지 않는다』, 산문집 『딸에게 주는 레시피』 『공지영의 수도원 기행 1, 2』 『공지영의 지리산 행복학교』 『아주 가벼운 깃털 하나』 『네가 어떤 삶을 살든 나는 너를 응원할 것이다』 『빗방울처럼 나는 혼자였다』 『상처 없는 영혼』 『시인의 밥상』, 르포르타주 『의자놀이』가 있다. 이상문학상, 21세기문학상, 한국소설문학상, 오영수문학상, 엠네스티 언론상 특별상, 가톨릭문학상 등을 수상했다.

백가흠

1974년 전북 익산에서 태어났다. 2001년 서울신문 신춘문예로 등단했다. 소설집 『귀뚜라미가 온다』 『조대리의 트렁크』 『힌트는 도련님』 『사십사』, 장편소설 『나프탈렌』 『향』 『마담뺑덕』이 있다.

우리가 꼭
정답을 맞힐 필요는 없겠지

『Axt』 no. 004

2016

01 / 02

2017

03

듀 나

김 보 영

photo **Paik Da huim** 백다흠

"우리 직업의 기능이라고 해야 할까. 기능 중 하나. 우리가 꼭 정답을 맞힐 필요는 없겠지만 꾸준히 미래를 상상하는 동력은 있어야 하겠죠. 그렇지 않다면 다가올 미래에 끌려다니게 될 테니까. 아니면 눈먼 채로 현재에 갇히거나."

처음에*

김보영   잘 지내시는지요?

듀나   그럭저럭요.

작가님께서 작품활동을 해오신 날들을 한번 되짚어보고 시작할게요. 처음 대중에게 창작품을 내보이기 시작하신 것이 1994년 하이텔 SF동호회에서였다고 들었습니다. 당시 쓰신 작품이 화제였다고 들었습니다. 습작품이 아니라 처음부터 완성된 형태로 작품이 등장했다고 알고 있어요. 그래서 저는 하이텔에서 작품을 내기 전에도 글을 쓰셨을 것 같습니다. 그러하신지요? 이전에는 어떻게 작품활동을 하셨는지요?

아뇨. 하이텔에 가입하기 전엔 완성된 이야기를 쓴 적이 없어요. 하지만 그전에 시도는 한 적이 있습니다. 1992년인가? 하여간 집에 워드프로세서 기

* 이 인터뷰는 작가의 의견에 따라 우선 이메일로 큰 질문을 전한 뒤, 트위터에서 그 답변에 대해 좀 더 대화하는 형태로 진행되었다.

계가 생겼습니다. 활자 만드는 기계가 생겼으니 그걸 갖고 놀아야겠죠. 그 래서 이야기 두 개를 썼어요. 하나는 주인을 살해한 로봇이 다른 행성으로 달아나고 어리바리한 첩보원이 그 뒤를 쫓는다는 이야기였습니다. 나중 에 둘 다 그 행성에서 벌어진 혁명에 말려들죠. 다른 하나는 『Choose Your Own Adventure』 스타일의 이야기였는데, 동구권 가상 국가에 간 외교관 의 딸이 뱀파이어 여자아이를 만난다는 내용이었죠. 마음이 약해서 나쁜 결 말들은 안 썼습니다만. 하여간 둘 다 완성은 못했어요. 이야기 자체보다 한 페이지씩 글자들이 인쇄된 종이를 만들어 책 비슷한 걸 만드는 게 더 중요 했습니다.

첫 번째 이야기는 SF니까 그때부터 계산하면 25년째 이 장르 글을 쓰고 있는 셈이네요?

공개된 글이 첫 작품이라는 말에 놀랐습니다. 그러면 첫 작품은 무엇인지요? 「나비전 쟁」에 수록되었나요?

아뇨. 시간여행에 대한 이야기였어요. 「시간여행자의 허무한 종말」이 제목 이었어요. 『사이버펑크』에 실렸죠. ……아니, 그전에 또 하나 있었던 거 같 아요. 그건 제목을 잊었네요. 역시 시간여행 이야기였고 비슷했어요. 시간 여행자가 과거에 갔다가 돌아오는 그런 이야기. 역사가 바뀌어서 지구인들 이 다른 태양계로 이주하고 태양계가 없어졌죠. 아, 기억이 났어요. 「시간을 거슬러 간 나비」.

「시간여행자의 허무한 종말」은 기억이 납니다. 그때도 대단하다고 생각했어요. 거의 첫 작품부터 완성된 형태로 나왔군요. 습작과정도 없었나요?

전 습작의 의미가 무엇인지 모르겠어요. 그 단편들이 습작이었겠죠. 그냥 SF 독자로서 시간여행물의 형식을 실험해봤던 것뿐이었으니까요. 그렇다고 그 실험이 새로웠던 것도 아니고.

그때에 계속 소설가로 살 거란 생각을 하셨나요?

소설가…… 모르겠습니다. 첫 번째 책이 나온 뒤로 전 이게 알리바이가 될 수 있다고 생각했어요. 당시 제 적성과 전혀 상관없는 일을 억지로 준비 중이었으니까요. 서른까지만 이 장르 글을 쓰면서 버텨보고 그 뒤에 다시 생각해보기로 했죠. 전 지금도 이 일이 빈둥거리며 살고 있지 않다는 증거로 들이미는 알리바이 같아요.

그럼 혹시 소설가는 원했던 직업이었다기보다는, 싫은 일을 하지 않을 수 있는 일이었나요?

의외로 제가 잘할 수 있었던 일이었어요. 더 잘할 수 있는 일이 있었을지도 모르겠지만 그때는 그랬죠. 그전까지는 소설을 쓴다는 아이디어 자체가 민망했는데. 쓰다 보니까 되더라고요.(웃음) 제 단편 중 하나가 활자화되면서 조금 더 오래 할 수 있겠다는 생각이 들었죠.

작가님께서 소설가의 자의식은 없지만 자존심은 있다는 말씀을 하신 적이 있습니다. 지금 말씀하신 면에서 해석할 수 있을까요? 직업인이니 자존심은 있지만, 자의식은 좀 더 목적의식이 있을 때 생겨나는 게 아닐까 해서요.

아직도 전 아마추어 같아요. 끝까지 그럴 거 같아요. 기나긴 팬질을 하고 있는 거죠. 전문직업인의 확신이 서지 않는다고나 할까. 내가 과연 이 장르를 제대로 알고 있는가. 틀을 전문가답게 능숙하게 쓰고 있는가. 전 모르겠어요. 어른이 되었다는 생각이 들지 않는 거죠. 자기 이름을 건 가게를 낼 수 있는 장인의 자신감, 그런 게 부족해요.

20년 넘게 쓰고 계신데도요?

그런 거 같아요. 그렇다고 제가 만든 이야기들에 대한 자부심이 없는 건 또 아니지요. 제 이야기들이 이야기꾼인 저보다 더 나은 거 같아요. 제가 만든 것은 맞는데, 그런 작업을 반복할 수 있을 거란 확신이 없어요. 20년 넘게 그렇죠.

소소한 역사

듀나의 행적을 따라가다 보면, 장르 지면의 변천과정과 사이버 공간의 변천과정이 그대로 담겨 있다는 생각을 합니다. 하이텔 과소동 – 이매진 – 사이버문학광장 문장 – 해피 SF – 크로스로드 – 판타스틱 – 미스테리아 등등. 장르 단편 지면이 생겨나는 공간에는 빠짐없이, 또 가장 먼저 이름을 올리셨지요. 이렇게 보면 작가님이 지면을 찾아다니셨다기보다는 생겨나는 지면들이 계속 작가님을 찾아왔다는 생각이 듭니다. 의뢰나 지면이 끊이는 일이 없었으리라는 생각이 드는데, 그러한지요? 아니라면 20여 년간 어떻게 작품 발표를 해오셨는지 소개해주시겠어요?

네, 그랬어요. 전 오프라인 활동을 하지 않으니까 직접 사람들을 만나 설득하는 데엔 한계가 있죠. 당시엔 그런 종류의 글을 쓰는 사람들이 워낙 적었으니 제가 이득을 많이 봤지요. 그 관성이 지금까지 이어지고 있고요. 하이텔을 떠난 이후 자발적으로 이야기를 쓴 적이 거의 없어요. 그 때문에 많이 게을러졌죠.

『태평양 횡단 특급』 출간 당시 KBS 〈TV 책을 말하다〉에 PC통신으로 출연하신 적이 있으시지요. 재미있게도 그 자리에 정소연 작가, 박성환 작가, 은림 작가, 김상훈 번역자 등, 지금은 작가와 번역자가 된 사람들이 다들 모여 있었어요. 기억이 나시는지요?
그런 걸 했다는 것만 간신히 기억이 납니다. 잘 안 풀렸죠. 그런 식으로는 의미 있는 대화가 불가능했어요.

'듀나체'라는 말이 한동안 유행했던 적이 있지요. 사람들이 듀나의 말투를 따라서 글을 쓴다고요. 혹시 인지하고 계시는지요?
네, 인지하고 있어요. 근데 전 여기에 대해서는 할 말이 없죠. 문체는 제가 의식적으로 선택하는 것이 아니니까요.

소설에도 등장하지만, 분명히 다수를 향해 쓴 글인데, 마치 눈앞에 있는 한 사람에게 이야기를 전해준다는 느낌의 문체가 아닌가 싶어요. 서간체 소설인가 싶다가, 「로즈 셀라비」(『제저벨』, 자음과모음, 2012)에서처럼 나중에 보면 그 세계관에 확연히 존재하는 '나'인 화자가 그 세계관에 확연히 존재하는 '누군가'에게 직접적으로 말하는 것이 드러나기도 해요. 이 문체는 자연스레 나오는 것인지요? 아니면 좀 더 의도적으로 쓰시는지요?
그게 제 문체의 일반적인 특성은 아닌 것 같은데. 다 그렇지는 않을 거예요. 하지만 원고에 구체적인 실체를 부여하면 작업이 쉬워질 때가 있어요. SF의 경우는 미래의 화자가 현대의 독자들에게 설정을 설명해주는 식의 모순에 빠질 수 있기 때문에 종종 정리를 해주어야 해요. 구체적인 '너'가 있으면 도움이 되지요. 무엇을 직접 설명하고 무엇을 건너뛰어야 할지 알게 되니까요.

몰락한 어른들, 혼자 생존하는 아이들

작가님의 작품 중 「너네 아빠 어딨니」(「용의 이」, 북스피어, 2007)에서는 아버지에게 학대받던 아이들이 아버지를 죽이지만, 좀비가 되는 바람에 이 살해를 매일 밤 계속해야 하고, 결국 기성세대 전체의 몰락으로 이어지는 서사가 등장합니다. 「어른들이 왔다」(「대리전」, 이가서, 2006)에 등장하는 말리카 행성에서는, 바이러스로 인류가 전멸했지만 4세 이하 아이들에게 우연찮게 항체가 생겨 가장 나이 많은 사람이 40대인 행성이 나옵니다. 기존의 문명을 이어받지 못한 채로 아이들만이 자라 만든 문명도 등장합니다. 「연꽃 먹는 아이들」(「아직은 신이 아니야」, 창비, 2013)에서도 가상현실이기는 하지만 어른들이 모두 사라지고 아이들만 남은 세상에서 아이들이 살아남기 위해 고군분투하는 내용이 등장합니다. 기성세대가 부재한 상황에서 혹은 기성세대가 오히려 방해만 되는 세상에서 어린아이들이 혼자 살아남는 서사가 종종 등장합니다. 어떤 마음으로 이 서사를 쓰시는지 듣고 싶습니다.

어렸을 때 저에게 가장 큰 영향을 준 책은 계림문고나 딱따구리 그레이트 북스, 아이디어회관에서 나온 어린이용 책들이었어요. 일부는 어른 책의 축약본이었지만 상당수는 어린이들이 주인공인 장르모험담이었죠. 이 일을 시작하고 나서, 당연히 전 언젠가 그런 종류의 책을 쓸 거라고 생각했어요. 그런 책엔 종종 빈자리를 채우기 위해 단편들을 수록하는 경우도 있었는데,

전 그것도 좋았죠. 아직도 전 종종 제 기억 속에 남아 있는 아이디어회관 어린이 SF책을 모방하는 걸 목표로 삼아요. 지금까지 이 목표를 가장 그럴싸하게 달성한 건『용의 이』인 것 같습니다.『제저벨』은 계림문고 책을 흉내냈다고 할 수 있고요. 거기선 모든 책들이 4부로 나뉘어졌었죠.

그러니까 제 이야기에 어린이 인물이 등장하는 건 자연스러운 일이죠. 그리고 그 아이들이 간섭 없이 모험을 하려면 어른들을 어떻게든 쫓아낼 필요가 있어요. 그런 조건을 만드는 가장 쉬운 방법은 어른들을 죽이는 것이죠. 개인적으로 아이들이 어른들을 죽이는 이야기를 좋아해요. 어렸을 때부터 그랬는데, 나이 들면서 더 좋아지는 것 같습니다. 그 심술궂음과 의외성에 매료되지요.

계림문고, 딱따구리 북스, 아이디어회관, 제 세대라면 이 이름에 즐거워하는 분들이 많을 것 같습니다. 제가 접했던 계림문고에 한정해서 말하자면, 엄청나게 방대하고, 고전에서부터 현대소설, 판타지까지 모두 포괄하는 시리즈였고 ― 아동용 축약본이지요. 그래도 그 축약이 좋았던 걸로 기억해요. 원본을 봤을 때 낯설고 당황스럽게 보일 정도로요. 계림문고로 삼총사를 백 번쯤 본 뒤 진짜 삼총사 소설을 보고는 놀랐어요. 삼총사들이 다 바보멍청이인 거예요. 콘스탄틴은 남편도 있었고요. 나중에 질문드릴 생각이지만, 제한적인 통로로 방대한 모작을 접하는 인물들의 서사를 쓰시는 점과도 연결점이 있네요.

전 뒤마나 위고의 소설들은 원작이 더 재미있었어요. 디테일이 주는 재미가 크죠. 그리고 어차피 뒤마 소설의 줄거리는 다 오귀스트 마르케가 썼잖아요. 그런데 그런 축약본에는 그 너머의 원작을 상상하게 하는 재미가 있었어요. 지금 재미있게 생각하는 건 당시엔 제가 활자를 통해 접한 세계를 제대로 시각화하지 못했다는 거죠. 삽화가 있긴 했지만 정확하지 않은 게 많았고. 당시 제인 오스틴 소설을 읽으면서 머릿속으로 어떤 세상을 그렸는지 모르겠어요. 고고학자나 탐정 비슷한 기분이었던 거 같아요. 요샌 다들 제인 오스틴 영화에 익숙하니 독서 과정이 많이 다르겠죠? 번역을 통해서 읽더라도 더 정확한 언어를 상상할 수 있을 거 같아요.

지금은 영상과 그림을 글보다 먼저, 게다가 방대하게 접하니까요. 그 말씀을 듣고 보니 저도 제가 어릴 때 본 소설의 세상을 어떻게 연상했는지 모르겠어요. 이런저런 만화와 영상과 그림을 뒤섞어서 상상했을 것 같아요.

『빨간 머리 앤』은 애니메이션과 드라마를 본 뒤에 읽었을 때 감흥이 전혀 달랐죠. 하지만 SF의 경우는 많이 다른 거 같아요. 자기 멋대로 비주얼을 상상할 수 있는 것이 재미죠. 『안나 카레니나』는 당시 러시아를 정확하게 그릴 수 있는 나보코프 같은 독자들이 가장 이상적이겠지만, SF의 경우는 독자들에게 훨씬 적극적인 상상력을 요구하는 것 같아요. 작가들이 그걸 일부러 허용하는 것도 같고. 아무리 정확하고 꼼꼼하게 묘사해도 일러스트레이터들은 그 묘사에서 자유로운 것도 그렇고.

SF에는 진입장벽이 있다―하지만 일단 그 진입장벽을 넘어간 사람은 이전 세계는 심심하고 지루해서 잘 돌아가지 못한다는 말이 있는데, 그런 걸까요.

그냥 다른 종류의 재미를 가진 다른 종류의 독서겠죠.

여기서 조금 더 노골적으로 들어간 서사라고 할까요, '지나치게 오래 사는 늙은이들'을 꽤 직접적으로 살해하는 이야기도 종종 등장합니다. 「죽음과 세금」(『브로콜리 평원의 결투』,

자음과모음, 2011)에서는 불사의 시대에 노인들이 죽지 않자 정부에서 이를 관리하는 설정이 등장합니다. 「아퀼라의 그림자」(『이웃집 슈퍼히어로』, 황금가지, 2015)에서도 노인을 살해하는 세계가 등장하고요. 「우리 모두의 힘」(『아직은 신이 아니야』, 창비, 2013)에서도 세금 뜯어먹는 노인네들을 처리하기 위해 복지부에서 세균을 풀었다는 내용이 자연스레 등장합니다. 이 서사로 세상에 주고 싶은 메시지가 있으신지요? 기성세대와 지금 현재를 살아가는 사람들에 대한 작가님의 생각을 듣고 싶어요.

노인으로 제한해서 대답할게요. 전 이야기 속에서 사람들을 많이 죽이는 편인데, 어차피 죽여야 한다면 앞날이 창창한 젊은 사람들을 죽이는 것보다 나이 든 사람들을 죽이는 게 낫다고 생각해요. 그리고 지금과 같은 한국사회 시스템에서 최종 악당은 십중팔구 늙은 남자들이겠죠. 그들을 과잉 이해해줄 생각은 없어요. 그들은 우리가 사는 추한 세계에 책임이 있어요. 이 나라는 구성 인원의 실제 연령과 상관없이 늙은 남자들의 사고방식이 지배하는 곳이죠.

하지만 제 이야기 속 노인들을 하나로 묶을 수는 없지 않을까요. 「아퀼라의 그림자」의 노인혐오는 지난 몇 년 동안 이 나라에서 급증했고 지금 정점을 향해 올라가고 있는 실제 현상을 반영하고 있죠. 대한민국의 초라한 노인복지 상황을 고려해보면 「우리 모두의 힘」의 음모론은 그냥 자연스럽다고 봐요.

저 SF를 쓰기 때문에 노인은 그렇게 단순한 대상이 될 수 없죠. 나이와 세대가 늘 겹치지 않아요. 근미래 배경의 제 이야기 속에 나오는 노인들은 상당수가 저와 같은 세대일 수밖에 없죠. 대한민국에서 가장 머릿수가 많은 게 제 연령대 사람들인데, 이들이 모두 노인이 된 미래를 생각해보면 벌써부터 소름이 끼쳐요. 우리는 과연 세상에 얼마나 지독한 짐이 될까요.

때로 나타나는 세계 멸망의 서사와도 이어지는 면이 있을까요?

제 이야기에서 세계 멸망은 일종의 이퀄라이저라고 생각해요. 인정받지 못한 존재들에게 스스로의 모험을 펼칠 수 있는 기회를 주는.

많은 생각이 드는 답변이군요. 우리도 결국 다음 세대의 입장에서 악당이 되겠네요. 아니, 그건 한가한 소리고 이미 그러고 있겠지요. 제 나이 사람들이 아이들을 키우고 있으니까요.

요새 아이돌로 나오는 사람들의 부모 중 몇 명이 저랑 비슷한 또래예요! 알리바이가 없죠. 아무리 기성세대가 아닌 척해도. 전엔 우리 세대가 이전 세대보다 더 젊은 노인들이 될 수 있을 거라고 생각했는데. 요샌 잘 모르겠어요. 다음 세대가 우리보다 더 젊을 수 있는지도 잘 모르겠고.

네, 저도 모르겠습니다. 다음 세대가 지금보다 나아질 때는 제반 환경이 계속 성장할 때 이야기고, 그렇지 않을 때엔 철학과 윤리부터 고꾸라지는 것 같아요. 지난 10년간 뼈저리게 느꼈죠. 아니, 10년간은 못 느꼈어요. 돌아보고 어느 순간 확 깨달아요. 기성세대는 여기에서 조금은 빠져나와 있다는 생각을 해요. 사회의 변화의 영향을 받지 않고도 자신의 삶을 살 수 있으니까요. 하지만 지금 이 시절을 아이로서 보낸 다음 세대는 완전히 다른 세상을 살고 있다는 생각을 합니다. 많이 안 좋은 것들을 내면화하면서요. 제가 그것을 체감하지 않고 살았다면 저도 기성세대겠지요.

기성세대에게도 현재는 현재죠. 그걸 무시한다면 '박사모'가 되는 거고. 그걸 미리 상상하는 게 이 직업 종사자들의 임무일 텐데요.

임무로군요…….

임무는 좀 센 말이네요. 우리 직업의 기능이라고 해야 할까. 기능 중 하나. 우리가 꼭 정답을 맞힐 필요는 없겠지만 꾸준히 미래를 상상하는 동력은 있어야 하겠죠. 그렇지 않다면 다가올 미래에 끌려다니게 될 테니까. 아니면 눈먼 채로 현재에 갇히거나. 우리가 무슨 사회적 사명을 갖고 이 일을 하는 건 아니지만 그래도 이 일에 사회적 기능은 있겠죠.

네. 사명은 위험하다고 생각해요. 옳은 걸 옳다고 말할 때에 옳지 않음이 시작된다고 하니까⋯⋯. 확신은 위험하고 나태하지 않기를 바라야 한다고 생각해요. 그래서 기능이라는 말에 공감합니다. 최근 많이 생각하지만 역시 더 많이 생각해야겠어요.

그 때문에 이 직업이 점점 어려워지지요. SF 황금기 때만 해도 미래는 미래란 이름의 다른 세계였던 거 같아요. 요샌 구별이 어렵죠. 새드 퍼피들은 그 좋았던 옛날로 돌아가고 싶은 모양이지만.

당시에 생각한 미래는 세상이 쇠퇴하지 않고 계속 성장할 것이라고 믿었던 시대에 상상한 어떤 환상의 이상향이었다는 뜻인가요?

아뇨. 그냥 안전한 오락이었던 것 같아요. 지금은 20세기의 SF작가들이 상상했던 바로 그 세계의 초반이고. SF적인 것과 아닌 것을 구분하는 경계선은 점점 흐릿해지죠. 이런 시대에서 SF를 쓰는 건 20세기 초중반보다 훨씬 현실적인 작업이죠. 그만큼 위험할 수도 있고. 많은 20세기 SF작가들은 자신들의 가치관이 심하게 바뀌지 않고 기술적으로만 발전한 미래를 꿈꾸었죠. 지금 보면 정반대였고요. 우린 기술보다 더 빠르게 바뀌고 있고 기술은 예상보다 우리를 더 많이 바꾸고 있죠. 비록 우린 당시 사람들이 기대했던 것처럼 더 넓은 물리적 공간을 정복하지는 못했지만요. 지금은 이 장르에서 특이점 소설이 거의 소장르화되었는데, 가까운 시기에 특이점이 올지, 안 올지는 모르겠지만 우린 더 근본적인 변화를 상상해야 할 거예요. 그 너머엔 더 이상 소설이 필요하지 않은 시대가 기다리고 있을지도 모르죠. 이야기라는 것은 지극히 인간적인 것이니까.

저도 지금은 SF가 현실적이라는 생각을 합니다. 현대에는 내 다음 세대, 아니 몇 년 이후의 사람들도 나와 완전히 다른 세상을 산다는 것을 직시할 수 없다면 그게 비현실이라는 생각을 해요. 단지 상상해야 할 지점이 기술적 상상을 넘어 가치의 상상일 때, 과연 내가 삐끗해서 다른 지점을 짚지 않을 수 있는지, 낡지 않을 수 있을지 생각하면, 더해서 그게 내 직업이라는 생각을 하면 난처한 기분이 들 때가 많아요. 역시 저도 그냥 현재를 살아가는 평범한 인간이니까.

우리 장르에서는 엉뚱하게 낡는 것도 매력이 아니던가요. 오답을 두려워할 필요는 없죠.

그렇군요!

제 초창기 단편들이 그린 미래도 오래전에 낡았어요. 안드로이드가 있는 미래인데 아직도 종이 신문을 읽더라고요.

제 첫 단편에는 카세트테이프가 나와요. 영원히 못 지우겠죠.

다 그런 거 보고 귀여워하는 재미로 보는 거죠.

하지만 SF라고 해도 역시 현재적이니까요. 괜찮다고 생각해요. 그런데 작가님께서 '이 직업'이라고 하실 때에는 어떤 사람들을 생각하시는지요? 마음의 카테고리가 궁금해져서요.

전 20세기 중반의 다작했던 펄프 작가들을 떠올려요. 수십 개의 필명을 쓰면서 공장 생산하듯 장르소설들을 쏟아냈던 작가들. 그다음이 소위 진지한 장르작가들이죠. 근데 따지고 보면 전 이 장르와 조금이라도 겹쳐진 작업을 하는 사람들에겐 모두 동지애를 느끼는 거 같아요. 지금 여기가 아닌 세계를 상상하는 사람들 모두요. 여기엔 〈별에서 온 그대〉 작가도 포함되겠죠. 정작 드라마는 안 봤지만요.

인상적입니다. 어쩌면 장르 창작자는 매체보다 소재에 동질감을 느끼는 것이 자연스럽다는 생각도 드네요. 저는 처음에는 전반적인 창작자들을 떠올렸어요. 소설을 떠나 안무가, 음악가 등을 다 포함해서요. 그러다가 확 좁아져서 SF작가만 떠올리기도 했고. 이게 제 마음의 이중적인 카테고리네요.

뭐. 지금의 SF계는 이전의 올망졸망한 동아리가 아니니까요.

약간 다른 질문을 해보겠습니다. 고장원 씨가 예전부터 듀나의 작품을 페미니즘적이라고 평했더군요. 당시에는 그 평에 불만스러워하셨지요. 『브로콜리 평원의 혈투』의 후기에서는 자신이 주로 '좌절한 남자'에 대한 이야기를 한다며 연민 비슷한 감정을 내비치셨어요. 지금은 듀나가 페미니즘적인 작품을 쓴다는 생각이 자연스럽게 느껴집니다. 어떻게 생각하시는지요? 이 인상의 변화가, 제가 변해서인가 작가가 변해서인가 의문이 들었어요. 과거엔 저도 듀나와 페미니즘을 연결해 생각하지 않았어요. 단지 기존 질서에 저항하는 글을 쓰고 여자, 아이들, 성소수자 등, 소수자들을 애정 있게 다루는 작가라고 생각했지요. 혹시 과거에는 저도 페미니즘이 누구나 가질 수 있는 자연스러운 사상이라는 생각을 못하고, 거부감을 가져서 그랬던 걸까요, 아니면 작가가 실제로 조금 더 벽을 깬 것일까요.

『브로콜리 평원의 혈투』에서만 그런 이야기가 좀 많았어요. 어쩌다 보니 그런 이야기를 많이 썼던 시기가 있었고 그 책에서만 그런 이야기들이 모인 거죠. 다른 책에서도 그렇지는 않아요. 그 이야기들에서 사디스틱한 농담의 재료로 소비된 캐릭터들에게 연민을 보였다고 해서 그게 어떤 의미가 있다고 생각하지는 않아요.

고장원 평론가와 어떤 일이 있었는지 기억이 안 나는군요. 당시의 제가 어떤 생각을 했는지, 의사전달을 정확히 했는지도 잘 모르겠어요. 그게 페미니즘 이야기이긴 했나요? 제가 요리 이야기를 많이 쓰는 것을 여성성과 연결시켰던 게 토론의 대상이 되었던 것이 기억이 나요.

지금 제 입장에서 말을 한다면, 전 메시지가 있는 이야기를 쓰지 않아요. 결벽증 같은 게 있어서가 아니라 그게 제 한계이기 때문이죠. 전 주제나 소재를 그렇게 자유롭게 선택할 수 없어요. 그냥 쓸 수 있는 이야기가 걸리면 쓰는 거죠. "미소지니나 호모포비아를 비판하는 글을 써야지" 같은 태도를 취할 여유는 없어요. 억지로 그렇게 글을 쓴다면 퀄리티 컨트롤에 문제가 생기겠지요. 다행히도 전 제 생각을 직접 이야기할 수 있는 다른 통로들이 있어요. 굳이 허구의 이야기에 제 모든 생각을 녹여낼 필요는 없지요. 제 이야기가 제 모든 생각을 다 보여줄 필요는 없어요.

그리고 당시 전 제 이야기가 적극적인 페미니즘 소설로 여겨지기엔 약하다고 생각했지요. 기껏해야 디폴트 캐릭터를 여자로 만든 글을 좀 썼을 뿐인데 거기에 굳이 의미를 부여한다면 아무리 한국이라도 많이 없어 보이잖아요. 60년대도 아니고. 게다가 제 이야기의 캐릭터들은 어떤 이즘을 짊어질 만큼 긍정적이지 않거든요. 그건 10여 년 전의 일. 그땐 한국사회가 지금처럼 퇴보할 줄은 몰랐죠. 지금은 모든 태도가 다른 의미를 가져요.

모든 태도가 다른 의미를 가진다는 말에 대해 좀 더 설명해주실 수 있으신지요?

당시엔 있다고 생각한 표현의 여유가 더 이상 없다는 뜻이죠. 당시에도 없었을지 몰라요. 전 무슨 무슨 주의자가 될 만큼 야무진 사람은 못 되어서 이전엔 흐릿한 표현을 썼었죠. 페미니즘 추종자/동조자. 하지만 그런 말을 하면 '듀나님도 자신이 페미니스트가 아니라고 밝혔고요'라고 말하는 사람들이 나와요. 짜증나서 '페미니스트 맞고요'라고 받아쳤던 것으로 기억나는데.

하여간 있다고 생각한 흐릿한 회색지대는 없었고 모든 면에서 더 선명할 필요가 있는 시대가 되었죠.

흐릿할 여유는 없어지고 선명할 필요가 있어졌다는 뜻일까요.

선명함은 당연한 것이었고 당시엔 그럴 몰랐어요. 지금 생각해보니 그렇네요.

사회가 퇴보하면서, 작가는 이전과 변함이 없는데 다르게 해석되는 면도 있을까요?

일괄적으로 퇴보하는 건 아니겠죠. 한국의 페미니스트들은 그 어떤 때보다 활동적이고 진보적이니까요. 지금은 더 오래 남을 수 있는 지반을 세우고 있는 중이라고 생각해요.

작가님께서 「기생」(『태평양 횡단 특급』, 문학과지성사, 2002)에 대한 제 리뷰를 보시고, 화자가 여자라고 언급해주셔서 제가 당황한 적이 있지요. 화자가 여자와 상호작용하는 것만 보고 제가 남자라고 가정했더군요. 돌이켜보니 작가님의 전기 작품에서는 인물의 성별 자체에 신경쓰지 않는다는 인상을 받습니다. 성별이 서사에 영향을 미치지 않는다고나 할까요. 어떤 성별이든 서로 모든 종류의 관계를 맺고 주체적으로 활동하니까요. 반면

에 후기 작품에서는 좀 더 분명하게 어린 여성이 주인공으로 등장하는 듯합니다. 이 변화에도 의미가 있을까요?

제 이야기에서는 대부분 주인공의 성이 큰 의미가 없어요. 관계 중심적인 이야기를 거의 쓰지 않고 주인공의 사생활이 액션에서 큰 역할을 하지 않죠. 디폴트로 나오는 인물들이라 나중에 성을 임의로 선택할 수도 있고 하지 않을 수도 있어요. 초창기엔 여기에 대해선 생각을 안 했어요. 캐릭터 자체에 신경을 안 썼죠. 단지 디폴트 캐릭터의 경우 여자 비중을 늘리고 '젊고 예쁜' 캐릭터들을 소모적으로 쓰지 않으려 노력했죠.

연령대에 대해서 이야기한다면 초창기 이야기의 캐릭터 상당수는 저와 나이가 비슷하거나 많았어요. 하지만 나이가 들면서 제 나이 또래 사람들을 따라잡기가 힘들어져요. 그 사람들은 비슷비슷한 사회화 과정을 통해 '어른'이 되었는데 전 아니니까요. 그 '어른들'이 어떤 존재인지 감이 안 오는 거죠. 결국 제 캐릭터들은 제가 쓰기 편한 나이에서 성장이 멎어버렸어요. 그러는 동안 청소년 캐릭터들이 조금 늘었는데, 그건 언제부터인가 청소년 소설의 의뢰가 늘었기 때문이고요. 다행히도 전 SF를 쓰기 때문에 지금 한국 청소년들을 있는 그대로 그리지 않아도 되지요.

모르겠어요. 전 아주 여성적인 사람이나, 아주 남성적인 사람들은 쓰기가 힘들어요. 제가 '어른들'을 제대로 그리지 못하는 것도 그 때문인지 모르죠. 쓰다 보면 모두 과장된 역할극처럼 느껴져요.

무슨 말인지 알 것 같아요. 저도 지금 현재 한국을 사는 평범한 사람을 그리는 게 힘들어요. 여성이든 남성이든지요. 관찰해서 쓸 수야 있겠지만 뭔가 욕망의 근원을 모르겠어요. 하지만 결국 내 소설에 나오는 사람들은 다 그 모양일 텐데. 일단 그것만으로도 환상성이 생겨요. 그러면 거꾸로 소설 내의 시공간이나 사회규칙을 바꿔버리는 게 편하지요.

저에겐 그 현실세계의 사람들은 호기심이 당기지 않는 미스터리예요. 수많은 데이터가 주어졌기 때문에 어떤 존재인지 모를 수 없지만 굳이 그 데이터를 맞출 생각은 들지 않아요. 사실주의 소설은 물건너갔지요. 하지만 제가 쓰는 사실주의 소설이 세상에 필요할까요.

사라진 문화에 대한 향수

작가님의 단편 「너네 아빠 어딨니」(『용의 이』, 북스피어, 2007)에서는 쓰레기장에서 옛 고전을 찾아내 탐독하는 아이들이 등장하고, 「히스 올댓」(『태평양 횡단 특급』, 문학과지성사, 2002)에서는 히말라야의 소국이라는 폐쇄된 환경에서, 미국에서 온 자산가의 장서와 10대 드라마로 미국을 배워 이를 모사해 창작을 하는 할아버지가 등장합니다. 「시드니」(『제저벨』, 자음과모음, 2012)에서는 모든 기록이 사라져서 기억과 상상만으로 과거의 문화를 재창조해서 즐기다가 진짜 실체를 접하고 혼란에 빠지는 이야기가 등장합니다. 「부적응의 끝」(『아직은 신이 아니야』, 창비, 2013)에서도 고립된 환경에서 옛날 유행가만 끝도 없이 반복해서 듣는 사람이 등장하고요. 고립되고 제한된 환경에서, 한때는 완벽하고 아름다웠지만 지금은 시간과 공간의 장벽으로 잊히고 만, 자신과 동떨어진 세상의 유행을 향유하는 사람들의 이야기가 종종 등장합니다. 어린이용 번역본 시리즈 이야기를 하셨을 때 연상할 수 있는 면이 있었습니다만, 작가님께서 이런 문화에 향수와 애정을 갖고 계시는지요.

『제저벨』 후기에서도 말했지만 제 문화생활은 번역서와 더빙된 외화로 시작되었으니까요. 이렇게 중간 소개 과정을 거친 외국 예술작품들을 통해 저

너머의 세계를 상상하는 건 저에겐 아주 중요한 일이었어요. 제 세대 사람들은 번역된 책으로만 접한 외국 음식들에 대한 향수를 갖고 있죠. 인터넷 시대 이전엔 이런 경향이 더 컸어요. 이들은 무시할 수 없는 저의 일부이고 자연스럽게 제 이야기의 일부가 됩니다.

「부적응의 끝」은 예외가 아닐까요. 거기에서 아이돌 노래들은 주인공의 나이와 시간대를 보여주기 위해 삽입되었죠. 노인네가 젊은 시절 유행했던 노래에 집착하는 건 그냥 흔한 일이지요. 제 관심사와 연결되지는 않아요.

종종 하시는 말씀이 있지요. 창작자들은 흔히 작품의 불멸성을 논하지만, 사실 대부분의 작품이 10년, 하다못해 몇 년도 살아남지 못한다고요. 세상의 가치관은 매년 변하며 낡은 시대의 가치관을 반영한 작품은 더욱 살아남기 힘들다고요. 어쩌다 시대를 초월할 수 있었던 몇 작품이 있을 뿐이라고요. 같은 맥락에서 이해할 수 있을까요?

그건 제가 몇 년째 집착하고 있는 생각이긴 한데 그런 식으로 연결되는 것 같지는 않아요. 언급된 사례들은 '사라진 문화'보다는 '남의 문화'에 가깝거든요.

몇 년째 집착하고 계신다고 하셨는데, 그 점에 대해서 물어보아도 될까요? 어떤 연유에서 시작한 생각이신지, 그리고 어떤 생각을 하시는지.

오래되었어요. 어쩔 수 없이 스케일을 크게 잡아 생각할 수밖에 없는 입장이니까요. 우리가 고전이라고 부르는 것의 수명은 얼마나 될까. 과연 인간이 그처럼 변하지 않는 존재일까. (솔직히 우리가 인간이란 동물이 어떤 존재인지 어떻게 알아요? 기껏해야 몇 천 년의 정보밖에 없으면서.) 그리고 무엇보다 앞으로도 기하급수적으로 늘어나는 이 목소리들을 미래엔 얼마나 커버할 수 있을까. 이렇게 생각이 흘러가기 시작하면 '고전'이란 표현이 참 하찮게 들리거든요. 모르겠군요. 전 모차르트의 클라리넷 오중주가 마지막으로 들리는 날이 제가 아는 인간 문명의 끝일 거라고 생각해요. 하지만 그 역시 제 시야의 한계인 거죠.

작가님의 작품에는 흔히 현존했던/하는 작가나 연예인, 배우의 이름이 가감 없이 등장합니다. 「로즈 셀라비」(『제저벨』, 자음과모음, 2012)에서는 프레드 애스테어가 주역으로 등장하고, 이브 몽탕, 험프리 보가트, 히치콕의 영화들 등 고전 영화와 배우의 이름이 쏟아집니다. 「시드니」(『제저벨』, 자음과모음, 2012)의 주역은 노골적으로 트레키고요. 작가님의 팬심은 소설에 어떤 영향을 미치는지요?

이야기를 쓰려면 최소한의 디테일은 넣어주어야 해요. 그리고 그 재료는 저에게서 나올 수밖에 없고 당연히 저의 관심사를 반영하죠. 전 제가 사는 현실세계에 큰 관심이 없고 이를 배 속까지 사실적으로 재현할 생각이 없으며 굳이 그럴 필요도 없는 장르의 글을 쓰고 있어요. 당연히 현실세계보다는 다른 관심사의 비중이 더 크죠. 전 이게 그렇게 특별한 무언가라고 느끼지 않아요. 반대로 한국사람들은 자기들이 본 책이나 영화에 대해 지나칠 정도로 이야기를 하지 않는다고 생각해요.

그러네요. 저도 소설에 내가 좋아하는 것들의 이름을 넣어도 된다고 생각해본 적이 없어요. 뭔가 그러면 안 된다는 생각을 했던 것 같기도 하고요.

전 영화를 볼 때마다 등장인물들이 무슨 책을 읽고 있는지 확인하지요. 늘 그들의 책장을 유심히 보고요. 그런데 한국영화의 경우, 이들은 대부분 배경으로 나올 뿐이죠. 드라마의 경우는 거의가 출판사의 간접광고고요. 얼마 전에 본 영화 〈초인〉이 그래서 좋았어요. 책을 읽고 책에 대해 이야기하는 사람들이 나와서. 그 이야기가 그렇게 수준 높을 필요는 없었죠. 이야기한 다는 것 자체가 좋았어요.

공간을 쓰실 때에도 현존하는 지명을 즐겨 이용하시지요. 간혹 다른 작가의 SF를 평할 때에도 등장하는 '동네 SF'라는 표현이 어디서 시작되었는지 궁금했는데, 이번에 살펴보니 정성일 씨가 『용의 이』 서평에 쓰셨더군요. 이게 무슨 뜻일까 생각하다 보니, 쓰시는 작품에 서울 근교의 소소한 지명이 많이 등장합니다. 아주 잠깐 있을 법한 가게 이름도 등장하고요. 한곳에 오래 머물지도 않고 그렇다고 멀리 여행을 떠나지도 않고, 수도권 일대를 대중교통이나 두 발로 걸어서 돌아다니는 느낌의 공간감이 느껴집니다. 이런 작은 공간의 매력에 대해 말씀해주시겠어요?

제 경험의 한계 때문이죠. 여행을 자주 하지 않고 이사도 별로 한 적이 없으니까요. 이런 이야기를 쓰기 위해 일부러 조사를 하는 건 의미 없는 일 같고요. 그러니까 제가 잘 아는 영역인 서울 서남부와 그 주변 몇몇 위성도시로 이야기의 무대가 제한되는 거죠. 그리고 저는 시대가 현대일 경우엔 그 영역 안에서 될 수 있는 한 정확한 지리적 정보를 바탕으로 이야기를 쓰려고 해요. 그러지 않으면 쉽게 허공에 뜰 위험성이 있는 장르의 글을 쓰고 있으니까요. 근데 조금만 제 영역에서 멀어져도 실수를 하더라고요.

멀리 가려면 가까이에서부터 출발해야 한다는 거죠?

꼭 그럴 필요는 없겠지만, 전 그렇게 하면 편해요. 제가 한국어로 SF를 쓰기 때문에 더욱 그럴 거예요. 영어로 글을 쓰는 작가들은 은하계 어디에 던져

뇌도 편안하게 이야기를 풀 수 있을 거예요. 하지만 한국어로 글을 쓰는 경우엔 서양소설을 흉내낸 것처럼 보이거든요. 그 세계가 지구 문명과 전혀 관계가 없는 곳이라고 해도요. 나중에 우주로 나가더라도 시작점이 그들과 다르다는 것을 보여주어야 해요. 그래서 전 소설집을 시작할 때 '멀리 가는' 이야기들은 될 수 있는 한 뒤에 놓죠.

『제저벨』후기에서 작가님께서 직접적으로 프레드 애스테어의 평생의 팬이라고 언급하셔서 조금 놀랐습니다. 워낙 다양한 배우와 작품을 좋아하시는 분으로 알고 있어서, 그렇게 한 명을 콕 집어 쓰신 점이 인상적이었어요. 작가님께 어떤 의미를 가진 분인지 소개해주시겠어요?

제가 평생의 팬질을 하는 사람은 아마 수백 명은 될 거예요. 무언가를 쉽게 포기하는 성격이 아니라. 프레드 애스테어는 저에게 할리우드가 창조한 완벽한 현실도피의 상징과 같은 사람이에요. 지금 당장은 애스테어를 넘어서는 다른 예를 상상할 수가 없군요. 그와는 별도로 애스테어가『제저벨』에 등장하는 건 당연한 일이었어요. 그 책은 상당 부분이 옛날 RKO 픽처스 영화들의 레퍼런스들로 만들어졌으니까요. 발 루튼 호러 영화에 애스테어가 춤추면서 등장하는 셈이죠.

(『제저벨』에서 제 애스테어 캐릭터는 '플래그'란 이름을 쓰는데 그건 〈케어프리〉에서 애스테어가 연기한 정신과의사 이름이에요. 토니 플래그. 그 책의 레퍼런스를 모두 이해한 독자는 한 명도 없었을 거란 생각을 종종 해요.)

장편 『용의 이』에서는 유령들만이 남아 폐허가 된 외계 행성에 어린 여자아이가 홀로 살아가는 이야기가 등장합니다. 아이는 마음을 읽을 수 있기에 아이의 정신은 집단지성의 결합체와 비슷한 상태가 됩니다. 이 설정이 이후의 『제저벨』에 등장한 링커 우주 세계관과 『아직은 신이 아니야』의 배터리 세계관과 이어진다는 생각이 듭니다. 서로 영향을 준 세계일까요?

꼭 그렇지는 않을 거예요. 집단지성은 인기 있는 SF 소재였고 저도 그 긴 유행을 따르고 있을 뿐이죠. 전 여전히 이게 가능성 있는 미래 중 하나라고 생각해요. 그러니까 서로 영향을 준 게 아니라 같은 뿌리에서 나온 거죠.

링커 우주에 대해, 작가님께서는 '라마르크의 획득형질 유전설이 통하는 세계'라고 하셨어요. '급격하고도 적극적인 진화와 돌연변이'가 가능한 세상을 설정한 뒤 그 안에서 마음대로 놀았다는 생각이 듭니다. 사실 제 느낌에는 — 빛나고 아름다웠지만 고작 세월 때문에 잊혀진, 19, 20세기의 문화 환상을 현실에 구현한다는 판타지를 실현하는 도구라고 생각했어요. 이 해석이 맞을까요? 이 세계를 어떤 느낌으로 구현하셨는지요?

비슷해요. 당시 머릿속에 떠올랐던 건 이런 세계를 만들면 인간형 외계인들이 부글거리는 스페이스오페라 우주를 구현할 수 있을 거라는 생각이었어요.

『제저벨』은 출판사 자음과모음에서 장편을 제안한 것을 거절하고, 대신 픽스업소설(하나의 세계관을 공유하는 여러 단편 모음집)을 제안해서 만드셨다고 하셨어요. 『제저벨』 때에는 파일럿과 시청률 조사 기간 에피소드, 시즌 피날레만 있는 것 같다고 자평하셨지요. 『아직은 신이 아니야』에서는 이 방식이 훨씬 자연스러워집니다. 하나의 세계관을 공유하는 작품들이 전작에서 이어지면서 점점 상황을 멀리 넓혀나가면서 동네 주변에서 우주로, 결국 지구 멸망까지 확대되지요. 훨씬 자연스럽게 엑셀레이터를 합니다. 재미있게 쓰셨다는 느낌이 있어요. 이 세계관에 대해 이야기해주시겠어요?

전 슈퍼히어로로 세계관이 늘 아쉬웠어요. 누군가가 초능력을 갖게 되었다면 다른 사람들이 가지지 말아야 할 이유가 없죠. 왜 그 사람만이 특별해야 하는데요? 그리고 초능력을 가진 사람들이 늘어난다면 그 사회는 근본적으로 변할 수밖에 없어요. 그 근본적인 변화를 극한으로 밀어붙이면 어떻게 될까. 전 이게 논리적인 전개라고 생각했어요. 캐릭터 중심으로 가려면 어느 선에서 멈추어야 하겠지만 전 군이 그럴 필요가 없거든요.

소설이 결말을 생략한 듯이 말을 얼버무리며 끝나고, 다음 소설에서는 전편을 다른 시각에서 바라보며 새로 시작하는 점이 매력적입니다. 어떻게 이런 구도를 짜셨는지요?

특별히 계획을 세우고 쓴 건 아니에요. 순서대로 쓰지도 않았고요. 단지 전 세계를 만들면서 그 세계에 대한 정보를 빽빽하게 채우는 걸 좋아하지 않아요. 그 세계에 대해 다 알고 싶지도 않고요. 그리고 그렇게 얼기설기 이야기를 하나씩 만들다 보면 그 사이에서 다른 이야기의 가능성이 생겨나지요. 같은 세계를 바탕으로 이야기를 쓰는 사람들 대부분이 겪는 일일 거예요. 개인적으로 설정집에 집착하는 태도를 좋아하지 않아요. 그런 집착은 'worldbuilding'의 능력과도 그렇게 밀접한 관계가 없는 거 같아요.

SF

『가능한 꿈의 공간들』(씨네21북스, 2015)에서 작가님께서 '내가 SF를 쓰는 것이 아니라 내가 쓰는 글도 포용해줄 만큼 큰 영역을 포괄하는 이름이 SF다'라는 말씀을 읽었습니다. 인상적이어서 기억에 남았어요. 공감이 가기도 했고요. 그 말씀대로라면 SF를 쓰려고 SF를 쓰셨다기보다는, 어떤 종류의 글을 즐겨 쓰셨는데 그 글을 받아줄 곳이 'SF'였다는 말로 들립니다. 지금도 같은 생각이신지요?

그렇죠. 저는 사실주의 소설을 쓸 수 없어요. 역사소설도 어렵고. 이야기를 만들려면 일단 제가 통제할 수 있는 세계를 먼저 만들어낼 수밖에 없어요. 결국 SF나 판타지로 갈 수밖에 없죠. 그렇다고 이 장르의 모든 영역에 능숙한 건 아니고요. 제가 다룰 수 있는 몇몇 작은 영역들이 있지요.

혹시 SF작가라는 이름이 붙은 뒤 그 방향으로 글쓰기의 방향이나 해석이 고정된다는 생각이 들 때는 없으신지요? 별로 불만이 있는 것은 아닌데, 제 소설 중에는 판타지도 많은데 전부 SF로 보더라고요. 구병모 작가도 SF 많이 쓰시는데 전부 청소년소설로 해석해요. 윤이형 작가도 SF 많이 쓰시는데 다 순문학으로 해석하고요.

전 SF 독자들을 위해 SF를 쓰니까 제 글들이 SF로 읽히고 해석되는 것에 불만은 없어요. 전 판타지나 호러도 SF처럼 쓰거든요. 대부분 SF로 읽었을 때 더 그럴싸해요. 불만이 있다면 SF 장르에 대한 지식이 부족한 사람들이 당연시하는 일반화죠. 예를 들어 전 정통 SF 장르를 대표할 수 있는 사람이 아니죠. 그렇게 주류인 적은 없어요.

그럴 수 있는 사람이 있을까요?

없지는 않겠죠. 황금기의 빅 3는 장르의 얼굴마담으로 부족함이 없었죠. 그 장르의 전체를 커버하지는 않았지만 기준점으로는 부족함이 없었죠.

네. 책을 500권쯤 쓰고 세계적으로 명성도 떨치고 도서관 십진분류표 전체에 저작도 남기고 80세쯤까지 살다가 죽으면 가능하겠지요. 로봇제3원칙 같은 것도 만들고. 아니면 인공위성이나 강화복을 예언하거나.

하지만 저번 『Axt』 인터뷰 때도 그랬지만 저 자신은 없어지고 장르 얼굴 노릇을 하는 경우가 많았죠. 지금은 결코 장르작가가 적은 편이 아닌데. 절 기준점으로 세우고 오로지 기준점으로만 본다면 이상하지 않겠어요? 아직 우리나라에선 장르를 쓰면 개별 작가로 스스로를 세우기가 조금 어려운 거 같아요. 나아지겠죠.

그때 타자성에 대해 말씀하셨죠. (저도 했지만) 백인 학교에 아시아 학생이 딱 한 명 있으면 백인 학생들은 그 학생을 아시아인의 대표처럼 대하겠지요? 그 학생의 생각이 아시아인 전체의 생각인 것처럼 볼 거고요. 하지만 사실이 아닌데다가, 그 정도까지 격리된 세상도 아니잖아요. 작가님의 독자성에는 의심할 바가 없지만, 역시 대표를 상상하는 것은 괴이해요.

그러게요.

게으름

작가님이 작품을 쓰시는 동기는 무엇인지요? 어느 때에 소설을 쓰고 싶다는 생각을 하시는지요?

마감일이 주어지고 계약금을 받았을 때요.

그럼 마감일이 주어지고 계약금을 받으면 착상이 떠오르시나요?

아이디어는 늘 조금씩 저장해두고 있지요. 게을러서 안 하는 것뿐. 완전히 새 아이디어로 처음부터 작업하는 경우는 별로 없는 거 같아요.

이번에 한국 위키를 보고 작가님께서 쓰신 방대한 작품목록에 새삼 놀랐습니다. 제가 접하지 못한 작품도 많고 아직 출간이 안 된 작품도 많더군요. 동시에 방대한 양의 칼럼과 영화평을 생산하고 계시지요. 이렇게 많은 작품을 쓰고 다방면에 활동을 하시면서도 자신을 종종 게으름뱅이로 칭하십니다. 작가님의 게으름의 기준은 무엇인지요? 어떤 면에서 자신을 게으르다고 생각하세요?

대부분 저 대신 마감일과 원고료가 다 했지요. 20년 넘게 이 일을 해왔으면서도 아직도 이 모양이라면 제가 게으름뱅이가 아닌 무언가가 될 가능성은 없는 것 같습니다. 종종 자기 스케줄을 통제할 수 있는 프로페셔널한 작가의 삶을 꿈꾸지만 전 글렀어요.

작가가 마감을 지키면 일단 게으르지 않은 거고 프로페셔널한 것이 아닌가요? 만약 작가님이 게으르지 않으면 뭘 하실 것 같으세요?

제가 게으르지 않았다면 「거미줄 그늘」과 「평형추」 장편 버전을 마무리지었을 거고 첫 장편이었던 『몰록』도 수정했겠죠? 10년, 20년 방치한 작업들이 너무 많아요. 다행히도 이번에 그렇게 방치한 일들 중 하나를 최근에 마무리지었죠. 결과가 어떤지는 모르겠지만. 이번에 나오는 에필로그 중편이에요. 19년 동안 방치한 글이었어요. 하이텔이 아직 있었을 때죠. 거기 연재 게시판에서 쓰다가 만 것인데. 다 원고료의 힘이죠.

20년 방치한 작업이 많다면 처음 글쓰기를 시작하셨을 때 이미 구상해놓으신 작품이 많다는 뜻이군요.
「구부전」도 「너네 아빠 어딨니」와 비슷한 시기에 이야기를 짜냈던 것이거든요. 심지어 시나리오 작업도 어느 정도 진행되었었죠. 생각은 계속 하고 있는데, 작업하는 건 다른 일이죠. 쓰지 않으면 일을 하는 게 아니에요. 게으름뱅이의 착각이죠. 머릿속에서 생각 굴리는 걸 일이라고 생각하는 거.

의문이 생겼는데, 혹시 의뢰와 마감이 계속 있었기 때문에 어떤 전환을 하거나 장기적인 프로젝트를 하거나, 다른 시도를 할 만한 틈이 없으셨던 건 아닐까요? 앞에서 말씀하셨듯이 첫 소설을 쓰신 이후로 지면이 계속 찾아왔잖아요. 그러지 않았다면 개인적인 작업을 하셨을 수도 있지 않을까요?
『평형추』 장편 작업이 계속 밀리는 것도 그 때문일 수 있어요. 하지만 결국 핑계예요. 제 작업 시간은 빈둥거리면서 낭비하는 시간에 비하면 턱없이 부족하거든요. 프로페셔널한 작가는 엉덩이가 무거워야 하는데 제 엉덩이는 반중력을 받아요.

아하하. 앞으로의 계획에 대해서 혹은 하고 싶은 작업에 대해 말씀해주시겠요?

저것들은 다 마무리지어야 해요. 끝나지 않은 장기 계획이죠. 『몰록』은 브릿G에 개정판을 올려볼 계획을 갖고 있어요. 하지만 올해는 짧은 장편을 하나 써야 해요. 『아직은 신이 아니야』의 세계가 무대인 청소년물인데, 계획대로라면 지금 작업에 들어갔어야 해요. 게으름 피우며 안 하고 있죠. 그래도 이번 봄에 연재에 들어갈 계획입니다. 추리물 두 편은 더 쓸 거 같고요. 다음 『미스테리아』에 단편이 실려요.

브릿G에 관심을 두고 계시는군요.

일단 회원이 되었으니 그 공간을 활용해봐야죠.

모든 답변에 감사드립니다. 저는 작가님께서 지금까지 그러셨던 것처럼 언제나 장르문학의 한편에 계속 계실 것 같습니다. 지면이 변하고 사이버 세상이 변한다 해도, 그 변하는 통로를 따라 계속 흘러 다니실 것 같아요. 사람이 굳이 누구를 선도하거나 이끌 생각으로 살지 않는다고 해도, 그저 자기 삶을 살고 자기 길을 가고 있다는 것만으로도, 나중에 오는 사람들은, '저 길을 가며 사는 사람도 있구나, 나도 그 길을 갈 수 있겠구나' 하며 원래라면 가지기 힘들었던 목적의식을 갖게 되기도 하겠지요. 예전에 다른 지면에서도 말씀드렸지만 늘 그 자리에 계셔주셔서 감사합니다. 앞으로도 좋은 작품 기대합니다.

네, 감사합니다.

『Axt』에서 했던 인터뷰를 다시 하는 인터뷰였기에 사족이지만 추가합니다. 저는 듀나가 익명이라는 말이 늘 이상하게 들려요. 저는 지금도 주변 작가들에 대해 아는 게 거의 인터넷 아이디밖에 없어요. 어쩌다 만난 사람들을 제외하면요. 성별과 본명과 나이와 얼굴을 포함한 거의 모든 신상을 모를 때가 많아요. 장르소설가나 만화가들은 필명 이외의 정보를 밝히지 않는 사람도 많고 오프라인 활동을 하지 않는 사람도 많죠. 그래도 그 사람들에 대해 알기 어렵지 않아요. 인터넷상에서 계속 접하니까요. 그게 다는 아니라 해도, 실제로 만난다 해도 역시 그게 다는 아니죠.

제 생각에 듀나는 제가 아는 누구보다도 세상과 열심히 소통하는 작가예요. 한국 사이버 세상의 역사에서 지속적으로 유명인사였다고요. 듀나에 비하면 오히려 정유정, 한강에 대해 알기가 더 어렵죠. 접근성이 훨씬 멀잖아요. 사실 어떤 작가를 떠올려도 듀나보다 더 알기 어려워요.

듀나는 익명이 아니라 광범위하게 자신을 노출한 사람이고 단지 관등성명/출신지/학교/주소 등을 알리지 않았을 뿐이라고 생각해요. 하지만 그걸 안다고 사람에 대해 알 수 있는 건 없어요. 오히려 아는 걸 방해하죠.

관등성명을 밝히지 않고 세상과 소통할 수 있다면 그것만큼 좋은 일이 없죠. PC 통신 시절부터 많은 작가들이 이 이점을 이용하며 잘 살고 있는데 굳이 한 사람을 두고 신기해하는 점이 오히려 신기합니다.

듀나는 신상을 밝히지 않았기에 사이버 세상에서 이처럼 광범위한 노출이 가능했다고 생각해요. 이미 밝혀버린 사람은 오히려 어렵지요. 훨씬 더 자신을 감추고 숨어들어가야 해요. 그 점에서 작가님의 스탠스는 시작지점부터 부럽고 지금도 좋아 보입니다. 이 생각 전체에 수정해주실 지점이 있으신지요? 덧붙여주실 말씀이 있으신지요.

특별히 덧붙일 말은 없군요. 저에게 익명이란 낯가림과 게으름을 지키기 위한 수단 이상도 이하도 아니에요. 여기에 큰 의미를 부여할 생각은 없어요.

듀나(Djuna)

SF작가, 칼럼니스트. 1994년 하이텔에 과학소설과 영화평을 쓰면서 온라인 활동을 시작. 온라인 잡지 『이매진』에 판타지, 미스터리, 호러, SF 등 여러 장르의 단편을 올리며 이름이 알려졌다. 소설집 『나비전쟁』 『태평양 횡단 특급』 『대리전』 『용의 이』 『브로콜리 평원의 혈투』 『제저벨』, 영화비평집 『스크린 앞에서 투덜대기』와 에세이 『가능한 꿈의 공간들』 등이 있다. 그 외에도 『읽어버린 개념을 찾아서』를 비롯한 다수의 공저서에 참여했다.

김보영

주로 SF를 쓴다. 작품과 작품집으로 『멀리 가는 이야기』 『진화신화』 『7인의 집행관』 『당신을 기다리고 있어』 등이 있다. 『이웃집 슈퍼히어로』를 기획했다.

언어로 가지 말고
언어의 근원으로 가라

『Axt』 no. 005

2016

03 / 04

파스칼 키냐르

Axt + 류재화

사진 제공 **파스칼 키냐르** Pascal Quignard

"쓰인 글의 침묵 속에서, 눈 아래서 언어가 표현될 때 문학은 시작된다. 목표점이 있는 것은 모두 문학에 속하지 않는다. 수신자가 있는 것은 모두 문학에 속하지 않는다."

prologue 파스칼 키냐르 + 백가흠

백가흠   고백하자면 인터뷰를 준비하기 전 나는 『은밀한 생』과 『옛날에 대하여』를 읽은 게 전부였는데, 몇 주 동안 한국에 번역된 당신의 거의 모든 책을 읽었다. 지금도 가방엔 『심연들』『신비한 결속』『빌라 아말리아』『로마의 테라스』『옛날에 대하여』『허끝에서 맴도는 이름』『섹스와 공포』『은밀한 생』이 들어 있다. (내가 가지고 있는 당신의 책이다. 한 달 넘게 이 무거운 것을 어딜 가나 들고 다녔다.) 지금 테이블 위엔 『허끝에서 맴도는 이름』이 놓여 있다. (개인적으로는 이 책이 가장 좋았다.) 나는 서울의 번화한 거리 중 하나인 홍대 근처, 한 부산스러운 카페에 앉아 당신의 책을 읽고 있다. 차가운 겨울 해가 지고 있다. 당신의 책을 읽으며 나는 무수한 단어들을 당신으로부터 받았다. 그것은 굉장히 아름다운 경험이었다. 책을 읽을 때마다 하나의 단어가 오랫동안 허끝에 머물곤 했다. 가령 이런 단어들이다. '아침' '침묵과 어둠' '시적인 것' '음순과 입술' '공동체' '빨강' '언어와 유년' '사랑' '은둔' '경계' '바타유 혹은 뒤라스' '선호하다' '결별과 결속' '동양' '이미지' '외로움과 익명' '신과 서사적인 것' 등이 내게 온 단어들이었다.

파스칼 키냐르   당신이 말한 단어들 가운데 내가 가장 좋아하는 단어는 '아침'(matin)이다. 나는 늘 새벽 동이 트기 전에 일어나곤 한다. 아침이 오기 전, 태양을 부르는 새들의 노랫소리를 하나하나 유심히 듣는다. 당신이 고른 '침묵과 어둠'이라는 단어 옆에는 '성적인 사랑'(amour sexuel)이라는 단어를 덧붙이고 싶고, '입술'(lèvre) 옆에는 강가의 둑, 숲의 가장자리, 커다란 바다 앞의 모래 가루 같은 것의 의미를 추가하고 싶다. '고독한 사람들의 공동체'(communauté de solitaires)라는 표현 안에 책을 읽는 모든 사람들을 포함하고 싶다. 왜냐하면 이들은 실재 세계나 공간에서는 존재하지 않는 집단을 만들 때도 있기 때문이다. 하지만 그들은 상상력 속에서, 내적 체험 속에서 존재하는 집단이다. 이런 공동체는 모든 사회 공동체보다 상위의 것이다. 어떤 증오도 지니고 있지 않기 때문이다.

talk 1 파스칼 키냐르 + 배수아, 정용준

배수아   "글만이 침묵을 지키면서 말하는 유일한 방법"(『혀끝에서 맴도는 이름』)이라고 당신은 썼다. 내가 상상한 당신은, 인터뷰를 싫어할 것 같았다. 상투적인 이야기를 주고받는 것이 무의미한 일일 수 있겠다고 여겼다. 그래서 당신이 우리의 요청을 수락해주었을 때 정말로 기쁘고 감사했다.

그렇다. 나는 고독하다. 그것은 사실이다. 나는 고독한 아이였고, 음식을 거부하는 아이였고, 말을 거부하는 아이였다. 형제들과도 말을 하지 않았고, 먹지도 않았다. 누군가 완전히 어두운 방 속에 나를 넣어놓았을 때만 먹곤 했다. 접시에 담긴 음식을 보는 것이 두려워서 잘게 조각을 내어 조금씩 먹곤 했다. 나는 어릴 적 언제나 매우 조용히, 가만히 있었다. 야행성 새들이나 맹금류들이 그러듯 말이다. 올빼미들은 혼자 산다. 밤에 사냥을 한다. 오로지 귀로만 사는 동물이다. 나는 약간 올빼미를 닮았다. 밤 끝자락에만 노래를 부르는 사람이다. 참 신기한 밤꾀꼬리와도 닮았다. 개인들이 집단으로부터 멀어지면 멀어질수록, 종(種)의 노래를 떠나면 떠날수록, 그들은 더욱더 거장이 되곤 한다.

배수아 "인생의 어떤 순간들이 뇌우처럼 우리에게 박힌다."(『심연들』 19장) 이런 문장과 같은 사랑을 믿는가. 당신의 문학은 이런 문장에 담긴 사랑과 어떤 관계에 있는가?

그렇다. 나는 그런 사랑을 믿는다. 사랑이 가장 아름다운 것은 다른 누군가에게, 갑자기, 예측하지도 못한 채, 완전히 자기를 버려서다. 침묵 속에서, 희미한 빛 속에서 그 앞에 나체로 있어서이다. 뇌우 역시나 그러한데 어두컴컴한 곳에서 마치 악령처럼 갑자기 어딘가로 옮겨지기 때문이다. 소나기는 당신을 불시에 덮친다. 당신은 완전히 젖는다. 한 권의 책도 마찬가지다. 큰 바다와 같다. 우리가 빠질 수밖에 없는, 떨어지고야 마는.

정용준 나는 당신의 글을 읽을 때 언어에 대한 사유와 접근과 시적인 비유가 좋다. 당신에게 언어적 인식과 사유를 준 개인적 경험이 있는가.

나를 기른 유모는 독일인이었다. 엄마는 주로 영어로 말을 했고 프랑스에 2개 국어를 쓰는 학교를 설립하기도 했다. 나의 외할아버지는 유명한 문법학자였다. 소르본에서 프랑스 언어의 역사를 가르치는 교수였다. 식탁에서도 할아버지는 가만히 앉아 식사를 하는 법이 없었다. 사전을 펼쳐보느라 늘 일어서서 식사를 하곤 했었다. 모든 단어가 작은 조각으로 분해되었다.

할아버지는 모든 언어의 어원을 찾곤 했다. 어떤 것도 언어 속에서는, 세계 속에서는 안정적이지 않았다.

정용준　「혀끝에서 맴도는 이름」에 이런 문장이 나온다. "서술은 이야기가 생산되는 시간 안에서 장면들을 분리하도록 강요받는다." 그렇다면 장면들을 분리하지 않고 이야기를 말하는 방식에는 어떤 방법이 있는가.

서술을 잠시 멈추어가면서, 장면들 사이의 구멍들을 증가시키고 증식시켜 가면서, 이야기하고 있는 삶의 흐름의 순서를 뒤바꾸어가면서, 꿈이 하는 것처럼 바로 그렇게 하면 된다. 꿈은 시간을 모른다. 부정도 모른다. 숭고하고도 예측할 수 없는 이미지들을 돌발적으로 솟아오르게 하는 것이다. 연속성을 잡으려고 하지 않으면 가능하다.

정용준　당신은 시적인 문장으로 소설적인 것을 느끼게 하고, 소설적인 문장으로 시적인 것을 느끼게 하는 매혹적인 문장을 갖고 있다. 당신에게 문장은 무엇인가? 혹은 '좋은 문장'은 무엇인가.

소설과 시를 분리하지 않는다면 당신은 옳다! 나도 당신처럼 문학적 장르를 나누는 것을 싫어한다. 이런 분리는 책꽂이에 책을 정리해 꽂아놓기 위해 하는 거지, 글을 쓰기 위해 하는 것은 아니다. 문학에서 문장이란, 음악에서처럼 일종의 '공격'(attaque)이다. 음악가들과 이탈리아인들은 '아타카'(attacca)라는 말을 쓴다. '피아니스트가 건반 앞에 앉습니다. 눈을 감습니다. 밤 속으로 들어갑니다. 침묵합니다. 집중합니다. 갑자기 손을 들어 올립니다. 공격입니다!' 각 문장마다 영혼을 공격해야 한다.

정용준 『혀끝에서 맴도는 이름』에 "작가란 언어가 마비된 자다"라는 문장이 있다. 아이러니하다는 생각을 했다. 그리고 『옛날에 대하여』에서는 "언어야말로 자신이 접촉하는 모든 것을 공격해서 곰팡이가 슬게 만드는 것"이라고 했다. 이것을 어떻게 하면 쉽게 이해할 수 있을까.

아, 그건 아이러니가 아니다. 작가들은 입으로 하는 말을 잘 못한다. 말을 더듬거리는 사람들이다. 다른 사람들보다 말을 더 신중하게 찾기 때문일 것이다. 말을 할 때도 정확한 단어, 명확한 단어, 적절한 단어를 찾으려고 고생을 하는 사람들이다. 글쓰기의 침묵 속에서 그게 만회되는 것이다. 나는 작가들이 대중과 만나는 자리에 반드시 나가거나 모습을 비추어야 한다고 생각하지 않는다. 세상에 나온 것은 그들의 책이지 작가가 아니다. 책은 작가를 대신해서 말을 해주는 것이다, 작가들이 직접 입으로 말하는 것보다 훨씬 나을 것이다.

정용준 나는 당신의 글 중 『은밀한 생』을 처음 읽었고 그후로 많은 글을 읽었지만 가장 좋아하는 책은 여전히 『은밀한 생』이다. 이 소설을 읽고 기존에 갖고 있던 소설에 대한 개념과 질서가 무너지는 경험을 했던 것 같다. 당신에게도 그런 책이 있을 것 같다.

그렇다, 물론 있다. 내가 처음 장자를 읽었을 때 그랬다. 나는 무너졌다. 순간, 세상에서 가장 심오한 사유가 이렇게 겸손하고 소박하며, 거의 일상적인 작은 이야기의 도움으로 이야기될 수 있다는 것을 처음 깨달았다. 나는 장자가 나의 스승이라고 생각한다. 나는 중국에 간 적이 있다. 오로지 허난 숲에 있는 장자의 무덤을 찾아가기 위해서였다.

배수아 현대 프랑스 문학에 대한 인상이라고 하면 보통 대중에게 상대적으로 친숙한 작

117

품을 쓰는 우엘벡을 떠올리는 경우가 많다.

아, 나는 우엘벡을 잘 모른다.

배수아   W.G. 제발트의 산문시 『자연을 따라(Nach der Natur)』첫 번째 장은 16세기 독일의 화가 그뤼네발트의 생애와 예술을 다룬다. 그 작품을 읽을 때 나는 『로마의 테라스』를 떠올렸다. 물론 제발트는 분위기가 당신과는 아주 다르지만. 혹시 제발트를 읽었다면 어떻게 읽었는지 듣고 싶다. 혹은 당신이 인상적으로 읽은 다른 현대 작가에 대해서 말해달라.

아, 당신이 그런 말을 해주니 나는 정말 기쁘다. 나는 제발트를 읽을 때마다 탄복한다. 『공중전과 문학』은 걸작이다. 물론 알고 있겠지만, 세 종류의 작가가 있다. '평화의 시기를 쓰는 작가' '전쟁의 시기를 쓰는 작가' 그리고 '둘 사이를 쓰는 작가'. 그러니까 '폐허를 쓰는 작가'. 제발트와 나는, 우리는 폐허를 쓰는 작가다. 나는 어린 시절, 아브르라는 항구도시에서 자랐다. 영미 폭격기에 완전히 파괴당해 전 도시가 폐허였던 곳이다. 프랑수아 1세가 세운 이 도시는 아무것도 남아 있지 않았다. 폐허가 된 건물들만 본 작가들은 그들만의 방식으로 그것을 다시 세운다. 그들은 과거와 신기한 관계를 가지고 있다. 과거를 꿈꾸는 데 제약이 따른다. 왜냐하면 눈으로 본 과거가 없기 때문이다.

배수아   『빌라 아말리아』, 『신비한 결속』에 등장한 당신의 여성 인물들은 매혹적이다. 『빌라 아말리아』의 안, 『신비한 결속』의 클레르가 탄생하게 된 배경과 과정에 대해 설명해줄 수 있는가?

에세이를 쓸 때 나는 알 수 없는, 풀기 어려운 것들을 생각하거나 설명하려고 노력하는 남자(혹은 소년)가 되곤 한다. 소설을 쓸 때는, 나는 소설 속에서 살아가는 한 여성을 본다. 나는 이 여성의 삶의 몇몇 순간들의 증언자가 되어야만 한다.

배수아 『빌라 아말리아』의 주인공 '안'은 마흔일곱의 여인으로, 그동안 살고 있던 익숙한 세계를 버리고 낯선 길을 선택한 여인이다. 표면적인 계기는 애인의 배신이지만 그것이 새로운 세계를 택하는 인물에게 궁극적인 역할을 했다고는 믿기 어렵다. 그녀가 선택한 낯선 길에는 사람이 아닌 '장소'에 속하고자 하는 갈망이 자리잡는다. 이러한 맥락은 『신비한 결속』에서도 그대로 재현된다. 소속의 문제 혹은 비소속의 문제는 당신의 작품에서 자주 환기된다. 나는 여성으로서, 특히 이런 종류의 더블바인드에 흥미를 느낀다. 특히 주인공이 여성일 때 더 많은 의미들이 나에게 다가온다. 당신이 투영하거나 구현하는 여성 혹은 남성 인물들 사이에 차이가 있는가? 당신에게 어떤 이상적인 여성상(혹은 남성상)이 있는가?
당신의 질문은 매우 심오하다. 내가 잘 대답을 할 수 있을지 모르겠다. 물론 나는 남자란 여자를 결코 이해할 수 없다고 생각한다. 그리고 또 여자는 남자를 결코 이해할 수 없다고도 생각한다. 우리 삶을 지배하는 이런 이상한 '차이'가 있다. 그런데 여성이 세계의 중앙이다. 환경이다. 무엇보다 어머니란 존재 때문이다. 한 사람이기 이전에. 우리는 우선 한 장소에서 살아왔다. 그것이 한 여성의 배 속이라는 것을 알기 전에 말이다. 우리는 우선 한 사람을 사랑한 게 아니라 한 장소를 사랑했다. 우리가 남자든 여자든 우리는 여자 속에서 먼저 살았다. 그런데 우리 모두는 한 여자로부터 거칠게 추방당했다.

정용준 '미래의 소설' 혹은 '미래의 책'에 대해 생각해본 적이 있는가.

나에게 미래란 예측할 수 없는 것이다. 하늘에 치는 번개처럼 아름다운 것이다. 아, 그러나 슬프게도 미래는 희귀하다. 미래란 매우 드문 것이다. 사회집단들은 미래를 싫어한다. 끊임없이 과거를 반복한다. 악은 재발한다. 최악의 것이 다시 시작된다. 전쟁은 다시 새로워지고, 신자들은 종교의식을 계속해서 만들어내고, 자식들은 아버지를 흉내낸다.

정용준 나쁜 소설이 있다고 생각하는가? 나쁜 문학이 존재한다고 믿는가?

아니다. 단지 문학이 있을 뿐이다. 문학은 늘 좋은 것이고 또한 매우 희귀한 것이다. 쓰인 글의 침묵 속에서, 눈 아래서 언어가 표현될 때 문학은 시작된다. 목표점이 있는 것은 모두 문학에 속하지 않는다. 수신자가 있는 것은 모두 문학에 속하지 않는다. 에밀 벤베니스트가 이런 말을 했다. "입이 지워지는 곳에서, 귀가 사라지는 곳에서, 어떤 대화자도 없고, 그저 적힌 문자들을 바라보는 눈만 있을 때, 그때야 비로소 문학을 말할 수 있다."

배수아 작가에게 묻는 수많은 질문 중에 가장 흔한 것은 '당신은 어떤 무슨 소설을 쓰느냐'는 것이다. 솔직히 말해 나라면 그것에 대답할 수가 없다. 이런 질문이 독자들에게 일반적이라면 당신은 어떻게 대답을 할 수 있는가. **정용준** 익명이나 다른 정체성을 갖고 쓰고 싶은 종류의 글이 있는가.

나도 당신과 같다. 나도 대답하지 않는다. 나는 내 소설이 출간되었을 때만 내 소설에 대해 말한다. 더욱이 아무도 알지 못하는 한 소설의 경이로운 비밀을 내 영혼 안에만 가지고 있는 것은 정말 신비로운 일이다. 가명이 제기하는 문제는, 가명의 신비를 간파하는 데 집중하다 보니, 정작 그 책의 비평에선 눈을 돌린다는 것이다. 익명으로 책을 출판한다는 것은 정말 경이로운

일이다. 하지만 익명으로 책이 나오게 하는 것을 받아들이는 출판인을 알고
있는가? 그러면 그 책은 서가 어디에 꽂혀 있어야만 하는가?

배수아 당신의 글에서 간혹 동양의 철학과 문학을 만날 때가 있다. 유럽뿐 아니라 동아
시아 문화에 대해서도 소양이 깊어 보인다. 당신의 정신세계와 동양철학은 어떻게 연관
되어 있는가.

그렇다, 나는 동양에 정말 탄복한다. 그런 의미에서 내 대답은 매우 간단하
다. 내가 보기에 아시아 현자들의 사유는 자연 앞에서의 경건한 마음이다.
서양은 자연을 증오했다. 대부분을 파괴했다. 아시아의 현자들은 자연을 숭
배한다. 무아지경에 이르도록, 황홀경에 이르도록 자연의 아름다움에 자신
을 내맡긴다.

정용준 당신의 글을 읽는 재미 중 하나는 서사적 내용 파악이 쉽지 않다는 점이다. 당신
이 생각하는 소설에서의 서사란 어떤 의미인지 궁금하다.

이야기(récit)란 '배열들의 연속체'(consécution des séquences)이다. 그 말은 모
든 시퀀스들이 연결되어 있다는 말이다. 그러나 나는 서사란 것이 그렇다
고 믿지 않는다. 서술(narration)이란 '운명'(destin)이다. 인물은 영웅이 된다.
영웅이, 주인공이 만나는 모든 시련은 궁극적 결말을 갖게 된다. 그러나 나
는 서사란 것이 그렇다고 믿지 않는다. 더 최악을 말해보면, 우리는 다들 인
간으로서 '바이오그래피' 속에 살고 있다고 생각한다. 하지만 나는 그렇게
생각하지 않는다. 우리의 삶은 훨씬 무질서하고, 무성한 나무 구조처럼 복
잡하고, 늘 망설이고 주저하고, 수줍어하고 비밀스러운 것이다. 우리들 사
랑 역시나 그렇다. 무서움, 두려움 역시나 마찬가지다. 결국 중요한 것은 강

렬한 것을 강렬하게 느끼는 것이다. 우리가 주인공인지, 주최자인지 그런 것이 무엇이 중요하겠는가. 규칙적으로 잘 짜인 편물을 만드는지, 연대기적인 순서를 혹은 논리적인 순서를 따라가는지, 그것이 무엇이 그리 중요하겠는가.

정용준 당신은 무엇을 두려워하는가. 가장 참기 힘든 고통은 무엇인가.
나는 사람들이 두렵다. 내가 가장 참기 힘든 것은 육체적 고통이다. 죽음이 내 가까이에 왔다는 것도 그리 좋지만은 않다.

배수아 음악에 조예가 깊다고 알고 있다. 작업할 때 주로 듣는 곡이나 연주가 있는가.
나는 음악을 들으면서 일하지 못한다. 정말 조금 듣는다. 내 음악 하는 친구들이 그들 디스크를 보내오면 그때 듣는다.

정용준 유년기의 당신이 궁금하다. 무엇을 좋아했고 무엇을 싫어했는가.
내가 가장 싫어했던 것은 내 어머니의 눈빛이다. 소름이 끼치는 눈빛이 있었다.

배수아 당신이 하루를 보내는 것 중 가장 편안함을 느끼는 때는 언제인가. 지금 당신은 행복한가.
나는 정말 행복하다. 나는 이젠 어떤 근심도 걱정도 없다. 누구도 나에게 어떤 것도 강요하지 않기 때문이다. 내 행복의 또다른 근원은 내가 하는 공연 때문이다. 혼자, 어둠 속에서 검은 피아노 한 대와 어둠의 새들과 함께 연주한다. 아비뇽 페스티벌의 총감독인 올리비에 피 덕분에 올해 아비뇽 축제에 참여하게 되었다. 2016년 7월 8일부터 시작되는데 '어둠 속의 강가'라는 제목으로 여섯 개의 공연을 한다. 내 어린 시절과 다시 만날 예정이다. 내 친구 마르그리트 뒤라스가 이런 말을 했을 거다. "나는 내 유년에 복수한다."

talk 2 파스칼 키냐르+류재화

류재화 나는 지금 당신의 『La haine de la musique』를 번역하고 있다. 음악의 혐오? 음악의 증오? 아직 haine라는 단어의 번역을 어떻게 해야 할지 결정하지 못하고 있다. 한자가 다른 두 단어 사이에서 망설이고 있다. 憎惡(증오), 嫌惡(혐오). 첫 번째는 haine를 번역할 때 훨씬 일반적으로 쓰는 말이고, 두 번째는 좀 더 직설적이고, 거칠고, 병리적이고, 더 대담한 느낌이 있다. 어떤 물리적이고 생리적인 느낌까지 주는 듯해서 점점 혐오 쪽으로 기울고 있긴 하다. 프랑스어로 엔(haine)! 하고 발음하면 나를 짓누르고 있는 것들을 다 찢어버리고 싶은 맹렬한 욕구가 느껴질 때도 있다. 당신이 지은 이 제목을 어떻게 좀 더 명확하게 이해해야 하는가. 증오 혹은 혐오란 '음악을 싫어한다, 그만큼 좋아한다' 하는 반어적인 수사법이라기보다 음악의 발원, 음악의 행위, 작용, 일종의 도(道) 아닌가.

아, 그렇다면 거칠고, 잔인하고, 날것의 노골적인 소리를 선택하면 좋겠다. Haine란 끔찍한 것이다. Haine란 타자를 완전히 산 채로 잔인하게 잡아먹고 싶다는 뜻이다. 내 제목은 간단하다. 음악은 모든 예술 가운데 가장 오래된 예술이다. 우리들 어머니의 배 속에 있을 때 우리는 말이 없었다. 시각도 없었다. 다만 청각을 가지고 있었다. 가장 먼저 우리는 듣기 시작했다. 우리는 모든 것을 듣는다. 우리가 듣는 것으로부터 우리를 보호해줄 수 있는 어떤 수단도 가지고 있지 않다. 귀는 눈처럼 속눈썹이 없다. 보고 싶지 않으면 눈꺼풀을 내릴 수 있지만, 귀는 그렇지 않다. 내가 믿는 대로라면, 음악은 모든 예술 중에서 가장 오래된 것이고 가장 강력한 것이지만 가장 끔찍한 것이기도 하다. 독일 포로수용소에서 고문관들이 남녀의 옷을 벗겨 죽음 속으로 걸어 들어가게 할 때에도 음악이 있었다. 시도 아니고 물론 영상들도 아니었다. 이 소리의 힘은 가장 감동적인 것이고 가장 숭고한 것이면서도 가장 잔인하고 잔혹한 것이다.

당신의 작품을 번역하는 시험 가도에 있어, 가장 어려운 것은 당신의 단순과거를 충실하게 번역할 수 없다는 것이다. '불쑥' 같은 부사어의 원조를 받아 번역을 할 때도 있다. 단순과거의 생리적인 느낌을 전달하기 위해서다. 시간은 당신 문학에서 어떤 의미를 갖는가.

그런 방식으로 번역하는 것이 마음에 참 든다. Jadis('옛날' 정도로 번역됨)란 빅뱅이다. 시간에서 가장 오래된 것은 이 야생적 폭발이다. 모든 걸 산산조각 낸다. 불쑥, 갑자기, 급격하게, 격렬하게, 무질서하게 다 파편으로 만들어버리곤 한다. 이런 것이 내가 좋아하는 시간이고, 내가 좋아하는 문학이다.

당신은 프랑스 17세기 모랄리스트들이나 고대 로마의 다른 모랄리스트들을 작품 속에서 많이 언급했다. 한국에서는 '모랄' 혹은 '모랄리스트'라는 단어에 많은 오해가 있다. 독트린을 의미하기도 하고 독트린을 부여하거나 강요하는 사람을 뜻하기도 한다.

나는 전혀 모랄리스트가 아니다. 나는 어떤 독트린도 좋아하지 않는다. 나는 고독한 사람이고, 길들여지지 않은, 맹렬한, 그리고 자유로운 사람이다. 제자도 없다. 프랑스에서 나는 좀 잘못 비쳐지고 있다. 내가 고대사회의 에로틱한 이미지들을 모은 두 권의 책을 썼기 때문이다. 『섹스와 공포』, 『성의 밤』.

나는 이 책들을 이루 말할 수 없이 좋아한다. 『섹스와 공포』는 검열당했고, 『성의 밤』 같은 경우는, 기독교 신부들이 불태우려고 했었다. 서점에 있던 내 책 전부에 석유를 부었다. 한데 다행히 불이 붙지는 않았다.

"하늘이 갑자기 종달새 알라우다를 그 파란 몸속으로 빨아들였다. 매가 산토끼를 빨아들이듯 참새들을 어떤 비감지체가 빨아먹었다. 물이 물고기를. 로마가 카이사르를. 책 내용이 독자를. 어머니가 아이를 빨아들인다." 즉, 종달새-물고기-카이사르-독자-아이 : 하늘-물-로마-책-어머니. 두 다른 것들 간의 외적 유비를 통해 내적 상동성을 찾는다. 당신의 환유법은 자주 이런 형태를 띠는데, 유비든 메타포든 이런 것들이 당신의 사색과 수사에서 어떤 의미를 갖는가?

메타포라는 말보다는 유비(analogie)라고 말하는 것이 더 좋겠다. 아니 난 '자유로운 연합'(association libre)이라는 말이 더 좋겠다. 나는 갑작스레 현기증이는 이런 효과를 좋아한다. 순간 모든 게 자기 과거 속으로 들어가 끼워 맞춰지게 된다. 모든 게 기원 속으로 함몰된다.

당신의 아포리즘 중에 내가 가장 좋아하는 것은 "언어로 가지 말고 언어의 근원으로 가라"이다. 그리고 당신이 세계보다는 자연을, 물리를 더 좋아한다는 것을 이해하기 시작했을 때, 특히 이 문장을 자주 암송하곤 했다. "나는 언어가 몸에 직접 닿을 때를 사랑한다." 나는 당신이 당신의 문학을 통해 감정보다는 감각에 닿고자 한다고 확신한다. 글을 쓸 때, 몸으로, 정신으로 모든 물리적 감각을 느끼려고 애쓰는가. 물리의 모랄이랄까 하는 것과 함께?

참으로 당신의 말이 나에게 와 닿는다. 사실, 내가 원하는 것은 '만지다'(toucher)이다. 만지다, 그것은 물리적 세계이며 모랄은 아니다. 내가 살고 있는 것을 더 잘 느끼기 위해 나는 오히려 금욕적인 생활을 한다. 우리가 살고 있는 것 한가운데를 만질 수 있게 해주는 건 아마 음악일 것이다.

당신은 독자이면서 저자이면서 번역가이다. '읽다-번역하다-쓰다'의 연속성 혹은 동시성에서 어떻게 살고 있는가.

나에게는 그 세 가지가 큰 차이가 없다. 아마 '읽다'는 전적으로 수동적인 것일 테고, '번역하다'는 언어의 표면 위에서 꽃피듯 피어나는 것이다. 번역할 때, 정신은 몸을 떠나고 두 다른 산에서 흘러나오는 두 언어 사이에서 길을 잃는다. '쓰다'는 그보다 훨씬 능동적인 일이다. 독서를 하면서 글을 쓰면, 도끼로 무엇인가를 자르는 느낌이 들곤 한다.

당신은 무엇보다 우선 책을 읽는 사람이다. 책 읽는 것을 너무 좋아하는 사람 그리고 책 읽는 것을 좋아하지 않는 사람에게 독서에 대한 조언을 한다면? 어떻게 읽어야 하는가. 무엇을 읽어야 하는가.

사람들에게 특히 읽기를 강요해서는 안 된다. 모든 사람이 다 책을 읽을 수는 없으니까. 책을 읽을 수 있는 개인적 삶이 없는 사람들이 상당히 많다. 그들은 책을 읽는 게 두려울 수 있다. 너무 여린 영혼을 부수어버릴 수도 있다. 모든 사람이 전적으로 또다른 육체에, 또다른 경험에, 또다른 영혼에 자신을 내맡길 수는 없는 것이다. 특히 사람들에게 무엇인가를 좋아하라고, 사랑하라고 강요해선 안 된다. 사랑하는 것을 두려워하는 남자들이, 여자들이 정말 많다.

백가흠 **주로 산책하는 길을 간단히 묘사해달라.**

나는 매우 일찍 잠자리에 들었다가 새벽 2시 혹은 3시 무렵에 깬다. 그리고 침대에서 오전 11시까지 일을 한다. 그리고 침대에서 일어나면 내 하루 작업 일과는 끝난다. 정원으로 내려온다. 나는 아주 오래된 도시에 사는데, 욘강이 흐르고 그 강을 죽 따라 있는 세 채 중 작은 집에 산다. 이 집은 나의 암자 같은 곳이다. 상스라는 도시는 지난 세계대전 때 다 파괴되었기 때문에 내가 살기로 선택한 도시다. 프랑스의 옛 도읍이었다. 기독교 최초의 성당이 건축된 데가 바로 여기다.

내 산책은 간단하다. 강을 따라 걷는 게 전부다. 그래서 이 강가에 사는 모든 동물들을 하나하나 다 알고 있다. 멈춰 서서 백조나 고양이들한테 먹이를 주기도 한다. 또 새들이 나뭇가지로 지은 작은 집들을 바라보기도 한다. 그러다 돌로 된 낡은 계단과 만나고 그곳을 올라가면 바로 조금 번화한 길가가 나온다. 빵을 사고, 포도주와 야채를 산다. 자, 이게 나의 첫 번째 산책이다. 나는 식당을 좋아하지 않는다. 너무 시끄럽고, 가끔은 음악을 너무 크게 틀기 때문이다(그런 식당이 나오면 얼른 도망간다). 나는 혼자 먹는 걸 좋아한다. 조용히, 옆에 내 두 대의 피아노와 내 현악기들이 있는 곳에서 먹는 걸 좋아한다. 나는 악보를 많이 읽는다. 해가 저물기 시작하면 피아노를 친다. 하지만 음악을 많이 듣지는 않는다. 이게 내 하루의 산책이다.

정용준 **한국에 온 적이 있는가? 어땠는가. 없다면 방문할 계획이 있는가.**

나는 한국에 한 번도 가본 적이 없다. 여러분의 나라에 정말 가보고 싶다. 강연이나 학회를 하러 가는 것 말고 말이다. 일본에서 카를로타 이케다와 함께 부토 공연을 한 적이 있는데, 한국에 가면 한국의 탈춤을 꼭 보고 싶다.

배수아 「은밀한 생」을 읽은 이후, 지금까지 나는 한국어로 번역된 당신의 모든 작품을 읽었고, 당신의 신간은 내가 가장 간절하게 기다리는 문학의 사건이 되었다. 한국에는 나와 비슷한 당신을 향한 독자가 꽤 많다. 한국에 있는 당신의 수줍은 열광자들에게 한마디 해달라.

내 다음 소설 제목은 '눈물들'이다. 한국 독자들에게 이 작품을 바치고 싶다. 프랑스어를 최초로 말하고 쓴 사람을 환기하는 아주 이상한 이야기이다. 842년 2월 14일 금요일, '일'이라 불리는 한 강가에서였다. 그는 사슴 가죽 위에 깃털 펜으로 그것을 썼다. 눈이 엄청 왔다. 우연히 누군가 그의 몸을 발견했다. 나는 2015년 11월 9일 토요일 가을이 끝나가던 날, 생리퀴에 수도원 뜰에 그의 뼈를 다시 묻었다. 나는 어둠 속에 혼자 있었다. 옆에 말뚱가리 한 마리가 있었다. 나에게는 정말 감동적인 순간이었다. 그 사진을 여러분에게 보내드리고 싶다.

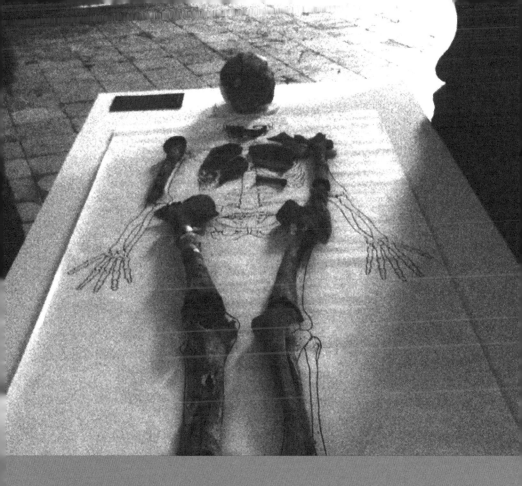

파스칼 키냐르

1948년 프랑스 노르망디 베르뇌유 쉬르 아브르에서 태어났다. 유년 시절 두 차례의 자폐증을 앓았다. 대학에서 레비나스, 폴 리쾨르 등에게 철학을 배웠다. 68혁명의 와중에 도그마가 되어가는 철학 풍조에 염증을 느끼고 문학으로 돌아섰다. 1969년 『말 더듬는 존재』로 데뷔했다. 1996년 혈관 파열로 죽음의 문턱에서 귀환한 후 더욱 바로크적인, 파편적인 글쓰기를 추구하였다. 1992년 갈리마르 출판사와 비평, 심사위원 등 모든 사회적 일을 그만두고 글쓰기에만 전념하고 있다. 『은밀한 생』으로 1988년 문인 협회 춘계 대상을 받았고, 『떠도는 그림자들』로 2002년 공쿠르 상을 받았다. 『로마의 테라스』 『섹스와 공포』 『혀끝에서 맴도는 이름』 『옛날에 대하여』 『심연』 『빌라 아말리아』 『신비한 결속』 등 50여 권이 넘는 작품을 발표했다. 2014-2015년 『생각하다 죽다』 『판단 비판』 등을 발표했고, 소설 『눈물들』의 출간을 준비하고 있다.

절반 이상의
이장욱

『Axt』 no. 006

2016

05 / 06

Lee Jang wook 이장욱, 2016

photo **Paik Da huim** 백다흠

이 장 욱

배 수 아

"부조리라는 건 인간이 있는 한 언제나 발생하는 것이고, 물리적인 세계 자체는 부조리한 적이 없어요. 그냥 인간이 산다는 것 자체가 딱딱 맞아떨어지지 않는 것이고 어긋나는 것일 뿐이죠. 그런 어긋남, 틈 같은 것은 부정적 요소가 아니라 삶 자체나 삶의 에너지이기도 하잖아요. 모든 게 맞아떨어지면 그건 '죽음의 상태'와 비슷해지는 거죠. 비유의 차원에서도 그렇고 실제로도 그렇고. 그런 의미에서 작가를 작가로 만드는 건 믿음보다는 의심이라고 생각하는 편이에요. 믿음은 조화로운 평면에서 작동하고, 의심은 복합적인 어긋남 속에서 작동하죠."

배수아　이장욱 작가님. 인터뷰를 위해서 자료를 살펴보았는데요, 기존 인터뷰 자료가 거의 없었어요. 작품활동은 많이 하시는 편인데, 왜 인터뷰가 없을까, 혹시 의도적으로 인터뷰를 피하시는 분인가 생각이 들었어요. 저의 추측이 맞나요?

이장욱　어쩌다 보니 그렇게 됐네요. 인터뷰도 일이니까, 일은 일단 하기 싫잖아요.(웃음) 그래도 서면 인터뷰는 꼬박꼬박 했습니다. 특히 고등학생이나 대학생이 인터뷰 메일을 보내오면 성실하게 답장을 썼고요.

아, 그렇다면 굉장히 착하신 분이라는 느낌이 드네요.

착한 건 아니고요.(웃음) 학생들과의 서면 인터뷰는 독특한 재미가 있어요. 옛날 생각도 나고.

고등학생이나 대학생이 요청하는 인터뷰라면 보통 어떤 질문들이 들어오나요?

학교 과제인 경우도 있고, 간혹 시집이나 소설집 읽고 개인적으로 메일을 보내오기도 하는데, 이 경우는 인터뷰는 아니고 개인 질문이겠네요. 학교 과제로 하는 친구들은 아무래도 공식적이고 문학적인 질문들이 많고, 궁금해서 개인적으로 메일을 보내오는 친구들은 유니크한 질문들도 있고.

기억나는 유니크한 질문이란?

첫 시집과 두 번째 시집에 '코끼리'가 여러 번 나오는데, 공식적인 질문은 '코끼리가 누구냐 또는 어떤 의미냐'고 묻는 것이죠. 내밀한 질문은 '제 친구 중에도 그렇게 코끼리처럼 슬픈 친구가 있는데요'라고 시작하는 경우고요. 대개 삶과 글쓰기에 대한 고민이 묻어 있는 메일들이에요. 작품에 대해 뭐가 궁금하다기보다는 이 사람한테는 내 이야기를 해도 통할 것 같다는 느낌? 아무래도 그런 게 기억에 남아요. 대개 섬세하고 예민한 감각을 가진 친구들이죠.

독자가 고백을 보내온다는 말이군요! 저는 한 번도 그런 경험이 없는데, 신기해요. 저도 한 가지를 고백하자면, 저희 잡지가 인터뷰 대상을 정하기 위해서 회의를 할 때 제가 이장욱 작가님 이름을 꺼내자 다른 동료들의 반응이 부정적이었어요. 이유는 세 명 모두가, 그분은 절대로 인터뷰를 안 하실 것이다, 그러므로 요청해봤자 소용이 없을 것이다, 이런 의견이었거든요. 그중에서 이장욱 작가님을 전혀 모르고 안면도 없는 사람은 저 혼자였죠. 그래도 부탁이라도 한번 해보자 하고 시도한 일인데 흔쾌히 답변을 주셔서 너무 감사드려요. 사실 인터뷰는 상당히 귀찮은 일인 것만은 사실이니까요. 경력에 특별한 도움이 되는 것도 아니고요.

아니 요즘 문제적 작가가 많은데 나 같은 사람을……이라고 생각했는데, 결론

은 이거였어요. 『Axt』가 판매 부수를 줄이려는 음험한 의도가 있지 않은가.(웃음)

저는 개인적으로 사실 좀 줄었으면 좋겠어요. 저희들의 문제는 잡지를 기획하는 네 사람의 생각과 사상이 다들 너무나 다르다는 데 있죠.(웃음) 그래서 커버스토리(인터뷰) 대상을 정할 때는 논쟁이 좀 벌어지는 편이에요. 다른 섹션은 분담해서 각자 일이 분리되어 있거든요. 어쨌든 저는 『Axt』가 조금 더 소수 취향으로 편향되기를 원해요. 물론 저 혼자만의 희망사항이고요. 하지만 이장욱 작가님 때문에 독자의 수가 줄어들 거라고는 생각하지는 않아요. 나중에 배수아 작가님이 인터뷰를 맡는다고 해서 급 흥미를 느꼈어요. 오늘이 초면인데, 인터뷰보다는 대담처럼 하면 어떨까 싶기도 하고요.

감사합니다. 제가 기대에 부응할 수 있을지 모르겠네요. 이번이 제 차례예요. 저희는 의무적으로 순서대로 돌아가면서 커버스토리를 맡아서 해야 해요. 그런데 다들 소설가라서 인터뷰를 당하기만 했지 누군가를 인터뷰해본 경험이 한 번도 없는 입장이죠. 그러다 보니 부담감도 크고 해서 어떻게든 핑계를 대고 안 하려고 하는 분위기가 있어요. 격월간지인데 매번 편집위원들이 할 수는 없을 테고, 외부에서 인터뷰어를 초빙하는 방법도 있지 않나요?

그렇게 되면 좋은데 외부에서 초빙을 하더라도 소설가 인터뷰어를 초빙할 가능성이 많을 듯해요. 이 잡지의 주된 목소리는 소설가의 것이 되어야 하니까. 그리고 처음부터 약간의 미숙함은 그대로 노출하자는 것이 무의도 속의 의도였으니까요. 하지만 또 간혹은 전문 인터뷰어가 프로적인 기술을 발휘한다면 그것도 새로운 느낌을 불러일으킬 수도 있겠다 싶어요. 무엇보다도 외부 인터뷰어가 있다면 우리가 무척 편해지는 건 사실이죠. 벌써 1년이 됐으니 힘드실 때가 됐어요.

가장 힘든 건 말씀드렸듯이 우리 네 명이 합의하여 커버스토리 인물을 정해야 한다는 거예요. 이 점이 생각보다 어려워요. 다 취향이 다르고 좋아하는 작가가 다르고 읽고 싶은 문학이 다르기 때문이죠. 그런데 제가 이장욱 작가님을 특별히 선호한 데는 이유가 있어요. 작가님은 번역을 하셨잖아요. 아시겠지만, 제가 번역가를 편애하거든요. 물론 그것이 이 인터뷰의 주된 이유는 아니긴 하지만요. 그래도 말이 나온 김에 그 이야기를 먼저 해보고 싶어요. 작가님이 번역하신 치프킨의 소설 『바덴바덴에서의 여름』, 그 책을 정말 재미있게 읽었거든요. 오래전에 읽었는데 정확히 언제 출간된 거죠?

출간은 2006년이고 번역은 2000년대 초반에 한 거니까 꽤 오래됐네요.

2006년이면 10년도 넘은 거네요. 거의 책이 나오자마자 제가 읽은 듯해요. 그런데 사실 그 책을 읽을 때만 해도 이장욱 작가님을 몰랐어요.

그 전해에 소설가로 등단했으니 당연히 모르셨을 거예요.

아마 그때 저는 번역을 한 권 정도 한 상태가 아니었을까 해요. 아직은 문학작품이라고 할 만한 책을 번역해본 경험이 없었고, 번역이 뭔지도 모르고 있는 수준이었어요. 도스토옙스키에 관한 이야기라는 사실에 끌려서 번역가 이름을 전혀 모르는 채로 그 책을 읽었죠. 정말 흥미로웠고, 아름답고 독특했어요. 그리고 번역이 무척 좋다는 느낌을 받았던 기억이 나요. 그런데 제가 이번 인터뷰 준비하면서 검색을 하다 보니, 오 세상에, 이장욱 선생님이 바로 『바덴바덴에서의 여름』의 번역자이신 거예요! 그래서 얼마나 반갑던지 오래전 읽은 그 책 『바덴바덴에서의 여름』을 책장에서 꺼내 다시 읽었죠. 그리고 그때는 유심히 읽지 않았던 후기, 추천사, 서문까지도. 그런데 살펴보니 그 책이 거의 유일한 번역서인 듯해요. 그 책을 번역한 얘기 잠깐만 해주시기를 부탁드려요.

제가 러시아문학을 전공하고 해서 출판사에서 의뢰가 왔어요.

작품을 직접 고르신 건 아니고요?

치프킨이라는 작가는 당시 러시아문학을 공부하는 사람들에게도 알려지지 않은 작가였고, 저도 처음 듣는 작가였어요. 심지어 러시아에서도 출간되기 전이었죠. 미국에서만 영어판이 나온 뒤였고요. 러시아어 원본을 A4로 프린트해서 그걸 기준으로 번역을 했는데, 문장도 워낙 길고 어려운 데다 원본과 영어본도 차이가 있어서 고생한 기억이 있어요. 그후로는 번역을 안 하게 되더라고요.

공력에 비해서 얻는 대가가 미약하기 때문인가요?

인풋/아웃풋 얘기는 아니고, 어떤 문장을 번역해도 계속 미진한 느낌이 남아요.

완벽주의자시군요?

계속 찜찜하더라고요. 오역에 대한 공포도 있고.

완벽주의자에다 양심적이기까지. 그건 번역가로서 최악의 성향인데.(웃음)

내가 소설을 쓰면 후지더라도 나만 쪽팔리면 되는데, 번역한 문장은 오리지널이 있잖아요. 나중에 오역도 자꾸 발견되고 하니까 개정판을 내야 되는데 지금까지도 게을러서 못하고 있어요. 아, 나는 번역가 기질도 자질도 안 되는구나 하는 느낌이 있었어요. 그래도 언젠가 훗날에는 시 번역 같은 걸 해보고 싶은 생각이 있긴 한데.

시를 번역하신다면, 어떤 시인을 먼저 해보고 싶으세요?

영불 쪽의 매력적인 시인들도 많지만, 제가 번역을 한다면 아무래도 러시아 쪽이겠죠. 블로크, 마야콥스키, 만젤시탐, 츠베타예바, 브로츠키 등에게 매력을 느꼈는데 이들은 이미 20세기의 고전이 된 시인들이에요. 번역도 돼 있고요. 사실은 아직 제가 이름을 모르는 동시대 시인들의 시에 호기심이 있어요. 시간의 격차가 없으니 훨씬 가깝게 느낄 여지가 많지 않을까 싶기도 합니다. 물론 그냥 마음이고, 실제로 제가 번역을 하지는 못하겠지만요.

너무 겸손하신 듯해요. 가능할 수도 있는 일인데, 시 번역가들도 분명히 있으니까요. 그런데 원본을 그처럼 많이 의식하신다면 사실 시는 더 위험하지 않아요? 과격하게 말해서 저는 시 번역은 거의 창작이라는 생각이 들어요.

네, 시 번역을 하고 싶다는 건 오리지널을 '평계'로 창작을 해보고 싶은 기분과 비슷하죠. 그런 마음으로 번역을 하면 물론 안 되겠지만. 어쨌든 번역이라는 게 중요한데, 가령 레이먼드 카버를 우리나라 작가들이 좋아하잖아요? 제 생각에는 미국 작가들보다 한국 작가들이 레이먼드 카버를 더 잘 즐길 수 있는 면이 있어요. 미국 작가들은 익숙한 문법과 자연언어의 공기 속에서 카버를 읽는 거고, 한국 작가들은 다른 언어와 문화의 맥락이 주는 신선함 속에서 읽게 되니까요. '카버를 이해한다'는 면에서는 미국 작가나 독자가 더 깊이 들어갈 수 있겠지만, '카버를 즐긴다'는 면에서는 한국 작가나 독자에게 창조적 어드밴티지가 있다는 말이죠. 그런 게 작가들 입장에서는 흥미로운 지점이 아닌가 하는 생각도 들어요.

그러면 같은 맥락에서 한국의 고급 독자들이나 일부 평론가, 작가들이 한국문학을 약간 폄하하는 경향이 있고 외국문학을, 우리에게 수입된 문학을 더 높이 치는 것도 그런 하나

의 이유가 될까요? 물론 수입 문학이 세계적으로 인정받은 A급이라는 이유도 있겠지만.

수입 작품들은 선별된 것이고 양의 차이도 있고 해서 수평적 비교는 쉽지 않죠. 제가 얘기한 건 번역의 문제인데, 정확하진 않지만 베냐민이 이런 맥락의 말을 하잖아요. 오리지널이 이 세계에 대한 작가의 직접적인 반응이라면, 번역은 두 문화의 종합을 통해 이념이 작동하는 고차원적인 방식이다. 진정한 언어는 두 언어의 상호작용 속에서만 출현할 수 있다……. 단순화하면 원본보다 번역본이 더 위대할 수 있다는 얘기죠. 실제로 번역을 해보면 오리지널에는 없는 무언가가 번역본에 추가되는 느낌이 있어요. 한국어 및 한국문화와의 '충돌'을 통해서 탄생하는 거죠. 그런데 개인적으로는 이 '번역가의 위대함'조차 좀 부담스럽더라고요. 엄밀함도 힘들고 위대함도 힘들고. 역시 번역가 기질은 못 되는 것 같아요.(웃음)

"Translating is further Language." 영국 노리치에서 어느 중국인 번역가가 했던 말인데 지금 문득 떠오르네요. 그가 베냐민의 말을 염두에 두고 그렇게 말했을 수도 있겠다는 생각이 들어요. 맞아요. 오역의 부담감, 원작에 누가 될지도 모른다는 공포심, 그건 제가 알고 있는 거의 대부분의 번역가들이 가지고 있는 듯합니다. 그걸 짊어진다는 전제를 딛고 선 자리에서 비로소 번역 행위의 희열도 느낄 수 있지 않을까요. 그런 공포와 부담감 없이는 희열이 있지도 않을 듯해요.

맞아요. 확실히 그런 면이 있죠. 어쨌든 저야 번역가도 아니었고 지금도 번역은 전혀 하지 않으니까, 이쯤에서 '번역가로서의 배수아' 얘기를 더 듣고 싶은데.

아니, 그래도 오늘 인터뷰는 이장욱에게 집중해야 합니다.(웃음) 제 이야기는 나중에 할게요. 치프킨은 유대계였는데, 그가 흠모해 마지않는 작가 도스토옙스키가 반유대주의자였죠. 그럼에도 불구하고 치프킨은 도스토옙스키를 좋아하고 그를 끊임없이 연구하면서 한평생을 보냈죠. 도스토옙스키가 살았던 도시를, 그가 거닐었던 거리를 따라서 거닐죠. 그런 느낌 알 것 같아요.

네, 흥미로운 포인트인 듯해요.

문학은 민족을 능가하는 힘이 있다고 생각하시나요?

반유대주의자인 도스토옙스키를 유대인인 치프킨이 오마주하는 그런 소설도 있고, 카프카는 또 다르죠. 유대인이지만 유대인으로서의 정체성을 의식하지 않거나 혹은 유대인 정체성을 거부까지는 아니더라도 거리가 먼 상태로 머물렀으니까. 아이덴티티 차원에서 흥미로운 지점들이 있어요. 문학은 그런 경계선적 요소들을 자꾸 활성화하죠.

치프킨 같은 경우는 구체적으로 박해를 받은 입장이잖아요. 스탈린 치하의 러시아에서 유대인이라는 이유로. 문학작품에서 마주치는 유럽의 유대인 박해나 학살의 역사는 우리가 아는 것보다 훨씬 더 지독하고 뿌리 깊더군요. 하지만 도스토옙스키에 대한 그의 애정과 흠모는 그 모든 현실의 장벽을 넘어섰죠. 그런 것이 문학인가요. 더 설명할 수가 없네요. 혹시 번역하시면서 이런 생각을 해보신 적이 있나요. 만약 이장욱 작가님 자신이 치프킨이었다면, 그 입장이었다면 도스토옙스키에 대해서 어떤 생각이었을 것 같나요? 치프킨의 그 태도가 온전히 이해되시던가요?

치프킨이 도스토옙스키의 반유대주의까지 좋아한 건 아닌 듯해요. 오히려 이 소설은 도스토옙스키의 반유대주의에 대한 적극적인 비판이기도 하니까요. 도스토옙스키처럼 뛰어난 작가가, 인간의 고통에 대해 그토록 예민했던 작가가, 어째서 수천 년간 쫓기고 있는 유대인들에 대해서는 그렇게 적대적이었을까. 이런 의문에 대한 이야기이기도 하고요. 도스토옙스키는 어떤 면으로는 '꼴보수'였으니까.(웃음) 하지만 말씀하신 대로 치프킨은 자신에 대해 적대적인 작가를 '그럼에도 불구하고' 깊이 사랑했어요. 저야 그런 내적 갈등을 추정만 할 뿐 제대로 이해하지 못한 상태에서 번역을 한 것이고요.

창작과 번역이 서로 시너지가 있을 듯이 보이긴 하지만, 그래도 모든 작가들이 번역 행위를 좋아하는 건 아닌 듯합니다. 어느 젊은 작가가 저에게 와서 자기도 번역을 하고 싶다고 그랬던 적이 있어요. 그래서 저는, 하고 싶다고 한다면 출판계에서도 환영할 것이다. 옛날에는 작가가 번역하는 것을 우려하는 분위기였는데 요즘에는 분위기가 좀 바뀌었으니 시작하기 어렵진 않을 것이다, 라고 말을 한 적이 있어요. 그분이 어찌어찌해서 책을 번역하게 되었는데, 번역을 마친 다음에 이야기하기를 자기는 번역을 다시는 안 할 것이다, 이 일에 들어간 공력으로 소설을 썼으면 굉장히 얻는 게 많을 텐데, 번역은 남는 게 너무 없으니 다시 하고 싶지 않다고 하더군요.

창작과 번역을 그렇게 비교하는 건 동의하기 어려워요. 번역보다 창작이 우위에 있는 건 당연히 아니에요. 평범하고 진부한 창작을 하느니 좋은 텍스트를 번역하는 게……라고 생각하는 편이 타당할 수도 있죠. 번역이 오히려 창작보다 더 견고한 정신 또는 태도의 산물이라는 생각이 들 때가 자주 있어요. 좀 다른 이야기겠지만, 한국문학번역원에 번역가 과정이 있어서 원작자 입장으로 몇 번 참석을 한 적이 있어요. 그런데 번역자 분들이 하시는 말씀을 들으면 배우는 게 많아요. 예를 들어 '좌판'이라는 단어를 제가 썼는데, 번역자들은 이렇게 묻죠. 이 좌판이 다리가 있는 거냐, 없는 거냐. 다리가 세 개냐 네 개냐 등등. 저는 그냥 관습적으로 썼는데, 실은 더 밀고 나갔어야 하는 거죠. 그런 디테일한 구체성뿐 아니라 추상 차원에서도 번역자들의 말을 들어보면 흥미로운 게 많아요. 외국어의 어감과 한국어의 어감을 비교하는 과정은 곧 삶과 문화의 전 감각이 동원되는 일이니까요.

시는 왼손으로, 소설은 오른손으로

번역가로서 자신을 겸손하게 낮추셨지만, 『바덴바덴에서의 여름』은 참으로 편안하고 멋지게 읽히는 번역문이었다고 기억합니다. 꼼꼼하게 공들인 번역이라는 느낌 말이죠. 그런데 소설가로서도 마찬가지일 것 같군요. 제가 검색을 하다가 좀 놀랐어요. 상을 무척 많이 받으신 작가라는 것을 알았어요. 이런 표현이 실례가 아니길 바라며 말씀을 드릴게요. 다름이 아니라 굉장히 많은, 거의 모든 문학상에 노미네이트가 되는 작가시더군요.
쑥스러운 말씀을…… 대개 후보작이었고요.

그것도 실질적으로는 수상작과 차이가 없다고 해도 좋지 않을까요. 단 하나의 수상작을 골라내기는 하지만 그것이 반드시 가장 우수하다고 규정한다는 건 문학의 성질과는 거리가 있을 테니까요. 직설적으로 말할게요. 굉장히 사랑받는, 인정받는 작가에 속하세요.
그런가요. 그럴 리가.(웃음)

이장욱 작가님의 책을 읽어본 다음에는, 어쩌면 이분은 학교 다닐 때 모범생이 아니었을까, 하는 생각이 들더군요. 반듯하고 공부 잘했던 그런 소설가 말이죠. 본인이 생각하기에 어떠세요? 정말로 모범생이었나요?

모범생은 아니었던 것 같고. 그냥 조용한 학생 아니었을까. 지금도 그렇지만, 대학 때부터 학삐리 기질은 있었어요.

학삐리라니요?

소설가 하면 우선 경험이 풍부하고 뭔가 거칠고 산전수전 다 겪고, 뭐 그런 게 떠오르잖아요. 그렇지 않았다는 거죠. 저는 개념이나 논리도 좋아하고, 철학이나 논문 글쓰기에서도 매력을 느끼고 그래요. 시인 소설가로서는 결격사유지만, 그런 저 자신에 대해 별로 불만은 없어요. 이런 작가도 있고 저런 작가도 있지, 라고 생각하는 편이죠. 개인적으로 이성과 감성이 '제로섬 게임'이라고 생각하지도 않고요. 어쨌든 제가 소설을 쓴다고 해서 기질이나 체질을 바꿀 수는 없으니까 그냥 생긴 대로 사는 거죠.(웃음) 체질만 그런 게 아니에요. 생각해보면 저한테는 소설가로서 안 좋은 조건들이 많아요. 서울에 살면서 표준적인 한국어를 쓰고 있고, 중년이고, 남성이고, 이성애자인데다 교수까지 하고…….

표준어 사용자, 중년, 남성, 이성애자, 교수. 이런 것이 어떤 점에서 소설가로서 긍정적인 조건이 아니라고 하시는 건지요.

간단하게 말하면 소수성 문제죠. 가령 가부장이 지배하는 한국에서 여성은 자기도 모르게 제 안에서 소수성이 발생한다고 생각해요. 시인, 작가라면 더더욱 그렇지 않을까요? 마이너리티의 요소가 작가한테 중요하다고 생각해요. 뻔한 얘기지만 대한민국은 수도권에 사는 중년-남성-이성애자-지식인이 압도적으로 지배하고 있잖아요. 일단 구리죠.(웃음) 이건 빼도 박도 못하고 메이저리티에 포함돼 있으니까. 나이가 벼슬이고 선배면 초면에

143

반말이고 뭐 이런 게 싫은데, 문득 저 자신이 나이 먹은 선배가 된 기분이랄까?(웃음) 물론 그런 조건에 완전히 규정돼버리면 글 그만 써야죠. 조건만으로 글 쓰는 건 아니니까.

소설 말고 시인으로도 등단을 하셨죠? 한국은 이상해요. 시인이 되려면 시인으로 등단해야 하고, 소설가가 되려면 소설가로 등단을 해야 되고, 희곡 작가가 되려면 희곡 작가로 등단해야 되는군요. 그렇게 따지면 등단제도 자체도 이상하고요. 하지만 우리의 주제인 인터뷰로 돌아가서, 원래 시인을 꿈꾸신 거예요? 아니면 두 가지 다 각각 등단하시게 된 배경이 있는지.

시를 주로 하긴 했지만 대학 때부터 소설도 쓰고 했어요. 시로 등단하고 시집도 냈지만 계속 소설을 시도하게 되더라고요. 두 가지를 어떻게 같이 하느냐, 라는 질문을 자주 받는데 처음에는 멋있게 대답하기도 했어요. "시는 왼손으로 쓰고 소설은 오른손으로 쓴다"라든가 "시는 밤의 영역이고 소설은 낮의 영역이다" 같은 낯간지러운 이야기.

오, 그거 인터뷰 제목으로 좋겠는데, 어때요?

아니, 이제 그런 이야기는 안 한다는 뜻이고요.(웃음) 지금은 시 소설을 같이 하는 게 하도 오래돼서 그냥 습관이 됐어요. 그렇게 안 하면 이상할 지경이니까. 심지어 다른 소설가들은 왜 시를 안 쓸까, 다른 시인들은 왜 소설을 안 쓸까, 다들 잘 쓰면서. 그런 의아함을 느낄 때조차 있으니까요. 물론 시를 쓸 때와 소설을 쓸 때의 상태는 많이 달라요. 몸이 시나 소설 어느 한쪽을 거부하는 경우도 있고. 그러니까 축구도 좋아하고 야구도 좋아하는 것과는 다른 문제인 건 확실해요. 그래서 안이하게 남한테 권하거나 그럴 문제는 아니에요. 저야 이왕 이렇게 해왔으니까 앞으로도 그렇게 하겠지만.

저도 번역을 많이 한 다음부터 항상 빠지지 않고 받는 질문이 번역할 때와 소설 쓸 때가 어떻게 다르냐, 하는 거예요.
어떻게 대답하세요?

그때그때 달라요. 떠오르는 대로 대답하기 때문에 항상 다른 대답을 하게 되죠. 한번 대답하면 잊어버리기 때문에 다음 번에 또다시 그 질문을 받으면 다른 대답을 하는 거죠. 흔하게 받는 질문인데도 매번 다르게 대답할 수밖에 없는 그런 질문이 있는 듯해요.
네, 딱히 대답하기 어려운 질문들이 있죠. 심지어 한 사람 안에서도 매번 달라지는 게 있으니까. 작가도 끊임없이 변하잖아요.

그렇죠. 우리는 작가이면서 개인이니까, 이 세상의 원칙을 이야기할 필요는 없죠. 그래서 한 명 한 명의 작가에게 같은 질문을 던지게 되는 것 아닐까요. 왜 문학을 하시나요? 등등.

의심하는 작가

작품 이야기를 해볼게요. 저는 『고백의 제왕』을 제일 먼저 읽었는데 제목이 의미심장했어요. 우리의 고백이 소설이고, 소설이 곧 우리의 고백이다, 라는 의미로 읽혔거든요. 그런데 일단 그런 인상을 받고 나니, 작가님의 단편 상당수가 어떤 한 인물의 고백인 경우가 많은 것 같았어요. 누군가 무엇인가를 털어놓는다. 그것이 사막이든 무엇이든. 그리하여 이야기는 소설이 된다. 이것은 의도였나요?

의도는 따로 없었어요. 저도 소설집으로 묶고 나서야 깨달았으니까요. 특히 이번에 『기린이 아닌 모든 것』을 내고 보니 정말 1인칭이 많더라고요. 원래 소설이 3인칭 전지적 시점이 디폴트값이잖아요. 소위 근대소설이 그렇다고 하죠. 가라타니 고진 같은 사람도 근대문학 종언론 이야기를 할 때 3인칭 전지적 시점의 역사적 시효가 끝났다, 이런 식으로 이야기하고요. 그런데 소설집을 내고 보니까 8편 중 7편이 1인칭인 거예요. 3인칭은 1편밖에 없어. 어, 이게 왜 이러지? 하고 저 자신도 좀 놀랐어요. 확실히 고백체 1인칭에 대한 선호, 이런 게 저도 모르게 문학적 루틴이 돼버렸나 하는 생각이 들어서 반성을 많이 했어요.(웃음)

그런데 기본적으로 저는 소설이 화자의 개별성이나 진술의 불확실성을 받아들여야 한다고 생각하는 편이에요. 그게 저한테는 리얼리즘이기도 하고요. 심지어 3인칭도 1인칭의 요소가 있어야 한다고 생각해요. 왜냐하면 인간의 말이 원래 그런 거니까. 어쨌든 화자가 1인칭으로 말하는 순간 독자와 일대일의 수평적인 관계에 들어가는 거고, 소설의 진실은 그 지평 너머에서 발생한다고 생각해요. 작가의 의도로 환원이 안 되는 방식으로요.

작가는 글을 쓰면서 그런 차이를 느낄 수 있지만, 그것을 독자들이 마찬가지로 느끼려면, 혹은 그럴 수 있게 전달을 하려면 독자들에게도 굉장히 민감한 독서가 요구되는 것 같아요. 그런데 작가들은 왜 무의식중에 1인칭 화자를 내세우는 것에 죄책감을 가질까요? 그래서 1인칭 화자에 대한 변명을 늘 준비하고 있다는 생각도 들어요.

그게 죄책감이나 변명이라면 아마 존재 자체에 대한 죄책감이고 변명이겠죠. 그런데 작가로서 저는 죄책감이나 변명 같은 네거티브한 감정보다는 이런 종류의 1인칭을 세계에 밀어넣는다는 포지티브한 측면이 강해요. 거기서 이런저런 어긋남이 발생하기도 하고, 그게 소설의 '사건'이라는 것이기도 하고요.

말씀을 듣고 또 떠오른 생각은, 소설은 이러해야 한다, 는 한계를 스스로 확실하게 규정하고 소설을 쓰시는 듯해요. 그리고 또 나아가서, 내가 쓰는 것은 반드시 소설이(어야 한)다는 전제도 분명하고요. 저는 그 점이 좀 신기하게 느껴지기도 하는데요. 옳고 그름을 떠나서, 좀 더 해체적인 혹은 하이브리드적인 문학 형식을 추구하지는 않으시나요?
미적 이론적 자의식은 물론 있어요. 말씀드렸듯이 학삐리니까.(웃음) 하지만 글을 쓸 때는 그런 생각을 안 해요. 소설이 이래야 한다거나 저래야 한다거나…… 자의식이 있다면 그런 규정이나 전제라는 게 구체적 작품 앞에서는 언제나 무의미하다는 자의식이죠.

저의 생각으로는, 단순히 1인칭 시점으로 쓰였다고 해서 소설이 고백적이 되는 것 같지는 않아요. 「고백의 제왕」에서 1인칭 화자가 등장하기는 하지만 사실 진짜 이야기는 그 친구, 고백의 제왕 입에서 나오는 것일 수도 있어요. 고백의 주체가 곧 이야기를 끌어가는 인물로 보이는 거죠. 그런 점에 주목해서 다른 소설들을 살펴보니까 의외로 전체는 아니라도 예를 들어 「동경소년」에서, 주인공 화자는 액자 프레임을 형성해주는 테두리에서 활동하고, 진짜 내용은 동경소년이 털어놓는 자신의 여자친구와의 초현실적 경험인 거예요. 그런 구조가 저는 흥미로웠어요. 세헤라자데를 연상시키니까요. 그런데 아까 말씀하셨듯이 학생들이 소설가에게 뭔가를 털어놓기 위해 편지를 쓴다, 그 고백으로 이루어지는 것이 작가님 소설의 한 특징이 아닐까, 하는 생각이 들었어요.
1인칭이 다 고백이 아니고, 고백이 다 1인칭일 필요도 없겠죠. 「고백의 제왕」이나 「동경소년」 같은 경우 화자가 사건에 개입하기도 하지만 주인공은 다른 사람인데요, 『기린이 아닌 모든 것』에서는 화자가 주요 인물 자신인 경우가 많고. 이런 차이도 클 것 같아요.

이장욱 작가님의 소설은 인간 삶의 블랙홀을 포착하고 있다는 느낌이에요. 삶과 죽음 사이, 존재와 비존재 사이, 사랑과 환멸 사이의 함몰된 어둠의 구역을 그리려는 시도처럼 읽혔어요. 인간이라면 아마도 누구나 그러한 영역을 내부에 갖고 있을지도 모르죠. 고백을 통해서 언어로 형상화되는, 삶에 내재하는 본원적인 부조리의 영역. 특히 『천국보다 낯선』을 읽고 그런 느낌이 들었어요. 직설적으로 물을게요. 작가님에게 부조리함이란 내부인가요 아니면 외부인가요? 그것은 극복해야 할 대상일까요 아니면 작가적 자산일까요?

글쎄요. 부조리가 극복 대상이라고는 생각 안 해요. 사실 부조리라는 건 인간이 있는 한 언제나 발생하는 것이고, 물리적인 세계 자체는 부조리한 적이 없어요. 그냥 인간이 산다는 것 자체가 딱딱 맞아떨어지지 않는 것이고 어긋나는 것일 뿐이죠. 그런 어긋남, 틈 같은 것은 부정적 요소가 아니라 삶 자체나 삶의 에너지이기도 하잖아요. 모든 게 맞아떨어지면 그건 '죽음의 상태'와 비슷해지는 거죠. 비유의 차원에서도 그렇고 실제로도 그렇고.

그런 의미에서 작가를 작가로 만드는 건 믿음보다는 의심이라고 생각하는 편이에요. 믿음은 조화로운 평면에서 작동하고, 의심은 복합적인 어긋남 속에서 작동하죠. 의사소통도 마찬가지예요. 커뮤니케이션 모델과 다이얼로그 모델이 다르잖아요. 커뮤니케이션 모델은 발신자 수신자가 서로 의미를 교환하는 합리적 과정을 전제로 하죠. 그것 자체가 목적이기도 하고요. 반대로 다이얼로그 모델은 의미의 어긋남에 주목해요. 어긋남 자체가 생산적이고 삶의 힘 자체라고 보는 거죠. 문학이든 정치든 커뮤니케이션 모델을 베이스로 삼느냐, 다이얼로그 모델을 베이스로 삼느냐에 따라 근본적으로 차이가 있는 것 같아요.

그렇다고 카오스에 가까워질수록 좋은 문학이라는 식의 감각에도 동의하지 못해요. 너무 나이브하죠. 게다가 카오스를 문학에 도입하는 것만큼 쉬운 일도 없어요. 저는 소위 '자동기술'이나 '해프닝'을 좋아하는 편이 아니에요. 어떤 작품에서 우연의 요소가 압도적이 돼버리면 문득 흥미를 잃어버려요. 그냥 관심이 없어지는 거죠.

「고백의 제왕」과 「기린이 아닌 모든 것」, 이 두 권의 소설집이 쓰인 시점이 달라서인지 수록된 단편들의 분위기가 다른 느낌이 들어요.

시간도 지나고 했으니 자연스럽게 차이가 있겠죠. 그게 뭔지는 잘 모르겠어요. 화가나 다른 예술가들도 그렇겠지만, 작가나 시인이 자기 스타일을 바꾸는 건 평생 두세 번 정도밖에 가능하지 않을 것 같아요. 몸에 깊이 배어 있는 게 빠져나가고 새로운 것이 들어와야 되는데, 그건 시간만이 할 수 있는 일이죠. 의식적으로 마음먹는다고 되는 게 아닌 것 같아요. 피카소가 청색시대를 끝내고 오늘부터 장미시대다, 입체파시대다, 뭐 그렇게 결심해서 되는 게 아닌 것처럼. 그런 의미에서 스타일은 몸 자체인 듯해요. 언젠가는 좋든 싫든 완전히 바뀌어 있는 저 자신을 보게 되겠죠.

고백에서 또 한 가지 흥미로운 것은, 사실 그것의 진실성 여부는 전혀 중요하지 않다는 거였잖아요. 그런데 그것이 바로 소설의 특징이거든요. 중요한 점은 다른 사람을 매혹하는 이야기 자체인 거죠. 사실인지 아닌지 아무도 모르고 또 그것을 굳이 문제삼을 필요도 없고요. 이것이 바로 소설이구나. 그렇다면 이것은 소설에 대한 알레고리 소설? 물론 그런 의도가 개입되지 않았을 수도 있지만, 흥미로웠어요. 일단 그런 식으로 보이기 시작하

니까 소설마다 그런 구조가 조금씩 들어 있다는 생각도 들고.

고백의 진실성과 픽션으로서의 고백은 확실히 흥미로운 관계인 듯해요. 고백은 사실 그 형식 자체로 진실과는 거리가 있잖아요. 고백으로는 진실을 드러내는 데 근본적인 한계가 있어요. 지금 제가 하는 이런 인터뷰까지 포함해서 말이죠.

　반면에 픽션이기 때문에 가능한 것들이 있잖아요. 사실 다큐멘터리가 픽션보다 더 힘이 있고 더 현실적이죠. 사회적 영향력도 강하고. 그런데 자장커가 다큐와 극영화를 뒤섞거나, 키에실로프스키가 다큐를 찍다가 극영화로 전향한 이유를 보면 비슷한 데가 있는 듯해요. 실제의 삶을 찍으려고 카메라를 들이대면 이미 실제가 변형되잖아요. 프레임에 갇히니까. 진실이나 비밀은 자꾸 은폐되고. 은폐된 걸 파헤쳐서 진짜 실제를 찍으면 또 그건 감당할 수 없는 과잉이나 두려운 것이기도 하고. 반대로 소설은 픽션이라는 바로 그 이유 때문에 모종의 진실에 접근할 가능성이 있는 것이죠. 그냥 가능성일 뿐이기는 하지만.(웃음) 그런데 말씀하신 픽션에 대한 자의식, 그러니까 메타픽션적인 건 저한테는 중요하지 않았던 것 같아요. 사실 소설에 대해서 굳이 또 소설로 말할 필요를 못 느껴요. 그런 건 왠지 지리멸렬하다고 생각하는 편이고요. 다만 고백이라는 형식이 소설에 모종의 여백을 만들어낸다면, 그게 이미 소설이라는 장르에 대한 코멘트일 수는 있겠죠.

분석가의 입장에서 말씀하시는 거죠?

분석이라기보다 효과랄까? 나중 문제라는 거죠. 제 의도와 무관하게 소설이 발생시키는. 그렇기 때문에 칼럼이나 에세이적 글쓰기와 변별되는 지점이 있기도 하고요. 또 전통적 소설과 달라지는 지점도 있겠죠.

지금 대학에서 어떤 것을 가르치시나요?

소설 창작 수업을 맡고 있어요.

소설 창작? 그러면 학생들이 소설을 써 오면 평해주시는 건가요 아니면 이론을 강의하시나요?

둘 다 하는데요. 이론적인 부분도 있고 합평도 있고. 합평은 학생들 작품을 평가하기보다는 토론을 이끄는 정도죠. 창작의 테크닉이나 기술은 저도 잘 모르겠고 해서(웃음) 그런 부분은 가르칠 게 없어요.

저는 문창과를 안 다닌 소설가라서.

그건 저도 그래요.

그렇지만 가르치시잖아요. 전 문창과에서 어떤 걸 배우는지 궁금해요.

예전에는 다른 학과에서 외국문학 강의도 해보고 그랬는데, 문창과 수업이 훨씬 재미있어요. 일단 학생들의 자세가 다르죠. 시나 소설을 쓰는 친구들이 훨씬 더 주체적이고 흥미로워요. 왜냐하면 스스로 글을 쓰니까. 그건 이미 주체인 거거든요. 교실에서 뭘 가르치고 배운다는 일반적인 개념과는 다르다고 생각해요. 끊임없이 서로를 자극하고 충돌하고 시너지 효과를 내는 거죠. 그냥 등단이나 이런 것만 위한다면 대학에서 창작을 왜 가르치겠어요. 등단과 관계없이 창작 과정을 통해서 깊이 이해하게 되는 게 많아요. 글쓰기뿐 아니라 자기 자신과 인간과 사회에 대해서요. 예컨대 '창녀' 같은 예민한 단어가 습작 소설에 나오면, 이 단어를 문장에서 쓴다는 건 뭘까, 어떤 맥락에서 그게 가능하고, 어떤 맥락에서 정당하지 않게 되는가, 이 소설은 '창녀'에 대한 고정관념과 어떻게 싸우는가 등등을 토론해요. 소위 피시, 그러니까 정치적 올바름은 왜 중요한가. 소설은 표면적이고 예의바른 피시를 넘어서서 어떻게 인간의 진실에 가닿는가. 생각보다 깊은 토론 주제들이 끊임없이 나와요. 그건 교사의 의도가 아니라 소설과 학생들의 힘이죠. 소설이라는 형식과 장르에 대한 이야기도 있지만…….

이 자리에서 말씀하신 것 같은 이야기 말이죠?

네, 이론 수업 때야 강의도 하지만, 합평 때는 대체로 동등한 입장에서 토론하는 편이에요. 저한테도 흥미로운 부분이 많죠. 학생들의 소설에서 신선한 자극도 받고.

그러면 지금 대학생, 20대들의 글쓰기나 독서의 취향, 선호도를 많이 실감할 수 있겠네요.

일정한 테마라든가 스타일, 트렌드 같은 걸로 수렴되지는 않는 듯해요. 처음 습작을 하는 친구들도 있고 이미 오래 해온 친구들도 있고, 살아온 경험들이 비슷하면서 다 다르고. 그래서 내용 차원이건 스타일 차원이건 스펙트럼이 다양한 편입니다.

어떻게 생각하세요? 20대 초반에 처음 글을 쓰는 학생들이 글은 어디에 기초를 두는 편인가요? 그들의 이야기는 주로 자신이 읽은 책에서 나오나요? 아니면 자신의 삶의 경험에서 나오나요?

딱 구분되지는 않는 듯해요. 아무래도 고등학교를 갓 졸업한 친구들은 가족, 학창 시절, 친구 등등 경험적 요소가 많이 들어오는 편이고, 고학년이 되면서 독서 경험과 체험이 뒤섞이는 것 같기는 해요. 인물들이 대개 불행한데 그게 세대의 불행으로 느껴질 때가 있어요.

「밤을 잊은 그대에게」「동경소년」「이반 멘슈코프의 춤추는 방」 모두 유령 혹은 유령적인 존재들이 등장해요. 크게 나누어 두 부류의 작가들이 있지 않을까요. 죽음이라는 소재를 기꺼이 활용하는 작가들이 있고 그것을 피해 가고 싶은 작가들도 있고. 왜냐하면 너무 압도적이기 때문에. 이장욱 작가님은 어떤 편이신지. 그것에 관해서 기꺼이 쓰는 작가, 새로운 방식으로 쓰기를 시도하는 작가에 속한다고 보는데 맞는 건지요.

죽음이나 유령…… 그런 요소들이 소설에 많이 나오더라고요. 쓰다가 보니까 그렇게 됐네요.(웃음)

그렇긴 하지만 나중에라도 돌이켜서 스스로 생각을 해볼 수는 있지 않을까요. 왜 그랬을까, 하고.

사실 저는 유령적 존재 같은 것에 그리 끌리는 편이 아니에요. 신비주의에 호의적이지도 않고, 샤먼 등에도 관심이 없어요. 문화적 맥락이나 차라리 뇌 현상과 관련해서 생각하는 편이에요. 나이브한 의미의 유물론자죠.(웃음) 죽음에 대해 제가 가끔 하는 표준적인 대답은 이런 거예요. 죽음이라는 게 기본적으로는 삶의 외부에 있는 것이 아닌가. 삶을 궁극적으로 바라볼 수 있는 유일한 지점도 결국 삶의 바깥, 즉 죽음의 위치가 아닌가. 왜냐하면 내부에서는 전체가 안 보이니까. 삶이라는 것도 외부성을 끌어들여야 보이는데, 그 외부는 죽음이나 그에 준하는 어떤 어둠이나 구멍 같은 게 아닌가. 그게 소설이 가지는 크리티컬한 의미가 아닌가. 그런데 이런 설명이 딱 프랑

스 철학이잖아요.(웃음)

실제로 소설을 쓸 때는 이런 생각이 의미가 없어요. 소설은 구체적인 것과의 대면이니까. 그냥 죽음 자체에 관심을 갖게 돼요. 물리적인 의미에서의 죽음이랄까요. 무슨 의미나 비유가 아니라. 첫 소설집의 소설들을 쓰던 무렵, 15년 전쯤 어머니가 돌아가셨는데, 그때 꽤 오래 간병을 했었어요.

직접 하셨어요?

네. 혼자 해야 할 상황이기도 해서…… 한 육체에서 삶이 빠져나가는 과정을 오랜 시간 같이했는데, 그게 제 몸에 스며드는 과정이기도 했어요. 가족의 죽음, 사랑, 슬픔 이런 차원뿐 아니라 삶 속에 들어와 있는 물리적 의미의 죽음이랄까. 이미 죽음 쪽에 들어가 있는 삶이랄까. 살아 있지만 이미 죽음 쪽에 가 있는 사람과의 대화도 그렇고. 요즘도 방에서 거리에서 혼자 중얼중얼하고 있을 때가 있는데, 그건 그때 생긴 버릇이에요.

『천국보다 낯선』의 후기에도 적었지만, 요 몇 년 사이에 너무 빨리 세상을 떠난 선배도 있고 심지어 제자도 있어요. 그런 죽음은 머리로는 잊어도 몸에서는 잘 안 떨어져요. 어쨌든 제일 흔하고 보편적인 게 죽음인데 또 제일 압도적이죠. 따로 무슨 의미 같은 건 없어요, 죽음에는. 의미 자체가 완전히 사라지는 것뿐이죠. 사실 교실에서는 소설에서 인간의 죽음을 쉽게 다루면 안 된다고 말해요. 경향에 따라 다르긴 하겠지만, 사실적인 소설이면 인물들을 현실의 인간처럼 대해야 한다고도 말하죠. 그러면서도 정작 제 소설속에서 누가 자꾸 죽거나 죽은 채로 나타나요. 그러면 찜찜해요. 죽음에서 먼 소설을 씁시다, 라고 생각하고 있습니다.

여행 이야기를 조금 물어보고 싶어요. 『바덴바덴에서의 여름』 후기를 보니까 상트페테르부르크에 갔다는 이야기가 있어요. 거기서 공부하셨어요?

한 1년 정도 있었어요. 90년대 중반이니까 오래됐네요.

저는 러시아를, 옛날부터 좋아한 나라였는데 한 번도 가본 적이 없어요. 갈 기회가 없었어요. 중학교 때 『닥터 지바고』를 읽었는데 그 소설이 너무너무 좋아서 러시아라는 나라에 대한 환상이 생겨버렸죠. 요즘은 작가에게나 작가 아닌 사람에게나 여행 자체는 더 이상 특별한 경험이라고 말할 수는 없을 듯해요. 하지만 그래도 여행에는 비일상적이고 특별한 무언가가 있다는 것은 부인하기 어려워요. 그렇지 않나요?

그렇죠. 여행이 흔한 경험이 된 건 좋은 일이라고 생각해요. 일반화됐어도 개인들한테는 여전히 특별한 경험이니까요. '사건 처리 가설'이라는 게 있는데, 뇌가 처리해야 하는 정보량에 따라서 시간이 다르게 흐르는 거라고 해요. 이건 누구나 경험적으로 느끼는 거잖아요. 처음 가는 길은 시간이 천천히 가고, 매일 다니는 길은 금방 가고…… 나이가 들면 시간이 빨리 가는 것처럼 느껴지는 것도 외부 정보들이 뇌에 이미 코드화돼 있기 때문이잖아요. 외부 정보들을 쉽게 쉽게 처리해버리는 건데, 비약해서 말하자면 이게 죽음에 가까이 가고 있다는 의미와 비슷해요. 나이가 들면 지혜로워진다고 하는데, 실은 이것도 코드화가 많이 돼 있다는 뜻과 다르지 않아요. 정보 처리 과정이 편해질 뿐인 거죠. 주어진 코드 밖으로 나가는 건 그만큼 어려워지는 거고. 어쨌든 여행은 우리 몸이 처리해야 할 정보량이 많아지고, 그 과정에서 우리 내부에 신선한 충돌이 발생하는 시간이겠죠. 그런 의미에서 책을 읽는 것과 비슷한 것 같아요.

여행 이야기를 꺼낸 건 「절반 이상의 하루오」 때문이에요. 매우 흥미롭게 읽었어요. 물론 여행을 소재로 삼고 있다는 점도 하나의 이유가 아니었을까 합니다. 저는 여행에 관한 글을 정말 좋아하거든요. 물론 이 소설의 매력이 그뿐만은 아니지만요. 이것을 쓰게 되신 배경을 좀 이야기해주실 수 있나요?

「절반 이상의 하루오」는 인도 여행이 주요 배경인데, 실은 고향에 대한 이야기라고도 생각해요. 고향이 없는 하루오 같은 인물과 고향에 고착된 아버지 등이 나오죠. 나중에 어느 책에서 이런 문장을 본 적이 있어요. "고향을 감미롭게 생각하는 것은 아직 주둥이가 노란 미숙자이다. 모든 장소를 고향이라고 느낄 수 있는 자는 이미 상당한 힘을 축적한 자이다. 전 세계를 타향이라고 생각하는 것이야말로, 완벽한 인간이다." 하루오는 두 번째 경우, 즉 모든 장소를 고향으로 느끼는 사람 같아요. 하지만 진짜 완벽한 인간은 모든 장소를 타향으로 느끼는 인간이라는 거죠. 정말 그렇게 살면 굉장히 괴롭겠지만.(웃음)

이 소설뿐 아니라 작가님의 여러 단편에서 주인공들이 여행 중이거나 아니면 외국의 어느 장소를 배경으로 하고 있어요.

정말 그렇더라고요. 어쩌다 보니 여행을 가게 됐고, 그러다 보니 시간이 지나 그곳을 배경으로 글을 쓰게 되고 그런 셈이죠. 사실 그런 소재를 좋아하는 건 아니에요. 게다가 배수아 작가님과는 다르게 저는 여행 자체를 그렇게 좋아하는 편도 아니고요.

여행에 관한 글을 좋아하기는 하지만 제가 여행을 유난히 좋아한다거나 많이 해본 건 아니에요. 저의 경우는 여행을 좋아해서 여행문학도 덩달아 좋아하는 것이 아니라, 여행문학을 좋아하다 보니 여행에 관심이 생겼다고, 그렇게 말하는 편이 더 정확해요.

문학이 이끄는 여행이군요. 저는 특별히 여행문학에 끌려본 적도 없어서. 저한테는 히키코모리 기질이 좀 있어요. 움직이는 걸 매사에 귀찮아해요.(웃음) 여행을 가도 숙소에 머물러 있는 걸 좋아하는 편이랄까. 이런저런 핫한 스폿들에도 별로 흥미를 못 느껴요. 호기심도 별로 없고. 이것도 소설가로는 안 좋은 점이네요.(웃음) 여행이 주는 이질성 얘기를 했지만 때로는 이게 가짜 이질성일 수도 있다고 생각해요. 그냥 릴렉스 좀 하고 일상으로 돌아오는 느낌? 그건 별로잖아요. 여행도 코드화되고. 시간이 갈수록 여행 자체에 끌리는 건 점점 줄어드는 편이에요.

그건 여행에 대해서 많이 아는 사람만이 느끼는 감정인데요. 일단 여행지에서 숙소에만 머물러 있기, 이건 저도 좋아하는 여행 방식이에요. 실제로도 그렇게 많이 했고요.

여행을 가도 별로 여행 같지 않고.(웃음) 앞으로 소설에서 여행은 가급적 피하게 되지 않을까 싶어요. 저뿐 아니라 많이들 쓰시기도 하고. 차라리 그냥 배경이 외국이면 또 다르겠지만.

「절반 이상의 하루오」를 여행 소재의 소설로 한정 지을 수는 없죠.

그렇긴 해요.

그러면 말을 좀 바꿔서, 목적으로서의 여행이 아니라 이야기가 일어나는 장소의 이동, 즉 화자나 이야기 자체에 낯선 일상, 새로운 공간을 부여해주는 역할이라면 어떨까요?

맞아요. 그 경우는 여행 소설과는 다르겠죠. 최근에는 작가가 가보지 않은 어떤 공간을 배경으로도 소설이 많이 나오잖아요. 여행이 아니라 새로운 픽션을 위한 공간이 되는 거죠.

그런데 바로 그런 방식으로, 조금 전에 번역에 관해서 한 말처럼, 퍼더(further)한 이야기가 탄생할 가능성이 열려 있을 법도 해요.

그렇죠. 작가가 실제로 그 공간을 경험하지 못했다는 게 어떤 소설에서는 단점이 아니라 개성이자 장점일 수 있어요. 카프카가 미국 가보고 『아메리카』를 쓴 게 아니듯 그것도 하나의 미적 가능성으로 열려 있는 거죠. 사실적인 소설이 아니라면 더더욱 그렇고요.

심지어 치프킨도 바덴바덴은커녕 독일 땅을 밟아보지도 못한 것으로 아는데, 맞나요?

네, 그렇다더라고요. 도스토옙스키에 대한 상세한 전기들이 있으니까 가능한 거겠죠. 그걸 꼭 책 보고 썼다고 말하기는 어려워요. 치프킨과 도스토옙스키가 공유했던 상트페테르부르크의 공기라는 게 있으니까요. 같은 공간을 살았던 19세기 작가를 20세기 작가가 상상적으로 반추하는 거죠.

「절반 이상의 하루오」, 이 단편에서 하루오가 이장욱 작가님과 많이 겹쳐졌어요. 그걸 읽을 때는 이장욱 작가님을 전혀 모르는 입장이었지만요. 그 글에는 말하자면 두 명의 하루오가 나온다고 생각해요. 화자가 만난 하루오와 화자 자신인 하루오. 우리가 여행길에서 만나게 되는 것이 어쩌면 절반 이상의 자신이 아닐까 생각도 들었어요. 어떤가요, 절반 이상의 이장욱은 무엇일까요?

어떤 소설은 제목부터 정하기도 하고, 어떤 소설은 쓰다가 정하기도 하고,

끝내고 나서도 못 정하는 경우도 있잖아요. 「절반 이상의 하루오」는 쓰다가 정한 경우예요. 소설 중간에 '절반 이상의 하루오' 운운하는 문장을 적었는데, 아 이거 괜찮겠다 싶더라고요. 하루오는 태생 자체가 일본과 오키나와와 미국 등 다양한 문화들 사이에 걸쳐 있는 인물이죠. 오키나와라는 섬이 그래서 중요했어요. 정체성을 의식한다는 게, 나는 뭐다, 나는 어떻다, 그런 게 당연히 언제나 유동적이잖아요. 절반 이상의 자신은 아마도 여행길이든 어디든 다른 곳에서 끊임없이 마주치게 되겠죠. 고향과 타향 사이에서.

여행을 하면서 많이 돌아다니진 않는다 하셨는데 그래도 기억나는 여행지가 있으세요? 여행의 경험이 나중에 소설을 쓸 때 영향을 미치는 편인가요?

소설로 쓰기 위해서나 취재차 여행을 간 적은 없어요. 프로 의식이 부족한 거죠.(웃음) 여행을 갔다 와서 인상적인 게 있어서 바로 쓰려고 해봤는데 잘 안 되더라고요. 숙성 기간이 필요하다는 얘기겠죠. 「절반 이상의 하루오」도 인도 여행을 하고 10년 후에 쓰인 거고요. 여행은 그냥 여행이라고 생각하고 가요.

메모 같은 것도 안 하셨어요?

물론 뭔가 떠오르면 메모는 해요. 흥미로운 정보를 적어놓기도 하고요. 그런데 그거야 집에서도 하는 거니까. 「이반 멘슈코프의 춤추는 방」도 러시아가 배경인데 러시아에 다녀오고 몇 년이 지난 후에야 쓰게 되더라고요.

「이반 멘슈코프의 춤추는 방」, 굉장히 흥미로운 이야기였어요. 공포스럽기도 하고.

사실 공포 영화 별로 안 좋아해요. 무서워서 못 보고.(웃음)

저도 공포 영화는 무서워서 못 봐요. 깜짝 놀라게 하는 수법이 싫어요.

소설에 비해 훨씬 직접적이고 감각적인 자극을 주기 때문에.

그래도 공포 소설은 재미있죠.

공포 코드 자체가 매력이 있어요. 그래서 특별히 의도한 게 아닌데 공포 코드가 소설 속에 들어오기도 하더라고요. 그런데 무슨 말을 하고 있었죠?

인상적인 여행지. 인도.

인상적인 곳은 역시 제일 오래 있었고 자주 갔던 데가 러시아니까, 아무래도. 상트페테르부르크를 가보면 다들 아름답다고 좋아하지만, 사실 넵스키 거리 같은 중심가를 빼고 외곽으로 가면 어느 도시나 비슷해요. 황량한 아파트촌도 있고 슬럼도 있고 그렇죠. 어느 도시를 가든 인상적인 곳은 지하철, 버스, 술집 거리, 뒷골목 같은 데예요.

여행을 제외하고 작가님의 글쓰기에 영향을 끼치는 삶의 요소가 있다면 그것은 과연 무엇일까요? 가족일까요?

가족도 중요하고 출근하고 일하는 것, 학생들 만나는 것, 집안일 등등? 뭐 평범하죠. 글 쓰는 것의 좋은 점 중 하나는 사는 게 단순화되는 게 아닌가 싶어요. 매일 사람한테 치이는 일은 아니니까. 퇴근하고 자고 밤에 일어나서 글 쓰고. 글이 잘되면 행복하고 안되면 불행하고. 물론 90%는 불행하지만 말이죠.(웃음) 그 외의 관심사라면 철학, 이념, 정치 같은 거예요. 아무래도 80년대 학번이라.(웃음) 추상 차원의 이념에 더 관심이 있지만, 지금은 당장 총선이 어떻게 될까 걱정도 되고 내년 대선 때는 뭐라도 해야 할 텐데 싶고.

그 외에 사는 건 그냥 평범해요. 단순하고.

작가들이라고 해서 매일 엄청난 모험을 하거나 특별한 일을 겪는 건 당연히 아니겠죠. 결국 평범한 일상을 산다는 점에서 다들 비슷할 것 같아요. 이장욱 작가님의 일상은 어떤가요?

아까 히키코모리 얘기를 했는데 저한테 그런 기질이 좀 있어요. 누가 저를 1년 동안 가택 연금해주면 좋아라 할 인간에 속한달까.

글 쓸 시간은 많지 않을까요?

그렇겠죠. 작가들한테는 시간 확보하는 게 중요하니까. 가택 연금 같은 것도 흥미로운 경험이겠고요.

작업 말고 대부분의 시간은 무엇을 하며 보내시나요?

일 없으면 빈둥대죠. 심야영화 보는 것 좋아하고 가끔 인디음악 찾아듣고. 역시 좋은 건 편한 친구들과 술 마시는 거.

편한 친구들이란 작가 친구들인가요 아니면 학창 시절의 친구들?

네, 대개 시인이나 작가들이죠.

이장욱 작가님은 작가 커플이라고 들었어요. 그런 커플의 생활이 어떨까 개인적으로 궁금해요.

글쎄요. 연애나 커플 같은 건 정말 케이스 바이 케이스인 것 같아요. 일반화라는 게 불가능하다고 생각해요. 조언 같은 것도 어렵죠. 글 쓰는 커플들도 다 기질이 다르고. 글 쓰는 사람과 같이 사는 게 좋냐 나쁘냐에도 보편적인 답이 없는 것 같아요.

작가 커플과 관련한 질문 많이 받으세요?

특강 같은 데서는 받아봤지만 그 외에는 별로.

저는 그런 질문을 해보고 싶어요.

친구였다가 부부였다가 동거인이었다가 때에 따라 다르죠. 집안 대소사를 둘러싼 다양한 투쟁도 있고.(웃음)

서로의 문학 세계를 가장 잘 이해해주고 옹호해주는 관계라고 할 수도 있지 않을까요?

잘 이해하기 때문에 더 무섭기도 하고요.

서로에게 첫 번째 독자가 되어주세요?

모든 글은 아니지만 대체로 그런 편이죠. 보여줄 때는 좌절할 각오도 하고.(웃음)

혹시 혹평을 받을까봐?

그렇죠. 대개 서로 혹평이니까.(웃음) 이건 완전 에러다 그러면 이걸 어떻게 다시 쓰나 싶어지기도 하고.

그런 수위의 크리틱이 가능한 것은 서로가 애정과 신뢰를 바탕으로 하고 있기 때문에, 그래서 가능한 거겠죠. 진심으로 작품을 생각해서 해주는 비평. 일종의 담당 에디터인 셈이네요. 한국의 편집자들이 거의 해주지 않는 진짜 에디터의 역할이잖아요. 외국의 경우 전담 편집자가 있어서 에디팅을 해주는 것이 신기하고도 부러웠죠.

우리 편집자들도 단순 교정이 아니라 에디팅을 해주는 분들이 있잖아요. 이런저런 코멘트도 주시고. 물론 외국보다는 에디터 기능이 약한 편이죠. 그건 사실 시인 작가들 책임이기도 해요. 자부심이 너무 강해서 편집자 코멘트를 일단 기분부터 나빠하는 경향이 있으니까.

어쨌든 신랄한 혹평을 각오하고 서로의 작품을 보여준다. 다른 작가 커플들도 다들 비슷하겠죠?

각자 다 다르겠죠. 일반화가 안 될 거예요. 서로 안 보여주는 분들도 많을 거고.

이런 질문을 받은 적이 있어요. 작가는 글을 쓰다 보면 자기 내면을 들킬 수밖에 없다, 아주 교묘한 스토리텔러가 아니라면 말이다. 게다가 평론가들은 작품을 놓고 작가의 트라우마까지 분석한다, 그것이 두려워서 글을 쓸 수가 없다, 라는 사람도 있었는데 어떻게 생각하시나요?

글쎄요. 나이브한 정신 분석은 작가를 목표로 해요. 복잡하게 분석하는데 그게 결국 작가의 내면구조인 거죠. 허무해요. 제 생각에 그건 그리 중요한 문제가 아니에요. 작가 개인의 내면은 그리 중요하지 않아요. 작가의 내면이 곧 인간의 내면인 것도 아니고요. 제 내면이 들키는 선 제 문제지 작품의 문제는 아니라고 생각해요. 작품은 언제나 작가 개인의 내면을 초과해서 존재하는 거니까.

그렇군요. 영화 이야기를 해보고 싶었어요. 『천국보다 낯선』은 제목 자체가 영화 제목인

데다가 그 안에 있는 소제목도 다 영화 제목이더라고요. 다 본인이 좋아하고 애정이 있는 영화라서 선택하신 거겠죠? 영화와 문학의 관계에 대해서 어떻게 생각하시나요?

고전 중에서 매혹을 느꼈던 영화들을 소제목으로 썼어요. 소설에 흔적을 남기고 싶다, 그런 오마주스러운 생각도 있었고요. 개인적으로 영화는 잡식성으로 이것저것 보는데, 아무래도 영화 동아리 친구들이 주인공이다 보니 소설에서는 고전적인 작품들을 선택하게 됐어요. 『천국보다 낯선』은 영화에 대한 개인적 오마주이기도 하지만, 완전히 소설적인 방식으로 쓰고 싶었어요. 영화화할 수도 없고, 할 이유도 없는 소설이죠.

영화와 소설의 관계는…… 소설에 따라 스펙트럼이 다양하겠죠. 작가주의적인 소설가라면 영화화가 불가능한 소설이야말로 진정한 소설이라고 생각할 테고, 그걸 폐쇄적이라고 비판하는 소설가도 있을 테니까요. 어느 쪽이 옳다 그르다 하는 건 우스워요. 기본적으로 저는 본질주의적인 생각에 거부감이 있어요. 소설이든 문학이든 인간이든 본질적으로 이러이러해야 한다는 사고방식이 싫은 거죠. 시나 소설도 '무엇이다' '무엇이어야 한다'가 아니라, 지금의 역사적 맥락에서 '무엇일 수 있다' '어떤 식으로 존재하고 있다'고 생각하는 편이에요. '지금의 상황에서 어느 방향이 더 맞다' 정도가 필요한 거죠. 문학뿐 아니라 인간이든 가족이든 관계든 정치체제든 그런 자세가 더 타당하다고 생각해요. 근본주의에 대해서는 근본주의에 고유한 숭고함이 있을 때조차 거부감부터 느끼는 편이니까요. 기질적으로 자유주의자고 표준적인 사민주의자죠. 지젝 같은 사람이 싫어하는.(웃음)

영화 얘기로 돌아와서, 가령 배수아 작가님의 소설이 영화화되기는 어려울 거라고 생각해요. 당연히 그런 소설 고유의 영역이 있는 거고요. 개인적으로 그런 소설들에게서 매력을 느껴요. 한편으로는 영화의 베이스를 제공

해주는 스토리텔링 소설도 자신의 영역이 있는 거죠. 소설의 영화화에는 어쨌든 다층적인 면이 있는 듯해요.

저는 카버의 단편들을 재료로 만든 영화, 〈숏컷〉을 흥미롭게 보았어요. 솔직히 말하자면 카버를 좋아하지 않는 편이지만 그 영화는 인상적이었어요. 단편들을 모아서 하나의 옴니버스 장편처럼 만들었거든요. 그걸 보면서 소설이 이렇게 영화로 '번역'되는구나 하고 생각했죠.

그렇죠. 그것도 번역이죠. 두 장르의 만남이기도 하고요. 물론 실패하는 만남도 많고.(웃음) 가령 무라카미 하루키의 소설을 영화화한 게 두 개 있잖아요? 〈노르웨이의 숲〉과 〈토니 다키타니〉. 저는 소설을 먼저 읽어서 그런지 둘 다 그냥 그렇더라고요.

영화는 배우의 시각적인 이미지에 너무 많은 것이 가두어진다는 점이 한계일 수도 있다고 생각해요. 소설과의 결정적인 차이이기도 하고요. 소설은 그런 점에서 완전히 열려 있는데요.

맞아요. 그런 면이 있죠. 혼자 처음부터 끝까지 간다는 면에서도 소설의 매력이 있고요. 그런데 한편으로는 말씀하신 게 영화의 장점일 수도 있지 않을까 싶어요. 감독의 작가의식이나 내러티브의 매력보다 배우의 물질적인 이미지가 압도하는 영화가 있어요. 그게 더 매혹적일 때도 있더라고요. 최근에 〈스틸 플라워〉라는 독립영화를 봤는데, 영화 자체보다는 정하담이라는 배우에게서 받은 시각적이고 물리적인 느낌이 좋았어요. 그런 게 영화라는 생각이 들더군요.

자신의 독자에 대해서 어떤 감정을 가지나요? 독자를 실제로 만나본 적 있으세요? 낭독회나 그런 기회로.

네. 그런 비슷한 모임에 나가본 적이 있어요. 독자는 무한한 블랙홀 같아요. 예전에는 독자를 의식하지 않는다, 나 자신을 위해 쓸 뿐이다, 그런 식으로 멋지게 얘기하기도 했는데.(웃음)

그건 20세기의 이야기 아니었을까요.

그렇죠. 요즘엔 시인 작가들이 검색 사이트에서 자기 이름을 넣고 검색을 해보잖아요. 아마 안 해본 시인 작가는 없을 거예요.(웃음) 이런 게 예전과는 다른 작가-독자 관계를 만들기도 한다는 생각이 들어요. 매체 환경 변화가 만들어내는 묘한 부분이죠. 근대 초기에는 불특정 다수의 독자들이 존재한다는 것 자체가 문학예술의 환경을 엄청나게 바꿔놓았잖아요. 지금은 그냥 불특정 다수라고 할 수 없어요. 하나하나가 모두 비평가이자 고유하게 발언하는 독자들이니까. 독자들은 기본적으로 스펙트럼이 넓고, 창작자가 특정하게 받아들이기 어려울 만큼 감각이 다양한 것 같아요. 소설 하나에 대해 이런 이유로 좋고 이런 이유로 싫은 이유가 다 나름대로 타당하니까요.

작가가 처음에 쓸 때 막연히라도 의도하거나 상상하던 것과 전혀 다른 이유로 그 작품을 좋아하는 경우도 흔하고요.

그래서 저한테는 독자를 생각하면 일종의 '무한'을 대하는 듯한 느낌이 있어요. 안 잡히는 거죠. 그래서 오히려 그냥 나 자신의 최대치에 가까운 독자를 상정할 수밖에 없어요. 일종의 이상적 독자죠. 그 독자가 내 글을 시시하게 느끼면 더 이상 글을 못 쓰는 거고, 매력이 있다고 하면 결국 써내는 거고.

저는 요즘 삶의 불안함과 문학에 대해서 많이 생각해요. 불편함 불안함 불확실함 불투명함 불가해함 그리고 불행함. 이들 사이에 모종의 상관관계가 있을 거라는 생각이 들어요.

그렇죠. 관계가 있죠.

구체적인 예를 들어 제 주변에서 경제적 소득이 높은 사람들은 아무도 문학을 읽지 않아요. 물론 저의 주변 환경이 원래부터 문학 독자라는 종족이 존재하지 않는 분위기이기는 했지만요. 그런 걸 볼 때 혹시 문학은 인간의 근원적인 결핍에 가장 민감한 예술이 아닐까 생각도 들더군요. 물론 제가 잘못 관찰한 것일 수도 있어요.

그럴 것 같아요. 삶에 어떤 균열도 구멍도 사막도 없을 때는 문학을 읽을 필요가 없는 거죠. 문학을 통해 스스로 굳이 그런 걸 소환할 이유도 없는 거고.

지금 문학은 돈으로 살 수 있는 쾌락 중에 상당히 값싼 종류라는 것도 사실이죠. 해외여행을 하거나 파리의 박물관을 직접 방문하거나 고급 오디오로 음악을 즐기거나 하는 다른 문화적 쾌락이 많은 이 세상의 감각적인 속도를 전통적인 문학은 따라갈 수가 없으니까요. 도리어 순발력 있는 라이트노벨이 현실적인 감각을 더 능숙하게 따라잡을 듯해요. 그러다 보니 독자들이 느끼는 괴리감도 덜하고 공감하기도 쉽고요.

그런 의미에서도 앞으로 논픽션 등 소설의 지형도를 넓게 가져가는 게 필요할 것 같아요. 영화의 경우 우선 여러 장르들이 있고 소위 작가주의 영화가 하나의 장르가 되듯이 말이에요. 문학 쪽에서는 주류가 작가주의 소설인 것 같지만.

주류라고 하셨는데, 도대체 무엇이 주류라는 건지. 재미있는 건 지금까지 제가 이야기해 본 그 어떤 작가도, 장르 비장르를 막론하고 아무도 스스로를 주류라고는 생각하지는 않는 듯했어요. 그러니 실체는 없고 용어만 난무하고 있다는 생각이에요. 그것도 주로 상대를 공격하는 수단으로서의 용어요.

주류라고 했지만 누가 스스로를 주류라고 생각하는 것 같지는 않아요. 어차피 바닥이 좁고 다 거기서 거기니까. 하지만 또 자신이 그렇게 생각하지 않는다고 해서 주류가 없어지는 건 아니겠죠. 주류의 특징이 원래 주류가 아니라고 생각하는 것이기도 하잖아요.(웃음) 제도가 있으면 중심이 있고 외곽이 있는 거니까. 최근에 한국문학에 대한 저주 비판 그런 게 많았잖아요.

작년 이후 절정을 이룬 듯해요.

사실 작가 입장에서는 자기가 해오던 작업을 끈질기게 밀고 가는 것 외에는 방법이 없어요. 주위에서 뭐라고 하든.

솔직히 작가 개인은 이 생태계를 어떻게 변화시킬 능력이 없어요. 모든 작가는 자기가 쓸 수 있는 글을 계속 쓸 뿐이죠. 거기에 명칭을 붙이고 카테고리화하는 건 주로 외부의 손이죠.

그렇죠. 작가한테 다른 문학 환경은 사실 부수적이잖아요. 부수적이니까 안 중요하다는 건 아니지만. 가끔 저도 웹툰을 보거나 라이트노벨을 보거나 하는데, 웹툰 내지 이런 분야에 정말 비평이 필요한데, 하는 생각이 들 때가 많아요. 만화도 그렇고요. 특히 젠더 차원에서라든가, 미적 정치적 차원에서라든가, 할 말이 많을 것 같더라고요. 비평 정신의 투여라든가 새로운 장을 만드는 게 필요한 거죠. 이미 소비도 많이 되고 있으니까요. 소위 순문학에 대한 저주와 네거티브한 언사를 쏟아내는 것보다는 긴요한 분야에서 포지티브한 실천이 필요하지 않을까 싶어요.

순문학이라고 말씀하셨는데, 제가 알기로는 그 용어는 과거 참여문학에 상대되는 개념으로서 활발히 사용되었던 것으로 기억해요. 그런데 이제 참여문학이란 것은 개념이든 용어든 거의 사라져버린 상황인데 순문학이란 말은 꿋꿋하게 남아 있단 말이죠. 대중문학에 대한 잘못된 상대개념으로 둔갑해서요. 어쨌든 순문학, 즉 비장르문학을 주로 다루는 평론가들이 장르문학에 대해 전혀 언급을 안 하고 있다는 말인가요?

몇몇 분이 열심히 하고 있는 걸로 아는데, 그래도 상대적으로 비평이 작동하지 않는 분야죠. 그게 문제인 듯해요.

왜 그러는 걸까요?

여러 이유가 있겠지만 평론가들이 공부해온 것이 소위 순문학이었던 면도 있겠고요. 장르문학 자체도 전문 영역이니까.

순문학이 도대체 뭘까요.

마음에 안 드는 용어죠. 하지만 구분이 안 되는 건 아니에요. 장르문학은 장르 코드를 의식적으로 활용하는 문학이고, 순문학은 그런 코드가 없거나 약한 경우라고 할 수 있을 테니까요. 순문학에도 코드가 있다고 주장하면 뭐 그것도 그렇지만 적어도 표면적으로는 아니니까. 어쨌든 코드 지향성으로 구분하는 것도 그냥 추상 차원에서 하는 거고, 구체적으로 내려오면 다 애매해지잖아요. 저도 단편에서 공포 코드를 활용했지만 장르문학이라고 하기는 어렵겠죠. 대중문학도 수용자 지향성이 강한 문학이라고 정의할 수 있겠지만, 다 상대적인 거고요. 사실 장르문학과 대중문학도 범주가 달라요.

어떤 장르문학은 마니아적인 경향이 강해서 수용자 지향성이 훨씬 약한 경우도 많고.

'순문학'이라는 용어는 말씀하신 대로 참여적인 문학이나 정치 평론과 대비되기도 했는데, 지금은 그렇지 않은 것 같아요. 순문학의 정치성은 흔한 비평 주제니까요. 오히려 대중문학이나 장르문학과 대비해서 쓰는 경우가 많은 것 같아요. '순문학'이라는 용어 자체는 프랑스에서 'belles-lettres'라고 쓰는 것에 상응할 테고, 러시아에서는 따로 '예술문학'이라는 용어를 썼어요. 일본에서는 사소설론으로 유명한 히라노 겐 같은 평론가들이 30년대에 '순문학'이라는 용어를 둘러싸고 논쟁을 했다더라고요. 당시에는 대중문학과의 대비가 중심이었던 것 같고요. 우리나라에서도 임화 등이 30년대에 비슷한 어휘를 쓴 것으로 알고 있어요. 아주 낡고 오래된 용어인 거죠.

문제는 용어 자체가 차별적이에요. 순결, 불륜, 창녀, 결손가정, 이런 어휘처럼요.

맞아요. 어감이 아주 안 좋아요. 게다가 전 '근본' '본질' '순수' 이런 용어에 생래적인 거부감이 있거든요. 소위 '본격문학'은 더해요. 권위적이죠. 뭐가 본격이라는 건지 모르겠어요. (웃음) 대체할 용어가 마땅치가 않은데, 어쨌든 중요한 건 문학에 위계나 가치의 차별 같은 건 없다고 생각해요. 뛰어난 작품들과 후진 작품들이 있을 뿐이죠. 적어도 글 쓰는 사람들이라면 무의식적으로도 그렇다고 믿어요. 비장르문학이라는 표현을 쓰자면, 저는 오히려 비장르문학 작가들이 장르문학에 대해 모종의 열등감을 갖고 있다고 생각해요. 잘 못하는 걸 하니까.

실제 글을 쓰는 작가들 입장에서 보면 순수도 참여도 장르도 비장르도 없거나 무의미한 것 같아요. 단지 잘 쓰는 작가와 못 쓰는 작가, 독자를 확보한 작가와 그렇지 못한 작가, 자립한 전업작가와 그렇지 못한 작가라는 냉정한 구분이 있을 뿐이죠. 그리고 이제 사람이나 세상이나 충분히 냉정하잖아요.

애초에 서구 근대문학 자체가 장르 코드에서 시작하기도 했고, 혼종성 자체가 소설의 중요한 요소이기도 했죠.

용어뿐 아니라 한국문학의 보수성이 가장 잘 드러나는 것이 장르에 대한 경직성이라고 생각해요. 예를 들어 시와 소설은 무조건 문학이에요. 하지만 산문은 잡문이에요. 다큐나 르포도 마찬가지고요. 그 위계가 무섭도록 견고하더군요. 문학상을 수상한다고 하면 그건 무조건 소설인 거예요. 시 문학상이 아니라면 말이죠. 그렇게 문학상을 겨냥하는 식으로 작품들이 주로 양산되다 보니 한국문학의 형식이 변하지 않고 있어요. 100여 년 전 단편소설이나 21세기인 현재의 단편소설이나 길이는 항상 규격 사이즈인 100매 내외. 그리고 제가 개인적으로 무척 좋아하는 1인칭 픽션 산문 같은 장르는 아예 생산이 되지 않는 편이죠. 이런 현상도 한국문학이 문단문학 즉 교단문학을 기반으로 하고 있기 때문일까요?

정형화의 원인은 생각보다 다양한 것 같아요. 일단은 제도가 중요하죠. 시 소설이 완강하게 장르화돼 있는 것도 있고. 단편 장편 위주의 길이라도 다양화해보면 좋겠는데, 연동돼 있는 게 많아서 쉽지만은 않더라고요. 그런 것들을 하나씩 유연하게 만들어가야 한다고 생각해요.

하지만 한편 또 다르게 본다면, 문학은 독서와 마찬가지로 자유로운 행위 아닌가요. 자유롭고 비정치적이고 독립적이고 개인적 행위인데 누가 권력을 가졌는가의 문제에 이토록 민감하게 굴어야 하는 것도 이상하기는 합니다. "알렉산더여, 햇빛을 가리지 말고 그냥 지나가달라." 이렇게 말하면서 자신의 글을 쓰는 디오게네스 같은 작가가 이 시대에는 보기 힘들어진 것 같아요.

그런 작가들이 여전히 있는데, 그런 분들의 특징은 잘 안 보인다는 거죠.(웃음) 장르문학, 비장르문학을 보면 장기적으로 문학 장르들이 지금보다 세분화될 필요도 있고, 거꾸로 자꾸 뒤섞일 필요도 있을 거예요. 그렇게 되겠죠.

게다가 장르 같은 느낌을 주는 비장르문학의 예는 정말로 많아요. 최근에 읽은 포크너의 『성역』은 아주 멋진 누아르였어요.

그런 예가 많죠. 하다못해 도스토옙스키의 『죄와 벌』에도 추리소설의 장르 코드가 들어와 있고요. 에드거 앨런 포나 메리 셸리를 두고 장르문학이니 순문학이니 하는 것도 우습고.

이건 조심스러운 질문인데요. 얼마 전까지 문예지 편집위원으로 계셨던 것으로 알아요. 정통적인 문예지 편집위원들은 무슨 일을 하는가, 그게 궁금해요.

뭐 조심스러우실 건 없는데요.(웃음) 10년 정도 창비에서 편집위원 일을 하다가 지금은 그만둔 상태예요. 시간이 갈수록 귀차니스트 기질을 발휘해서 자꾸 일을 기피하게 되더라고요. 그러다 보니 하는 일도 별로 없고 해서…….

이런 인터뷰도 안 하셨나요?

몇 번 했었죠. 제가 기본적으로 일을 맡으면 뭐든 성실하게 하는 인간인데,(웃음) 점점 일을 잘 안 맡으려 하더라고요. 신선한 피가 필요하겠구나, 하는 생각이 들어서 이번 50주년을 계기로 그만두게 됐어요. 어쨌든 시인이나 소설가가 편집위원을 하는 건 여러 면에서 장점도 있고 단점도 있는 것 같아요. 일단 문예지 쪽에서 보면 당연히 창작자가 필요하고요.

그러면 소설가가 편집위원으로서 어떤 일을 할 수 있을까요?

평론가로만 편집진이 이루어지는 건 문제가 좀 있을 것 같아요. 예를 들면 특집 기획을 한다거나 필자 선정을 한다거나 새로운 꼭지들을 개발한다거나 시 소설 등 창작 라인업을 짠다거나 여러 가지가 있는데, 평론가의 감각과 작가의 감각은 다른 면이 있잖아요. 기획이야 평론가가 주도하더라도 전반적으로 창작자가 같이 참여해야 한다고 생각해요. 그게 도움이 되죠.

시인 작가 입장에서도 편집위원을 하는 건 의미가 있어요. 제 경우 편집위원을 하면서 아무래도 더 넓은 시각에서 한국문학의 흐름을 보게 됐던 점도 있고. 편집자의 관점에서 내가 내 작품을 바라보는 것도 의외의 경험이었어요. 무엇보다도 내가 흥미로워하는 작가나 필자를 캐스팅하는 게 기쁘고 즐거운 일이죠. 단행본 기획도 그렇고.

출판사의 편집위원이니 문예지만 기획하는 게 아니군요.

출판사마다 다르겠지만 저는 단행본 시집 기획에도 참여했었어요. 단행본 기획은 문예지 기획보다 오히려 부담스럽지만 흥미롭고 보람 있는 일이라고 생각해요. 근데 시인이나 작가 입장에서는 편집 활동을 하는 게 이런저런 문제도 있더라고요. 일단은 실제로 작품을 쓰는 것에는 별로 좋을 게 없어요. 제 경우는 한국문학의 흐름을 느끼는 것과 내가 내 작품을 쓰는 건 거의 관계가 없더라고요. 작품이 좋아지는 것도 아니고.(웃음)

또 하나는 주요 문예지 편집위원이라는 게 아무래도 문학 권력이잖아요. 저는 그것 자체가 부담스럽고 불편하더라고요. 개인적으로는 그게 큰 문제였어요. 그냥 순수하게 흥미로운 필자들을 캐스팅하고 문학적 흐름을 느끼면서 아이디어를 내고 하는 건 충분히 재미있고 매력적인 일인데, 바깥에 나가면 부담스럽고 불편하고 그래요. 안 맞는 모자를 쓰고 있는 것 같고.

저는 『Axt』를 보면서 배수아 작가님이 편집위원을 한다는 걸 보고 조금 놀랐어요. 솔직한 느낌을 물어보고 싶다는 생각이 들었어요.

어느 날 알고 지낸 문학 관계자가 서평잡지를 만들 것이다, 그런데 해외소설 서평을 한국소설 서평만큼 비중을 둘 것이다, 라고 했죠. 그때만 해도 제가 번역가로서의 자아가 최고조에 달해 있을 즈음이라, 새로운 번역소설을 소개하고 싶다는 열망이 강했어요. 신문 등의 문학 미디어들이 해외소설 서평자의 역할을 제대로 못해주는 것 같아서 현장의 번역가들, 해외소설 독자들을 필자로 적극 활용하고 싶었죠. 그래서 처음부터 자연스럽게 일을 분리해서 맡았어요. 해외서평과 한국서평. 그런데 예상하지 못한 함정이 있었죠. 이렇게 인터뷰를 해야 된다는 것.(웃음) 생전 처음 해보는 인터뷰어라는 일이 상당히 어렵다는 것. 지금까지 작가로서 수없이 인터뷰를 당해왔는데, 단지 사람들이 나에게 질문을 하고 나는 대답하는 위치에 있다는 그 하나의 이유로 마치 뭔가 대단한 존재라도 되는 양 무의식중에라도 건방지게 굴지나 않았을까, 많이 반성하게 되었어요. 어쨌든 작가란 개별자로서의 개성이 강한 사람이라는 인식이 있다 보니, 잡지든 어디든 속해서 일을 한다면 어쩔 수 없이 상반되는 감정이 들 수밖에 없을 거예요. 그런데도 문예지 편집위원을 10년이나 하셨군요. 거기서 소설도 캐스팅을 하셨나요?

저는 시 쪽만 담당했어요.

당신은 XX잡지의 문학 권력이네, XX잡지를 대변하는 입장이네, 하는 말을 피해갈 순 없잖아요. 소속된 출판사의 결정이 본인의 의견과 다를 수도 있고요. 그럴 때 어떻게 처신

했나요?

안건이 뭐냐에 따라 이견을 내기도 하고 그냥 넘어가기도 하고 그랬죠. 저한테는 그보다는 큰 틀이 중요했던 것 같아요. 정치적 관점이라든가 문학적 자세라든가…… 저는 개인주의 기질이 강해서 대학 때도 운동권 아웃사이더 정도였지만, 우리 사회의 정치적 경제적 변화 방향에 대해서는 창비에 공감하는 바가 컸어요. 일을 하면서 많이 배우기도 했고요. 이념에 그치지 않고 구체적 실제적 변화 방향을 끊임없이 고민하는 커뮤니티죠. 저한테는 그 지점이 좋았어요. 물론 창비도 경영을 하고 이윤을 내야 하는 기업이니까 이런저런 문제가 있지만, 기본적으로 독자들이 신뢰할 만한 출판사라고 생각해요. 특히 저는 직원으로 일하는 편집자 분들을 좋아했어요. 능력도 있고 인간적으로도 그렇고.(웃음)

　문학적으로는 처음부터 차이가 있다는 걸 알고 시작했는데, 실은 차이가 있기 때문에 일을 시작한 경우이기도 해요. 저한테는 이 부분이 중요했는데…… 저한테도 그렇고 문예지 쪽에도 뭔가 생산적이기를 바랐죠. 그런데 이 부분은 지금도 잘 모르겠어요. 음.

잠수함 속의 캥거루

한국문학에 내려지는 저주와 비판을 말씀해주시기도 했는데요. 그럼 한국문학은 다시 독자를 얻을 수 있을 거라고 보시나요? 한국문학의 미래에 대해서 낙관적인 편인가요 아니면 반대인가요?

기본적으로 제가 좀 비관적인 인간이에요. 비관적이기 때문에 오히려 낙관적으로 되는 게 있잖아요. 포기해버리면 뭔가 홀가분해지는 기분 같은 거랄까. 한국문학에 대해서도 그래요.

일단 짚고 넘어가야 되는 게, 한국문학이 독자를 잃었다고 하는데 여기에는 착시현상이 있는 것 같아요. 사회적 영향력이 줄어드는 것과 판매량 문제는 다른 문제라는 거죠. 일단 판매량만으로 보면 전체적으로 줄지 않거나 어느 정도 늘지 않았나 싶어요. 출판 통계 같은 걸 보면 90년대 어느 해를 보니까 한 해에 문학 분야가 대략 5천 종 출판에 총 출판물 중 13% 정도 차지하더라고요. 2010년대 중반에 와서는 오히려 1만 종으로 늘고 전체 출판에서도 비중이 17~18%를 차지한다고 돼 있어요. 개별 출판사 차원에서는 다들 어려워하고, 책 한 권의 판매 부수는 줄어든 면이 있지만, 총량으로 보면 늘어난 면도 있다는 거죠. 체감 차원에서도 그래요. 시집이 지금만큼 많이 나갔던 때가 있었을까 싶은데, 이건 단지 문창과 학생들이 소비해서가 아니에요. SNS를 비롯해서 다양한 요인이 있는 거죠. 80년대가 시의 시대라고 하지만 사실 그때도 베스트셀러 시집은 대중적인 시집들이었고요.

판매량이 아니라 사회적 영향력을 기준으로 놓고 보면 물론 많이 줄었죠. 그렇다고 문학이 누렸던 과거의 영광을 떠올리고 향수에 젖고 지금의 상황을 비판하는 게 저는 이상하게 느껴져요. 왜냐하면 이것도 부정적이라기보다는 당연하고 자연스러운 결과라고 생각되니까요. 심지어는 사회 발전의 필연적 귀결이라고까지 느끼는 거죠. 서양에서 19세기나 20세기 초에 소설이 사회적으로 여론 리더십을 가졌던 건, 기본적으로는 매체 상황이나 커뮤니케이션 회로가 저발전 상태였기 때문이잖아요. 사회적 차원에서 소설가가 소설로 할 수 있는 역할이 애초에 많이 주어져 있었던 거죠. 우리의 70~80년대도 마찬가지고요. 그런데 오늘날에는 개인 한 명이 하나의 유사 언론으로 기능할 수 있을 만큼 언로가 거의 무한하게 확장된 상태잖아요. 시나 소설이 사회적 영향력을 19세기와 비슷하게 차지하고 있다면 그거야말로 기이한 일이죠. 요컨대 문학의 사회적 지분 약화는 정확하게 사회적 발전의 결과인 면이 있어요. 그러니까 사회적 영향력을 포기하고 손 놓자 이런 얘기가 아니라, 일단 이 부분을 인정해놓고 얘기를 해야 한다는 거죠.

그런 의미에서 저는 우리가 문학에 대한 기대치도 자연스럽게 변할 수밖에 없다고 생각해요. 예를 들어 시나 소설이 잠수함 속 토끼 역할을 해야 한다, 희박해진 공기를 먼저 느껴야 한다, 사회에 경종을 울려야 한다, 이런 패러다임도 실효성이 떨어지는 듯해요. 사실 잠수함 속 토끼 역할은 지금 트위터나 페이스북이나 칼럼니스트들이 더 민감하잖아요. 시인 작가가 모든 면에서 더 예민하다고 전제하는 건 지나치게 관습적이고 낭만적인 관점이에요. 좋든 나쁘든 모든 사람들의 신경회로가 열려 있는 시대니까요. 가령 시나 소설은 이제 잠수함 속 토끼가 아니라 캥거루 같은 것이었으면 좋겠다…….

잠수함 속의 토끼가 아니라 캥거루라고요?

가령 더 오래 품고, 느리게 품고, 깊게 품고, 덜 센세이셔널한 방식으로, 덜 대중적인 방식으로 접근하는 작업 같은 거죠. 과도하게 스피디한 세계와 달리, 문학만이 할 수 있는 느리고 깊고 그래서 잘 안 보이고 천천히 가는 작업이 중요하다는 얘기죠. 논픽션문학이나 이런 것도 활성화되어야겠지만 시인, 작가들이 자기가 할 수 있는 최대치의 깊이와 넓이를 추구하는 것도 중요하다는 의미에서요.

그건 희망인가요?

희망이 아니라 절망이에요. 저는 문학의 미래에 대해 비관적이에요. 비관적이라서 낙관적이기도 하고요. 극단적으로 말하면 언젠가 문학이라는 고유한 장르가 다 사라져버려도 나쁘지 않다고 생각해요. 내가 없으면 세상이 안 돌아갈 것 같지만 안 그렇거든요. 끊임없이 역할을 재분배하는 개미 사회와 비슷한 거죠.

가령 현대미술이 발전한다는 게 뭘까 생각해보곤 해요. 경매가가 올라가는 게 발전이 아니잖아요. 재벌가의 지하실에 걸작이 늘어난다는 건 아무런 의미가 없죠. 오히려 미술이 예술로서의 고유한 속성이 점점 희박해지면서 사람들 속으로 침투하고 도시 속으로 침투하고 건축이나 디자인, 패션으로 침투하는 게 자연스러워요. 실용성을 옹호하자는 게 아니에요. 건축, 디자인, 패션이 오히려 실용성을 약화하고 예술화되는 거죠. 궁극적으로는 예술이라고 부르는 것과 삶이라고 하는 것의 경계가 희박해지는 데까지 이르러서 결국 예술이 사라졌다, 미술이 사라졌다고 느껴지는 상태가 오히려 미술이 완성되는 단계라고도 할 수 있겠죠. 그렇게 되는 게 좋은가 나쁜가 따지기 전에 주위를 두리번거리게 되지 않을까. 여기가 어디지, 하고요.

이런 생각을 문학과 관련해서 하다 보면 여러 생각이 들어요. 우선 저는 시인이 계속 늘어나는 일이 좋다고 생각해요. 시인이 너무 많다고 하는 분들을 보면 저는 오히려 불편하더라고요. 낭만주의 시대의 시인관, 선민의식 같은 게 여전하다는 느낌도 들고요. 시인이 늘어나서 문학의 사회적 저변이 넓어져야 한다거나, 문학 독자층이 두터워져야 한다는 얘기가 아니에요. 중요한 건 시나 소설이라는 특정 장르의 운명이 아니라, 사회 전체의 언어가 어떤 위치에 와 있는가 하는 거예요. 사회의 언어가 빠른 속도로 속화(俗化)되면서, 그 반대편에서는 빠른 속도로 섬세하고 예민해지고 있어요. 지금의 장르 구분은 얼마든지 바뀔 수 있고, 바뀌는 게 자연스러워요. 시나 소설은 세계의 언어 속으로 스며들어버리겠죠. 먼 얘기 같지만, 저는 뜻밖에 그런 과정이 우리 자신도 모르게 빨리 진행될 수도 있다고 생각해요.

어쩌면 그것이 살아남기 위한 유일하고도 불가피한 선택일 수도 있겠네요.
궁극적으로 우리가 생각하는 문학이 약화되더라도 문학적인 것은 당연히 사라지지 않을 거예요. 다른 방식으로 존재하겠죠. 20세기 초 문학운동이나 아방가르드 운동 같은 방식이 아니라, 사회 자체가 스스로를 바꿔가는 과정에 의해서 말이죠. 문학은 오히려 편재할 수도 있을 거예요. 물론 디오게네스 같은 작가들은 그때도 열심히 쓰고 있을 거고요.

얼마 전 노작가 한 분을 만났어요. 이미 오래전부터 글을 발표하지 않고 계시거든요. 그래서 이제 나이가 드셔서 글을 안 쓰시나보다, 생각했어요. 그런데 말씀하시기를, 매일 규칙적으로 세 시간씩, 계속해서 쓰고 계신다는 거예요. 하지만 마지막 날까지 더 이상 자신의 책 출간은 없으리라고 하셨어요. 전 그 말에서 깊은 인상을 받았는데, 작가 스스로 독자 없는 글쓰기를 선택하신 거니까요. 그것은 존재 모순이 아닌가요. 그런 선택을 하신 이유에 대해서는 굳이 캐묻지 않았어요. 출간을 전혀 염두에 두지 않는 글쓰기가 과연 가능할까요? 그는 작가라 불릴 수 있을까요? 작가들은 어떤 존재로 되는 걸까요? 만약 말씀하신 미래가 온다면, 문학과 일상에서의 언어예술과의 경계가 무너져버린다면.
무너진다기보다는 녹아드는.

그렇다면 한 명의 작가, 한 명의 개별 작품이나 개별 작가가 더 이상 의미가 없어지지 않을까요. 어떻게 보면 그것이 작가의 죽음이기도 하겠죠.

90년대식 포스트모던과는 다르다고 생각해요. 문학적 입장이나 자세가 아니라는 면에서요. 그냥 시대가 자신을 만들어가는 것이고, 그게 진짜 탈근대일 수 있겠죠. 노작가 말씀을 들으니 생각나는데, 최근 유명해진 사진작가 중에 비비안 마이어라고 있잖아요. 바로 그렇게 작업한 작가라고 하더군요. 50년대에 남의 집 유모로 일하면서 사진기를 들고 뉴욕과 시카고의 거리를 스냅숏으로 찍었는데, 사진과 필름이 거의 창고 하나를 차지할 정도의 분량이었다고 해요. 그때는 디지털이 없었으니 필름 상태로, 또는 스스로 인화해서 보관했는데, 이 사람은 발표나 무슨 전시에 대한 생각 자체가 없었다고 하더라고요. 죽은 뒤에 우연히 그 창고를 구입한 사람이 사진들을 발견해서 지금은 유명해졌지만…….

어쨌든 묘한 데가 있는 것 같아요. 하나는 이 사람이 정말 수용자를 의식하지 않고 찍었다는 것 자체가 사진에 매력적인 미적 특징을 부여한 게 있어요. 가령 누구한테 보여줄 목적이 없었기 때문에 가능한 앵글이 많이 나온 거죠. 독자를 상정하지 않은 것 자체가 작품에 영향을 미쳤겠구나, 생각이 되더라고요. 그 자체가 흥미로운 지점에 있을 것 같고요.

다른 문제지만 작가란 누구인가 하는 문제인데, 저는 작품을 만들고 있는 한은 독자가 없더라도 작가로 불려야 한다고 생각해요. 그 작품이 위대한 작품인데 후대에 아무도 읽거나 보지 않는다면? 정말 영원히 독자가 나타나지 않는다면? 그건 뭔가 보르헤스적 상황이다, 라고 무책임하게 정리하면 어떨까요.(웃음)

이장욱

1968년 서울에서 태어났다. 1994년 『현대문학』 신인추천을 통해 시로, 2005년 문학수첩작가상을 받으며 소설로 등단했다. 소설집 『고백의 제왕』 『기린이 아닌 모든 것』, 장편소설 『칼로의 유쾌한 악마들』 『천국보다 낯선』과 시집 『내 잠 속의 모래산』 『정오의 희망곡』 『생년월일』 『영원이 아니라서 가능한』, 평론집 『혁명과 모더니즘』 『나의 우울한 모던 보이』를 출간했다. 소설로 젊은작가상, 문지문학상, 김유정문학상을, 시로 현대시학 작품상을 수상했다. 현재 동국대학교 문예창작학과 교수로 재직 중이다.

배수아

소설가이자 번역가이다. 지은 책으로 『밀레나, 밀레나, 황홀한』 『푸른 사과가 있는 국도』 『바람 인형』 『철수』 『일요일 스키야키 식당』 『에세이스트의 책상』 『올빼미의 없음』 등이 있고 옮긴 책으로 페르난두 페소아의 『불안의 서』, 프란츠 카프카의 『꿈』, W. G. 제발트의 『현기증. 감정들』 『자연을 따라. 기초시』, 막스 피카르트의 『인간과 말』, 사데크 헤다야트의 『눈먼 부엉이』, 마르틴 발저의 『불안의 꽃』, 토마스 베른하르트의 『비트겐슈타인의 조카』 등이 있다.

이야기 꾼의
기원

Jung Yu jung 정유정, 2016
photo **Paik Da huim** 백다흠

『Axt』 no. 007

2016

07 / 08

정유정

정용준

"모든 이야기 예술의 본령은 문학이다. 이야기가 삶에 대한 은유이자 인간을 총체적으로 규명하는 작업이라면, 인간과 삶과 세계를 한계 없이 은유해낼 수 있는 장르는 문학뿐이라고 생각한다. 그리고 나는 문학을 한다. 나는 소설가다."

#1

    인터뷰를 준비하는 것은 어쩌면 인터뷰이를 만나기 전 은밀히 행해지는 스토킹일지도 모른다. 그가 쓴 거의 모든 소설을 몇 주에 걸쳐 정독한다. 발표된 산문을 읽고 매체와 방송을 통해 이야기된 말들을 수집한다. 작가에 대한 정보와 '앎'이 늘고, 몰랐던 일화를 알게 되며, 사적인 사연까지 듣게 되면 자연스럽게 '어떤 이해'에 도달하게 된다. 그렇게 소설을 다시 읽는다. 처음에 발견하지 못한 다른 지점이 보이고, 문장과 이야기 속에 녹아 있는 그의 마음과 의도 같은 것들이 느껴지며, 소설들끼리의 접점과 공통분모 같은 것도 만들 수 있게 된다. 때문에 나는 아직 그를 만난 적이 없음에도 오랫동안 그와 대화를 나누고 있다는 착각이 들었다. 물론 나 혼자만 괜히 그렇게 느끼는 것이겠지만. 그러면서도 의자에 앉아 그를 기다리는 마음은 떨렸다. 한쪽 마음으로는 조금의 어색함이 다른 쪽 마음으로는 잘 아는 사람을 만나는 것 같은 친근함이 있었던 것이다.

정용준　인터뷰를 준비했기 때문인지 몰라도 내 감각은 이미 당신을 잘 아는 것 같은 착각을 하고 있다. 처음 만나서 반갑지만 이미 반가운 상태라고 해야 할까?(웃음) 인터뷰를 어떤 방향으로 끌고 가야 할지 고민이 많았는데 나도 소설을 쓰고 당신도 소설을 쓰니 소설에 관한 이야기를 많이 해보고 싶다. 작가들에겐 소설을 쓰는 일과 그것에 관해 생각하는 것 역시 일상의 한 부분이고 생활일 테니까. 당신의 삶을 이루는 여러 요소 중 '소설' 쪽에 집중을 하고 싶은 것이다. 실은 대단한 계획을 갖고 하는 말은 아니고 아무래도 내가 소설가이기 때문에 다른 쪽을 잘 말하거나 풀어갈 자신이 없다. 물론 나의 호기심을 충족하고 싶은 사심이 앞서긴 하지만.(웃음) 그나저나 최근에 파리 도서전 참석차 프랑스에 다녀왔다 들었다. 외국어로 출간된 책과 그 책을 읽은 외국인들의 독후감을 접하면 어떤 기분이 드나?

정유정　잘 모르겠다. 작년 겨울, 독일 에이전트와 만난 적이 있다. 『7년의 밤』과 관련해, 독일 내 반응에 대해 이야기하고 이런저런 궁금한 것을 묻는데 순간적으로 신기한 기분이 들었다. '저 외국 사람이 자기 나라 말로 내 책을 읽었구나' 싶어서. 번역된 책을 실물로 보면 내 책이 아닌 것 같기도 하다. 일단 내가 읽을 수 없으니까.(웃음)

나는 번역된 책이 없어서 그 기분은 잘 모르겠다. 그런데 상상해보면 정말 이상할 것 같다. 좋을 것도 같고. 나 역시 좋았던 독서 경험의 상당 부분이 번역된 해외문학이었는데 그들의 입장에서는 한국소설이 해외문학일 테니까. 생각해보면 한국문학이든 해외문학이든 궁극적으로 차이가 없다는 생각도 든다. 쓰는 언어가 달라 읽기가 힘들어 그렇지 이야기 자체만 놓고 보면 결국 사람의 이야기 혹은 사람들이 모여 있는 세계의 이야기로 통합될 수 있다. 뭐랄까? 이야기의 원형이라고 해야 할까.

'원형적 이야기'는 그것이 이 지상의 어느 장소, 어느 시간, 누구에 대한, 어떤 종류의 이야기든, 인간의 근본적이고 보편적인 욕구를 만족시킨다고 믿는다. 로버트 맥키(『STORY』)에 따르면, '현실의 구체성으로부터 보편적인 인간 경험을 들어올린 후 그 내부를 개성적이고 독특한 문화적 특성을 담고 있는 표현으로 감싸기' 때문이라고 한다. 독자는 이국의 이야기라는 낯선 세계로 들어선 후, 그 안에서 자기 자신을, 혹은 비슷한 면모나 보편적 진실을 발견하게 되는 셈이다. 말하자면, 원형적 이야기는 어떤 언어인가와 관계없이 독자의 감흥을 충분히 끌어낼 수 있다는 얘기다. 시간을 견디고, 공간을 초월해 살아남은 책들은 이런 원형적 이야기이다. 내가 꿈꾸는 궁극의 이야기이기도 하다.

요즘은 어떻게 지내는가? 곧 출간될 「종의 기원」을 기다리면서 좀 여유로울 것 같은데.
그렇지 못하다. 『종의 기원』을 끝낸 다음날 새벽에, 아버지가 돌아가셨다. 갑작스런 죽음이었다. 지병이 있었던 것도 아니고, 건강검진을 받으려고 입원했다가 돌아가신 거다. 병원에 도착해보니 의사 얼굴이 파랗게 질려 있었다. 자기도 이런 경험은 처음이라고 하더라. 수면 중에 심장 발작이 온 것 같다고. 처음엔 슬프기보다 황당했다. "아빠" 하고 부르면 "오냐" 하며 눈뜰 것 같은 느낌이었다. 근래에야 이별을 실감하는 중이다.

어디선가의 인터뷰에서 아버지가 상자에 당신이 글쓰기로 받았던 각종 상장을 다 모아 가지고 계셨다가 줬다는 것을 읽은 적이 있다. 참 인상적이었다. 감동적이기도 했고. 상상을 해봤는데 기분이 이상할 것 같다. 부녀 관계는 어땠나?
여느 아버지처럼 딸바보인 면이 있다. 그 대상이 내가 아니라는 점이 문제지. 아버지는 내 여동생을 끔찍하게 사랑하셨다. 아버지와 나는 성격이 판박이다. 다혈질인데다 고집이 세다. 한번 성질이 뻗치면 앞뒤 구분 못하고 들이받는 전차라는 점에서도 비슷하다. 한집에 한 사람만 있어도 골치 아플 캐릭터가 둘이나 됐던 셈이다. 그러니 부딪히면 난리가 나는 거다. 한마디로 나는 아버지 마음대로 안 되는 자식이었다. 한번 하겠다고 하면 해야 하는 인간인데다 에둘러 가는 요령조차 없었다. 전라도엔 '통 판다'라는 말이 있는데 그게 내 주특기였다. 그런데 세계문학상을 탄 후 아버지 집에 갔더니, 그 오래된 상자를 남편 앞에다 내놓더라. 내 딸이 어려서부터 이랬다네, 하듯이. 전혀 생각지 못했던 일이라 좀 울컥했다. 아버지가 돌아가셨다고 진짜로 느꼈을 때가 있었다. 삼우제 지내고 집에 아버지 유품을 정리하러 갔는데 거기서 유산 싸움이 났다. 아버지가 굉장히 아끼던 칼이 있다. 작은아버지가 외교관 시절에 주로 남미 쪽으로 돌아다니셨다. 그때 콜롬비아에서 갱단이 쓰는 칼이라고 허풍을 치며 아버지한테 선물한 것이다. 해적 칼처럼 칼끝이 휜데다 날이 무시무시하게 예리하고, 손잡이에 이해 불가능한 문양이 새겨진 주머니칼인데, 얼른 봐도 검강이 예사롭지 않다. 순진한 시골 공무원이었던 우리 아버지가 이 갱단 칼을 가지고 뭘 했느냐, 동네 근처에 있던 도살장에서 소를 잡는 날마다 고기 한 덩이씩을 사와 육사시미를 떴다. 육사시미 아나?

당연히 알고 있다. 아주 좋아한다(웃음).

그날 우리 집 풍경을 설명하면 대략 이렇다. 아버지가 커다란 나무도마에 소고기 덩어리를 놓고 앉아 있다. 어머니는 통마늘과 참기름을 놓고 아버지 옆에 앉아 있다. 두 양반 앞에는 우리 네 남매가 제비새끼처럼 입을 벌리고 나란히 앉아 있다. 아버지가 콜롬비아 갱단 칼로 고기 한 점을 도톰하게 뜨면, 어머니가 그걸 받아서 마늘을 싸고 참기름에 찍어 한 놈씩 차례로 먹여주는 거다. 물론 내가 큰딸이니까 가장 먼저 받아먹는다. 마지막 한 점도 내 몫이다. 두 분에게까지 돌아갈 고기 같은 건 없다. 아버지는 칼질을 하는 와중에 어머니가 입에 넣어준 김치조각을 안주 삼아 막걸리 한 병을 다 마신다. 어머니는 그마저도 못 드신다. 술냄새만 맡아도 취하는 양반이라. 그런 행사가 시골을 떠날 때까지, 매주 계속됐다. 보기만 해도 자동으로 육사시미가 떠오르는 그 칼을 놓고, 서로 자기가 갖겠다고 시끄럽게 군거다.

유산 싸움이 벌어졌다고 해서 나는 다른 종류의 이야기를 기대했는데 이상한 반전이다. 그래서 누가 갖게 되었나?

나는 내가 큰딸이고, 소고기도 가장 많이 먹었으니까 갖겠다고 했고, 장남인 남동생은 자기가 아버지 제사를 지내야 하니까 갖겠다고 했다. 미국에 사는 여동생은 태평양을 건너왔으니 자기가 가져야 한다고 했고, 막내는 아버지가 가장 사랑한 자식이 자기니까 제가 가져야겠다고 했다. 입씨름 끝에 결국 목소리 큰 장남이 가져갔다. 다른 자식들은 아버지가 키우던 다육 화분 몇 개씩. 그게…… 일종의 방식이다. 우리 네 남매가 상실과 이별을 받아들이는 방식. 그 옛날, 우리가 아직 어렸던 시절, 어머니가 돌아가시던 날에도 그랬다. 쓸데없는 이야기를 떠들어대면서 두려움과 슬픔을 견뎠다. 그때 우리는 울지 않으려고 필사적이었다. 한 놈이 울면 나머지도 와르르 무너진다는 두려움이 각자에게 있었던 것 같다. 아버지의 유해는 선산 납골당, 어머니 옆자리에 모셨는데, 두 분이 26년 만에 다시 만난 셈이다. 두 분의 유골 단지 사이에 아버지의 핸드폰을 놔두었다. 별 뜻은 없고, 남동생이 그러자,

해서 그리했다. 일주일쯤 후인가, 중국 심천에 갈 일이 있었다. 몸도 마음도 좀 지쳐 있었는데 오래전부터 계획된 일정이라 미루기가 그랬다. 도착한 날 저녁에 일행과 함께 야외 민속 공연장에 갔는데, 공연이 시작될 무렵, 느닷없이 보름달이 떴다. 요새는 보기 힘든 황금빛 슈퍼문이었다. 한동안 멍하니 달을 올려다보고 있는데, 갑자기 아버지 목소리가 들리는 것 같았다. "내 딸" 하고 부르는 목소리. 순간, 나도 모르게 휴대전화를 꺼내서 아버지에게 전화를 걸었다. 뚜, 소리가 울리자 가슴이 쿵쾅쿵쾅 뛰기 시작하는데, 얼굴까지 시뻘게지는 느낌이었다. 곧이어 "전화기가 꺼져 있다"는 여자의 목소리가 들려오니까, 심장이 쿵, 소리 나게 내려앉는 거다. 정말로 아버지가 돌아가셨구나, 싶었다. 나중에 집에 돌아와서 동생들에게 그 얘기를 했더니, 녀석들도 나랑 똑같은 짓을 해봤다고 고백하더라. 참나……

이렇게 말하면 실례인지 모르겠으나 당신이 말하니까 그것조차도 재미있는 소설처럼 들린다. 잠깐 대화를 나눴음에도 당신의 말 속엔 에너지가 넘친다. 마치 당신의 소설 속의 문장을 읽을 때와 비슷한 것을 느꼈다. 지금도 복싱을 하는가?
복싱은 그만뒀다. 지금은 수영을 한다. 『종의 기원』의 주인공인 한유진을 수영 선수 출신으로 설정한 후부터 배웠다. 한유진이 물을 왜 사랑하는지, 물에 있을 때 무얼 느끼는지, 물의 감촉이 어떤지…… 이런 것들을 알고 싶었다.

못하는 수영을 소설 때문에 시작했다는 것도 그렇고 지금까지 계속하고 있다는 것도 내겐 대단하게 느껴진다. 운동은 하고 싶은데 게으름 때문에 하지 못하는 사람으로서 당신의 그런 점은 닮고 싶다. 히말라야 등반 이후 산티아고 순례길을 걸었다고 들었는데.

산티아고 순례길은 여러 코스가 있다. 나는 프랑스 길을 걸었다. 생 장 피 드 포르에서 산티아고까지, 산티아고에서 다시 피니스테레라는 스페인의 서쪽 땅 끝까지, 피레네 산맥을 넘어서 900킬로미터가 넘는 길을 배낭을 짊어지고 혼자 걸었다. 겨울이었는데 날씨가 정말 (전라도 말로) 지랄맞았다. 눈보라가 치고, 우박이 떨어지고, 폭우가 쏟아지고, 안개가 시야를 가로막고……

900킬로미터를 걸었다고? 헉! 소리가 난다. 왜 그렇게 걸어야 했나?

완주하는 데만 34일이 걸렸고 늘 혼자였다. 이 길을 가는 사람들은 대개 게스트하우스 알베르게라고 하는 순례자 숙소에서 묵는데 나는 혼자 머물 수 있는 숙소를 찾아다녔다. 호텔이나 호스텔, 혹은 펜션 같은 곳. 돈이 좀 들었지만 어쩔 수 없는 선택이었다. 나는 혼자여야 했다. 『종의 기원』을 순례길 위에서 구상했으니까. 구상이 끝났을 때, 서쪽 바다가 한 화면으로 내려다보이는 산꼭대기에 도달해 있었다. 나는 순례길을 안내하는 표지석 앞에 발을 뻗고 주저앉아 바다를 바라보며 울었다. 어머니 생각이 났던 것 같다.

#2

모든 소설가들이 그렇겠지만(그럴 것이다) 정상적인 소설가라면 소설을 열심히 쓴다. '열심히'라는 뜻은 단어 뜻 그대로 (잘 쓰고 싶다는) 뜨거운 마음으로 쓴다는 뜻이고 다른 뜻은 물리적인 노력을 기울여 최선을 다한다는 뜻이다. 때문에 많이 생각하고 자주 고친다. 잘 쓰고 있던 것을 뒤엎기도 하고 그 냥 다 버리고 처음부터 다시 쓰기도 한다. 그래서 나는 '열심히 쓴다'라는 추상적인 개념을 구체적으로 풀어서 표현하는 것을 좋아한다. '많이 쓴다. 오래 쓴다. 자주 고친다. 많이 고친다. 고쳐도 고치고 싶다. 때문에 오래 쓴다.' 대충 이런 식이다. 정유정을 인터뷰하면서 느낀 가장 인상적인 점이 바로 그 부분이었다. 아아…… 그는 정말 열심히 쓰는 작가다.

당연한 소리일 수도 있지만 완성도에 대한 욕심이 큰 것 같다. 특히 고치는 것에 대해 중요하게 생각하고 공력을 들인다고 들었다. 그렇게 고심 끝에 소설을 탈고했는데 작가의 입장에서 볼 때 『종의 기원』은 다른 소설들과 무엇이 달랐나?

가장 큰 차이는 주인공과의 거리다. 나는 작가가 아니라 한유진으로서 사고하고, 말하고, 행동하고, 기능하려고 애썼다. 위험한 시도였으나 애초의 목적대로 소설 자체가 '악인의 자기 변론서'가 되려면 달리 길이 없었다. 두번째 차이는 문장이다. 나는 문장이 이야기에 복무해야 한다고 믿는다. 미학성보다는 정확도를 선호한다. 문장의 톤은 이야기의 톤을 만드는 데 기여해야 한다. 때문에 소설마다 문장의 톤이 다르다. 『내 심장을 쏴라』의 문장은 경쾌하면서도 따뜻하게, 『7년의 밤』은 차고 무겁게, 『28』은 활활 타오르듯 뜨겁게 쓰려 애썼다. 『종의 기원』은 '자기 변론'에 최적화된 육성이 필요했다. 들려주는 정도가 아니라 귓속으로 쏘아넣는 강렬한 목소리. 절제돼 있으면서도 변화무쌍하고, 감정이 여운처럼 울리는 유진의 목소리, 우리가 누군가를 설득할 때 쓰는 전략적인 목소리. 세 번째는 플롯과 인물 서사의 최소화다. 아마도 내 소설 중 가장 간결할 것이다.

갑자기 다른 질문이 떠올랐다. 소설이 지금 잘 안되고 있다는 느낌, 문제가 있다는 생각, 그런 판단은 무엇을 근거로 내리는 건가?

재미가 없다.

재미가 없다는 것은 구체적으로 무엇인가?

지루하다. 감정의 파장, 갈등이나 상황에서 오는 긴장, 혹은 스릴이 느껴지지 않고 이야기의 맥이 흐트러지면 지루한 거다. 내가 지루하다면 독자들은…… 말 다한 거 아닌가.

집요하지만 한 번만 더 물어보겠다. 소설을 읽을 때 지루하다는 것은 어떤 요인으로 인해 발생한다고 생각하는가? 이야기가 가로막혀서인가?

여러 요인이 있겠지. 이야기의 전제 자체가 잘못됐을 때, 작가가 표현하고자 하는 어떤 관념에 지배돼 이야기 전체를 보지 못할 때, 작가가 이야기를 완전히 장악하지 못했을 때. 이야기가 막히는 이유는 그 사람이 거기에 대해 잘 모르기 때문이겠고.

그 사람이라고 하면 작가인가, 인물인가.

작가다. 인물, 상황과 사건에 대해 그것들이 의미하는 바에 대해 잘 모르기 때문에 생각이 막힌다. 그럴 땐 공부가 필요하다. 작가는 자기가 만든 세계에 대해서만큼은, 그저 '알아야 한다' 정도가 아니라, 전문가 수준으로 알아야 한다. 그래야 이야기가 나아갈 수 있고, 실수를 최소화할 수 있다.

뒤에서 하려던 질문을 끌어와서 해보겠다. 『7년의 밤』을 읽었을 때도 느꼈고 『28』을 읽었

을 때도 같은 것을 느꼈는데 나는 당신의 소설을 읽으면 가장 먼저 '핍진하다'라는 느낌을 받는다. 이번에 『종의 기원』을 읽으면서도 중간에 숨을 길게 내쉬면서 그 느낌을 다시 확인했다. 소설에서의 '핍진성'은 읽을 때는 분명히 느껴지는데 그것을 설명해보려고 하면 쉽지 않은 개념이다. 때론 핍진하다는 것과 리얼하다는 것을 거의 구분하지 않고 사용하기도 한다. 하지만 둘의 차이는 분명히 있다. 그런데 당신의 글을 읽고 '핍진하다'라는 것을 잘 설명할 수 있을 것 같은 느낌을 받았다. 내가 당신의 글에서 그런 것을 느꼈다면 작가로서 그 느낌을 주기 위해 노력한 것이 있는가?

인간을 움직이는 건 대부분 감정이다. 우리는 매 순간 이성적으로 판단하고 선택한다고 여기지만, 냉정하게 들여다보면 모든 행동의 근원에 감정이 깔려 있다. 핍진성은 그 부분을 드러내 보이는 데서 온다고 생각한다. 순간순간 요동치는 내면의 감정, 바깥으로 표현되는 정제된 감정, 이 간극에 도사린 갈등과 긴장까지. 그러려면 그 사람의 내면으로 숨결처럼 드나들어야 한다.

작가들마다 글쓰기에 대한 마음이 다른 것 같다. 가령 토니 모리슨은 작가는 소설에 관해 다 알아야 한다고 주장한다. 심지어 이렇게 말했다. 인물이 마음대로 하도록 두게 해서는 안 된다. 그럴 때는 인물에게 욕을 하고 '너는 가만히 있어. 내가 할 테니까.' 이렇게까지 해야 한다고 하더라. 그렇지 않으면 글쓰기는 좌초된다고. 반면 어떤 작가는 글쓰기 자체의 자율성이랄까. 나는 이 글이 어디로 갈지 모르니 함께 따라가보겠다. 이렇게 생각하는 쪽도 있다. 당신은 작가가 글쓰기를 완전히 장악해야 한다는 쪽인가?

그렇다. 인물과 시공간, 이야기와 형식과 정보를 완벽하게 장악해야 한다. 내 소설에서는 파리 한 마리도 멋대로 날아다녀선 안 된다. 그랬다간 나한테 죽는다.(웃음) 이유 없이 들고나는 인물이나 사물은 거의 없다. 총이 등장하면 반드시 발사되어야 한다. 그렇다고 해서 못 박을 자리까지 정해놓고 시작하는 건 아니다. 거푸집에서 출발해서, 수정을 통해 완성도를 높여가는 타입이다.

소설에 관해, 자신이 쓰는 소설에 대해, 어떤 확신을 갖고 쓰는 것 같다. 어떻게 그럴 수 있는가. 나는 아직 그게 어렵다. 나는 내가 쓰는 글에 짓눌려 있고, 때론 무섭다. 확신도 없다. 쓸 때마다 소설 쓰기에 대해 생각이 바뀌는 것 같다. 때론 어두운 기운이 넘치는 인물을 써야 할 때도 있는데 그럴 때는 무섭다. 나 자신이 먹힐 것 같기 때문이다. 그래서 고민이 많다. 쓰고 나면 힘도 빠지는 것 같고 마음이 상할 때도 있다.

인간의 자아는 생각보다 견고하다. 형상기억합금처럼 본래 모습으로 돌아오는 성질도 강력하다. 나는 그 탄성을 믿는 편이다. 다만 체력을 강화할 필요는 있다. 버틸 수 있어야 먹히지 않는다.

먹히지 않도록 작가도 힘을 내야 된다는 말인가.

적어도 내 경우는 그렇다.

『내 인생의 스프링캠프』를 통해 등단하고 10년이 흘렀다. 그때 '작가의 말'을 기억하고 있나? 인상 깊었던 문장이 있었다. 당신에겐 소설 쓰기의 두 개의 종탑이 있는데 하나는 모험 이야기, 하나는 겁나는 심리스릴러. 소설가로서의 꿈은 꾼이 되는 것. 내가 볼 땐 10년 안에 다 이룬 것 같다. 멋지다. 자기가 쓰는 소설에 대해서도 알고 있고, 자기가 쓰는 소설에서 작가가 우위를 점하는 방법도 알고 있으며, 심지어 앞으로 이렇게 할 것이다, 하는 목표와 계획까지 정하고 있다니. 개인적으로 아쉬운 것은 모험 이야기는 요즘 통 안 쓰는 것 같다.

작가라 해서 모든 걸 잘 쓸 수는 없다. 각자 가진 밑천이라는 게 있지 않겠는가. 스릴러는 내가 하고자 하는 이야기를 가장 적절하게 반영하는 장르다. 세간에선 내 소설들을 추리소설로 범주화하는 것 같은데, 엄밀히 말해 나는 추리소설을 쓴 적이 없다. 추리소설의 목표는 '범인 찾기'이고 스릴러의 목표는 '살아남기'다. 추리소설은 독자와 벌이는 지적 게임이고 스릴러는 생존 게임이다. 『내 인생의 스프링캠프』가 모험소설, 혹은 성장소설로 분류되지만 기본적인 기조는 생존 게임이다. '살아남기'는 내 소설들을 줄기차게 관통하고 있는 하나의 코드다. 나는 기본적으로 생존 욕구가 강한 사람이고, 살아남기 위한 삶을 살아왔다. 그러니 생존에 관한 이야기를 하게 된 건 자연스러운 일일 것이다.

당신이 심리스릴러를 많이 쓰고 또 잘 쓰는 이유를 알겠다. 그러면 10년 전에 목표했던 소설가로서의 꿈은 이룬 것 같다. 아닌가? 꾼이 되는 것. 지금도 여전히 유효한 꿈인가? 10년쯤 지난 지금 다시 '작가의 말'에서 비슷한 말을 하게 된다면 어떻게 말할 것 같은가.

그렇다. 내 장래희망은 진짜 '꾼'이 되는 것이다.

그렇다면 당신은 희망을 이뤘다. 지금 이 대화만 해도 입심이 장난이 아니니까. 마치 만담가 같다.

나는 이야기하는 법을 서커스에서 배웠다. 내가 태어나고 자란 곳은 함평인데, 유일하게 누린 문화생활이 오일장마다 들어오는 서커스였다. 우리 할머니가 서커스를 좋아해서 늘 나를 데리고 다녔는데, 코끼리가 춤을 추고 공중그네가 날아다니는 전문적인 서커스단은 아니었다. 배가 아프면 배꼽에 바르고 머리가 아프면 이마에다 바르는 만병통치약을 파는 약장수 서커스였다. 당연히 레퍼토리도 몇 개 되지 않았다. 통 굴리기, 외줄 타기, 접시 돌리기, 마술…… 그 알량한 레퍼토리 중에서 가장 인기 있는 게 만담 꾼 두 사람이 옛날이야기를 들려주는 천막 극장이었다. 〈흥부전〉 〈배비장전〉 〈이춘풍전〉…… 내가 예닐곱 살 정도 됐을 때니까 까마득한 옛날인데도 그때의 기억이 꽤 명확하다. 가장 재미있었던 건 〈흥부전〉이다. 이 만담 꾼들은 절대로 흥부가 가난하다고 말하지 않는다. 대신 한 시간 내내 가난한 자만이 벌일 수 있는 온갖 궁상맞은 해프닝을 늘어놓는다. 흥부는 열이나 되는 자식들 옷을 지어 입히지 못하자, 동구 밖 똑다리 밑에 사는 거지한테서 너덜너덜한 명석 하나를 얻어다가 구멍 열 개를 쑹쑹 뚫은 다음, 자식들 머리에 뒤집어씌우는 걸로 문제를 한 방에 해결해버린다. 그러니 한 놈이 변소에 가면 나머지 아홉 놈이 우르르 따라가야 하고, 가다가 한 놈이 넘어지면 나머지 놈들도 우르르 넘어지고…… 서커스를 보고 온 날이면, 나는 동네 아이들을 소집해서 만담꾼이 해준 이야기를, 만담꾼 흉내를 내서 들려주는 취미가 있었다. 그 짓을 5학년 때까지 한 것 같다. 만담꾼보다 내가 더 잘한다는 찬사에 신이 나서.(웃음) 청중들이 얼마나 열광적이었는지, 내가 한마디 할 때마다 자동으로 뒤집어지는 수준이었다. 뻥 아니다. 정말이다.

#3

정유정의 소설을 생각하면 두 개의 단어가 떠오른다. 하나는 '디테일'이고 다른 하나는 '악'이다. '디테일'은 앞서 언급했던 핍진성과 연관되는 일종의 물리적인 인상이고 '악'은 소설의 심장 혹은 핵심을 표현하는 정서적인 인상이다. 다시 말해 그의 소설의 육체는 핍진하고 세세하며, 정신은 악으로 활활 타오르는 것 같다. 소설 세계를 구성하는 조건들을 리얼하게 느끼도록 정보는 정확하고 묘사는 생생하다. 문장이 거의 꿈틀거리는 수준이다. 허구적 요소가 소설 세계에 육화되어 실제로 살아나는 느낌이랄까. 이런 생각이 들었다. 이 작가는 진짜 프로구나. 어떤 몸과 마음으로 쓰면 이렇게까지 쓸 수 있는가.

『7년의 밤』이나 『28』 『종의 기원』에서도 느꼈는데 당신은 인간의 악에 대해 관심이 많은 것 같다. 그리고 그 인간들이 모여 있는 사회, 이를테면 『28』에서처럼 시스템으로서의 악(전체주의적인)에 대해서도 관심이 깊은 듯 보였다. 처음에는 작가 개인적인 호기심이 강하다고만 생각했는데 『종의 기원』까지 읽으니까 작가가 모종의 책임감 같은 것을 갖고 있다는 생각도 들었다. 스스로 생각할 때 당신 소설의 핵심적인 모티프 혹은 주제의식은 무엇인가?

모든 작가들에겐 자신만의 테마가 있다. 실제로 대부분의 작가는 자기 테마를 죽을 때까지 반복 변주한다고 한다. 찰스 디킨스는 가족 혹은 아버지, 스티븐 킹은 인간 심연의 공포…… 내 테마는 인간의 본성이다. 그중에서도 심연이라 불리는 어두운 숲에 관심이 많다. 이 숲에는 인간 삶에 문제를 일으키는 온갖 야수들이 잠들어 있다. 질투, 시기, 분노, 증오, 혐오, 욕망, 쾌락, 공포, 절망, 폭력성…… 이 어두운 생명체들이 어느 날 어떤 일을 계기로 눈을 뜰까. 무엇에 의해 점화될까. 이들을 의식의 수면 위로 추동하는 힘은 무엇일까. 이 힘이 운명의 폭력성과 결합할 때 어떤 일이 일어날까. 이런 질문들을 던지는 게 내 소설이다.

그것이 당신이 언젠가 말했던 '이야기의 영혼'이란 개념인가?

또 한 번, 로버트 맥키를 인용해서 이 부분을 설명해야 할 것 같다. 길을 가다가 우연히 목이 잘린 시체가 발에 걸렸다고 가정해보자. 이때 나타나는 것은 지적 판단이 아니라 정서적 반응이다. 대부분은 놀란 나머지 풀썩 주저앉거나 비명을 지르거나, 앞뒤 보지 않고 달아날 것이다. 처참한 주검 앞에서 충격과 두려움을 느끼는 동시에 자신도 언젠가 죽으리라는 사실과 삶에 드리워진 죽음의 의미를 사유하는 경우는 드물다. 실제 상황에서 의미와 정서의 융합은 시간이 흐른 후에야 가능하다. 그게 보통 인간이고 현실적인 반응이다. 하지만 소설에서는 이러한 흐름을 하나의 순간으로 일치시킨다. 독자들은 인물을 통해 시체에 대한 정서적 반응과 함께 주검, 혹은 죽음이 주는 의미를 동시에 깨닫는다. 로버트 맥키가 '미학적 순간'이라고 명명한 지점이다. 나는 이 순간을 '이야기의 영혼'이라고 부른다. 이야기의 영혼은 작가의 시각과 분리될 수 없다. '나는 삶을, 인간을, 세상을 이렇게 본다. 너는 어때?' 이런 말을 하고 싶어서 이야기를 끌고 가는 거니까. 예를 들면, 『28』은 전체주의에 대한 경고다. 소수의 희생을 강요하고, 심지어 당연시하는 다수의 연대에 대해 난 이렇게 생각한다고 말하는 소설이다. 소설의 절정에서 주요 인물을 모두 죽인 건, 결국 이렇게 다 같이 간다는 것을 말하고 싶어서였다. 그게 이야기의 영혼이다. 내가 하고 싶었던 이야기 혹은 진실.

당신은 '소설이 세상을 못 바꾼다'라고 했지만 나는 당신의 소설에서 이 세상에 대한 어떤 책임이나 부채의식 같은 게 느껴진다. 세월호 사건 이후 글 쓰는 게 어렵다는 작가들이 많았다. 각자 나름대로 여러 고민이 있었을 것이다. 소설가는 허구의 세계를 쓰는 존재이지만 동시에 현실 세계의 시민이다. 당신은 소설가가 현실 세계와 사회문제에 어떤

식으로든 참여하는 게 옳다고 생각하는가? 실제로 당신은 꽤 적극적으로 의견을 피력하는 발언을 했고 심지어 소설의 세계에서 5·18이나 그 외에 사회적인 문제를 은유적인 방식이긴 하지만 상당히 적극적으로 썼다. 내가 볼 때 당신은 픽션을 쓰는 작가의 삶과 실제 세계에서 시민의 삶이 크게 나뉘어 있지 않다는 생각까지 든다.

나는 작가가 반드시 사회적, 정치적 책무를 져야 한다고는 생각하지 않는다. 공적인 행위나 발언은 전적으로 작가 본인의 선택에 달렸다. 이미 말했지만, 작가나 문학이 세상을 바꿀 수 있다고도 믿지 않는다. 다만 변화의 징후를 반보 앞서 읽어내고, 읽어낸 진실을 세상에 드러내 보이는 게 작가의 임무라고 여긴다. 여기, 이런 문제가 있다고, 주의를 환기시키는 것. 때문에 문학이 우리 삶과 너무 멀리 있어서는 곤란하다. 문학은 지상으로 내려와야 하고, 작가는 발을 땅에 붙이고 있어야 한다. 불편하고, 추하고, 두려운 문제들을 정면으로 응시할 수 있도록 환기해야 한다. 문학이 아름다움만 노래한다 하여 세상이 아름다워지는 건 아니니까.

『28』에 대한 인상적인 글을 읽었다. '한국의 스티븐 킹? 가능할까'라는 글이었는데 필자는 『28』이 좀 더 확실한 장르적인 문법으로 써지지 않은 것에 대해 아쉬워하고 있었다. 나도 그 글이 지적하고 있는 한국소설 특유의 리얼리즘적인 정서와 어떤 한계를 인식하면서도 그가 느낀 아쉬운 점이 내겐 장점으로 보였다. 그러던 중 『28』을 쓸 때 '나는 인간에 대해 쓰고 싶었는데 바이러스 이야기만 하는 것 같아서 다 날렸다'라고 말한 인터뷰를 읽게 되었다. 그래서 나는 당신이 인간에 대한 집중력을 잃지 않으려 애쓴다고 생각했다. 때론 그것이 이야기의 어떤 흐름을 지연한다 할지라도 말이다.

순전한 장르 문법의 관점으로 보면 내 소설은 아쉬워할 거리가 많을 것이다. 나는 이야기가 시작되자마자 범인이 누구인지 밝혀버리는 습성이 있다. 앞으로 이야기가 어떻게 펼쳐질 것인지 밑그림을 보여주며 간다. 설상가상으로 뒷골을 치는 반전조차 없다. 이 점이 내 소설의 한계로 보일 수 있다. 이를 뒤집어 읽으면, 내 소설의 목적이 무엇인지도 보일 것이다. 바로 인간이다. 그것도 운명의 폭력성에 휘둘린 인간. 운명은 우리 삶의 바깥에서 들이닥치는 힘이자, 삶을 휘몰아가고 초토화하는 사건 같은 것이다. 내 소설은 이 사건들의 연속으로 이루어진 이야기지만 초점을 맞추고 있는 것은 사건이 아닌 사건과 맞닥뜨린 인간이다. 운명에 맞서고 저항하고 극복하는 인간, 그들의 자유의지가 내 주요 관심사이고, 주인공의 선택과 행동을 통해 그것을 보여주려 애쓴다. 이를테면, 『7년의 밤』에서 살인자인 최현수를 통해 자신의 삶을 걸고 자신의 인생에서 가장 소중한 것을 지켜내는 남자를, 『28』에선 주인공 서재형의 죽음을 통해 인간만이 가질 수 있는 품위와 존엄을 표현해내는 게 목표였다.

'한국의 스티븐 킹'이라는 평가에 대해서는 어떻게 생각하는가?

스티븐 킹에 대해 한마디 할까 한다. 그는 이야기만 잘 쓰는 작가가 아니다. 인간의 가장 깊은 곳, 보통 사람은 상상하거나 도달해보지 못했던 지점까지 파고들어가는 작가다. 그의 재미난 이야기는 독자를 끌고 들어가는 큰 줄기이며, 이 줄기를 타고 따라간 독자는 결국 알몸의 상처투성이인 남루한 인간과 만나게 된다. 그 인간이 바로 자신의 모습을 하고 있다는 것도 깨닫게 만든다. 그래서 그의 소설은 재미있고 감동적이면서도 쓸쓸하다. 나는 이번 생에서는, 그러니까 새로 태어나지 않는 한, 그의 그림자에도 미치지 못할 것이다. 그러니 부탁건대, 나를 한국의 스티븐 킹이라 부르지 말아달라.

이제는 그런 구분이 정확하지 않고 큰 의미도 없다고 생각한다. 소위 장르소설을 쓰는 이들이 장르소설만 읽는 것도 아니고 순수문학을 쓰는 작가들이 순수문학만 읽는 건 아니니까. 나만 하더라도 그것이 재미만 있다면 뭐든지 가리지 않고 읽는다. 소설은 장르로 구분되는 게 아니라 재미로 구분되는 거라고 생각하기 때문이다.

나는 소설을 두 가지로 구분한다. 생각을 하게 만드는 소설, 체험하게 하는 소설. 내 소설은 후자에 속한다. 생각할 것 없이 읽는 순간 온몸으로 느끼기를 바란다. 그러려면 오감에 총공세를 퍼부어 허구의 세계를 육화시켜야 한다. 그중에서도 가장 신경쓰는 부분이 시각이다. 인간은 대부분의 정보를 시각으로 감지하는 동물이기 때문이다. 내 소설이 영화적이라는 지적을 받는 건 그 때문일 것이다.

스티븐 킹 이야기가 나와서 말인데 그가 전미도서상을 받을 때 대중소설을 옹호하는 연설과 함께 문학계에서 자기가 볼 때 무시받아서는 안 된다고 보는 작가들을 호명했었다. 거기에 대한 반론과 비판이 생기자 이렇게 말했다. "대중소설과 진지한 소설에 차이가 있나? 독자들이 어떤 책을 읽을 때 감정적으로 더 끌리는지, 끌리지 않는지와 같은 문제를 가만히 생각해보면 차이는 없다. 그런데 그 차이를 나누는 구분의 기준이 무너지면 비평가들은 '그럼 안 돼'라고 말한다." 이런 질문을 당신에게 한다면 어떻게 답하겠는가.

내게 대중소설이니 본격소설이니 하는 말은 의미가 없다. 나는 힘 있고 아름다운 이야기를 꿈꾼다. '힘'은 독자를 싣고 떠나는 동력을 뜻한다. 실제로 살아보지 못한 낯선 세계로 그들을 데려가, 우리 자신이 지닌 보편적 문제와 삶에 대한 진실을 맞닥뜨리게 하고 싶다. '아름다움'은 도덕이나 윤리와는 관련이 없다. 이야기 자체가 가진 미학을 뜻한다.

이야기의 미학이란 무엇인가?

이야기의 미학은 재미와 의미의 조화에 있다고 생각한다. 이번에도 맥키를 소환해 설명하자면, '재미는 이야기의 의미가 불러일으키는 강렬한 감정, 의미가 깊어져가면서 느끼는 고통스러운 감정, 이를 궁극적으로 만족시키는 정서적 경험을 얻기 위해 이야기에 주의를 집중하는 의식'이다. 나는 독자가 내 소설 안에서 온갖 정서적 격랑과 만나기를 원한다. 기진맥진해서 드러누워버릴 만큼 극단의 감정을 경험하길 원한다. 분노, 절망, 슬픔, 비애, 사랑, 감동…… 소설이라는 이야기 형식 안에서 안전한 거리를 두고 겪는 감정 경험들은 세계에 대한 우리의 시선을 확장하고, 인간에 대한 이해의 깊이를 만들어주고, 삶을 풍요롭게 만든다.

나 역시 누군가 무엇이 좋은 소설이냐고 물어보면 주저 없이 재미있는 소설이라고 답한다. 물론 여기에서 재미란 'funny'라는 한정된 뜻을 말하는 것은 아니다. 다르게 표현하면 매력이랄까. 그것도 모호한 개념이긴 하지만 달리 표현을 못하겠다(웃음). 그런데 '이야기의 의미'에 의미는 구체적으로 무엇을 말하는 건가.

의미란, 위에서 말한 이야기의 영혼이다. 이야기는 재미와 의미가 하나의 선에서 만나는 순간을 향해 나아간다. 작가는 그 지점까지 독자를 끌고 가야 할 책임이 있다. 의미가 숨어 있는 절정까지 가도록 책장을 넘기게 만들어야 하는 것이다. 이를 위해 나는 할 수 있는 일을 모두 해야 한다. 긴 이야기를 늘어놓았지만 질문에 대한 내 대답은 이거다. 나는 위에서 말한 일을 하느라 죽도록 바쁘다. 뭔가를 구분 짓고 가르는 것은 그들의 일이지 내 일이 아니다.

맞는 말이다. 읽는 자들의 일이지 쓰는 자의 일은 아니다. 내가 원하는 대로 읽어주고 구분 지어주는 것도 아니니까. 독자들의 독후감이나 피드백을 접할 때 어떤 기분이 드나. 나는 누군가 내 소설에 대해 안 좋은 평을 쓰거나 아쉬운 이야기를 하면 마음이 슬프고 위축이 되곤 하는데 혹시 당신도 그런가?

당연히 위축된다. 내 소설이 세상에 나갔을 때 받을 비판을 생각하면 두렵다. 작가는 그 압박을 견딜 수 있어야 한다. 견디지 못한다면 펜을 꺾어야 한다. 아니면 누구처럼 소설을 써서 자기 집 금고에 꽁꽁 숨겨두거나. 문제는 아는 것과 행동이 일치하지 않는다는 데 있다. 실제로 비난에 직면하면 나는 거의 깨꼬당 상태가 된다.(웃음) 쪽팔리고 주눅들고, 쓸쓸하다. 파리처럼 벽에 눌어붙어서 굶어 죽고 싶다. 그럴 때마다 내 소설을 아끼고 지지해주는 사람들을 떠올린다. 안나푸르나에서 만난 독자, 내게 편지를 보내준 독자, 사인회에서 수줍게 악수를 청하던 독자, 신작을 기다려주는 독자…… 그들이 나를 버티게 한다.

지금까지 만난 독자나 혹은 소설에 관한 독자의 피드백 중에서 가장 힘이 되었거나 인상적이었던 게 있으면 소개해달라.
"나는 정유정이 100살까지 살면서 창작욕을 불태웠으면 좋겠다"라고 한 글을 봤다. 감격한 나머지, 컴퓨터에다 대고 "네" 했다.

그 독자의 말이 내 말이다. 정말 100살까지, 필요하다면 200살까지 살면서 불타는 글을 써달라. 하지만 그게 정말 쉽지 않다는 것도 잘 알고 있다. 내가 당신에게 소설 쓰는 후배로서 이런 부분에 대해 상담을 요청한다면 당신은 어떤 조언을 해줄 수 있는가?
세상 사람들이 다 좋아하는 소설은 없다. 아니, 다 좋아하게 쓰는 건 불가능하다. 내가 쓰고 싶은 걸 쓰고, 독자가 좋아해주길 바라야 한다. 그밖에는 해줄 말이 없다. 미안하다.

내가 만난 그 어떤 사람보다 긍정적이고 낙천적이다.

사람들이 그렇게 말한다(웃음). 낙천적으로 생겼어요, 라고. 내 생각에는 내가 비관적으로 생긴 것 같다(웃음).

생긴 걸로 희극과 비극을 나누면 우리들은 거의 비극 아니겠나. 나도 마음이 이상하게 아프다.(웃음) 책을 출간하기 전에 글을 봐주는 친구가 있는지 궁금하다.

초고를 모니터링해주는 친구가 둘 있다. 한 친구는 현미경에 가깝다. 구성상 허점이 있는지, 맥락의 연결이 매끄러운지, 장면이나 사건의 배치가 적절한지, 장면 전환이 감각적인지, 낚시질이 잘 되고 있는지, 문장의 조탁이 세밀한지 등을 꼼꼼하게 본다. 다른 친구는 망원경이다. 메인 플롯이 잘 작동하고 있는가, 서브플롯과의 관계가 유기적인가, 사건이 인과성을 가지고 서사에 스며들었는가, 감정이나 묘사의 수위가 알맞은가, 이야기의 흐름과 속도가 잘 조절되고 있는가, 캐릭터의 약점이 무엇인가, 뿌린 씨앗을 잘 거두었는가 등등…… 현미경 친구가 동료라면, 망원경 친구는 내게 이야기를 어떻게 만들어야 하는지 가르친 스승이다.

#4

불현듯 소리꾼 장사익이 떠올랐다. '꾼'의 정의는 다음과 같다. '어떤 일, 특히 즐기는 방면의 일에 능숙한 사람을 낮잡아 이르는 말.' 그러니까 꾼은 어떤 분야의 일을 즐기면서 동시에 능숙한 자를 뜻한다. 대화하는 중 장사익을 연상한 것은 꾼으로서 닮은 점도 있지만 비슷한 이력을 갖고 있기 때문이다. 장사익은 음악과 무관한 이런저런 일을 전전하다 마흔여섯 살에 처음으로 노래를 시작했다. 그는 몸에 밴 일의 관습이나 삶이 이끌어가는 대로만 살지 않았다. 그렇게 살았더라도 천성적으로 타고난 어떤 기질을 도저히 버릴 수 없었고 결국엔 그 기질이 이끄는 대로 운명을 바꿔 노래꾼이 된 사람이다. 그런 점이 정유정과 비슷했다. 삶의 조건들은 소설로 가는 길을 계속 가로막았지만 소설은 그를 절대 놓아주지 않았다. 그는 꾼이 되길 원하는 삶만 살아왔지만 나중엔 기어이 이야기꾼이 되고 말았으니까.

너무 소설 이야기만 한 것 같은데 소설 외적으로 관심 갖는 게 있나?
없다.

없다고? 너무 그렇게 단호하게 말하니까 당황스럽다. 소설이 끝나고 그다음 소설을 구상하고 쓰기 전 무엇을 하나 궁금했는데 특별한 게 하나도 없는 건가?
체력 단련을 한다.

체력 단련? 설마 그것도 소설을 쓰기 위한?
공식적 답변은 그렇다. 실제로는…… 좀 오래 살아볼까 해서.

말문이 막힌다. 소설 외에는 아무것도 관심이 없고 다른 걸 하더라도 다 소설을 위해서라니. 정말 별명처럼 전차가 연상된다. 그러면 등단을 하기 전, 그러니까 본격적으로 소설

을 쓰기 전엔 글을 안 썼나?

썼다. 그때는 내가 책을 냈다 하면 세상이 다 뒤집어질 거라고 믿었다. 공모전에 열한 번씩 떨어지면서 그 믿음이 과대망상이었다는 걸 확인하게 되었다.

열한 번 떨어졌다는 건 공모전을 말하는 건가?

장편 공모전이다. 사실은 등단 전에 소설 세 권을 낸 적이 있다. 2000년 8월에 첫 책을 내는데 제목이 『열한 살 정은이』다. 소설 형식을 취하고는 있지만 안을 들여다보면 어린 시절 회고담에 가까운 이야기였다. 그 원고를 책으로 내준 출판사 편집장이 등단을 권했다. 한국에서는 등단이라는 관문을 거치지 않으면 작가로서 이름 한 번 거론되기 힘들다는 거였다. 고백하는데, 그때까지 나는 등단이 뭔지도 몰랐다.

그때 몇 살이었나?

만으로 서른네 살 때였다. 이후 두 권의 소설이 같은 출판사에서 나왔는데, 모두 공모전에서 떨어진 걸 대중적인 감각으로 개작해낸 것들이다. 세 번째 소설인 『마법의 시간』은 내게 의미가 있는 소설이다. '이야기를 이야기한 첫 소설'이라고나 할까. 1980년 광주 한복판이 배경이고, 『내 인생의 스프링캠프』와 포맷이 상당히 비슷한데 정조가 완전히 다르다.

그러니까 소설의 형식을 인지하고 써본 건 거의 30대 중반쯤이란 소린가.

그런 셈이다. 이야기를 공부하고, 고민해서 내 스타일의 형식과 틀을 만들어낸 건 등단작인 『내 인생의 스프링캠프』다. 그때가 마흔한 살이었다.

마흔한 살이었다니. 실은 비밀인데 소설 쓰기를 늦게 시작한 분들이 다른 무엇도 아닌 나이가 많다는 이유만으로 걱정할 때 꼭 예로 드는 작가가 바로 당신이다. 그나저나 같이 글 쓰는 입장에서 궁금한 건데, 어떻게 하면 소설 쓰기가, 소위 말해 필력이 좋아지나?

맙소사, 그런 게 있다면 좀 알려달라. (꼭 답을 해야 한다면) 작가는 이야기의 형식을 장악해야 한다. 이 이야기를 어떤 틀 안에서 구현해내겠다고 결정했다면, 그 형식을 완벽하게 이해하고 다룰 줄 알아야 한다. 스릴러든, 판타지든, 성장소설이든 뭐든 간에…… 작가의 자기 표현은 그다음 문제다.

대화를 해보니 강연회를 정말 잘할 것 같다. 독자들의 질문을 받을 때 제일 많이 받는 질문은 무엇인가. 뭐라고 대답해주나.

언제 영감이 오느냐, 소설을 어떻게 쓰면 좋으냐. 어떻게 쓰면 재밌어지느냐. 아쉽게도 나는 아직 '영감'님을 만난 적이 없다. 소설 쓰기의 비법에 대해서도 명확한 답변을 드리기 어렵다. 그런 말을 할 만한 위치도 아니거니와 이야기에 대한 비법도 알지 못한다. 아는 게 있다면, 인간의 머리에서 나올 만한 거의 모든 이야기가 이미 오래전부터 세상에 드러나 있다는 정도겠다. 우리는 다 알고 있는 이야기를 끊임없이 변주하는 셈이다.

글쓰기에는 비밀이 없는데 그렇다고 아무나 쓰면 다 잘 쓸 수 없다는 것이 진짜 비밀일 것 같다. 비밀이 없다는 가정하에 좀 더 구체적으로 답을 하자면?

이야기는 결국 삶에 대한 은유다. 추상과 현실로 이루어진 은유. 이야기에 어떤 인물을 등장시키려면, 등장 전까지의 삶이 함께 구상되어야 한다. 거기에서 이야기에 사용할 부분을 잘라내는 게 추상화 작업이다. 선택 기준은 작가마다 다르겠지만 나는 '사건'이 될 수 있는 부분을 선호한다. 여기에 디테일을 가미하고 핍진성을 부여하는 게 구체화 작업이다. 폭넓은 지식이 필요한 일이다. 더하여 균형 감각을 가져야 한다. 상상과 현실 사이에서 균형을 잘 잡으면 강력한 이야기가 나온다.

나도 누군가 질문하면 그렇게 얘기를 해줘야겠다.(웃음) 다른 종류의 예술을 꿈꾼 적이 있나? 아니면 다른 종류의 글쓰기를 해보고 싶다고 생각한 적은 없나?

없다.

언젠가 소설가에게 필요한 세 가지가 무엇이라고 생각하느냐는 질문을 받은 적이 있다. 쉬울 것 같았지만 되게 어려웠다. 나는 이렇게 답했다. 하나는 '다음 소설은 잘 쓸 수 있다는 낙관.' 다른 하나는 '건필보다는 건강.' 마지막은 '이건 멋진 일이야. 이 생각을 의심하지 않는 것.' 당신에게도 같은 질문을 해보고 싶다. 소설가에게 제일 중요한 세 가지가 무엇이라고 생각하는가?

체력과 욕망, 절제다. 체력은 내 몸을 움직이는 동력이고, 욕망은 정신을 움직이는 엔진이다. 절제란, 쓰고 싶은 걸 쓰지 않는 참을성과 동의어다. 떠오르는 이야기, 쓰고 싶은 문장, 하고 싶은 설명을 참는 힘이 필요하다.

인터뷰를 준비하면서 엄청 웃었던 대목이 있었다. 소맥을 한 잔 쭉 마시고 잠들어 새벽 세 시에 일어나 원고를 쓴다는 부분이었다. 창의력과 상상력에 관련된 우뇌가 가장 활발한 시간이 새벽이라는 것을 알게 된 후 만든 글쓰기 습관이라고 했다. 내가 흥미를 느꼈던 부분은 소설이 잘 써진다는 이유만으로 습관을 바꾸고 잠자는 시간까지 바꾸는 결단력과 실행력이었다. '창의력과 상상력이 좋아진다고? 그럼 새벽에 일어나보자.' 이런 식으로 말이다. 소설을 위해 삶을 세팅하는 엄청난 프로 정신이다.

프로 정신이라기보다 '무언가에 대한 태도' 같은 거다. 습작을 시작하면서부터 몇 가지 습관을 없애거나 바꿨는데 수면 패턴도 그중 하나다. 창의력과 집중력을 높여주는 호르몬이 이른 아침에 가장 활발하게 배출된다는 뉴스를 보고 한번 해볼까, 싶어 시작했는데 운 좋게 잘 들어맞았다. 본시 아침형 인간이 아니었을까, 싶을 만큼. 내 일상은 아주 단순하다. 새벽 세 시에 일어나 커피 한 잔 마시고, 세수하고, 화장실에 다녀오고, 책상 앞에 앉아 이어폰을 꽂는다. 좋아하는 음악(주로 메탈)을 들으면서 완벽한 각성을 기다리는 거다. 그사이 온갖 허무맹랑한 상상들이 머릿속을 오간다. 건질 게 그리 많지는 않지만 의식이 자유로워지는 효과는 있는 것 같다. 중요한 부분이나 진도를 빼는 작업이 주로 오전에 이뤄지는 걸 보면. 오후에는 집중력이 흐트러져서 오전에 한 작업을 수정하거나 책을 보거나 운동을 하며 시간을 보낸다. 이 패턴이 흐트러지면 불안하다. 수영을 배우면서 운동 시간이 오후에서 오전으로 바뀌었는데, 바뀐 패턴에 불안감 없이 적응하기까지 몇 달이 걸렸다.

그러니까 왜 내가 그 말을 인상적으로 생각했느냐면 작가가 '이렇게 쓰면 소설이 잘 써진다'라는 정보를 몰라서 못 쓰는 게 아니지 않나. 알면서도 이런저런 게으름과 정서적 산만함으로 그렇게 못하는 건데 당신의 글쓰기 태도는 너무도 순수하고 스트레이트하다. 삶과 글쓰기 사이를 건강하게 지키고 있는 것 같은 기분이 들어 부러운 마음까지 든다.

정작 중요한 글쓰기는 아직 프로가 아니다. 내게 소설은 늘 낯설고 두려운 영역이다. 새 소설을 시작할 때마다, 소설을 처음 쓰는 듯한 기분이 된다. 꽃삽 하나 쥐고 알래스카 설원에 선 것 같다. 이 알량한 밑천으로, 이 황량한 땅에 도시를 건설해야 한다는 막막함이 몰려든다. 막막함과 함께 해결해야 할 문제는 스스로 부여한 도전 과제들이다. 『내 심장을 쏴라』를 쓸 때는 정신병자의 내면을 다뤄야 했다. 때문에 주인공의 혼란스러운 내면으로 들어가는 게 과제였다. 『7년의 밤』은 스릴러 장르에 대한 첫 도전이었고, '입체적인 여성 캐릭터 구축'이라는 작은 과제도 있었다. 『내 심장을 쏴라』 발표 후, 한 평론가가 '여성 캐릭터의 겹이 얇다'고 지적한 적이 있었는데 『7년의 밤』에서 그걸 극복해보고 싶었다. 그렇게 태어난 캐릭터가 강은주다. 강인하고 억척스럽고 얄밉지만 연민과 이해를 함께 품을 수 있는 캐릭터로 만들고 싶었다. 『28』의 과제는 내가 쓸 수 있는 최대 한계까지 이야기를 확장한다는 것이었다. 여섯 명의 화자, 여섯 개의 시점, 여섯 개의 서브플롯, 이것을 하나의 메인 스토리로 엮는 작업이었다. 『종의 기원』은 그와 반대. 단순한 설정과 서사, 최소한의 등장인물, 폐쇄된 공간과 짧은 시간 안에서 주인공의 밑바닥까지 들어가겠다는 계획을 세웠다.

소설 쓰면서 작가 스스로가 계속 실험을 하는 셈이란 말인가. 일종의 자기 발전처럼.
2007년 등단했으니 올해 9년차 작가다. 보통 등단 10년차까지 신인이라고 하잖나. 그 안에 할 수 있는 걸 다 해보자는 생각이 있었다.

그러면 1년 남았다. 앞으로 뭘 할 건지 궁금해진다. 지금이 실험의 마지막 기회인데.
글쎄. 신인 시절에 내놓은 작품으론 『종의 기원』이 마지막 아닐까. 좀 더 다작을 해보고 싶은데…… 어렵지 싶다. 우선 작품의 편차가 심할까봐 두렵다.

그렇게 편차가 있으면 안 된다고 생각하나? 아니면 느리더라도 소설 한 편 한 편 다 어떤 상태까지 끌어올릴 때까지 천천히 써야 한다고 생각하나?

작가로서 내 소망은 죽을 때까지, 일정 간격으로, 일정 수준의 소설을 내놓는 것이다. 더 욕심을 내자면 지난번보다 낫네, 하는 평가를 듣고 싶고.

그렇다면 편차가 있으면 안 되겠다. 심지어 훨씬 더 좋아져야 하니까.

그러려면 건강해야 한다.

아…… 그러려면 건강해야 한다니 종교에 헌신한 독실한 신자를 대할 때의 경건함이 느껴진다.

나는 20대를 '살아남기' 위해 살았다. 직장생활, 어머니 병간호, 동생들 뒷바라지…… 내 인생을 꿈꿀 처지가 아니었다. 온전히 내 삶을 살 수 있는 지금 이 시간이 굉장히 소중하다.

소설을 쓰기 전 친구의 숙제도 대신 해주고 이런저런 글쓰기를 했다고 들었다. 그러니까 당신은 본격적으로 소설을 쓰기 전에도 글쓰기에 대한 감이라고 해야 하나? 긴장이라고 해야 하나? 그런 걸 유지하며 살았던 게 아닐까.

어릴 때부터 작가가 꿈이었다. 어머니는 의사가 되기를 원했지만 성적이 좋지 않았다. 간호대학에 들어간 후로도 미련을 버리지 못해 국문과 친구들 강의를 대신 듣기도 하고, 과제를 대신 써주기도 했다. 그러다 최초로 나를 눈여겨봐준 선생님을 만났다. 원래는 전남대 교수님이었는데, 5·18 때 해직을 당하는 바람에 우리 학교에 출강하게 됐고, 두 학기 동안 '교양 국어'를 가르치셨다. 아마 중간고사 때였을 것이다. 우리는 시험지 대신 백지를 받았고, 멍한 심정으로 교수님이 칠판에 '얼굴'이라고 쓰는 걸 쳐다봤다. 그게 시험문제였다. 글을 쓰든지, 그림을 그리든지, 너희들 마음대로 해보라. 50분 만에 백지 앞뒷면을 빽빽하게 채웠다. 일주일 후, 교수님이 부르더니 대뜸 '습작 노트 가져와봐' 하셨다. 그런 게 있는지 여부도 묻지 않은 걸 보면, 있다고 짐작하신 것 같다. 짐작대로, 그간 친구들을 대신해 쓴 과제물이며, 독후감, 산문 같은 걸 써둔 노트가 있어 가져다드렸다. 부끄럽긴 했지만, 내 글을 평가받고 싶다는 마음이 더 컸을 것이다. 일주일 후에 다시 만났을 때, 교수님이 다짜고짜 물었다. 국문과로 전과할 마음이 없느냐. 어머니가 반대한다고 말씀드리다가 하마터면 울 뻔했다. 생긴 건 이래도 눈물이 꽤 많은 편이라…….

그때 교수님이 하신 말씀이 기나긴 세월 동안 나 자신을 믿는 근거가 되었다. 문장을 잘 쓰는 학생들은 수없이 봤지만 이야기를 할 줄 아는 아이는 처음 봤다고 했다. 포기하지 말고 아주 잠시만 꿈을 접어두라고 하셨다. 나중에 작가가 되면 나를 한번 찾아오라고도…… 내가 작가가 되었을 땐 이미 작고하셨다.

인상적인 일화다. 엄마가 그렇게 반대했는데 지금 당신이 소설 쓰고 있는 걸 어떻게 생각하실까. 그리고 그 선생님이 지금 당신을 보면 얼마나 기뻐하시겠는가. 그러니까 어릴 때부터 소위 말해 필력이라는 게 있었는데 등단할 때까지의 공백이 이렇게 길었던 것이 신기할 정도다. 참기가 힘들었을 텐데.

참는 것 외에 길이 없으면 참아진다. 물론 글은 계속 썼다. 영화나 책 리뷰도 쓰고, 짤막한 소설도 쓰고, 묘사 연습도 하고. 이를 테면, 바퀴벌레 한 마리가 침대 밑에서 나타나 장롱 밑으로 사라지기까지의 과정을 서너 페이지 분량으로 그려내는 연습 같은 것.

언젠가 소설을 써야지, 하는 어떤 워밍업 같은 거였나. 아니면, 그냥 그 순간순간을 쓰지 않으면 안 되는 자기의 습관 같은 거였나.

습관이었던 것 같다. 언젠가는 소설가가 되겠다는 생각이 있긴 했지만 '언젠가'를 위한 행위는 아니었다.

『내 심장을 쏴라』가 영화로 만들어졌다. 그리고 『7년의 밤』도 영화로 제작 중이다. 자신이 쓴 소설이 영화로 만들어질 때 어떤 기분이 드는가? 소설이 번역되고 해외에서 책이 나올 때 기분을 물었었는데(웃음) 나는 잘 모르는 정서니까 참 궁금하다. 내 소설도 영화가 되었으면 좋겠다는 소리까지는 차마 말하지 못하겠다.

내 이야기가 육신을 얻어 세상에 모습을 드러낸다는 건 신기한 일이다. 감독의 선택을 지켜보는 일도 즐겁다. 같은 이야기라도 시각이 다르면 해석이 다르고, 해석이 다르면 전혀 다른 세계가 만들어진다. 『내 심장을 쏴라』의 경우, 흥행에는 성공하지 못했지만 나는 충분히 신기하고 즐거웠다. 그게 전부다.

스티븐 킹은 미국문학은 도전 앞에 있다고 했다. 너무 많은 서사물이 있고 이런 변화 앞에 문학이 어떻게 할 것인가에 대한 질문과 대비를 해야 한다고 했다. 개인적으로 나는 그보다 더 큰 문제는 문학이 처음부터 다른 서사 장르로 만들어지는 것을 염두에 두고 창작이 되고 있고 심지어 소설이 아예 영화가 되기 전의 2차 텍스트로 전락되고 있다는 우려가 든다. 최종 결과물은 영화고 소설은 이야기를 저장하고 정리하는, 정리된 스토리가 되고 있다는 인상이랄까. 물론 거칠게 표현한 말이다. 그러나 소설과 영화는 전혀 다른 서사 장르기 때문에 소설이 영화를 위한 이야기로만 활용되는 것은 문제가 아닐까 싶다.

소설과 영화는 호환되는 장르라는 점에서 활발하게 교류하는 점은 있겠다. 다만, 소설이 영화의 2차 텍스트로 전락하는 걸 염려할 정도인가에 대해선 물음표다. 개인적으로, 영화화를 염두에 두고 소설을 쓰는 게 문제가 된다는 생각은 하지 않는다. 그러고 싶다면 그렇게 하면 된다. 다만 내 경우는 아니다. 아마도, 우리나라에서 '영화화를 노리고 쓴다'라는 의심을 가장 많이 받는 작가는 내가 아닐까 싶은데, 말 나온 김에 해명을 해야겠다. 믿어준다면 고맙고, 믿지 않아도 어쩔 수 없는 얘긴데…… 나는 영화를 염두에 두고 소설을 쓰지 않는다.

영화를 염두에 두고 소설을 쓴다고 써지는 것도 아닐 것이다. 그런 말은 아마 소설을 써보지 않은 사람들이 쉽게 하는 말일 수도 있겠다. 영화까지 갈 것도 없이 마음속에 있는 것을 문장으로 표현하고 의도를 소설에 드러내는 것만으로도 결코 쉽지 않다. 널리 알려진 소설의 보편적 정의는 '허구의 이야기'다. 그런데 생각해보면 우리가 접하는 거의 모든 서사가 다 저 정의에 포함된다. 드라마도, 웹툰도, 영화도 다 허구의 이야기니까. 중요한 것은 이야기가 아니라 이야기를 다루는 방식에 있을 것이다. 당신의 말대로 이야기 자체는 다른 서사끼리 교류될 수 있겠으나 한번 소설로 써진 이야기의 소설적인 특징이 이야기를 재현하는 것만으로 살진 않는다. 소설이 영화로, 영화가 소설로, 혹은 웹툰이 영화와 소설로 만들어지는 시대다. 하지만 그것은 다 독립적인 작업과 형식으로 만들어진 다른 작품일 뿐이다. 이런 상황 속에서 소설을 쓰는 마음이란 어떤 것인가?

모든 이야기 예술의 본령은 문학이다. 이야기가 삶에 대한 은유이자 인간을 총체적으로 규명하는 작업이라면, 인간과 삶과 세계를 한계 없이 은유해낼 수 있는 장르는 문학뿐이라고 생각한다. 그리고 나는 문학을 한다. 나는 소설가다.

#5

우리는 광주에서 만났고 다음날 목포를 돌며 대화를 했다. 인터뷰에 실린 것들은 아주 일부다. 처음엔 인터뷰라는 그럴듯한 명분으로 짐짓 진지하게 이런저런 이야기를 나누었다. 하지만 시간이 지날수록 녹음기를 끄고 노트와 펜을 내려놓고 그냥 수다를 떨었다. 이를테면 '오프 더 레코드'인데 그때 주고받던 말들이 떠오른다. 인터뷰에 다 옮길 수 없을 정도로 시시콜콜하고 사소한, 하지만 그래서 더 내밀하고 진심에 가까운 말들이었다. 처음엔 듣는 입장이었다가 다시 광주로 돌아오는 길엔 내가 그에게 말하고 있었다. 어떤 괴로움에 대하여, 말하지 못한 아니 말할 수 없는 어떤 마음들에 대하여, 하소연하고 있었다. 그는 참 잘 들어줬고 시원하게 설명해줬으며 명쾌하게 해석해줬다. 마지막에 굳이 이런 사족을 다는 이유는 인터뷰를 하는 내내 내가 느꼈던 감정에 대해 말하고 싶어서다. 그의 마음은 너무도 투명하여 진심이라고 하는 것이 잘 보이는 창문이다. 인터뷰에서는 '스트레이트'라고 표현했던 그 느낌이 그에게 있다. 참 솔직했고 진솔한 작가다. 다른 무엇보다 나는 그게 참 좋았다.

정유정

장편소설 『내 인생의 스프링캠프』로 제1회 세계청소년문학상을, 『내 심장을 쏴라』로 제5회 세계문학상을 수상하며
문단에 데뷔했다. 장편소설 『7년의 밤』 『28』 『종의 기원』과 에세이 『정유정의 히말라야 환상방황』이 있고, 프랑스, 독
일, 중국, 대만, 베트남, 태국 등 해외 여러 나라에서 번역 출판되었다.

정용준

1981년 전라남도 광주에서 출생했다. 2009년 『현대문학』 신인상에 단편소설 「굿나잇, 오블로」가 당선되어 등단했다.
소설집 『가나』 『우리는 혈육이 아니냐』, 장편소설 『바벨』이 있다. 2011년, 2013년 젊은작가상, 2016년 황순원문학상
을 수상했다.

김연수라는
퍼즐

『Axt』 no. 008

2016

09 / 10

Kim Yeon soo 김연수, 2016

photo **Paik Da huim** 백다흠

김 연 수

———

노 승 영

"저는 이야기가 아니라 그것을 해석한 내러티브가 소설이라고 생각해요. 그래서 소설을 쓰고 나면 항상 이것보다 조금 더 나은 버전이 있을 것 같다는 생각이 들죠. '좀 더 나은 버전이 있을 것 같다'는 아쉬움이 남거든요. 처음 소설을 썼을 때, 역부족이라고 느꼈어요. 이야기를 만드는 것은 쉬운데 그 이야기를 소설로 쓰자니 저 자신이 부족한 게 너무 많은 거예요. 모르는 것도 많고 경험도 적고, 그리고 이십대니까 기본적으로 사회 자체에 불만이 많아요. 그래서 문장이 다 어두워질 수밖에 없는데, 쓰면서도 그걸 너무 잘 알겠더라고요. 지금은 그때보다는 나아졌지만, 여전히 내가 최선의 내러티브를 쓰고 있는지에 대한 불안감은 계속 남는 거죠."

김연수라는 퍼즐

일산에 산다고 하면 상대방은 으레 이렇게 물었다. "김연수 씨 잘 알겠네요?" 모른다고 하면 체면이 깎일 것 같아 "일산이 그렇죠, 뭐"라고 얼버무리며 얼른 화제를 돌렸다. 그래서 오기가 생겼나보다. 『Axt』 편집회의에서 다음호 인터뷰이로 김연수 씨가 어떻겠느냐는 말이 나왔을 때 가만히 있었던 것은 (새내기 편집위원으로서) 분위기 파악이 덜 되었기 때문만은 아니었던 것이다. 순서에 따라 내가 인터뷰어로 정해졌기에 김연수의 책을 닥치는 대로 찾아 읽었다. 읽다 보니 김연수라는 사람이 점점 궁금해지기 시작했다. 김연수 말마따나 어떤 사람을 알아가는 것은 퍼즐을 맞추는 것과 비슷하다. "전기집필에서…… 논리를 철저하게 세워나갈 때 1백여 개의 조각만으로도 우리는 복잡한 풍경화를 보고 있다고 믿게 된다. ……이는 애당초 1백여 개의 조각으로 1천 개의 조각이 필요한 퍼즐을 맞추겠다고 덤빌 때부터 예정된 결과다." (『꾿빠이, 이상』 107~108쪽) 김연수의 소설과 산문에서 그를 설명하는 몇 가지 키워드를 추릴 수 있었다. 음악, 달리기, 이야기, 우리말, 선과 악, 인공지능, 소설과 소설가, 역사소설, 소설리스트. 이 키워드로 김연수라는 인물을 재구성할 수 있을까? 천 피스 퍼즐의 아홉 조각.

    7월 27일 오후 4시에 합정동의 수제버거집 '서교동과수원'에서 『Axt』 편집위원 3인(배수아, 노승영, 정용준)과 편집장 백다흠이 김연수와 마주 앉았다 (장소를 이렇게 자세히 언급한 이유는 뒤에 나온다). 백가흠 편집위원은 소설을 쓰려고 천명관 작가와 그리스에 가느라 불참했다. 김연수의 첫인상에서 가장 인상적인 것은 서글서글한 눈매였다. 저런 눈매의 소유자라면 내가 어떤 질문을 해도 무시하거나 면박 주지 않을 것 같았다. 서먹한 분위기를 띄우기 위해 얼마 전 소설리스트(김연수가 참여하는 소설 서평 웹사이트)에 올라온 글로 말문을 열었다. 일본 장기 체류를 위해 큰맘 먹고 애플 맥북 에어를 샀는데, 왼쪽 시프트키가 고장나는 바람에 6개월 동안 단 한 줄도 못 쓰고 귀국했다는 얘기였다. 소설리스트에서 김연수는 이렇게 썼다. "글을 쓴다는 게 얼마나 미묘한 상황의 영향을 받는지 여러분들은 아시는가? 왼쪽 시프트키가 고장나면, 그 순간부터 글쓰기는 중단된다. 당신들은 엔지니어들이니까 오른쪽 시프트키로 대체하면 된다고 말할지 모르겠지만, 왼쪽 시프트키로 입력할 수 있는 글자는 왼쪽 새끼손가락만이 입력할 수 있다. 예컨대 "얘?"라는 글자는 왼쪽 새끼손가락이 없다면 쓸 수 없다. 그리고 "얘?"라는 글자를 쓰지 못한다고 생각하면 어떤 글자도 나는 쓸 수 없다." 인터뷰에서도 김연수는 이렇게 말했다. "그땐 나한테 스트레스를 많이 줬기 때문에. 왼쪽 시프트가 안 먹힌다는 게 굉장히 스트레스를 많이 주더라고요. 따옴표를 못 치는 게 너무 고통스러워요." 콩팥은 한쪽이 없어도 살아갈 수 있지만 키보드는 왼쪽 시프트키가 없으면 글을 쓸 수 없다. 키보드가 바뀌면 작업 효율이 절반으로 떨어지는 나는 그의 말에 공감할 수 있었다. '스크리브너'라는 집필 소프트웨어를 쓰기 위해 맥북을 고집한다는 것도 납득이 됐다. 윈도 버전은 아직 불완전하다니, 드디어 내게도 맥북을 지를 이유가 하나 생긴 셈이다.

첫 번째 퍼즐 조각: 음악

김연수는 음악을 좋아한다. 어릴 적 김천에서 전기기타를 연습하며 밴드의 꿈을 키웠으며 소설에도 음악을 적절히 배치한다. 음악 평론가로 활동한 적도 있었다. 김연수의 음악은 클래식이 아니라 팝이다. 음악은 추억을 소환하기 때문이다. "〈Creep〉이 끝나자 〈Fake Plastic Trees〉 〈Karma Police〉 〈No Surprises〉 같은 곡들이 연달아 흘러나왔는데, 그건 모두 나의 이삼십대를 관통한 음악들이라 각각 특정한 장면들과 연결돼 있었다"(『소설가의 일』, 107쪽). 김연수는 "내가 들을 수 있는 건 지금 좋은 노래뿐이다"(『소설가의 일』, 109쪽)라고 말했다. 지금 김연수에게 좋은 노래가 무엇일지 궁금했다.

노승영 혹시 오늘 들으신 음악이 있는지요?
김연수 오늘 들은 음악은 〈생각의 여름〉이라는 포크음악 하는 남자의 곡인데, 최근에 세 번째 음반 『다시 숲 속으로』를 냈어요. 밴드 이름 자체에 여름이 들어가서 그런지 여름에 듣기 좋은 노래더라고요. 첫 번째 앨범은 겨울에 나왔지만, 이번에는 여름에 나왔기 때문에 들어볼 만한 노래고요. 최근에는 일본 밴드 '세카이노 오와리'(世界の終わり, 세계의 끝)를—제가 '세계의

끝'이라는 표현을 자주 써서 이름 때문에 흥미가 생겨―들었는데 최근에 들었던 음악 중에 제일 훌륭했어요. 깜짝 놀랐어요.

　김연수는 '벅스뮤직'으로 음악을 듣는다고 했다. CD는 산더미처럼 쌓여 있지만 하나도 듣지 않고 LP는 오래전에 처분했다고 했다. "LP는 짐이에요. 이사할 때마다 너무 무거워서 일찌감치 없앴어요. 항상 새로운 좋은 음악들이 나오니까요. 그런 음악들을 찾아서 듣죠."

기타는 어릴 때부터 시작하셨나요?

고등학교 때부터요. 중학교 2학년 때 팝송을 처음 듣기 시작했어요. 듀란듀란을 듣고 너무 좋아서, 그때는 직접 연주를 해보겠다는 생각은 없었고 그냥 좋아했는데, 중학교 3학년이 되어서 딥퍼플의 음악을 듣기 시작한 거죠. 딥퍼플을 들으니까 리치 블랙모어가 있고, 그 사람 기타 치는 게 너무 멋있으니 '기타 같은 걸 치면 좋겠다'라고 생각하고 밴드를 만들고 싶었는데, 김천이라는 소도시에서 컸기 때문에 그런 걸 같이할 수 있는 사람이 없어요. 그때 유일하게 같이 음악 이야기를 할 수 있는 친구가 김중혁이었어요. 그때는 김중혁도 기타를 많이 쳤고요. 그렇게 밴드 같은 건 못 만드는 상태로 고3이 되었는데 그때 제일 필요한 게 뭐냐면 타브 악보였어요. 타브 악보를 구해야 하는데―예를 들면 게리 무어의 ⟨Parisienne Walkways⟩를 치고 싶었는데―구할 수가 없는 거죠. 그런데 『월간 팝송』에 펜팔 란이 있어요. 펜팔 란을 통해 밴드에서 기타 치는 서울 애랑 펜팔을 하게 된 거예요. 걔한테 내 사정을 이야기했어요. "나는 시골에 있고 일본 『번(Burrn!)』에 보면 타브 악보가 항상 실린다는데 그 잡지를 구할 방법이 없다. 하지만 ⟨Pari-

sienne Walkways〉를 꼭 치고 싶다"라고 하니까 얘가 복사의 복사를 거듭
해 흐릿해진 타브 악보를 제게 보내줬어요. 그걸 가지고 연습을 하는 거죠.
그러다 고3이 되어서 걔를 만나러 서울에 올라갔어요. 대학로에 'MTV'라는
공연장이 있다고 해 같이 갔죠. 헤비메탈 듣는 애들이 모이는 곳인데, 거기
서 이 친구가 하는 말이 '서울 용문고등학교에서 '하이소사이어티'라는 학
교 밴드를 하는데 자기도 열심히 한다고는 하지만 너무 좌절스럽다'는 거예
요. 왜냐. 어제 누가 왔는데 음악이 나오니까 바로 기타 리프를 딴다는 거죠.
우리 같은 애들은 절대음감이 없으니까 타브 악보가 필요해요. 연습을 무진
장 해서 똑같이 칠 수는 있지만, 지금 나오는 음악의 기타 리프를 바로 따는
건 불가능한 거죠. 그런데 그걸 따는 애가 있다는 거예요. 걔가 바로 신윤철
이었어요. 그런 푸념을 계속하더라고요. 촌놈이 서울에 와서 타브 악보 있
으면 더 달라고 할 판인데 이런 이야기를 하기에 '이 길은 나의 길이 아닌가
보다' 생각하며 그 순간 바로 포기했죠.

신윤철은 신중현의 아들이자 신대철의 동생으로, 서울전자음악단에서
기타를 연주한다. 김연수는 하필이면 음악 천재와 자신을 비교하며 음악
의 길을 포기한 것이다. 우연 때문에. 하지만 (나중에 보면 알겠지만) 소
설을 쓰게 된 것도 우연한 일이었다.
『네가 누구든 얼마나 외롭든』에 민중가요 몇 곡의 첫 구절이 나오는데("겨
울 가고 봄이 오면…… 가자, 가자, 저 자유의 땅에…… 기나긴 밤이었거늘 압
제의 밤이었거늘…… 뿌연 가로등 밤안개 젖었구나……"), 전부 아는 노래였
다. 김연수와 나는 동시대를 살았던 것일까? 나이는 꽤 차이가 났지만 그가 전
역하고 복학한 해에 나는 재수를 마치고 입학했다.

제가 대학 신입생일 때의 이야기라서인지 공감이 됩니다.

제가 복학했을 때는 학교 분위기가 많이 달라져 있었어요. 과방에 전기기타가 들어왔더라고요. 우리 때는 전자기타는 미국 제국주의의 산물이기 때문에 무대에서도 안 쳤어요. 그런데 후배들이 전자기타를 치고 있는 거예요. 깜짝 놀랐어요.

저는 중고등학교 때는 교회를 다녀서 만날 복음성가를 부르고 대학 가서는 민중가요를 불렀는데 ─ 노래패를 했거든요 ─ 작가님은 "뒷풀이 자리 가면 선배들이 뽕짝을 불렀다" 그런 말씀을 하셨는데, 저희는 뒷풀이 자리에서까지 민중가요를 불렀거든요.

신기하다. 취하면 뽕짝으로 가던데.

그래서 가요와 팝을 접할 기회가 없어서 작가님이 부럽더라고요. 많이 알고 계시고 얘기하시고 하니까.

군대 가기 전에 딱 끊었어요. 가요랑 팝을 끊었다가 제대하고 나서 다시 들었죠. 끊었을 때 '너바나'가 나왔어요. 깜짝 놀랐어요. 그걸 들었을 때. 지금 생각해보면 되게 옛날 같아요. 팝송 못 듣게 하고, 당구도 못 치게 했거든요. 당구장 가다가 들키면 83, 84학번 선배들에게 혼나곤 했죠. 우리 때는 NL이 장악했죠. 제가 다닌 학교는 PD의 입김이 세다가 NL이 잡았죠.

김연수는 시를 썼으니 노래 가사에도 관심이 많으리라 짐작하여 질문을 던졌는데 뜻밖에도 그가 어엿한 작사가라는 사실을 알게 되었다.

노래는 시에 곡을 붙인 것이라고들 말하는데, 예전에 시를 쓰실 때 노래 가사를 써보고

싶다는 느낌으로 하셨는지요?

제가 음악 듣는 게 두 가지인데요. 개인적으로 좋아해서 듣는 음악은 가사가 있는 음악을 듣고, 소설 쓸 때 노동요로 듣는 음악은 가사가 없는 음악을 주로 들어요. 들으면서 감정을 끌어내려고 연주곡을 듣는 거죠. 그런 점에서 〈생각의 여름〉 같은 음악들을 좋아하고요. 가사를 써보고 싶다는 생각도 당연히 들었죠. 예전에는 노래도 만들고 싶었으니까요. 한번 의뢰가 왔어요. '문샤이너스'라는 밴드가 있는데, 그 밴드에서 저한테 곡을 하나 줬어요. 원래 가사가 있었는데 마음에 안 드니 바꿔달라고 하더라고요. 그런데 아무리 들어봐도 전혀 모르겠는 거예요. 그러면 포기하는 게 맞는데, 일단은 음악만 계속 들었죠. 그러니까 나중에 가사가 나왔어요. 〈눈치도 없이〉라는 곡이에요. 그런데 잘 안 불러요, 그 친구들이. 좋은 노래인데, 음이 높거든요. 차승우라고 아시나요? '노브레인'에서 기타 치던 친구인데, 그 친구하고 친해져서 같이한 거죠. 그런데 그 친구 엄마가 가사를 너무 좋아한대요. 그렇게 해서 쓴 적이 있는데 되게 힘들더라고요. 이미 만들어놓은 곡에 맞추는 것은. 일단 자신이 노래를 잘해야 해요. 멜로디가 있으니까 거기에 맞게 말이 입에 쫙쫙 붙어야 하거든요. 재밌을 것 같아서 시도해봤는데, 해보니까 어렵더라고요.

시를 번역하실 때, 말씀하신 것처럼 음악적인 부분인 운율이 한국 시 번역에서는 없어지는데 그걸 감수하고 하시는 건지 살리려고 하시는지 궁금합니다.

한국 시처럼 읽히도록 번역해요. '한국사람이 그 내용을 시로 쓰면 어떻게 쓸까?'라고 생각하면서 번역하는 거죠. 예를 들면 "처량한 내 신세여"라고 할 때 '신세'는 영어에 없잖아요. 그런데 '이건 분명히 신세, 처량한 내 신세다'

라는 느낌이 들었다면 '신세'로 번역해야 사는 거죠. 느낌을 담으려고 해요. '한국사람이라면 이렇게 썼을 것이다'라고 생각하면서 시를 번역합니다.

두 번째 퍼즐 조각: 달리기

김연수 하면 '달리기'를 떠올리는 사람이 많을 것이다. 그는 마라톤 풀코스를 뛴 실력자로, 해마다 봄이 되면 호수공원을 달린다. 『원더보이』에서 재진 아저씨는 이렇게 말한다. "책을 읽을 때 바보는 자기가 아는 것만을 읽고, 모범생은 자기가 모르는 것까지 읽는다. 그리고 천재는…… 저자가 쓰지 않은 글까지 읽는다. 보이지 않는 것들을 보고, 말하지 않은 것들을 듣는다"(『원더보이』, 233쪽). 여러분이 천재라면 위의 여백을 보고서 올해에 황사와 폭염이 극심했다는 사실을 떠올렸을 것이다. 하지만 나 같은 바보와 모범생을 위해 인터뷰 내용을 싣기로 한다.

달리기 얘기는 워낙 많이 하셨지만, 겨울에 쉬고 봄에 다시 시작하여 계속 페이스를 올리시잖아요. 지금쯤 가장 긴 거리를 달리고 계시겠네요?
그래야 하는데 제가 봄에 안 뛰었어요. 이번 봄에는 먼지가 너무 많아서 뛸 수가 없었어요. 뛰려면 헬스클럽에 가야 하는데, 그럴 여력이 없어서 봄에 뛰지 않았기 때문에 지금은 그런 상태가 아니에요.

그럼 이제부터 조금씩 뛰기 시작하시는 거죠?
아니요, 솔직히 말씀드려서 아니요. 더워서 뛸 수가 없어요. 안 뛰었기 때문에 뛸 수가 없어요.

그럼 가을에는 뛸 수 있겠네요.

가을에는 날씨가 좋으면 뛸 수 있겠죠. 왜 이렇게 됐느냐면 작년에 일본에 가면서 안 뛰어서 그래요. 다시 뛸게요. 다시 뛰고 일주일 뒤에 만나요.(웃음)

한국문학번역원 인터뷰 때 "나의 버킷리스트는 사하라 사막을 마라톤으로 뛰는 것이다. 10년 뒤에 뛰겠다. 마흔 되면"이라고 하셨는데, 무리여서 포기하신 건가요?

아니요, 굉장히 실현성 있는 계획이었어요. 윤승철이라는 친구가 있어요. 극지 마라톤 그랜드슬램을 달성한 친구인데, 동국대 문예창작학과를 나왔어요. 문창과 출신 중에 그런 친구 없는데, 해병대 나오고 심지어 시 전공이라, 시를 쓴다고 하는데 극지 마라톤을. 극지 마라톤 코스로는 사하라가 있고 몽골 고비 사막이 있고, 칠레 아타카마 사막이 있는데 그걸 다 뛰면 남극 마라톤 기회가 주어져요. 그 친구가 사하라 사막을 두 번 뛰어봤기 때문에 나도 뛸 수 있느냐고 물었더니, 작가님 정도면 뛸 수 있다고 해 같이 가자고 약속했는데 결국 같이 못 갔어요. 그 친구는 지금 무인도·섬 테마연구소장이 되어서, 무인도 체험하고 싶다는 젊은 친구들이 신청하면 무인도로 데려가서 생존하는 방법을 가르치고 있어요.

단편소설 「다시 한 달을 가서 설산을 넘으면」에서 등산 용어를 아주 정확하게 쓰셨던데, 등반 경험을 하셨나요, 아니면 그냥 조사해서 쓰신 건가요?

네, 저는 체험한 뒤 글을 쓰는 작가는 아니에요. 수많은 등반일지를 보고 썼어요. 등반일지가 재밌더라고요. 읽다 보니까, 등반일지는 참가한 대원이다 써야 하더라고요. 어떤 대원이든, 글을 잘 쓰든 못 쓰든. 그 사람들이 쓴 글의 특징은 일어난 모든 일들을 자기 관점에서 솔직하게 다 쓰는 거더라고요. 예를 들면 "정용준이 위에서 잘못해가지고 죽을 뻔했다. 정용준 이놈은 다음에 등반을 하게 되면 절대 데려가면 안 될 것 같다" 그렇게 다 써요. 정말 솔직하게. 그런데 정용준의 기록을 보면 또 달라요. "그 자식이 밑에서 이상한 짓을 했다. 내가 내려다보는데 딴짓을 했다" 이렇게 써요.

그게 너무 재미있는 거예요. 인간 글쓰기의 본질 같은 거죠. 제가 직접 경험했으면 아마 다른 식으로 썼을 텐데, 그런 등반일지들을 보고 나서 글을 쓰니까 '내가 쓰는 글도 아마 마찬가지로 오해를 할 것이다'라는 생각을 하게 되죠. 그런 식으로 주제를 정하게 된 거예요. '말로 쓰는 것에 한계가 있다. 누구도 진실을 말하지 못한다. 분명 같은 일이 벌어졌는데 서로 다른 이야기를 할 때 어떤 일이 벌어질까? 제가 라인홀트 메스너를 되게 좋아해요. 산은 별로 안 좋아하는데 그 사람 글을 너무 좋아해요. 글을 너무 잘 써요. 그 사람이 '죽음의 지대'라는 걸 얘기하는데, "그곳에 가면 언어가 제일 먼저 끊어지고, 모든 인식이 끊어지고, 공백상태가 찾아온다. 그걸 지나야 8천 미터 위로 올라갈 수 있다"라는 식으로 멋있게 표현했어요. '진짜 글 쓰는 사람이구나' 하고 생각했죠.

마라톤의 막판 스퍼트도 비슷한가요.

마라톤과는 조금 다른 것 같아요. 마라톤은 과학적인 운동이라 실패할 확률이 거의 없어요. 연습을 계속하면. 연습 안 한 사람들이 37킬로미터 이상은 뛸 수 없거든요. 절묘하게, 끝에 가면 뛸 수 없게 되어 있어요. 그런데 연습을 하면 그 뒤에 계속 뛸 수 있어요. 고통 없이. 마라톤은 그런 인간 승리는 아니고요, 규칙적인 연습의 결과물이죠. 라인홀트 메스너의 말처럼 자기 자신도 잊어야 지나갈 수 있는 공간 같은 건 없어요.

세 번째 퍼즐 조각: 이야기

김연수가 소설가로 데뷔한 사연은 널리 알려져 있지만, 이번에는 굉장히 구체적인 사실을 알게 되었다. 그의 이야기를 듣고 있노라면 우연은 인연의 다른 말이 아닐까, 하는 생각이 든다. '이야기'와 '내러티브'의 차이에 대한 설명도 흥미로웠다. '과거에 일어난 사건'과 '역사'의 차이가 이런 것일까? 내러티브는 일종의 퍼스펙티브(관점)일까? 이 퍼즐 조각을 통해 김연수의 소설론을 엿볼 수 있었다.

'말년 휴가 나온 방위 고참이 습작을 보고 소설 같다고 칭찬을 해준 게 소설을 쓰게 된 계기가 되었다'라고 말씀하셨는데요, 그때 그 고참은 이야기의 무엇에 끌렸다고 생각이 되시는지, 사람들이 왜 이야기에 끌리는지 얘기를 듣고 싶습니다.

방위를 가기 전에는 시를 주로 썼고 소설을 써보겠다는 생각은 전혀 안 했어요. 그때 학생들이 쓰는 소설들은 대학생이 주인공인 소설 아니면 민중소설 같은 것이었는데, 그런 걸 쓰기 싫어서 안 썼어요. 그러다 방위 퇴근하고 서점에 갔다가 하루키의 『바람의 노래를 들어라』를 발견했어요. 읽어보니 제가 지금까지 알던 일본소설과도 다르고 한국소설과는 굉장히 많이 다르더라고요. '이런 것도 소설이 되는가' 하는 생각이 들었어요. 이런 것은 소설이 안 될 것 같았어요. '소설이 아닌 것 같다'라는 생각이 들더라고요. 그런데 또 '이런 게 소설이면 나도 쓰겠다'라는 생각도 들었어요. 민족문학이라든지 민중문학이라든지 하는 이론을 다 알고 사회주의 리얼리즘 이런 거다 공부하고 쓰는 게 아니고 그냥 있었던 일 그대로 쓰는 거라면 말이죠. 저도 써봤더니 단편 열 편이 그냥 써졌어요. 그때까지 내가 아는 소설이 아니어도 된다고 생각하니까 너무 쉬운 거죠. 친구 만나서 카페에서 이야기하는 그런 식의 얘기들이요. 방위 땐 할 일이 없으니까 '그런 것도 소설이라면' 하면서 썼죠. 그러다 마지막으로 쓴 게 「바이러스」라는 제목의 단편인데, 방위 고참이랑 늦게까지 술 먹고 나서 그 사람을 집에 재웠는데 아침에 살짝 보니 그걸 읽고 있더라고요. 그러더니 소설 같대요. "소설 같습니까?" 하니까 소설 같대요. 저는 소설이 아니라고 생각했거든요. 그 말이 인상적이었던 거죠. 그래서 '그걸 다시 길게 써보자' 해서 길게 썼어요. 방위 때는 밤마다 할 일도 없던 차에 쓰는 게 재밌어서 계속 썼어요. 근무하는 동안 다음 장면들을 계속 생각하다가 근무 끝나고 집에 오면 낮 동안 생각한 걸 쓰는 거죠. 금방금방 썼던 것 같아요. 그렇게 해서 제대하기 전까지 1,300매 정도, 한 권 분량을 쓰게 된 거죠. 제대하자마자 바로 시로 등단하고 나서 다시 그 소설이 한 권 있으니까 '이걸 어떻게 하나' 했는데, 그때까지도 '이게 소설인가 아닌가' 하는 고민이 계속 있었어요. 그런데 때마침 1993년 가을에 제가 정릉에 살 때였는데—정릉산 꼭대기였는데—근처에 권대웅이라는 시인이 살고 있었어요(권대웅 형 때문에 그 동네를 가게 된 거예요). 잠을 자고 있는데, 아침에 그 형이 오더니 이문재 시인을 만나러 가자는 거예요. 그래서 "어디서 보느냐" 했더니 대동문에서 본다고 하더라고요. 그땐 대동문이 동대문 같은 건 줄 알았어요.

자다 일어나서 반바지 차림으로 슬리퍼 끌고 따라나섰더니 산 쪽으로 올라가는 거예요. 대동문이 어디냐고 물었더니 그리로 쭉 가면 나온대요. 그래서 계속 따라가는데 갈수록 이상하더라고요. 기어서 올라가는 데가 있더라고요. 여긴 어디냐고 했더니 칼바위 능선이래요. 칼바위 능선을 거쳐서 갔는데 둘 다 물도 안 가지고 온 거예요. 이문재 선배가 전화해서 '대동문에 있으니 빨리 오라'니까 그 형도 엉겁결에 나섰던 거죠. 그렇게 올라가서 보니 대동문은 북한산 꼭대기에 있는 문이더라고요. 그 문 옆에 이문재 선배 가족이 신문지를 깔아놓고 김밥을 먹고 있더라고요. 인사할 겨를도 없이 생수를 마시고, '아무것도 안 가져왔냐'라고 묻기에 '아무것도 안 가져왔다'라고 했더니 남은 김밥 한 줄을 줘서 먹는데, 깔고 앉은 신문지가 '국민일보'였어요. 봤더니 사고(社告)가 실려 있었어요. "제1회 국민일보 문학상 공모." 상금이 그때 1억원이더라고요. 그래서 김밥을 먹으면서 몰래 찢어서 주머니에 넣었어요. 안 될 게 뻔하지만 '너무 궁금하니 보내나보자' 하고 응모를 한 거죠. 그러곤 까맣게 잊고 있었어요. 안 될 거라고 생각했거든요. 그러다 교보문고에 들어가려는데, 입구 옆 쓰레기통에 국민일보가 버려져 있더라고요. 언뜻 보니 당선작을 발표했더라고요. 그래서 신문을 주워 읽었는데, 거기에 제 심사평이 실려 있었어요.

김형경 선배의『새들은 제 이름을 부르며 운다』가 당선되었고, 저는 본심에 올라간 거예요. 깜짝 놀랐어요. '이런 것도 본심에 올라가는구나.' 그런데 심사평에는 "이게 너무 만화로 흘러서 어쩌고저쩌고……" 어리둥절하더라고요. 본심에 올라갔다는 것은 당선될 수도 있었다는 거니까. 그때『작가세계』신인상에 시로 등단한 상태였는데, '김연수'라는 같은 이름으로 응모했었어요. 그런데『작가세계』에도 소설 공모가 있었거든요. 그때 편집장이던 정은숙 씨가 제 이름을 알아보고 '작가세계문학상'에 소설을 한번 응모해

보면 어떻겠느냐고 권하더군요. 그래서 어떨까 싶은 마음에 다시 응모했는데, 이번에는 당선이 된 거죠. 그렇게 소설가로 등단하게 된 거예요. 전혀 예상하지 못한 상태에서 당선이 되어버렸어요. 시는 제가 쓰고 싶었고요, 당선이 되기를 간절히 원했고요, 그래서 당선됐을 때 굉장히 좋았는데, 소설이 당선됐을 때는 안 하고 싶은 마음도 있었어요. 그때 양재동에 있던 세계사까지 갔는데 좀 망설여지더라고요. 거기까지 갔는데 안 올라가고 "못하겠습니다" 이럴 수도 없는 거니까 한참 동안 아래 카페에서 고민을 했어요. 이유는, 자신이 없어서. 만약 출판되면 또 쓰라고 할 텐데 그렇게 긴 소설을 또 쓸 자신이 없는 거예요. 그래서 '어떻게 하지' 고민을 많이 했는데, 상금이 너무 많아서—상금이 2천만 원이었거든요—'상금이 있구나. 일단 상금을 받아볼까'라는 생각이 들었던 거죠. 그렇게 사무실로 올라갔어요. 얼떨결에 책이 나오게 되고. 그렇게 소설을 시작하게 되었죠. 그런데 준비가 안 된 상태로 등단하니까 많이 힘들더라고요.

정상적인 코스를 거쳤다면 '소설 같지 않은 소설'이니까 안 썼을 텐데 '소설 같다'라는 그 말이 쓰게 된 원동력이 됐다고 볼 수도 있겠네요.

그렇긴 한데 뭐든 계속 쓰려고 하는 에너지는 있었어요. 내용이 아니라 에너지가 있어서 1,300매를 썼으니까 에너지에 의해서 소설가가 된 거죠. '이런 내용이 있어서 그 내용을 표현했다. 이런 내용을 들려줄 거야' 하는 게 없었고 에너지만 있었던 상태였어요. 심사위원이셨던 이문구 선생님 말씀이 아직도 기억나는데, "이런 이야기를 이렇게 긴 소설로 만들 수 있으면 그것도 재능이다", 그 비슷한 말씀이셨어요. 저는 그게 제일 정확한 심사평이었다고 생각해요. 내용에 대한 고민은 등단한 뒤에 시작했어요. 그 전에 '소설이라는 것은 이 정도(분량)를 쓰는 것이다'라는 걸 먼저 알게 된 거죠.

독자들에게 '김연수의 소설을 더 재미있게 읽기 위해서는 무엇을 염두에 두면 좋다'라고 조언할 만한 게 있나요?

없는데요. 그런 건 없습니다.(웃음)

저도 고등학교 때 이과였고, 분자생물학과를 지망했다가 떨어졌거든요. 재수하면서 문과로 바꿔서 영문과에 들어갔고요. 그런데 막상 영문과를 들어가니까 '영문학'과 '영어학'이 따로 있는데 문학은 별로 재미없었어요. 그래서 영어학을 주로 공부하고 언어학을 부전공했거든요. 작가님 같은 경우에는 그 시절에 굉장히 작품을 많이 읽으셨고, 문학과 아주 친숙하셨던 것 같은데 수업 자체도 재미가 있었나요?

수업도 재미있었어요. 마찬가지로 저도 생각지도 못한 학과에 진학하게 된 것인데, 문학을 가르쳐주더라고요. 그게 좀 신기했어요. 오히려 저는 영문과라는 곳을 어학을 하는 곳이라고 생각하고 있었거든요. 그래서 고등학생 때는 영문과를 왜 가야 하는지 이해를 못했어요. 대학교육을 받자면, 영어는 당연히 배워야 하는 거라고 생각했기 때문에. 그런데 가봤더니 의외로 문학을 많이 가르쳐주셨어요. 그래서 굉장히 재밌게 배웠어요. 1학년 1학기 수업에서 헤밍웨이를 배웠는데 너무 재밌었어요. 이야기도 재미있고. 그렇게 조금씩 배우게 된 거죠. 문학에 대해서. 저한테 결정적이었던 것은, 3학년 때 공부한, 이언 와트의『소설의 발생』이에요. 저 같은 경우 이과 출신이고 고등학교 때까지도 글을 잘 쓴다는 이야기를 들어본 적이 없었으니까 글 쓰는 재능은 없다고 생각했어요. 그런 상태로 문과에 진학하니 글 잘 쓰는 친구들이 많더라고요. 문학 이론도 많이들 알고. 저는 이과 성향이니 문학 쪽은 힘들겠고, 애당초 번역은 하고 싶었으니까 '영어 공부나 하자' 이런 생각이었어요. 그땐 문학에 재능이 없다고 생각했던 거죠. 그러다가 『소설의 발생』을 한 학기 동안 공부했는데, 이 책이 일종의 소설사회학 같은 거였어요. 그 책에서는 『로빈슨 크루소』를 분석하는데, 신비평처럼 작품 내적 분석이 아니라, 창작을 둘러싼 사회적 변화 전체를 고려해요. 이 말이 무슨 뜻이냐면, 대니얼 디포가 없었더라도 그 시점에 『로빈슨 크루소』는 나올 수밖에 없었다는 거죠. 그 얘기를 들으니까 제게 서광 같은 게 비쳤어요. 창작이 개인만의 문제가 아니라면, 그건 재능만의 문제도 아닐 테니까요. 낭만주의 문학은 계속 재능의 문제를 이야기하잖아요. '작가는 태어나는 거다. 노력으로 되는 게 아니다'라고 하지만, 문학사회학에서는 사회변동에 따라서 새로운 작가가 나온다고 말하죠. '작가가 사회적으로 탄생한다'는 거죠. 그 수업을 듣고 나서 '나도 쓸 수 있겠다'라는 생각을 처음 하게 됐어요. 저한테 도움이 많이 됐죠. 영문학과를 안 가고 원한 대로 천문학과에 갔다면 소설을 쓰는 일은 거의 없었을 것이고, 소설을 썼다고 해도 그냥 한두 번, 내겐 재능이 없다고 생각했을 테니까 기념으로 한두 권 남기는 정도였겠죠. 하지만 지금은 그렇게 생각하지 않아요. '재능 같은 것은 낭만주의적 신화에 불과하다'라고 생각하고 있어요. 제 문장이 감상적으로 느껴지니까 문학에도 감상적으로 접근하는 사람처럼 여겨지는 경우도 있는데, 저는 정말 그 반대편이에요. 문장은 계속 연습하고 고쳐야 해요. 엔지니어가 계측하듯 완성도가 80퍼센트밖에 안 된다 그러면 100퍼센트가 될 때까지 문제점을 고쳐가며 완성품을 만드는 것에 가까운 것이지, 작가 개인의 감정을 고조시켜서 그 감정 상태를 표현하는 것, 영혼을 드러내는 것은 아니라고 보는 거죠. 그걸 대학교 3학년 수업에서 배웠던 거예요

소설 보면 다중우주를 연상시키는 설정들이 많이 나오던데요. 나와 같은 존재가 이 우주 아닌 다른 곳에도 있다는 게 굉장히 매력적인 세계관인데, 혹시 그런 게 천문학에 매력을 느낀 원인이 되었나요?

천문학이기도 한데요, 사실 제가 명상에 관심이 많았어요. '깨닫는 게 도대체 뭘까'라는 걸 어릴 때부터 계속 고민했고 지금까지도 하는데 그 결과는 형편없습니다. 고등학교 때부터 20년 넘게 관심이 있었는데 진도가 하나도 안 나가고 그대로예요. 어이가 없는 거죠. 목공을 배웠으면 기술이라도 늘 텐데, 이건 전혀 늘지 않는 기술인 거죠. 그런 와중에 머리로만 이해하는 것들이 있는데, 그게 예를 들면 라캉이 한 이야기랑 비슷한 거죠. 우리가 이 세계를 받아들이려면 언어가 필요하잖아요. 하지만 언어는 주관적이니 실재와 다른 언어 구조, 서사 구조를 만들 수밖에 없는 거죠. '나'란 실재와 무관한 이야기 구조이고, 그걸 이 사회는 정체성이라고 부른다, 라는 것까지는 머리로 이해를 했어요. 깨달음이라 하면, 나의 에고에서 벗어난다고 하면, '그 정체성을 없애버리고 실재를 대면해보겠다' 이런 용기를 내는 것이라고 생각하는데, 그건 말하자면 학교가 아주 싫어하는 거죠. 학교에서 정체성을 강조하는 건 올바른 해석이 있다고 보기 때문이죠. 이 지점에서 소설가가 할 수 있는 일이 생기죠. 정체성이 이야기 구조라면, 그 이야기를 바꿔 좀 더 나은 정체성을 만들 수 있겠죠. 예를 들어 누군가 '인생은 슬프고 비관적이다'라는 이야기 구조를 가지고 있다면 그걸 해체하여 비관적이지 않은 것으로 이야기 구조를 바꾸는 데 기여할 수 있는 거죠. 자신의 이야기 구조를 바꾸면 그 사람은 자기 인생을 다시 보게 됩니다. 그게 정신 분석이 하는 일인데, 깨달음이라는 건 그 너머, 그러니까 '정체성은 다 나쁜 것이지, 좋은 정체성 같은 건 없다. 그러니 이야기 자체를 없애야 한다'까지 이르는 것이라고 생각해요. 평행우주에 관심이 가긴 하지만—물론 '천문학적으로' 다른 우주들은 존재하고 있는 거고요—또다른 이야기를 만드는 식으로 접근할 문제는 아닌 것 같아요. '내가 여기서는 커피를 마셨지만 다른 곳에서는 맥주를 마셨을 거야. 마음이 위안이 돼'라는 게 인간적으로는 너무 마음에 들지만. 작가로서 평행우주라는 것은 어떤 언어를 사용하느냐에 따라 그 모습이 달라지는 무한한 세계에 가까워요. 보르헤스가 말한 '끝없이 두 갈래로 갈라지는 길' 있잖아요. 내가 어떤 언어로 해석하느냐에 따라 현실이 달라지니까, 살아가면서 이 일을 반복하게 되면 결국 수많은 가능한 현실 중 하나를 택했다는 의미에서 다중우주가 존재하는 것이라는 생각이 드는 거죠. 그런 관점에서 모든 사람들은 계속 소설을 만들고 있는 거예요. 현실을 언어로 해석하고, 그 결과로서의 현실을 다시 해석해서 또 반응하면서 자신만의 세계를 확고하게 만들죠. 그렇다면 다른 해석, 다른 언어를 사용하면 다른 세계를 만들 수 있겠죠. 그래서 제가 소설을 쓸 때에도 마찬가지인 게, 이야기는 실재처럼 소설 바깥에 존재하고 있죠. 저는 이야기가 있고, 또 내러티브가 있다고 생각해요. 이야기는 시놉시스 같은 거예요. '사랑하는 두 사람이 결혼해서 살아간다'는 게 이야기라면, 이걸 어떻게 해석하느냐가 내러티브라고 봅니다. 비관적으로 보면 '결혼해서 애 생기고 살면 힘들 거야. 처음에는 좋아 보이겠지만, 행복해 보이겠지만'이라고 쓸 수도 있잖아요. 이건 한 정체성을 택해서 쓰는 거고요, 그게 아니고 다르게도 쓸 수 있잖아요. 좀 더 밝게. '어려운 일이 있겠지만 그걸 이겨내면서 둘이 같이 가는 거야'라는 식으로요. 저는 이야기가 아니라 그것을 해석한 내러티브가 소설이라고 생각해요. 그래서 소설을 쓰고 나면 항상 이것보다 조금 더 나은 버전이 있을 것 같다는 생각이 들죠. 번역하고 비슷해요. 번역하면 항상

'좀 더 나은 버전이 있을 것 같다'는 아쉬움이 남거든요. 마찬가지로, 이십 대에 처음 소설을 썼을 때, 역부족이라고 느꼈어요. 이야기를 만드는 것은 쉬운데 그 이야기를 소설로 쓰자니 저 자신이 부족한 게 너무 많은 거예요. 모르는 것도 많고 경험도 적고, 그리고 이십대니까 기본적으로 사회 자체에 불만이 많아요. 그래서 문장이 다 어두워질 수밖에 없는데, 쓰면서도 그걸 너무 잘 알겠더라고요. 지금은 그때보다는 나아졌지만, 여전히 내가 최선의 내러티브를 쓰고 있는지에 대한 불안감은 계속 남는 거죠.

그렇게 보면 『꼳빠이, 이상』 같은 역사소설이, 팩션까지는 아니더라도 사실만을 말하면서 거기에 내러티브를 부여할 수도 있겠네요.

역사적 사실들은 다시 해석할 여지가 많기 때문에 내러티브화하기 쉽죠. 다 시 쓰기도 하죠.

요즘에 비소설을 소설처럼 분류하는 실험도 있던데, 그게 그런 식이 아닐까 싶어요. 내가 이야기를 만들어내지 않고 있는 그대로 서술하는데, 말씀하신 대로 어떤 관점에서 보는 지에 따라 달라지니까요.

그렇죠. 다 다르죠. 같은 이야기라도 내러티브가 달라지면 다른 작품이 되 는 거니까요. 소설 창작에는 발상이 있고 전개가 있는데, 발상의 비중은 크 지 않아요. 뛰어난 발상을 하더라도 내러티브가 안 좋으면 좋은 소설이 나 올 수 없기 때문인 거죠. 많은 사람들이 소설을 이야기로 이해해요. '이야기 가 재미있다'라고 했을 때 발상에 해당되는 부분이 재밌다고 생각하고 그 걸 소설로 쓰겠다고 생각해서 소설 쓰기를 시작하는데 대부분 실패해요. 이 야기는 그렇게 좋은데, 재밌는데, 막상 쓰면 진부해진다는 거죠. 내러티브를 생각하지 않기 때문에, 어떻게 말할까를 고민하지 않기 때문에 진부해질 수밖에 없어요. 그러면 '어떻게 하면 진부해지지 않느냐' 하는 게 저한테 고민이었죠. 이십대라거나, 삼십대라는 나이 안에서 내가 쓰면 진부해요. 내가 현재 가진 것, 아는 것만으로 쓰면 진부해진다는 거죠. 제가 사람의 행복에 대해 써보겠다고 하면 이것저것 조사해서 쓰겠죠. 그래서 예컨대 '사람은 자기 일을 할 때 제일 행복해' 하는 수준에 이른다고 쳐요. 그게 그 당시제 가치관이에요. 근데 그 수준 이상이 필요하더라고요. 진부해지지 않으려면. 그래서 거기서부터 막히기 시작해요. 고통이 시작되죠. 그 고통이란 '그게 뭐든 내가 생각하는 건 다 아니다'에 가까워요. '내가 쓰는 건 다 아니다. 그렇다면 쓸 수 없는 걸 써야 되는데—라인홀트 메스너처럼—그렇게 하려면 어떻게 써야 되느냐?' 소설을 완성할 때는 대개 그 단계까지 가는 것 같아요. 그런데 끝나고 나면 그 과정을 완전히 까먹어요. 그래서 다시 시작하면 처음부터 배워야 해요. 소설 시작할 때마다 저는 제가 가진 걸로 쓰려고하거든요. 그러면 반드시 막히게 되고, 막히는 이유는 내러티브는 나라는, 개인이 만드는 게 아니기 때문이에요. 다른 작업 과정이 필요한 거죠. 그걸하려면 제가 가진 것을 다 없애는 작업을 먼저 해야 되는 거고요. 그렇게 해서 나의 해석이라는 게 사라져야 원하는 내러티브를 쓸 수 있는 거죠. 다중우주 말씀하셔서 여기까지 왔네요.

그러면 이른바 장르소설은 내러티브가 없는, 거칠게 말하면 그렇게 볼 수도 있나요? 스토리만 소비하는?

저는 스토리만 존재하는 건 없다고 봐요. 스토리를 부정하기 위해 과격한 말도 하는데, 저는 '내용은 없다'라고 생각해요. 내러티브에는 내용은 없고 형식만 존재해요. 수용자들도 그 형식을 소비하는 거죠. 극단적으로 말하면 '관객들은 구도나 배우의 연기를 보는 거지 스토리를 보지는 않는다'는 거죠. 소설도 글자를 읽는 것이지 내용을 보는 건 아니라고 근본적으로 생각하는데, 그럴 때조차 사람들은 내용을 본다고 생각하죠. 장르소설에도 장르의 규칙이 있잖아요. 어떤 규칙은 굉장히 아름답고요. 그걸 음미하는 독자들이 장르소설 독자들이라고 생각해요. 장르 독자들이라고 해서 글자 그 너머에 있는 이이야기만을 즐기는 건 아니라고 생각하죠.

혹시 이런 상상 해보셨나요? 지구 이외에 생명체가 존재하는 행성이 있어서 지성을 갖춘 존재가 지구로 찾아온다면 어떤 일이 벌어질까요?

저는 그런 행성이 있다고 보고요, 그런 상상은 며칠 전에도 했어요. 제3차 세계대전이 우발적으로 벌어질 수도 있잖아요. 요즘 무차별적으로 총을 막 쏴대니까. 그러다 대단한 사람이 죽으면 큰 재앙이 우발적으로 벌어질 수 있는데, 그렇게 생각하면 너무 어처구니가 없잖아요. 한때 '이 세상이 하나의 내러티브라면, 얼마나 형편없는 작가가 쓰길래 이딴 식의 내러티브를 쓰는 걸까?' 하는 게 저의 의문이었어요. 외계 지성체가 있다면, 지구에 와서 이게 얼마나 어리석은 내러티브인지 말해줄 것 같아요. 만약 3차 대전이 벌어질 것 같으면 "더 이상 못 봐주겠다, 그만해라" 그러지 않겠어요? 그런 상상을 했었죠.

지금 같은 내러티브로 세상이 흘러가지 않도록 대안적 내러티브를 제시하는 것도 소설가의 역할인 거라고 보시나요?

그런데 아까 그 의문에 대해 답을 최근에 찾았어요. '누가 이런 형편없는 내러티브를 만들었을까'라는 의문 말이죠. 답을 알고 있는 사람은 이종영이라는 철학자예요. 그분이 최근에 책을 몇 권 쓰신 게 있는데, 그 책에 나오는 대로 답하자면, "내가 만든 내러티브다"라는 거죠. 제가 보는 세계니까요. 이 세계의 어리석음을 인식하는 것은 저니까. 세상에는 제가 보는 어리석음을 보지 못하는 사람도 있겠죠. 그래서 문제가 어느 정도 해결됐어요. '내가 세상을 보는 문제구나.' 그런 점에서 아까 말씀하신, '소설가라면 대안적 내러티브를 제시할 수 있지 않겠느냐' 하는 건 정말 맞는 얘기인 거죠. 개인적으로 그렇게 내러티브를 고쳐나간다는 것에 대해서는 알겠어요. 개인적으로는 그렇게 치유된다는 건데, '나 개인의 내러티브를 고칠 때, 이 세계의 내러티브도 진짜 바뀔까?'라는 건 사고실험에 가깝지만 정말 흥미진진해요. 아직 모르겠어요. 이게 가능할까요? 보통은 이런 거잖아요. "내가 생각을 고쳐먹기로 했어. 당신도 고치세요. 그래서 모든 사람이 다 고치면 세상이 바뀝니다." 이게 아니라 '나만 고치면 된다'라는 건 유아론의 세계인데 말이죠. 그런데 너무 설득력 있게 말씀하셔서.

사실 인류가 멸망하는 과정도 더 좋은 것을 위한 것으로 해석할 수는 있을 것 같아요.

'정체성은 이야기다'라는 것을 처음 글을 쓸 때부터 눈치채고 있었는데 그게 발전해서 여기까지 온 거예요. 소설은 이야기하는 방식의 문제이고, 더 나아가 인생을 사는 문제예요. 이 세계를 어떻게 설명하느냐에 따라 인생이 달라져요. 그러면 '이야기하는 사람은 어떤 사람이어야 하는가'라고 물으면, 아까 말씀드린 대로 지금의 나보다 더 나은 존재여야 한다는 거죠. "집착하지 말라, 욕심내지 말라"라는 부처님의 말씀대로 행하는 화자라면 굉장히 좋은 이야기가 나올 거예요. 화자의 개인적 특성이 사라진다면. 그러나 그런 일은 불가능할 테고 설령 그런 상태가 된다고 해도 그때는 내러티브가 사라지겠죠. 그건 글쓰기의 열반이라고나 할까.

「꼳빠이, 이상」에 "한 구절도 틀리지 않는 똑같은 시라고 해도 이상의 「오감도」는 불후의 명작이고 형님의 「오감도」는 그 흉내에 불과합니다."(66쪽)이라는 문장이 나옵니다. 똑같은 텍스트인데도 하나는 명작이고 하나는 짝퉁일 수 있다면, 표절을 우리가 생각하는 것과 다른 관점에서 봐야 하는 게 아닌가 싶은데요.

네, 그렇죠. 말씀드린 대로 문학사회학에 따르면 바로 이 시점에 이 작품이 나왔기 때문에 베스트셀러가 되는 거잖아요. 시의적절한, 지금 이 세계를 반영하는 작품이라서요. 그로부터 10~20년이 지나면 그 부분이 희석된다는 거죠. 그래서 똑같은 텍스트를 가지고 1930년대에 썼으면 굉장히 뛰어난 작품인데 1980년대나 1990년대에 오게 되면 낡아버린 작품이 되는 거죠. 맥락이 달라지니까요. 1980년대에 이상처럼 띄어쓰기를 안 하고 썼다고 하면, 다른 맥락에서 바라보잖아요. "요새도 이런 식으로 실험하는 사람이 있네?" 하고 바라볼 테고, 그런 식으로 맥락이 달라졌기 때문에 같은 작품이라고 볼 수 없는 것이고요. 그런 측면에서 '영원한 문학성이라는 게 존재하는가? 이상 작품을 조선시대에 썼으면 그때에도 뛰어난 작품으로 살아남았을까? 그렇다면 도대체 문학성이라는 게 뭔가?'라고 할 때, 저는 역시 '사회적 맥락 안에서 문학성이다'라고 보는 거죠. 이런 생각에 비켜 가는, 예컨대 카프카 같은 사람들이 있어요. 그래서 카프카가 당대에는 인정을 못 받고 시간이 지난 뒤에 인정을 받았다는 걸로 영원한 문학성이 있다고 주장하기도 하는데 반대로 해석할 수도 있어요. 카프카는 굉장히 뛰어난 사람이죠. 미래에 도래할 현실을 당시에 경험하고 있었으니까요. 그걸 다른 사람들이 못 보고 있던 것이고요. 그런데 시간이 지나면 많은 사람들이 카프카의 입장이 되는 거죠. 그 입장이 되니 카프카적 현실이 보이기 시작하면서 그 문학을 이해하게 된 거죠. 조건이 맞았을 때 제대로 읽히게 되는 거니까, 오히려 '영원한 문학성을 획득했기 때문에 카프카는 죽은 뒤에도 평가받을 수 있었다'라는 것과 정반대의 해석을 할 수도 있는 거죠.

고민하는 문제가 19세기 소설은 고답적인 문체로 번역해야 할 것 같은데, 현대 영국 사람들이 소설을 읽을 때는 그런 느낌이 아니라는 거예요. 그런데 문체라는 것은 있으니까요. 고전적인 문체가 있잖아요.

그런 게 있더라고요. 일본에 갔더니 나쓰메 소세키 책이 지금도 읽히는데, 일본 사람들이 저보다 더 못 읽어요. 그 사람들은 옛날의 원문으로 읽어야 하니까 모르는 단어가 너무 많다는 거예요. 그런데 우리는 최근에 현암사에서 쭉 번역본을 펴냈잖아요. 현재 독자 수준에 맞도록 읽기 좋게 번역해놓으니까 일본인들에게 "그게 뭐가 어려워요. 재미있던데?" 같은 뜬금없는 소리도 할 수 있는 거죠 '그럼 우리가 읽는 나쓰메 소세키는 진짜 나쓰메 소세키일까?' 아까 시대를 초월한 문학성에 회의적이라고 했듯이 전 정역(定譯)이 있을 거라는 것에 대해 회의적입니다. 소설이 맥락 속에서 읽히듯, 번역본은 맥락 속에서 번역되는 것이니까.

아까 재해석의 문제를 말씀하셨는데, 재해석이 일생에서 한 번 새로 태어나는 순간과 연관되는데 사람마다 세상을 다르게 해석하니까 서로 다른 얘기를 하고 소통이 안 되는 문제가 있을 수 있잖아요. 그런 해석에 대해서는 어떻게 생각하시는지.

해석이 달라지는 건 어쩔 수 없지만, 각 해석에 가치를 부여하는 건 문제라고 생각해요. 기술적으로 봤을 때 번역은 누구나 할 수 있잖아요. 그래서 정역이 없다고 치면, 초등학생이 번역해도 일종의 텍스트, 버전, 번역본이 되는 거죠. 초등학생이 바라본 텍스트. 당연히 오역이 있겠죠. 초등학생이 범할 만한 오역 그것까지 포함해서 그 텍스트를 충분히 읽을 수 있는 거예요. 몇십 년에 걸쳐 훈련한 사람의 번역본이 기술적으로 낫다는 것뿐이지 결국 그것 역시 여러 가지 버전 중 하나라고 생각해요. 작품에 담는 세계관을 말할 때도 저는 '기술적으로' 나은 세계관이 있다고 생각할 뿐이지, 더 좋은 세계관 같은 건 없다고 생각해요. 좋다고 말하는 순간부터 상대방의 것은 나쁜 세계관이 되거든요. 이건 좋은 세계관일 수가 없어요.

그런 경우 상대주의의 폐해가 발생할 수 있겠네요. 옳고 그름이 아예 없어지고.

그게 제가 처음부터 비판받은 거예요. 하지만 자신을 어딘가에 위치시키는 순간 상대방과 위상 차가 생길 수밖에 없잖아요. 근데 모든 사람들은 자신을 좀 더 높은 곳에 위치시키지 남보다 아래쪽에 두지 않거든요. 그렇게 해서 자신의 옳음을 획득해요. 그래서 좋다거나 나쁘다거나 하는, 상대와의 위상 차를 만드는 가치를 부여하면 안 된다고 보는 거죠.

네 번째 퍼즐 조각: 우리말

작가님 소설을 읽으면 계속 국어사전을 들여다보게 되는데, 사전을 찾아보면 그 단어들의 예문들이 다 문학작품인 거예요. 어떤 단어들은 소설을 통해서만 전승된다는 느낌이 들어요. 소설이라는 게 우리말을 보존하는 데, 박제해서 보존하는 게 아니라 실제로 쓰이면서 보존되게 하는 중요한 역할을 한다는 생각이 들고, 작가의 역할에 우리말을 보존하

는 것도 있지 않는가, 하는 생각도 들었어요. 예전에 "나도 사전 찾아가면서 썼는데 독자도 사전 찾아가면서 읽는 건 당연하다(그 당시에는 생각했다)"라고 하셨는데 지금은 생각이 달라지셨는지 궁금합니다.

지금도 생각은 마찬가지인데요. 왜 그렇게 썼느냐부터 말씀드리자면, 언어에도 층위가 있잖아요. 제일 추상적인 층위가 존재하고 ─ '의복' 같은 말들요 ─ 그 밑으로 조금 더 들어가면 '스웨터' '피케 원피스' 이런 식으로 더 구체적으로 들어가게 돼요. 저는 언어적으로 볼 때 논설의 세계와 소설의 세계가 확연히 다르다고 봐요. 논설이나 설교는 보편적 이야기를 하기 때문에 추상적인 단어를 써야 해요. 소설은 딱 한 사람에 대한 이야기를 하는 것이기 때문에, 가능하면 구체적인 단어를 사용할 수밖에 없어요. 구체적인 단어를 쓰는 건 세계를 좀 더 현실 세계와 가깝게 만들기 위해서예요. 정확하게 망원동의 어떤 지점을 결정하고 나면 그다음 선택지가 확 줄어드는 거죠. 일하는 사람이라고 결정하고 나면, 캐릭터에 관한 많은 것들이 저절로 결정되고 이렇게 몇 번만 반복하면 그 구체적인 모습은 저절로 드러나죠. 그렇지 않고 추상적 언어를 사용하게 되면 선택지가 너무 많아지기 때문에 사실상 누구의 이야기도 아닌 이야기가 되죠. 그러면 이야기는 제멋대로 굴러가요. 처음에는 단순히 '안 쓰는 단어를 많이 써서 국어의 가능성을 넓히자'라는 생각도 있었지만, 내가 안 쓰는 구체적인 단어를 쓰는 순간 소설의 세계가 더 현실적으로 바뀐다는 걸 경험했기 때문에 '가능하면 그런 단어로 쓰자'라고 생각해요. 예전에 예를 많이 들었던 게 '지벅거리다'예요. '비틀거리다'는 술을 먹어서 비틀거릴 수도 있고 허약해서 비틀거릴 수도 있는데 '지벅거리다'는 바닥이 안 좋아서 휘청거린다는 뜻이거든요. 이 단어를 쓰면 술 취했을 가능성은 없어지는 거죠. 이런 식으로 어떤 단어를 쓰는 순간, 소설 속 세계가 구체적으로 확 드러나더라고요. 그래서 가능하면 단어를 구체적으로 쓰자는 생각이었고요. 소설을 쓸 때 그게 너무너무 중요했어요. 경험한 세계를 소설로 쓰는 게 아니고 대부분 제가 경험하지 않은 세계를 소설로 쓰다 보니 소설 속 세계를 실제 세계와 가깝게 만드는 게 저한테는 가장 큰, 중요한 문제였거든요. 인식이나 경험을 넓혀서 직접 다녀보고, 경험해보고, 알바로 일해보고 하면 이런 고민 없이 바로 구체적인 단어를 뽑아내겠죠. 알바로 일하면 저기 파는 거 이름이 뭔지도 다 알거든요. 그런데 경험하지 않으면 몰라요. 그 단어를 내가 알아야 하는 거죠. 구체적인 세계를 만드는 가장 빠른 길은 구체적인 단어를 알아내는 것이었어요. 그래서 내가 모르는 한글 단어 중에서도 그런 게 있다면 무조건 써야 한다고 생각했고요.

그런데 요새 큰 문제가 생겼어요. 네이버 사전에서 검색하면 (예전에는 없었는데) '북한어'라는 게 생겼어요. 많은 우리말이 북한어가 됐어요. 북한어란 표현의 핵심은 '쓰지 말라'는 거예요. 남한에서 쓰면 안 된다는 거죠. 그래서 요즘 편집자들이 네이버 사전을 보면서 '북한어'를 순화시켜요. 이게 무슨 짓인가요? 1인 시위라도 하고 싶어요. 그렇게 어휘 수가 점점 줄어들고 있다는 것이 느껴져요. 그런 식으로 소설에서 점점 어휘 수가 줄어드는 경향이 있고 상호작용으로 독자들의 어휘 능력도 예전과 많이 달라졌어요. 20년 전 독자들이 접하는 어휘 수에 비해 지금 독자들이 접하는 어휘 수가 현저하게 줄었다는 생각이 들고요. 그렇기 때문에 '소설의 내용도 아마 현저하게 달라졌을 것이다'라는 생각도 들고요. 그럼에도 제가 소설을 가르치는 입장이라면 구체적인 단어들을 찾아서 쓰라고 할 거예요. 소설 속의 구체적 현실을 만드는 문제와 밀접한 관계가 있기 때문에 '아렴풋하다'와 '어렴풋하다'를 구분할 수 있는 사람과 없는 사람이 만드는 세계는 너무 달라요. 간단하게는 주인공 이름을 정하느냐, 안 정하느냐의 문제부터 시작해요. '용준이' 하는 순간 알잖아요. 어떤 느낌이 오잖아요. '소년'이라고 할 때의 느낌과 많이 다르죠. 소설을 가르칠 때는 소설의 내용보다 먼저 '용준이'라고 쓰라고 가르치는 게 작법의 기초예요. '소년'이라고 쓰면 쉽지만 '용준이'라고 쓰면 어려운 거고요. '다흠'이라는 이름은 흔하지 않기 때문에 굉장히 어려워요. 더욱 좁혀지기 때문에 어려워지는 거죠. 작법 때문에 그렇게 해야 하는데 지금 독자들의 어휘가 굉장히 줄었어요. '사용할 수 있는 어휘가 이렇게 줄어들면 소설 내용을 구성할 때 문제가 생기지 않을까' 하는 우려가 어렴풋하게 있어요.

저는 번역하면서 잘 안 쓰는 단어를 찾는데, 그게 사실 예전에 생활공간에 있던 단어들인데 지금은 우리가 그런 세상에 안 살기 때문에 낯선 단어가 된 거잖아요. '그런 단어를 지금 내가 써도 되는가' 하는 걸 고민하고 있어요. 사실 그 당시 사람들은 직접적으로 이미지가 떠오르는데 지금은 그런 효과가 없어졌잖아요.

그런 측면에서 번역에서는 쓰기 어려운 거죠. 독자들이 그걸 이해 못하기 때문에 쓰기는 어려운데, 창작 과정에서는 나중에 더 쉬운 어휘로 고치는 일이 있어도 정확한 단어를 찾아서 써야지 점점 구체적인 세계를 만들 수 있다는 거죠. 해상도 높은 세계를 만드는 거니까. 창작 과정에서는 북한어든 연변어든 일본어에서 번역된 속담이든 다 써봐야 해요. 『세계 속담 사전』 같은 것에서 찾은 표현도 막 써요. 번역 과정에서 기발한 우리말 표현을 써보는 거죠. 구체적 언어를 찾는 게 중요한 거니까요. 하지만 독자들과의 괴리라는 문제는 고민해야겠죠.

다섯 번째 퍼즐 조각: 선과 악

『소설가의 일』에서 김연수는 "오직 살인하고 죽이기만 하는 소설을 우리가 싫어하는 까닭은 심성이 착해빠졌거나 그게 인간의 추잡한 일면을 반영하기 때문이 아니라 서사적으로 완벽하지 못하기 때문이다"(158쪽)라고 말했다. 천국은 따분하고 지옥이 흥미진진하다고들 말하는데, 그 반대의 이야기를 하니 진의가 궁금했다. 그러고 보니 김연수의 소설에서는 살인사건이 거의 일어나지 않았던 것 같았다. 그는 선과 악을 어떻게 생각하고 있는 걸까?

통념에 따르면 악을 저지르려면 훨씬 똑똑해야 하고 그래야 스토리도 풍부하잖아요. 그것과 반대인 말씀을 하셨는데, 좀 더 구체적으로 설명해주실 수 있는지요?

사람은 기본적으로 악하기 때문에 '선을 하는 게 굉장히 어려운 일이고 악을 행하는 게 쉬운 것이다'라는 게 제가 세상을 바라보는 관점이었는데요, 지금은 조금 달라졌어요. 본래는 창작 수업에서 습작 작품을 많이 접하면서 깨닫게 된 문제점이에요. 습작에서 신의 손, 즉 데우스엑스마키나가 뭐냐면 살인이에요. 살인과 폭력. 문제가 생겼을 때, 서사적으로 곤경에 처했을 때 쉽게 택하는 해결책이 살인인 경우가 많아요. 요즘 뉴스 보면 사람들이 아무 이유도 없이 찔러 죽이는 것처럼 보도되니까 그런 논리로 접근하는 거죠. 악을 쉽게 끌어들이면서 이게 인간의 본원적인 악인 것처럼 이야기하지만 실은 서사적 곤경을 피하려고 그러는 거예요. 소설이 끝이 안 날 때 제일 좋은 방법이 죽음이에요. 하지만 그걸 외면하고 싶으니까 인간 내면에 감춰진 악을 드러낸다고 변명해요. 선과 악에 관한 철학적 문제라면 이렇게까지 단언을 못하겠는데, '창작론의 관점에서 봤을 때 대부분의 악은 곤경을 피

하기 위한 것에 가까운 것 같다. 악으로 해결하지 말고 선으로 해결해보라'
라는 취지에서 이야기한 거예요. '선으로 해결하는 게 훨씬 구체적 세계를
만드니까 살인이 있더라도 본원적 악으로 해석하면 안 되고 이 사람이 왜
죽일 수밖에 없었는가'라는 관점에서 접근해야 해요. 선하고 인류애가 풍부
해서가 아니라, 작가라는 사람이 등장인물에 대해 서사적으로 감정이입을
해야 주인공으로 삼을 수 있잖아요. 그렇게 치자면 본원적인 악을 가정한다
는 건 감정이입을 안 한다는 거예요. 만약 감정이입한다면 그걸 본원적 악
으로 볼 수는 없는 거죠. 사이코패스들이 자기를 어떻게 설명할까요. 시종
일관 자기를 본원적 악이라고 말할 사람이 얼마나 될까요? 저는 많지 않을
것이다, 라고 생각하거든요. 살인자가 자기가 한 짓에 대해 본원적 악이라
고, "나에게 내재되어 있는 악이었어"라고 자신의 살인을 설명하진 않을 것
같아요. 물론 확언은 못하겠어요. 유영철 재판을 담당했던 판사님에게 유영
철의 악에 대해 물어봤는데 그분은 본원적 악을 봤다고 했으니까 그 부분에
대해서는 자신이 없는데, 소설 쓰는 입장에서는 본원적 악이라고 말하는 순
간 간격이 생겨서―쓰는 작가하고 주인공하고 간격이 생기기 때문에―그
렇게 접근하면 안 된다는 거죠.

**데우스엑스마키나로서의 살인도 있지만, 주인공이 가령 상처를 받거나 이별을 하는 설정
을 만들기 위해 도입부에 살인이 등장하는 부분이 있잖아요.**

그런 걸 부정하는 건 아니고요. 소설 창작에 처음 입문하는 단계에서의 문
제를 이야기한 거고. 『카라마조프의 형제들』을 보면 당연히 본원적 악을 다
루는데, 그 효과는 어마어마하죠. 그걸 무시하는 건 아니고, 판단을 잘해야
한다는 거죠. 쓰는 입장에서는 자기가 악을 다루려고 하는 건지 어떤 곤경

을 피하려고 하는 것인지를 판단해야 하고요. 이건 작법을 설명하기 위해 끌고 들어온 것이고, 철학적으로 접근하면 악이 존재한다고 생각해요. 여기부터는 철학의 문제예요. 어쨌든 말씀하신 건 전적으로 창작 경험에서 나왔어요. 글이 안 써질 때 쉽게 기대는 방법이 악으로 가는 것이었거든요. 그러지 않고 면밀히 캐릭터를 파고들면 본원적 악이라고 쉽게 말할 수 없게 돼 있어요. 본원적 악이 아니라면 왜 이렇게 행동하는지 작가는 이해하고 있어야죠.

인성론으로 치우칠 오해가 있지 않나 싶어요.

그런 위험성은 계속 느끼고 있어요. "착한 소설 쓰세요, 사람 죽이는 소설 쓰지 마세요" 하는 뉘앙스로 들릴 거라는 건 충분히 이해하지만, 경험해본 바 그런 맥락에서 '나쁜 소설'을 쓸 때 쓰기가 훨씬 쉽고 결과적으로는 안 좋은 소설이 나온다는 거죠.

이 말이 무슨 뜻인지요? "프로 소설가라고? 나는 너무 착한 소설가이다. 그게 싫다." 착한 거라는 게 이런 느낌인 건지.

'프로 소설가'라는 건 기자가 붙인 말인데 많은 오해가 있었고요, '착한 소설가'는 굉장한 욕이에요. 제가 받아본 가장 큰 욕이 착한 소설가라는 욕이에요. '착한 소설가'는 잘 모른다는 뜻이에요. 이건 세계에 대해 표피적으로만 알고 있다는 소리죠. 깊이 안 들어가면 다 착한 소설이에요. 어떤 의도로 썼는지는 모르지만 인성이 착하다는 것도 부정해요. 자신이 착하다면 다른 대상은 나쁜 것으로 볼 가능성이 무척 많거든요. 소설이 착하다는 건 엄청난 욕이죠. 소설이 착하다? 착한 소설을 쓰시네요? 되게 순응적인 소설을 쓰고 있는 거잖아요. 전통에 기댄 표피적인 소설. 어떤 사람한테도 저런 용어를 쓰면 안 되는데, 쉽게 악을 다루지 말라고 했으니 악을 부정하는 이야기를 한 것 같고 그래서 소설가에 대한 인상과 그걸 혼용해서 사용하는 거죠. 악을 다루지 않으면 착하다고 쓰는 거고, 그런 태도로 소설을 쓴다고 보는 거고. 어떻게 소설을 착하게 써요.

여섯 번째 퍼즐 조각: 인공지능

인공지능이 소설을 쓰는 시대에 소설가 김연수는 위기의식을 느끼지 않을까, 라는 궁금증이 들었다. 소설이 살아남을 수 있다면 번역도 살아남을 수 있지 않을까, 라는 기대도 없진 않았다. 그런데 김연수는 인공지능이 쓰는 소설은 소설이 아니라고 말한다.

이번에 인공지능이 쓴 소설이 문학상 심사를 통과했는데, 인공지능이 무엇이든 쓸 수 있고 가능성의 공간을 전부 탐색할 수 있다는 건 보르헤스가 말한 바벨의 도서관을 만드는 것과 같아요. 모든 글이 가능해지고, 통념에 사로잡힌 사람들이 생각하지 못한 가능성을 탐색하는 것은 의미가 있는데, 결국에는 모든 글이 나와요. 그럼 '어떤 글을 읽어야 하는가. 그걸 누가 선택하느냐'의 문제가 다시 생긴다는 거죠. 그런 점에서 '작가가, 인간인 작가가 죽었다가(저자의 죽음) 다시 살아나지 않는가'라는 것에 대해 생각해보신 적이 있으신지요? '소설을 잘 쓰고 싶다'라는 생각으로 온갖 짓을 다 했는데요, 그중에 '드라마티카'라는 컴퓨터 프로그램도 있었어요. 프로그램 자체가 창작 과정을 옮겨놓은 거니까 시키는 대로 하면 이야기가 만들어진다는 거예요. "생각나는 대로 제목을 쓰고 줄거리는 한 문장으로 쓰세요. 홍보한다고 치고, 좀 더

기승전결을 갖춰 쓰세요." 이런 식으로 계속 구체적으로 들어가는 창작방법이 있는데, 이걸 소프트웨어에서 돌리는 거죠. 이런 과정을 거치면 시놉시스가 중간에 나오고 최종적으로 트리트먼트가 나오는 거죠. 이걸 가지고 창작하라는 거예요. 말씀드렸다시피 창작에는 이야기를 만드는 것과 그 이야기를 내러티브화하는 것 두 가지가 있다고 보는데, 인공지능이 이야기는 만들 수 있다고 봐요. 트리트먼트까지는. 하지만 거기서 끝이 아니라 그걸 내러티브화하는 과정이 필요하죠. '카페에 간다'라고 했을 때와 망원동 카페에 가거나, 문래동 카페에 가거나, 방화동 카페에 가는 것은 다르죠. 트리트먼트는 서울 시내 카페에 가서 누군가를 만난다는 것 정도이고요. 그것만 해도 상세하게 만든 거죠. 하지만 작가는 더 들어가야 해요. 어디로 갈지. 방화동 카페와 망원동 카페는 차이가 나죠. 방화동을 선택하는 순간 뒤의 수많은 선택들이 제한받는데 인공지능이 방화동에 담긴 뉘앙스를 알 수 있을까요? 방화동에서 만나는 연인과 망원동에서 만나는 연인은 미묘하게 다르다는 것을 알 수 있을까요? 이렇게 생각하면 회의적이긴 해요. 입력된 데이터가 정말 많다면 그 차이를 알아낼 수도 있을까요? 전 어려울 거라 생각해요. 그다음 단계, 카페에서 만난 연인들이 어딘가로 가서 잠을 잔다고 할 때 여관에 갈지 호텔에 갈지 모텔로 갈지 집으로 갈지 정하는 거라면 인접 검색어로 할 수 있겠지만, 일련의 과정에서 (단편소설 하나만 하더라도) 그 뒤로 경우의 수가 무수히 생길 텐데 그 모든 걸 고려해서 정확하게 앞뒤가 맞게 구체적 어휘들을 결정할 수 있을지 생각하면 회의적이라는 거죠.

그 정도로 고민하지 않고 쓰는 소설도 있잖아요.
트리트먼트 수준의 소설은 쓸 수 있어요. 그런데 영화라고 치면 인공지능이

시나리오는 만들어도 영화를 만들 수는 없을 거 아니에요. 소설가도 영화감독이 하는 일과 똑같이 어디를 배경으로 할지를 선택해야 해요. 인공지능이 최종적인 영화를 못 찍는다면 소설도 못 쓴다고 저는 생각해요. 트리트먼트까지는 어떻게 되겠지만. 많은 사람들이 자신이 쓸 소설이라고 생각하는 건 트리트먼트예요. 창작 수업에서 트리트먼트를 만드는 방법을 가르칠 필요는 없어요. 그걸 어떻게 내러티브화할 것인가에 대해 가르쳐야 한다는 거죠. 그게 진짜 교육인 거고요. 영화과에서 카메라 다루는 법을 알려주듯. 아이디어 짜는 걸 알려주는 건 감독에게 영화로 쓸 소재를 물어보는 것과 마찬가지라고 보거든요. 그래서 회의적이에요. '그럴듯한 이야기는 만들 수 있겠지만 그게 최종적 소설일까?'라고 보면 말이죠.

네이버 웹소설에는 하루에도 수백 편이 올라오는데, 장르문법이 형성되어 있다면 그 정도는 인공지능이 찍어낼 수 있지 않을까요?

트리트먼트도 분량이 200매 정도 되니까 충분히 올려서 읽을 수 있는 거죠. 트리트먼트도 재미있게 읽을 수는 있어요. 그 수준에서 소비를 할 수는 있는데, 그건 소설 텍스트가 아닌 트리트먼트라는 거죠. 둘 다 언어로 돼 있으니까 착각하기 쉽죠. 하지만 영화라고 생각하면 그 차이는 분명하죠. 소설 창작을 영화에 빗대면 작가는 시나리오를 쓰는 게 아니라 최종적 영상 결과물을 만드는 사람이란 말이죠. 그래서 둘은 완전히 다른 거예요. 물론 이건 제 관점일 뿐이에요. 어떤 사람은 "이것도 소설이고 그것도 소설이다"라고 말하겠죠. 하지만 저는 인공지능이 트리트먼트를 써오면 "이건 소설이 아니라 트리트먼트야. 이걸 다시 소설로 만들어봐"라고 할 거예요. 제가 심사를 보면 떨어뜨릴 거예요. "인공지능아, 트리트먼트를 내면 어떡해. 소설을 내야지" 하면서요. 제 입장은 그래요. 동의하지 않는 사람들도 많겠지만.

일곱 번째 퍼즐 조각: 소설과 소설가

한 인터뷰에서 김연수는 "소설을 쓰면서 참을성이 강해지고 사람에 대한 관심이 많아졌고 웬만한 일에 놀라지 않고 이게 다 소설 때문이고 기회가 되면 간증을 해보고 싶다. 소설이 한 사람을 구한 이야기"라고 말했다. 소설을 읽으면서 상상한 작가 김연수와 실제 김연수는 같은 인물인지 궁금했다.

'소설이 한 사람을 구한 이야기'라는 제목으로 간증해보고 싶다고 2008년에 말씀하셨는데, 지금쯤 얘기할 때가 되지 않았나요?

저는 준비되지 않은 상태에서 소설가가 됐어요. 에너지만 있지 내용이 없는 상태에서 시작했기 때문에 다른 사람들이 '이렇게 쓰면 좋은 소설이야'라고 한 걸 내용으로 쓰게 된 거예요. 몇 번 쓰다가 제 길이 아닌 것 같아서 안 쓰게 됐어요. 회사를 열심히 다녔는데, 2년 정도 다니다 마지막으로 소설을 써보자는 생각이 들었어요. 쓰고 싶은 게 생겼거든요. 그때 『꾿빠이, 이상』을 썼는데 그러면서 지금까지 말씀드린 대부분의 것들을 원시적으로 이해했어요. '나는 소설을 쓸 수 없는 사람이다, 대부분의 사람들도 소설을 쓸 수 없는 사람들이다, 그런데 소설을 쓰는 사람들이 있다. 그들은 어떻게 소설을 쓴 것일까?'에 대해 너무 궁금했는데, 그 궁금증을 『꾿빠이, 이상』을 쓰면서 해결한 거예요. '나 자신이 아닌 다른 화자가 나와야 하는구나. 그런 화자가 먼저 만들어져 그 화자의 시각에서 써야 하는구나. 그럼 그 화자는 어떻게 만들 수 있는가'라는 것이 그다음으로 저의 관심사였어요. 그땐 책을 많이 봤죠. 이상에 대해 쓴다면 이상에 대한 책을 다 봐서 이상 전공자처럼 되어야 하는 거예요. 잠시나마 전공자가 되어서 그 관점에서 문장을 쓰는 거예요. 그래야 소설의 문장을 쓸 수 있어요. 개인적으로 저도 이상에 대해 아는 게 있고 수필로도 쓰지만, 그걸로는 소설을 위한 문장은 안 되더라고요. 그런 식으로 '화자를 먼저 만들어야만 소설의 문장을 쓸 수 있구나'라는 걸 경험적으로 이해하게 됐고 여러 차례 반복 경험하면서 '소설을 쓰는 화자는 나보다 더 나은 존재구나' 하는 걸 알게 됐어요. 저는 평범한 사람이지만 소설을 쓰는 화자는 저보다 훌륭한 존재인 거죠. 제가 평범하게 직장생활을 했으면 그런 화자 같은 건 모르고 살았겠죠. 그런데 소설을 쓰니까 그런 화자가 될 필요가 있는 거예요. 그래서 심지어는 한창 힘들 때는―『꼳빠이, 이상』을 쓸 때인데―너무 잘된다고 조증이 되니까 문장이 망가지고, 안 된다고 울증이 돼도 문장이 망가지더라고요. 조증도 아니고 울증도 아닌 상태를 유지해야 문장 템포가 맞아요. 장기적으로 봤을 때 더 많이 쓰고. 그런 상태를 계속 유지해야 하는 거죠. 무슨 일이 생겨도 화를 내면 안 돼요. 감기도 걸리면 안 되는 거죠. 감기 걸려도 문장이 망가져요. 그렇게 생각하면, 소설 쓰기가 저를 다른 어떤 사람으로 만들어가긴 한 거죠. 하지만 그건 저 개인의 변화라기보다는 제가 쓰는 소설 속 화자의 변화예요. 소설을 안썼으면 그런 식의 화자가 존재한다는 사실을 개인적으로 경험할 수 없었겠죠. 그게 간증이라면 간증의 핵심이죠.

독자들은 작가님의 책만을 보면서 책 속에서 '내포저자'를 하나 또 만들 거 아니에요.

그게 큰 문제입니다. 그래서 모든 저자한테 큰 문제예요.

어떤 점에서요?

강연 같은 데 가면, 책을 스무 권 정도 썼으니까 굉장히 뛰어난 사람인 것처럼 생각해서 질문들을 하세요. "옛날이 너무 그립고 과거로 돌아가고 싶은데 작가님은 저한테 해주실 말씀이 있나요? 저는 상실을 경험하고 있어요." 아니면 "헤어졌어요"라고 말하는 관객도 있어요. 하지만 할 말은 아무것도 없어요. 책을 아무리 많이 써도 자연인인 그 사람과는 아무 관계가 없다는 걸 몸소 깨달았기 때문에―다른 작가들도 마찬가지고―저는 그런 환상이 하나도 없어요. 훌륭한 책을 썼다고 해도 그 사람이―훌륭한 책을 쓸 수 있는 화자에 대해 많이 알고 있고 익숙할 순 있지만―소설 속 화자와 일치하기란 굉장히 어렵다고 생각해요.

여덟 번째 퍼즐 조각: 역사소설

핍진성은 소설가에게 굴레와 같다. 핍진성을 높일 자료가 존재한다는 사실을 알면 소설가는 그 자료를 찾아 읽어야 한다. 나는 책 한 권을 두세 달 안에 번역해야 하는 번역가인지라 적당한 수준에서 타협하고 말지만, 김연수는 16년째 타협하지 않은 채 핍진성을 추구하고 있다. 이런 소설가가 있어서 고맙다.

올해 출간 예정인 소설이 있는지요?

역사소설을 쓰고 있는데, 힘들어요. 임진왜란 때인데, 임진왜란은 문제가 아니에요. 일본이 배경이라는 게 큰 문제더라고요. 일본사(史)는 한국사와 완전히 달라요. 세계를 바라보는 관점이 완전히 다른데, 한국사와 전혀 다른, 진짜 이게 평행우주하고 똑같아요. 서로 다른 우주 속에서 살던 사람들이 있었어요. 둘이 만날 일은 거의 없는데 전쟁이 벌어진 거나 마찬가지고, 그렇게 해서 외계로 끌려간 거나 마찬가지고. 그래서 저도 17세기 일본이라는 우주를 알아야 하는데 너무 어려운 거죠. 일본 사람들한테는 상식적인 게 제게는 다 처음 보는 거예요. 새로 접하는 게 너무 많아요. 내가 바라보는 일본이라면 쓸 수 있겠는데 그 내부에서 바라보는, 그것도 17세기 일본이라는 게 문제인 거예요.

일본에 가서 조사를 했는데 너무 다른 게 많아서 공부하는 데 시간도 많이 걸려요. 두 번째 어려움은 자료가 너무 많다는 거예요. 제가 쓰는 시대에 예수회 선교사들이 일본에 들어와 있었어요. 그 사람들이 매년 보고서를 보냈는데 그게 하드커버로 열두 권 정도예요. 보고서의 내용은 재정적으로 얼마를 벌었고, 얼마를 집행했고, 새로 들어온 사람이 몇 명이고, 성당을 지을 때 기와를 몇 장 사용했고, 몇 층으로 지었으며 동원 인원은 몇 명이었고 등등이에요. 찾아서 읽는 재미는 있는데 이래가지고는 쓸 수 없어요. 아예 자료가 없으면 상상해서 쓸 수가 있는데, 자료가 있으니까 오히려 더 쓸 수가 없어요. 나가사키 가면 교회의 흔적이 있는데, 교회 지을 때의 상황도 있고 건축 도면도 있어요. 일단 자료는 다 구했는데 다 읽지 못했으니, 큰 어려움에 봉착한 거죠. 어딘가에는 내가 쓰려는 부분이 상세하게 묘사돼 있다는 거니까. 없다고 치면 상상해서 쓰겠는데 어딘가에 있다면, 그걸 확인하기 전까지는 쓰기 어렵죠. 어쨌든 해결하겠죠. 16년 전부터 쓰고 싶었던 소설이니까.

16년 전부터 생각하신 거예요?

16년 전에 무슨 책에서 보고 써야겠다고 생각한 거예요. 쓰기 시작한 건

2009년 즈음이고요.

역사소설은 작업량이 가늠이 안 되겠네요.

역사를, 그것도 일본사까지 다 아는 화자가 되는 건 불가능에 가까워요. 그래서 큰 난관에 봉착해 있는 거예요. 그런 화자를 만들 수 없다, 그럼 어떻게 쓸 것인가. 이렇게 된 거죠.

책상 앞에 앉아서 쓰는 소설도 있는데 왜 가시밭길을 선택하셨나요?

모르죠. 초반에는 무슨 사명감이 있었는데 그 뒤로는 뭔지 모르겠어요. 중단할 수도 없고 쓸 수도 없는 그런 상태가 되어버린 거죠. 중단할 수 없으니 쓸 수밖에 없겠죠. 그 역이거나.

아홉 번째 퍼즐 조각: 소설리스트

'소설리스트'는 소설 서평 웹사이트다. 2014년 8월 15일에 문을 열었으니 벌써 2주년을 맞이했다. 투자자도 없고 운영자도 없고 수익 모델도 없는데 2년 동안 유지된 비결이 궁금했다.

소설리스트가 2주년이 돼가는데 꾸준하게 유지되는 비결이 궁금해요.

안 하니까 유지되는 것 같아요.

글은 계속 쓰는 거죠? 청탁을 하나요?

지금은 두 달에 한 번 정도 돌아가면서 신간 리스트만 쓰고 있어요. 예전에 비하면 리뷰 같은 건 많이 올라가지 못하고 있는 상황인데, 어쨌든 시작할 때는 6개월만 하고 말 줄 알았는데 어쩌다 2년이 되었고 그사이에 오프라인 행사도 많이 하게 됐어요. 행사를 하면서, 해보고 싶었던 여러 가지 일을 할수 있었어요. 저는 옛날부터 해보고 싶었던 게 신작 단편소설 낭독회였는데 최은영 씨와 한번 해보고 가능성은 발견한 상태고요. 그럼에도 개인들이 합친 팀블로그 같은 곳이라 동료의 선의에 기대야 하기 때문에 굉장히 힘든게 있죠. "2주년이 됐기 때문에 사이트를 리뉴얼합시다"라고 했는데 과연할 수 있을지는 미지수예요. 2년 전, 시작할 때보다는 좋아진 것 같아요. 우리와 관계없이 말이에요. 시작할 때는 절망 같은 게 있었고, 소설 같은 건 아무도 안 본다는 사람도 있었고, 한국 소설은 망했다는 사람도 있었는데— 중간에 정말 망한 것 같은 느낌도 있었고—그때에 비해 소설에 대한 관심은 많아진 것 같아요. 물론 『Axt』도 정말 대단하고요. 우리와 달리 이렇게 종이잡지를 내는 건 정말이지…….

소설리스트 소개에 "일주일에 소설책 한 권을 못 읽으면 이게 사는 건가" 하고 썼는데, 적당한 분량은 어떻다고 생각하세요? 얼마나 읽으면 좋을까요.

글쎄요.(웃음) 금방 읽지 않나?

책이 소설만 있는 것도 아니고 철학책, 실용서, 지식 서적도 있는데 왜 소설을 읽어야만 할까요?

그런 의문이 있어요. 다른 사람의 삶을 이해하는 한 방편으로 소설을 읽자는 말은 좀 어폐가 있지 않나? 점점 소설로 감정이입하기는 힘들지 않나요?

일단 읽어야 하니까. 조금 있다가 정교한 가상현실 기계가 나와 '난민촌의 하루' 같은 걸 실제로 경험할 수 있게 한다면, 그런 기계를 통해 타인의 삶을 이해하는 게 훨씬 낫겠죠. 다른 사람을 위해 기부 같은 행동을 하게 만드는 데에도요. 그렇다면 소설에는 무슨 사회적인 효용이 있을까?

소설은 소설가를 위한 게 아닌가 생각해요.

제 경우에 첫 번째 효능은 몰입하는 시간을 준다는 거예요. 근본적으로는 '그것 말고 뭐가 있을까?'라는 의문이 들어요. 감정이입시켜서 행동하게 만든다고 얘기했는데, 이 점에서는 3D 같은 게 훨씬 뛰어나요.

감정이입, 행동, 실천을 유도하는 수단은 기사라든가 르포라든가 하는 글이 더 효과적이잖아요. 그리고 감정이입을 요구하지 않는 소설도 있어요.

공직자들에게 은퇴 후 뭐 할 거냐고 물어보면 시골로 돌아가서 원 없이 책을 읽고 싶다고 해요. 그러니까 그 사람들의 버킷리스트 중에는 독서가 있는 거예요. 오랜 시간을 들여 책을 읽는다는 건 여유로운 생활의 상징인데 그걸 못하는 거죠. 한국사회에서는, 원래 태어났을 때부터 책이 싫다는 사람도 있겠지만 책을 읽는 게 '하고 싶은 일' 중 하나인 거예요. 그런데 못하는 거죠. 책 읽는 사람들은 정말 부유층이에요. 부자들에게는 경제적으로 책 읽을 여유가 있죠.

소설은 부유층이 안 읽을 것 같아요.

아니에요. 사오십대 남자 독자들의 경우에는 가끔 만나보면 다 법조인, 병원장, CEO 같은 전문직 종사자들인 경우가 많았어요.

내가 김연수의 인터뷰어로 선정된 데는 번역가 대 번역가로서 할 이야기가 있으리라는 이유도 있었는데, 그는 자신에게 번역가의 자의식이 없다고 했다. 오로지 소설가. 그래서 오히려 새로운 이야기를 많이 끄집어낼 수 있었다. 김연수는 오늘 같은 얘기는 인터뷰에서 한 번도 해본 적이 없다고 했다. 전날 밤을 새워서 피곤한 기색이 역력하고 나중에는 목까지 잠겼지만, 그는 어떤 질문에도 열심히 답해주었다. 나의 첫 인터뷰이가 훌륭한 인터뷰이여서 다행이다.

김연수는 소설의 화자와 실제 소설가를 혼동해서는 안 된다고 했지만, 내 앞에서 말하고 있는 이 사람은 분명 소설을 읽으면서 상상한 그 김연수와 흡사했다. 소설을 쓰면서 머릿속에 담은 지식은 대부분 사라졌을지 몰라도, 누군가가 되어본 경험은 그냥 사라지지 않는다. 소설을 읽고서 사람이 변할 수 있다면 소설을 쓰고서는 더 많이 변할 수 있을 것이다. 그래서 나머지 퍼즐 조각은 김연수의 소설을 마저 읽으며 찾아볼 생각이다.

김연수

경북 김천에서 태어나 성균관대 영문과를 졸업했다. 1993년 『작가세계』 여름호에 시를 발표하고, 1994년 장편소설 『가면을 가리키며 걷기』로 제3회 작가세계문학상을 수상하며 본격적인 작품활동을 시작했다. 장편소설 『꾿빠이, 이 상』으로 2001년 동서문학상을, 소설집 『내가 아직 아이였을 때』로 2003년 동인문학상을, 소설집 『나는 유령작가입 니다』로 2005년 대산문학상을, 단편소설 『달로 간 코미디언』으로 2007년 황순원문학상을, 단편소설 『산책하는 이들 의 다섯 가지 즐거움』으로 2009년 이상문학상을 수상했다. 그 외에 장편소설 『7번국도 Revisited』 『사랑이라니, 선 영아』 『네가 누구든 얼마나 외롭든』 『밤은 노래한다』 『원더보이』 『파도가 바다의 일이라면』, 소설집 『스무 살』 『세계의 끝 여자친구』 『사월의 미, 칠월의 솔』, 산문집 『청춘의 문장들』 『여행할 권리』 『우리가 보낸 순간』 『지지 않는다는 말』 『소설가의 일』 『대책 없이 해피엔딩』(공저)이 있다.

노승영

번역가. 서울대 영문과를 졸업하고 서울대 대학원 인지과학 협동과정을 수료했다. 역서로 피터 싱어 『이렇게 살아가 도 괜찮은가』, 잭 골드스톤 『혁명』, 리처드 토이 『수사학』, 토머스 캐스카트 『누구를 구할 것인가?』, 팀 버케드 『새의 감각』, 대니얼 데닛 『직관펌프, 생각을 열다』, 잭 이브라힘 외 『테러리스트의 아들』, 이반 일리치 『그림자 노동』, 조너 선 실버타운 『늙는다는 건 우주의 일』, 앤 이니스 대그 『동물에게 배우는 노년의 삶』, 재런 러니어 『미래는 누구의 것 인가』 등이 있다.

소설은 진하게
자기 값을 치른다

『Axt』 no. 009

2016

11 / 12

Youn Dae nyeong 윤대녕, 2016

photo **Paik Da huim** 백다흠

윤 대 녕

백 가 흠

"현실에는 두 가지 층위가 존재합니다. 현상적 측면과 잠복적 측면이죠. 막상 쓰는 입장에서 중요한 것은 작가인 내가 그때마다 무엇을 가장 중요하고 절실하게 느끼냐는 겁니다. 작가는 바로 그 절실한 것을 절실한 방법으로 쓰면 되는 것입니다."

Intro. 담배는 이상하다

백가흠 담배는 여전히 좋으세요?

윤대녕 담배요? 작년에 캐나다에서 지낼 때는 하루 평균 5~7개비를 피웠어요. 사실 끊을 생각도 있었죠. 그런데 귀국하니 그런 생각이 무색해지더라고요. 곧 10개비 정도로 늘더니 지금은 좀 더 늘었어요. 외국에 체류했던 경험을 한 사람들이 한결같이 그러더군요. 한국으로 돌아오면 아무래도 많이 피우게 된다고. 담배가 필요하다고 생각해 자각적으로 피우는 것은 3~4개비 정도이고 나머지는 그저 습관인 것 같아요. 내면에 상존하는 불안이랄까, 분절감 때문에 피우는 거죠. 그런데도 계속 끊었으면 좋겠다는 생각을 해요. 담배 때문에 그에 상응하는 번거로운 일들을 해야 하거든요. 가령 운동을 해줘야 한다든가. 한동안 끊은 적이 있는데, 담배를 피우는 사람들이 이상해 보이더라고요. 하루에 5개비 이하로 피울 수 있다면 앞으로는 그냥 피우겠다는 생각이에요.

267

SNS는 하고 계신지 궁금해요.

캐나다에 있을 때 국내와 소통하는 문제 때문에 고민하다가 누군가의 권유로 페이스북을 시작하게 됐어요. 그전까지는 카톡이나 트위터도 전혀 이용하지 않고 살았습니다. 막상 페이스북을 시작하려니 조심스럽더라고요. 그래서 나름의 원칙을 정했습니다. 우선 내 책 이야기는 하지 말자, 내 사진을 올리지 말자, 정치나 음식에 관해서도 언급하지 말자……. 대신 여행기나 짧은 단상들을 사진과 함께 올리는 것으로 원칙을 정했는데, 아직까지는 그대로 지키고 있습니다. 때문에 온라인에 노출이 돼 있어도 별다른 문제가 생긴 적은 없습니다. 오히려 시간에 대한 자기 기록의 효과가 있더군요.

예전에는 개인 간 책이 하던 소통의 역할이 SNS로 대체되었잖아요. 세상 모든 이야기, 정보는 물론이고 개인 간의 소통 같은 것도 모두 그 안으로 함몰된 느낌이 듭니다.

우리는 지금 디지털 다매체 시대를 살아가고 있으니까요. 다만, 저는 SNS 자체가 가상 혹은 허상의 세계라는 것을 늘 염두에 두고 있습니다. 인터넷이 상용화되기 시작했을 때 프랑스의 어느 사회학자가 이런 말을 했어요. 인터넷이 곧 종교화되는 시대가 올 것이다. 지금은 명백히 그러한 현실 속에서 우리가 살아가고 있다고 생각합니다. 나는 감수성 자체가 아날로그적인 사람이라 그런 현상이 눈에 더 뚜렷이 보입니다. 물론 SNS나 디지털 매체를 이용하지 않고 살아갈 수는 없겠죠. 특히 정치·사회적 이슈가 발생했을 때 SNS의 역할은 큰 비중을 차지합니다. 문제는 디지털 매체를 이용하는 사람들 각자가 늘 주체임을 자각해야 한다고 봅니다. 페이스북의 경우는 거의 실명으로 소통하는 것이라서 어느 정도 자정 기능이 있는 것 같습니다. 알다시피 익명인 경우 문제가 너무 많습니다. 억압된 욕망이나 분노의 감정들이 언어폭력 형태로 드러나는 경우가 빈번하잖아요.

그런데 믿을 수 없는 일들이 많이 올라오지만 허구가 아닌 경우도 있잖아요. 허구가 현실을 대체하는 게 아닐까요?

떠들썩한 트윗이 타임라인 밖으로 나오면 너무나 고요하지요. 마치 없었던 일처럼 말이에요. 다시 현실 세계로 돌아오는 거죠.

소설은 느려서 그렇지 못하잖아요. SNS에 올라오는 글을 문학으로 받아들이는 사람도 많아진 것 같아요. 웹소설이 문학을 대신하기 시작한 것처럼 보이기도 하고요.

제가 가르치는 제자 중에 지방에서 올라와 서울 생활에 적응이 힘드니까 새벽마다 인터넷에 뭔가를 써서 올렸나봐요. 4년 동안 말이에요. 근데 팔로워가 생기고 글이 인기를 끌다 보니까 얼마 전에 그걸 책으로 출간했어요. 근데 3주 만에 6천 부가 나갔대요. 팔로워들이 책을 소비한 측면도 있겠지만, 그런 감수성을 가진 계층이 생긴 거죠. 디지털 문화와 환경에서 성장한 세대들이니까요. 그들에게는 그게 현실의 일부이거나 어쩌면 전부일 수도 있겠죠.

그래서 한쪽에서는 책의 운명이 다했다고 보는 사람도 많습니다. 웹소설 읽어보셨어요?

당장 책의 형태가 사라진다고 보지는 않아요. 다만 영향력이 이전이나 지금만큼은 아니겠죠. 미래사회라는 건 이미 진행되고 있고요. 언젠가는 책이 사라질 거라는 생각이 들긴 합니다. 책은 펄프, 나무로 만들어지잖아요. 그것을 소비하는 시대는 어느 순간 종료되지 않을까 생각합니다. 종이 신문의 영향력이 점점 줄어들고 있듯이 말이죠. 이미 인터넷 매체에 소설을 쓰는 시대가 왔고요. 웹소설 개념은 알고 있지만 아직 읽어본 경험은 없습니다. 나와 같이 공부를 하는 학생들도 종종 연재를 하더라고요. 나름의 독자도 가지고 있고요. 그건 좋고 나쁨의 문제가 아니라 하나의 흐름이고 변화라고 생각해요. 앞으로의 세대는 신문이나 문예지 같은 아날로그적 매체에 애써 접근하려 하지 않을 거라고 봐요. 젊은 세대는 그것도 하나의 제도라고 생각하거든요. 재작년에 경향신문 신춘문예 심사를 봤는데, 응모작이 1300편이 넘게 들어왔어요. 그런 이야기를 하면 작가가 되려고 공부하는 학생들이 금세 회의적으로 반응합니다. 어떻게 자기 작품이 1300편 중 단 한 편으로 뽑힐 거라고 상상하겠어요. 그러니까 더더욱 수평적 구조인 인터넷 매체를 활용하려고 하죠.

말이 나왔으니까 그런데 등단 제도 개선에 대해서도 말이 많잖아요.

일간지 신춘문예나 문예지 신인상은 낡은 제도라고 봅니다. 제도의 기원을 따져 올라가면 일본의 신춘문예 제도나 문예지 운영 방식을 빌려온 것이고요. 서구 사회처럼 출판사 편집자가 원고를 채택해서 단행본으로 출판하는 방식이 일반화되는 시대가 곧 올 거라고 봅니다. 많은 책들이 이미 그렇게 출판되고 있고요.

글을 쓰려고 하는 친구들에게 시스템적인 변화가 필요한 거네요.

벌써 변화가 시작됐고, 젊은 세대는 기존의 제도에 저항하고 있습니다.

난감해요. 기존에 가지고 있는 제도를 활용하라는 것은 우리가 익히 알고 있는 전통문학을 강요하는 것밖에 안 되니까요.

가끔 심사에 참여하면서 늘 부조리한 느낌을 받았어요. 아무리 많은 작품이 응모되더라도 단 한 편을 뽑는다는 것 자체에 말이에요. 나머지 절대 다수는 저절로 소외되잖아요. 때문에 단 한 편으로 뽑힌 당선작에 대해서도 이 작품이 과연 가장 좋은 작품인가, 라는 여운이 남게 마련이죠. 사실 그렇다고 말할 수는 없는 거잖아요?

그렇죠. 해결하기 힘든 일이지요.

이제는 문학에 대한 주체 개념이 작가와 문화 생산자들에게서 독자에게 이관되는 시대가 된 게 아닌가 싶어요. 가령 표절 논쟁이라든가, 이런 일이 생기면 지금까지 유지돼왔던 제도의 기반이 급격히 흔들리게 됩니다. 독자들이 문단을 포함해 출판사나 작가 집단을 불신하게 되니까요. 단순히 어떤 한 작가가 작품을 표절한 게 아니라, 인과적 요소의 작용에 의한 결과로 파악하려 들거든요. 사실 그런 측면이 없지 않고요. 때문에 그 이후의 상황은 달라질 수밖에 없는 거죠. 어떤 제도든 붕괴의 시점이 있게 마련입니다. 중요한 것은 기존과는 다른 새로운 형식의 틀이 필요하다는 거겠죠. 그렇지 않다면 독자가 유도하는 대로 따라갈 수밖에 없는데, 설혹 제도를 양보하더라도 텍스트의 '생신' 자체는 어디까지나 작가가 주체가 되어야 한다고 봅니다.

소설 쓰는 과정 얘기해주실 수 있으세요?

글 쓰는 과정 자체는 지극히 육체적인 것이에요. 정신노동인 건 맞지만 저는 반 이상은 육체적인 상태에 맡겨진다고 봅니다. 나 같은 경우 체질이 약하기 때문에 글을 시작하기 전에는 몸부터 만들어요. 주로 헬스클럽에 가서 유산소 운동과 근력 운동을 병행하면서 몸의 긴장 상태를 확보하려고 합니다. 그리고 힘이 올라온다고 느껴질 때 글을 시작하고 쓰는 동안에도 계속 관리를 하죠. 안 그러면 금방 지쳐서 원하는 글을 얻을 수 없더라고요.

그 부분은 저뿐만 아니라 많은 작가가 공통적인 것 같아요.

내가 그나마 운동을 안 했으면 벌써 글을 못 썼거나 몸져누웠을 거라고 생각합니다. 이렇게 관리를 하는데도 글을 쓰다 가끔 호흡곤란이 와서 응급실 신세를 지곤 합니다. 작년에 캐나다에 있을 때도 한 번 그런 적이 있었고요.

제가 가지고 있는 이미지는 정반대거든요. 만날 아픈 것 같은데 되게 강하고 강인하고.

강하지 않아요. 그래서 더 강박적으로 운동에 매달리는 거죠.

그건 정신적인 거 아니에요? 피곤함을 쉽게 느껴서 그런?

몸의 균형이 흐트러지면 타자나 세계를 받아들이는 품도 좁아지고 사유가 왜곡되죠. 자기중심을 잘 유지하고 있으면 공평하고 관대하게 타자를 대할 수 있는데, 그 반대의 경우는 아무래도 그게 잘 안 되죠. 글을 쓸 때는 말할 것도 없고요.

글 쓰는 과정 중 가장 중요한 게 체력이란 말씀이지요.

나는 그래요. 몸속에 내장된 순수하고 동물적인 힘이 이야기를 할 수 있게 만든다고 생각해요.

언제 글을 쓰세요?

요즘은 조금 바뀌었어요. 전에는 주로 저녁을 먹고 나서 산책을 하고 밤 8~9시에 시작해 12~1시까지 쓰다가 막걸리나 맥주 한잔하고 자는 게 오랜 습관이었는데, 이번 여름에 청송에 있는 객주문학관에 가 있었어요. 마감 시간이 촉박해 여기저기 수소문하다 열흘쯤 가 있었는데, 급하니까 패턴이 바뀌더라고요. 사실 이번 여름이 너무 더웠잖아요. 오갈 데 없는 심정으로 쫓기듯 청송으로 내려가서 더위도 잊고 밤낮없이 써서 간신히 마감했죠. 그때 패턴을 바꿀 수도 있겠구나, 라는 생각을 했습니다.

소설 쓸 때 특별히 지키는 규칙 같은 것도 있으세요?

특별한 건 없고 글을 쓸 때는 가급적 사람을 만나지 않습니다. 감정적으로 균형이 깨질 때가 있거든요. 또 대개는 술을 마시게 되고요. 그럼 글의 어조나 톤을 회복하기가 힘들어요. 특히 단편은 끝날 때까지 사람을 안 만나는 패턴을 유지하고 있습니다. 이때는 가족과도 대개 떨어져 있고요.

소설을 쓸 때 어떠세요? 어떤 감정에 휩싸이곤 하시나요?

(한숨) 늘 막연하고 불안하죠. 글이 잘 풀릴 땐 비로소 나답다는 느낌이 들어 안도감을 느끼기도 하고요. 바로 그 '나답다'라는 느낌 때문에 계속 쓰게 되는 것 같아요. 등단 전후의 기억이 떠오르는데, 그때 기업체 홍보실에 근무하고 있었거든요. 일도 적성에 맞고 모든 게 안정돼 있다고 생각했는데, 어느 순간부터 걷잡을 수 없이 공허하고 적막한 느낌에 사로잡히는 거예요. 원인을 추적하다 보니 글을 쓰지 못하기 때문이라는 걸 알았죠. 그래서 잠을 줄여가며 소설을 썼고 어느 날 등단을 하게 됐어요. 그로부터 계속 소설

에 매달렸어요. 퇴근하고 집에 오면 간단히 저녁을 먹고 한 시간쯤 자고 일어나 서너 시간 쓰고 아침에 일어나 출근하고. 의무감 같은 게 아니라 저절로 그렇게 되더라고요. 그 시절엔 이야기가 나를 자꾸 잡아당겼던 것 같아요. 서른셋에 첫 책을 내고 나서 직장을 그만두었는데, 삼십대 말까지도 계속 그 상태를 유지했던 것 같아요. 가혹하다고 할 정도로 소설에 내 몸을 내맡겼죠. 그러다 보니까 필연적으로 주위 사람들이 상처를 받게 되더군요. 주변을 돌보지 않고 소설에만 집중한 결과라면 결과겠죠. 나중에 그것이 커다란 회한으로 몰려오더군요. 대략 제주도로 내려가기 전인데, 이런저런 일로 지쳐 있기도 했지만 인생의 절반을 통과하는 지점에서 많이 힘들었습니다. 제주도에서도 회복하는 데 시간이 꽤 걸렸고요. 2005년 봄에 일산으로 올라와 다시 글을 쓰면서 지금 여기까지 왔는데, 그 이후 글쓰기에도 어떤 변화가 생기더군요. 마흔이 넘으면서 사회적 존재로서의 작가라는 것도 의식하게 됐고요.

소설에서도 그게 잘 보이는 것 같아요.

나는 중학교 때부터 소설을 썼지만 딱히 소설가가 되고 싶은 생각은 없었어요. 하지만 계속 소설을 썼고 문예특기생으로 대학에 갔고 3학년을 마치고 군에 입대했죠. 군에서 제대할 즈음에 복학하기가 싫더라고요. 그래서 절에 들어가 1년을 보냈죠. 영어, 경제학, 민법 따위를 공부하며 어설프게 사법고시를 준비했어요. 동시에 출가에 대한 욕망이 타올라 많은 절들을 순례했어요. 공주에 있는 암자에 있다가, 결정적으로 누님 때문에 학교에 복학을 했는데, 지금도 그때 출가를 못한 게 천추의 한입니다.

절을 나오지 않았을까요, 지금쯤에는?

나는 집단이나 시스템에는 안 어울리는 사람이더라고요. 아직도 사람을 만날 때마다 어느 정도의 고통을 늘 느껴요.

그렇게 치면 글 쓰는 것에 잘 맞는 사람인 거죠.

대학을 졸업하던 시기에 다시 이야기가 오더라고요. 절에 있을 때 삭발을 하고 하얀 고무신 신고 밀짚모자를 쓰고 다녔어요. 그해 가을인가, 공주 시내에 내려갔다가 북카페 같은 곳에 갔어요. 1986년의 일이죠. 그해 이상문학상 수상작이 이제하 선생의 「나그네는 길에서도 쉬지 않는다」라는 작품이었어요. 북카페에 앉아 그 작품을 읽는데 가슴이 걷잡을 수 없이 뜨거워지더라고요. 하지만 절로 돌아오고 나서 곧 잊어버렸어요. 그런데 대학을 졸업할 즈음 글이 다시 나를 끌어당기더라고요. 그리고 졸업하던 해 대전일보 신춘문예에 소설이 당선됐죠. 졸업 후에는 공채시험을 통해 기업체 홍보실에 들어갔고요. 사회인이나 생활인으로서 만족을 했다면 지금도 그 회사에 다니고 있을지도 모릅니다. 그런데 아까도 말했지만 어느 날 설명할 수 없는 공허함 같은 게 찾아오더라고요. 그날부터 술을 끊고 글을 썼어요. 소설을 계속 쓰기 위해서는 결국 등단 절차가 필요하다고 생각했고요. 문청 때는 이청준 선생의 작품 같은 관념적인 소설을 주로 썼어요. 하지만 등단을 위해서는 정통 리얼리즘 소설을 써야 한다고 생각했죠. 「푸른 사과가 있는 국도」(배수아 데뷔작) 같은 작품은 안 된다고 생각했어요. (모두 웃음) 소설가가 되기 위함이 아니라, 등단은 소설을 계속 쓰기 위한 방편이었으니까요. 그래서 어머니 이야기를 썼고 당선 연락을 받았어요. 당시 심사위원 분들께는 죄송한 말씀이지만, 등단하기 위해서 쓴 소설이라 나중에 첫 소설집에는 안 실었어요. 「어머니의 숲」이란 제목의 단편이었는데, 확실히 「푸른 사과가 있는 국도」만큼은 존재감이 없는 소설이에요. (웃음) 난 사실 「푸른 사과가 있는 국도」를 읽고 깜짝 놀랐거든요. 너무 신선하고 충격적이고 무엇보다 독특한 내러티브 방식을 보여준 작품이었으니까요.

원래 질문이 소설 쓸 때는 대부분 어떤 감정에 휩싸이는가 하는 것이었어요. (웃음)

일단은 안도감이 드는 것 같아요. 존재의 해방감을 느끼기도 하고요. 나는 현실에서 늘 불안해하는 사람이거든요. 심지어 가족 관계에서도 그렇고요. 그런 감정을 직접적으로 드러내지는 않지만, 나는 대체로 혼자 있는 것에 익숙해요. 그런데 글을 쓸 땐 어쨌든 혼자 있는 거잖아요. 혼자만의 공간과 혼자만의 시간 속에서 이야기를 통해 존재를 회복하고 지속하는 느낌을 받아요.

소설에는 불안함과 긴장감이 가득하거든요. 읽는 사람에게 그렇다면 쓰는 사람에게는 비로소 오히려 안도감을 얻는다는 말이네요.

그것을 표현함으로써 역설적으로 균형을 유지하는 것 같아요.

많은 책을 쓰셨잖아요.

어느덧 스무 권 이상을 냈더라고요. 내 체력을 생각하면 기적 같은 일이에요. 이렇게 많이 쓰게 될 줄은 몰랐습니다. 다른 이유도 있겠지만, 그동안 먹고살기 위해 썼다는 것도 부인할 수 없는 사실입니다. 10여 년간 전업작가 생활을 했으니까요.

지금까지 작업한 작품 중에 가장 힘들게 작업한 작품이 있으세요? 아니면 가장 희열이

컸다던가.

『많은 별들이 한곳으로 흘러갔다』라는 소설집에 실린 소설들을 쓰고 또 책으로 내던 시기가 제 삶에서는 가장 불행했어요. 수년을 여기저기 떠돌며 살 때인데, 그러다 보니까 삶의 기반 자체가 흔들렸습니다. 근데 그때가 소설에 대해서는 가장 열렬한 구애의 시기였던 것 같습니다. 오로지 소설에 순수하게 복무하던 시기였습니다.

저는 거꾸로 그게 가장 아름다웠어요.

세월이 지나고 나니 애착이 가는 소설집이 돼 있더군요. 그 시기에는 내 소설이 어떤 평가를 받는지, 통 관심이 없었어요. 그 소설집에 실린 작품 중에 두 편이 문학상을 받았는데, 그때마다 뜬금없다는 생각이 들었으니까요. 1996년에 이상문학상을 받을 땐 나하고 연락이 안 돼 문학사상사 측에서 애를 먹었어요. 어느 날 집에 들어가보니 자동응답기에 녹음이 여러 차례 돼 있더라고요. 휴대폰이 없던 시절이었으니까요. 나중에야 확인하고 전화를 했더니, 당시 문학사상사 주간이셨던 권영민 선생께서 뭐라뭐라 핀잔을 하셨던 기억이 납니다.

쓰고 있을 때 자유롭다

최근 11년 만에 장편소설을 내셨어요. 되게 오랜만이잖아요. 굉장히 인상적인 부분은 인물들이 어딘가를 부유하다가 하우스로 모여들고 함께 살아가는 설정이었어요. 작가의 새로운 가족상에 대한 복원이나 바람처럼 읽히기도 했고요. 그런데 소설을 다 읽고 나면 사

람들이 거기에 모여 있지만 여전히 다시 어딘가를 향해 떠도는, 계속 부유할 것 같은 노마드의 연속성이 느껴졌어요.

등장인물 모두가 다 그렇죠. 나한테도 노마드적 기질이 있고요. 우리 사회는 90년대 중후반부터 급격하게 가족 제도가 해체되는 경향을 보였잖아요? 지금은 가족을 구성하는 것 자체가 힘든 시대고. 때문에 어떤 방식으로든 사람들 사이의 연대가 필요하다고 생각했어요. 타자의 존재가 없다면 삶이 발생할 수 없다고 믿으니까요. 그 연대의 코드는 바로 고통이었습니다. 삶의 공통분모로서의 고통. 사람은 타자의 고통에 감응하고 서로 거기에 연루되면서 관계가 발생한다고 봤어요. 그래서 상처받은 사람들이 한 공간에 모이게 되는데, 인물들이 저마다 현실에 정주하지 못하는 노마드적 속성을 갖고 있습니다. 우리는 지금 디아스포라의 세계를 살아가고 있잖아요.

큰 의미에서 인물들의 이주와 거처의 안식이 디아스포라의 욕망처럼 느껴지는 데 반해 소설의 진행은 끊임없이 노마드와 마주하고 있다는 생각이 들었어요. 이 사람들이 여기에 대단히 안주하고 안식을 찾았다는 느낌이 들었거든요.

하지만 또 떠나고 다시 돌아와 일상을 공유하면서 연대하고 이런 방식의 삶이 되풀이되겠죠. 이것은 순전히 내 바람인지도 모르겠지만, 이렇게라도 삶을 지속해야 하지 않겠는가, 라는 게 그 글을 쓰게 된 최초의 동기라고 할 수 있습니다.

그 자체가 안식일 수도 있겠네요. 그 사람들한테는 그리고 우리들한테는.

나는 늘 공평한 관계라는 것을 염두에 두고 있습니다. 이 소설을 쓰면서도 그래야만 연대가 발생한다고 생각했고, 그게 관계에서 오는 안식의 첫 번째 조

건이라고 생각했어요. 타자끼리 아픔이나 고통에 서로 감응하고 개입해야
만 비로소 삶의 등치가 가능하지 않겠는가, 이런 이야기를 하려고 했습니다.

1인 가족이라는 이상한 말이 등장했잖아요.

구조적으로 혼자서 살아갈 수밖에 없는 조건들이 많이 발생하고 있잖아요.
갈수록 점점 개인으로 분화되고 있죠. 하지만 삶이라는 건 혼자서 만들어가
기에는 너무 벅찬 과제가 아닐까 싶습니다. 구조적인 측면을 떠나 어쨌거나
사람 사이의 관계와 연대가 필요하다고 봅니다.

실제로 이 소설에서 그 공간이나 상황 같은 것을 공동체 의식으로 봐도 될까요.

그럼요. 유럽이나 일본의 셰어하우스도 그런 형태의 하나라고 봐야죠. 내가
이 작품에서 새로운 개념을 제시한 것은 아닙니다. 우리 현실에서는 어떤
식으로 연대의 모색이 가능할까, 라는 생각을 했고 그것을 내 나름으로 탐
색해보고 싶었던 거죠.

**조금 확장하면 사회적 합의로서의 공동체에 대한 어떤 개념이나 상황 같은 것도 짐작할
수 있을 것 같아요.**

자발적 공동체라는 형태도 생각해볼 수 있겠죠. 기존의 국가 시스템이나 제
도가 다른 공동체의 대안을 제시할 수는 없다고 생각합니다. 예를 들면 '대
안학교'나 새로운 '농촌 공동체' 형태도 하나의 모델이 될 수 있겠죠. 요즘
젊은이들 사이에서는 이와 유사한 성격의 공동체들을 만들고 나름의 방식
으로 살림을 꾸려가는 경우가 있다고 알고 있습니다. 공평한 연대를 바탕으
로 말입니다. 그런데 문학에서는 그걸 어떻게 실현해야 할까 생각해보면 이

러 단순한 대답에 이르게 됩니다. 생명을 가지고 살아간다는 것 자체가 원인적으로 아픔이고 고통이잖아요? 앞서도 얘기했지만, 나는 그 아픔과 고통에 서로 연루되어야만 공평한 연대가 가능하고 비로소 삶이 지속 가능해진다고 봅니다.

장편이 오랜만이어서 그런지 변화가 많은 거 같아요.

사실 나는 잘 모르겠어요. 의도적인 변화를 염두에 두고 소설을 쓰지는 않으니까요. 소설이라는 게 결국 사는 대로 느낀 대로 쓰이게 마련이잖아요.

혹시 그런 것들을 느끼셨냐고 여쭤보려 했는데.

늘 자기의 삶을 치른 후에 소설을 써야 한다고 생각합니다. 그게 시간이 됐든 고통이 됐든. 그렇지 않고서야 어떻게 소설을 쓰겠습니까. 나 자신도 소설마다 다 나름의 삶을 치르고 써왔다고 생각해요. 만약 인식의 전환이 생겼다면 생물학적으로 중년의 나이에 접어들면서 시야가 조금 넓어지고 깊어졌다는 거겠죠. 또 학교에서 학생들과 함께 공부하면서 타자의 가능성을 발견한 것이 제게 큰 영향을 주었다고 생각합니다. 다음 세대인 그들에게 기성세대인 내가 많은 오류를 범하며 살아왔다는 자각도 하게 됐고요. 어쨌거나 지금의 이 현실은 나를 포함한 기성세대가 만들어놓은 것이잖아요. 그로부터 자의식에 자주 시달리게 되는데, 솔직히 괴로울 때가 많습니다.

단편에서는 서사적 상황과 이미지의 충돌 혹은 아이러니한 전개가 어떤 불안과 긴장감을 유발했다면 이번 장편에서는 훨씬 편안해진 느낌이 듭니다.

『도자기 박물관』이라는 소설집에서부터 인식의 전환이랄까, 일종의 새로운 탐구가 시작되었던 것 같아요. 『피에로들의 집』을 쓰던 과정에는 엄청난 사회적 사건들이 발생했고요. 그 이후에 서사적 체계가 현실에 직접 반응하는 방식의 스토리 위주로 변하게 된 것 같습니다. 전에 쓴 소설들에 비해 편안하게 읽힌다는 건 아마도 그 이유 때문일 겁니다. 하지만 그 소설을 쓰던 시기에 내면의 상황은 정반대였습니다. 세월호 참사가 나고 강의실에 들어갔는데, 학생들이 모두 고개를 숙이고 앉아 있더군요. 그때 느꼈습니다. 저들이 기성세대인 나에게 무언의 저항을 하고 있다고, 책임을 묻고 있다고……. 그 학생들 중에는 친이모의 아들이 세월호에 갇혀 실제로 수장된 아이가 있었습니다. 이후에 가위에 눌리는 꿈을 자주 꾸었습니다. 캐나다에 있을 때도 마찬가지였고요. 도저히 장편을 계속 이어 쓸 수가 없더군요. 마침 계간 『문학과사회』에서 단편 청탁이 와서 전면적으로 세월호에 대한 글을 쓰고 나서야 가위눌림에서 어느 정도 풀려나게 됐습니다. 자료를 뒤적이고 한 줄씩 써나가는 동안에 자주 숨이 막혀와 마시지 않던 낮술도 마시게 됐고요. 아무튼 그 단편 원고를 마감하고 나서야 장편을 겨우 이어 쓸 수 있었습니다. 사회적 존재로서의 작가 의식이라는 것도 그때 확연히 느끼게 됐고요.

『도자기 박물관』에는 예의 예리함과 긴장감이 오히려 컸어요. 그건 아마도 장르적 특성 때문이겠죠?

나는 소설에서 페로몬의 농도가 굉장히 중요하다고 생각해요. 독자와 교감하기 위한 호르몬의 농도 같은 게 되겠죠. 그 농도가 과거에 비해 묽어지는 게 아닌가, 하는 것 때문에 항상 자의식에 사로잡혀 있습니다. 물론 이삼십대에 쓴 것처럼 농도 자체의 팽창 현상은 일어나지 않겠지만요.

소설집은 몇 년에 걸쳐서 작업을 하다 보니 소설과 소설 사이의 구심점을 잃어버리는 경우도 종종 볼 수 있는데, 소설과 소설이 잘 엉켜 있는 그런 느낌입니다.

작품을 쓸 때마다 어떤 식으로든 나름의 긴장을 유지하려고 합니다. 때로 관조적 태도를 가지려고 할 때도 있지만, 역시 긴장감을 유지하려고 합니다. 그것이 일상에서 내 자의식의 많은 부분을 차지하고 있고요,

쓸 때의 불안과 걱정들, 사건들이 다 껴 있는데 실제로 여기에서 나오는 게 한발 떨어져서 바라보는 생들이 많았거든요.

그건 소설 속 등장인물에 대한 독자의 거리화된 시선에서 비롯되는 게 아닐까요. 나는 단편 형식에 대한 일종의 강박을 가지고 있습니다. 밀도, 울림, 반향, 미려함······. 이런 것들인데, 그게 문체에서 확보돼야 한다고 생각합니다. 디지털 시대로 접어들면서 이야기성의 강화를 두고 많은 논의들이 오가는데, 나로서는 문장의 밀도나 울림 자체를 중요시하고 또 그래야만 쓸 수 있더군요. 그 근저에는 역시 불안과 압박감이 상존하고 있습니다.

장편 『피에로들의 집』에 와서는 관조적 태도를 버리고 적극적으로 인물을 통해 발언하는 경우가 많았어요.

그 소설은 기성세대의 자아비판이라는 점이 많은 부분을 차지하고 있습니다. 소설 속에서 직설적인 방식의 기성세대에 대한 비판도 나오고요. 어찌 되었든지 내가 반성하고 성찰한다는 걸 젊은 세대에게 말하고 싶었어요.

정신없기도 하고 바쁘기도 하고 사회적 환경이 가만두질 않은 것 같아요. 그러다가 딱 고요한 어떤 통로에 진입한 뒤 그런 것들을 이기는 느낌이 들었어요.

글을 쓰다 보면 어느 순간 몹시 자유로워지고 있다, 라고 느껴지는 때가 있습니다. 우리는 누구나 일상에서 구속이 있고 저 또한 마찬가지입니다. 그래서 더 쓰기에 매달리는 것 같고요. 그 자유로움 속에 이루 말할 수 없이 내밀한 정적이 존재하죠.

소설 쓰는 중간 산문 작업도 활발히 하셨던 것 같아요. 산문 작업이 소설과 구분되는 지점이 있나요?

지금까지 네 권 정도 산문집을 냈네요. 그때나 지금이나 같은 생각인데, 소설이라는 건 독자와 삶에 대한 질문을 공유하는 방식이라고 봐요. 그런데 산문을 쓸 때는 순수하게 나에 대해 쓰는 느낌이 들어요. 그럴 때마다 연대기를 기록하고 있다는 생각을 하죠. 소멸되어가는 자아를 의식적으로 소환하는 작업을 통해 그때마다 개인이나 작가로서의 정체성을 회복하는 계기가 되는 것 같고요. 또 순전히 개인적인 이유이지만, 나중에 아이가 읽었으면 하는 바람 때문에 쓰는 것 같기도 합니다. 그 아이가 성장하면서 자신이 누구라는 걸 알아야만 하지 않겠습니까?

소설 쓰기에 가장 필요한 작업이겠네요.

나한테는 필요한 일이라고 생각해요. 과거와 작별을 하고 또 낡은 자아와 분리시키는 일이기도 하고요. 우물 청소를 하듯 삶이라는 것도 주기적으로 정리를 해줘야 하는 것 같습니다. 재작년에 『사라진 공간들, 되살아나는 꿈들』이라는 책을 냈잖아요. 그것도 같은 의미에서 쓰게 된 거라고 보면 될 것 같습니다. 실제로 그 책을 내고 나서 삶이 많이 홀가분해졌습니다.

그것도 깊어지는 것 같아요.

산문을 쓰면서 새삼스럽게 알게 되는 사실이 많아요. 가령 내가 어떤 사람이고 어떻게 살아왔고, 또 어떤 것들에 집착하고 짓눌려 있는지, 이런 것들 말이에요. 사소해 보이지만 중요한 확인이라는 생각이 들어요.

소설은 진하게 자기 값을 치른다

선배님이 해주신 많은 이야기들이 기억에 남지만 '적절히 세속적인 게 아름답다'라는 게 특히 기억에 많이 남아요.

과거에는 문학을 하면서 세속적이면 안 된다고 생각했어요. 나는 젊어서 한때 절에서 지내기도 했지만 소설을 쓴다기보다는 문학이나 예술을 한다고 생각했거든요. 단지 이야기를 하는 것과 문학을 하는 것은 다른 행위잖아요. 때문에 극구 세속적인 것들을 피하며 살아왔습니다. 가령 집도 거주 개념으로 파악했지 소유 개념으로 생각한 적이 없습니다. 그러니 집도 절도 없이 떠돌며 살아왔는지도 모릅니다. 그런데 어느 날 누군가 옆에서 이런 얘기를 하더군요. "나는 속물적인 사람은 아니에요. 하지만 세속적인 사람입니다." 그 말을 듣는 순간 갖가지 상념이 스쳐 지나가더군요. 순간 내가 그 말의 의미를 이해했다는 뜻이기도 합니다. 몇 년 전에 춘천에서 오정희 선생을 만나 이런저런 얘기를 나누다, 그 누군가의 얘기를 했더니, 가만히 듣고 계시다 이러시더군요. "아니, 우리가 세속에서 살아가고 있는데, 세속적이지 않으면 어떻게 살아요?"

아무튼 그후로 나는 문학을 한다는 선비적 자의식에서 벗어나 소설가와 일상인으로서의 자의식을 다시 갖추게 됐습니다. 그 한마디 말의 힘이 대단했던 거죠.

그 차이를 여쭤봤는데 가질 수 있는 걸 갖고 싶어 하는 게 세속적인 거, 라고.

남의 것까지 탐내고 욕심내는 것은 속물적 근성이겠죠. 남한테 과시하는 것도 마찬가지고요.

욕망할 수 있는 걸 욕망하는 건 아름답다고 얘기한 적도 있으세요.

욕망함이 곧 삶의 본질 아닙니까? 그게 제가 말하는 세속적이라는 의미고요. 그런 의미에서 또한 세속적인 자기 관리를 잘해야 되겠죠. 글을 쓰는 사람은 특히 발화체로서의 자신을 잘 관리해야 합니다.

아주 단순한 진리인데 착각하고 글을 쓰면 자기비하적인 것도 커지는 것 같아요.

가령, 위악적이고 자폐적인 상태에서는 좋은 글이 나오기 힘들다고 봐요. 그런 상태가 예술가들의 진지한 모습인 양 관념화된 시절이 있었죠. 하지만 정신이 왜곡되고 병든 상태에서 하는 얘기를 요즘 세상에 누가 들어주겠습니까. 이는 작가로서의 태도와 관계된 얘기이기도 합니다. 저는 오랫동안 스스로를 격리시킨 채 살아왔습니다. 타자와의 관계도 거의 맺지 않고 바깥출입도 극히 제한적이었죠. 문단이라는 데도 등단 초기에 의무적으로 출석해야 되는 줄 알고 몇 번 나간 적이 있지만, 지금은 출입을 안 한 지 꽤 오래됐습니다. 집단적으로 모여 앉아 술을 마시는 게 저로서는 그다지 체질에 맞지 않더군요. 사실 문단이 무엇인가 했더니 그 실체는 문학 단체나 출판사 모임 같은 거더라고요. 나는 지금껏 어느 단체에도 소속이 돼 있지 않습니다. 집단적으로 몰려다니다 보면 필연적으로 불상사가 발생하게 마련입니다.

패거리라고 봐야 하나요?

굳이 패거리라 부르며 폄하할 생각은 없습니다. 그 단체들이 하는 일도 있으니까요. 하지만 나는 집단에 적합한 사람은 역시 못 되는 것 같습니다. 지금의 저는 학교와 집을 시계추처럼 왕복하는 단순한 생활을 하고 있습니다. 한여름과 한겨울에는 글을 쓰기 위해 어딘가로 잠적하는 패턴을 반복하고 있고요. 학교에서도 충분히 세상을 경험할 수 있습니다. 학생들과의 면담을 통해서 그들이 겪고 있는 고통에 대해서도 아주 실제적으로 알게 되고요.

저는 강의를 10년 했는데, 따져보니 가져간 월급이 거의 없더라고요. 만날 애들 밥 사주고 술 사주고. 그런데 언젠가부터 소설을 읽는 게 너무 버거웠어요. 생각해보면 어떤 보람이나 성취감에 대한 보상을 바랐던 거 같거든요.

일전에 어느 노평론가가 사석에서 했던 말이 생각나네요. "예술가는 작품을 통해 스스로 보상을 실천하는 존재지, 남에게 보상을 바라면 안 된다. 그 순간 예술가로서의 내면이 망가진다." 이 말이 오래 기억에 남습니다. 글을 쓰고 가르치는 일도 마찬가지라는 생각이 들어요. 보상을 바라는 순간 뭔가 자신이 비루해지는 느낌을 받게 됩니다. 가족이나 친구 관계에서도 사실 마찬가지 아닌가요?

작가 윤대녕만의 작가리스트를 얻고 싶어요. 혹시 동시대 작가 중에 영감을 받는 작가들이 있으세요?

요즘 후장사실주의자, 뭐 이런 표현이 오가는데, 저는 아직 잘 모르겠어요.

젊은 세대가 세대론을 들고 나오는 건 바람직하다고 생각해요. 새로운 세대가 전 세대에 저항하면서 세대의 연속이 가능해지는 거니까요. 그게 또한 삶이나 문학의 변함없는 속성이기도 합니다. 나는 열린 마음으로 젊은 세대의 주장을 수용하는 편이에요. 그런데 내 독서의 감수성은 김연수 씨나 김애란 씨의 작품에 멈춰 있는 것 같습니다. 그들이 아직 아날로그적 감수성을 지니고 있어서 그런지도 모르겠습니다. 그 이후의 세대를 거론하자면 조해진 씨, 그리고 황정은 씨 작품에 큰 기대를 걸고 있습니다.

얼마 전에 권여선 선배를 만난 적이 있는데 지금 선배님과 비슷한 이야기를 하더라고요.
권여선 씨 말 나온 김에 ……『안녕 주정뱅이』를 아주 인상 깊게 읽었어요. 오래간만에 소설을 읽으면서 부풀어오르는 긴장감을 느꼈습니다. 동시대 작가로서 무언가 안도감을 느끼기도 했고요. 이렇게 말하면 어떨까요. 진하게 자기 값을 치른 소설 있잖아요. 반드시 그래야만 하는 건 아니지만, 소설가를 포함한 모든 예술가는 근본적으로 샤먼에 속한 존재들이라고 생각해요. 샤먼이란 자기희생 제의를 통해 남의 고통을 치유하고 덜어주는 존재잖아요. 그러니 무당이 보상을 바라선 안 되죠. 소설 쓰는 행위도 그런 거라고 생각해요. 말하자면 권여선 씨의 작품을 읽으면서 저는 무당의 모습을 보았습니다.

무당?
샤먼 말이에요.

더 근원적인 질문을 드리고 싶은데, 작가란 무엇일까요?
작가는 근본적으로는 어떤 필요에 의해 글을 쓴다고 봅니다. 말하자면, 나는 이 이야기가 필요하다고 생각해서 쓴다, 그거죠. 그런데 그 필요가 어디에 해당되느냐가 중요하겠죠. 나한테 필요한 건지, 상대한테 필요한 건지, 혹은 우리 모두한테 필요한 건지. 무당의 주술적 행위가 모두에게 필요한 거라고 전제한다면, 소설 쓰기나 여타 예술 행위도 저는 주술적 행위에 속한다고 봐요.

어린 시절 이야기를 들려주세요. 시간이 흐르면서 똑같은 일에 대한 기억이나 감정이 바뀐 에피소드도 좋고요.

재작년에 낸 산문집 맨 앞부분에 "왜 하필 '거기'여야만 했을까"라는 제목으로 제가 태어났던 집과 유년의 기억에 대해 쓴 적이 있습니다. 서너 살 때의 기억은 아예 없어요. 그 즈음부터 아홉 살 무렵까지 조부모 밑에서 컸는데, 알고 보니 부모가 일찌감치 분가를 했더군요. 예닐곱 살 무렵이었던 것 같아요. 집안 행사가 있어서 외지에서 부모가 왔는데, 떠날 때 나를 데리고 갈 줄 알았어요. 그런데 그냥 가더라고요. 부모와 떨어져 살았던 그 몇 년의 시기가 나한테 지배적인 영향을 미친 것 같습니다. 집이 뚝 떨어져 있어서 주위에는 아무도 없었고 오직 노인 둘과 나뿐이었는데…… 마치 절간 같았죠. 유일하게 의지할 수 있었던 건 바로 자연이었던 것 같아요. 혼자 여기저기 들판을 쏘다니며 사계의 변화를 온몸으로 겪으면서 시간의 순환을 체득했죠. 그것이 훗날 소설을 쓰는 데도 큰 영향을 주었습니다. 또 한여름에 마당에 쏟아지는 햇빛과 거기에 고여 있는 절대적 침묵, 눈 내리는 밤의 고요, 하늘의 별들, 들판에 몰려가던 횃불들…… 그런 풍경과 순간들이 아직도 선연하게 의식에 남아 있습니다. 나중에 부모와 함께 살게 되면서 오히려 많이 부딪혔어요. 1년 단위로 여기저기 이사를 다니는 통에 적응 장애를 겪었고요. 그렇게 가까운 타자와의 불화와 불안정이 훗날 세상과의 자발적 격리로 이어진 것 같아요. 중학교 때부터 글을 쓰게 된 건 어쩌면 자연스러운 일이 아니었을까 싶습니다. 공허함이 짓누르는 세계에서 혼자 버티기 위해서라도 뭔가 이야기가 필요했던 것 같아요. 돌이켜보면 이십대 중반에 절로 들어간 것도 과거의 유년 시절로 회귀한 현상이 아니었나 싶습니다. 절에 들어간 게 스물여섯 살인데, 그때 선불교 공부를 하다 보니까, 우주와 시간과 존재에 대한 비의를 깨닫고 죽어야 하지 않겠는가, 라는 욕망이 치솟더라고요. 그 타이밍을 놓친 게 여전히 아쉽습니다.

어린 시절이 선배님께서 문학에 선택받은 이유군요.

조부께서 초등학교 교장 선생님이었어요. 노인들이 잠이 없잖아요. 저녁만 되면 나에게 막걸리를 받아오라고 시켜서 깜깜한 길을 남포등을 들고 술청까지 왕래하곤 했죠. 그때 술맛을 이미 알아버렸고요. 막걸리를 받아다 부엌에 놓고 들어가면 하루에 두 시간 정도씩 한글, 한자, 그림을 가르쳐주셨어요. 늘 무릎을 꿇고 붓글씨를 쓰고 억지로 고전 공부도 했어요. 전통사회에서 나름 엄격한 교육을 받고 성장한 셈이죠. 당시엔 외지에서 대학을 다니던 막내삼촌의 방을 내가 썼는데, 삼촌이 영문학 전공이어서 책들이 되게 많았어요. 뜻도 모르고 그런 걸 읽으며 시간을 보냈죠. 아무튼 그 시기가 저한테는 삶의 형태가 결정되는 시기였던 것 같아요.

책 많이 읽으셨겠어요.

당시 삼촌의 방에 『학원』이라는 잡지가 있었는데, 김성란이라는 만화가가 『꺼꾸리 군 장다리 군』이라는 만화를 연재했어요. 그게 제일 재미있었고, 또 『학원』이라는 잡지에는 중고등학생들의 시와 소설이 매월 실렸어요. 그 학원문학상을 통해 등단한 기성세대 작가들이 많아요. 이제하, 최인호 선생 등등. 그런 독서 경험도 나중에 소설을 쓰게 된 동기가 된 것 같습니다. 나는 매우 단순한 사람이라 뭘 한다고 생각하면 일관되게 그냥 계속하는 스타일이에요. 고등학교 때도 한 달에 한 편씩 소설만 썼고요. 답답할 정도로 단순한 사람이죠.

그래서 규칙적이고 단조로운 일상을 유지하시는 거군요.

특히 전업작가인 경우는 일상을 잘 유지해야 한다고 생각해요. 내가 전업작가였을 때도 하루 일과를 정확히 정해놓고 일정한 패턴을 유지했어요. 일주일에 이틀 정도만 빼고요. 주말 하루 정도는 술을 마셨고, 하루는 온종일 가족을 위해 시간을 보냈죠. 나머지 닷새는 책 읽고 글을 쓰는 데 모든 시간을 썼어요. 몸이 아프거나 하면 그 패턴이 흔들리기도 하지만 여전히 일상을 규칙적으로 유지하는 편이에요. 그래야만 또 소설을 쓸 수 있으니까요.

어떻게 보면 지금 선배님께서 단조로운 일상을 유지할 수 있는 이유는 직장이잖아요. 가르치는 일과 소설가의 일 사이에 연관성이 큰가요?

처음에 학교로 갈 때는 강의만 하는 줄 알았어요. 뭐, 단순한 사람이니까. 그런데 행정적인 일이 많더군요. 입교하고 나서 1년 후에 곧바로 보직을 맡았는데, 각종 회의에 서류 작성에 스트레스를 꽤 받았죠. 어느 사회나 내부의 모습은 비슷한 것 같습니다. 지금은 웬만큼 익숙해져 있는 상태고 작년에 연구년을 받아 캐나다에서 지내는 동안 이런저런 정리가 되더군요. 다시 중심을 잡은 느낌이랄까요. 요즘은 바쁜 일상의 축적이 뭔가를 쓸 수 있는 원동력이 되는 것 같아요. 학생들과도 잘 지내고 있고요.

책을 읽지도 않고 쓰지도 않고 가르치지도 않을 때는 뭐 하세요?

가끔은 무위(無爲)의 상태가 필요하다고 생각해요. 형상은 있어도 존재하지 않는다, 라는 그 무위 말이에요. 주말마다 산에 가는데, 산속에 혼자 앉아 무위의 상태를 가지려고 노력합니다. 그게 효과가 있더라고요. 이 무위의 상태는 비움의 작용을 합니다.

너무 가득 차서 비우는 건가요?

그렇죠. 내게 삶이 너무 쌓였다는 생각이 들 때마다 비울 필요가 있더군요. 주기적으로 비워야만 다른 삶의 시간들을 받아들일 수 있는 것 같고요.

이제 완연한 중년이라고 봐도 될까요? 어떠신가요?

생물학적으로 오십대 중반이잖아요. 부인할 수 없는 중년이죠.

조금 더 편안해진 것 같아요.

웬만큼은 그런 것 같아요. 내가 좀 예민한 사람이잖아요. 외아들로 노인들 밑에서 자랐기 때문에 투정 같은 게 아직 남아 있고요. 그걸 의식할 때마다 나 자신도 깜짝 놀라곤 합니다. 몸에 배어 있는 게 있어서 그런가보다, 싶다가도 나이가 몇인데 이러면서 몸을 곧추세우곤 하죠. 아무튼 나이가 들어 이제는 사람을 대하는 데도 꽤 부드럽게 변한 것 같기는 합니다. 가족이 나를 잘 지탱해주는 이유도 있고요.

지금의 나이엔 무엇이 가장 필요하다고 생각하세요? 동년배, 타인에 대한 바람도 있으실 것 같아요.

새삼스러운 욕심인지 모르겠지만, 이제부터라도 주위에 사람들을 두며 살고 싶어요. 인생 후반을 좋은 사람들과 교우하면서 보내고 싶어요. 나는 지금껏 주위에 사람을 만들어놓지 못한 채 살아왔거든요. 또 지금부터는 죽음을 대비한 삶을 시작해야겠다고 생각해요. 글쓰기도 그렇고 사는 것도 그렇고 가정도 그렇고요. 잘 죽는 것도 어려운 일인데, 어느 순간 담담하게 그 경계를 넘어서고 싶습니다. 다른 이들에 대한 바람은 생각해본 적이 없습니다. 나는 누군가에게 뭘 요구하는 타입은 아니거든요. 그저 내 태도에 대해 늘 생각할 뿐입니다.

단조로운 삶을 유지하려면 무엇을 버려야 할까요?

결국 사소한 욕망들이겠죠. 쉬운 일은 아니지만, 그리 어려운 일도 아닙니다. 욕망이 충족되어야 삶의 에너지가 생기는 거겠지만, 단조로움 속에 있으면 그 속에 또 나름의 생성되는 에너지가 있습니다. 어쨌든 글을 쓰기 위해서는 자기만의 절대적인 시간이 필요하게 마련이고 그렇다면 사소한 뭔가는 포기해야 한다고 봅니다. 사실 나는 늘 바다로 가고 싶은데, 고작 1년에 두어 번 갈 뿐입니다. 여름과 겨울에.

바다낚시 좋아하시지요?

대학 때까지는 민물낚시를 다녔고, 군대에서 제대한 후로는 주로 바다낚시를 다녔습니다. 제주도에서 살던 시절에는 1년 중 반을 바다에서 보냈고요. 그즈음 내 상태가 아주 피폐했는데, 바다로부터 심정적으로나 육체적으로 많은 치유를 받았어요. 힘들다고 생각될 때는 바다에 나가 반나절도 서 있고, 종일 서 있을 때도 있었어요. 바다에 나가 있으면 순환작용을 느끼게 돼요. 거기에 나를 맡기곤 했는데, 그 순환의 생태성에 의해 치유가 가능했다고 생각합니다. 이왕 낚시에 대해 얘기하자면, 찌를 던지면 줄이 150미터까지 풀려나가요. 이윽고 먼 바다에서 신호가 오잖아요. 그때는 마치 우주와 내가 연결된 듯한 전율에 사로잡히곤 하죠. 또 처음 물 밖으로 나온 물고기와 대면하는 순간 그 생명체에게서 전해져오는 생생한 생명의 암시도 받곤 하죠. 그래서 내게 낚시란 단순한 취미를 넘어서 삶의 순환이 멈춰 있을 때, 그것을 회복하는 일종의 노동이기도 합니다.

소설가는 자기만의 철창을 그리는 것이다

장편소설을 쓴 배경을 설명하면서 어렵고 고통스러운 현재의 사회 환경에 대해 말씀하신 적이 있어요.

문청 때 어떤 책에서 이런 글을 읽은 적이 있어요. "작가는 행위 하는 존재이지 신분적인 존재가 아니다." 행위라는 건 글 쓰는 상태를 뜻하는 거겠죠. 때문에 나는 작가라는 명찰을 달고 사회적 활동을 하는 것에 대해 매우 소극적인 태도로 일관해왔습니다. 또 글을 쓰지 않을 때는 작가라는 자의식을 벗어던지고 그저 평범한 자연인으로 살아왔고요. 그런데 생각해보면 책을 내는 행위 자체로 작가는 사회적 존재가 돼버리는 것 같습니다. 그걸 깨달은 것은 마흔이 넘은 시점이었고, 아까도 언급했지만 학교에서 학생들과 함께 공부를 하면서 그렇다는 것을 더욱 분명히 깨닫게 됐습니다. 그로부터 사회현상이나 사건들에도 구체적인 관심을 갖게 되었고 기성세대로서의 자각도 하게 됐습니다. 또 사회와 개인, 역사와 현재, 나와 전체가 만나는 지점에 대해 사유하면서 글을 쓰게 되더군요. 『피에로들의 집』을 구상하고 쓰는 과정에서도 늘 그 생각을 놓지 않았습니다. 이삼십대에는 소설가라기보다는 내심 예술가에 연연했는데, 그것이 지금은 부끄럽게 생각됩니다. 근대소설의 발생 경위나 양식을 생각해보더라도 소설가는 예술가라기보다는 현실과 직접 마찰을 빚는 사회적 존재임이 분명합니다. 다만, 아직도 저는 소설가는 신분적으로 활동하기보다 글쓰기를 통해 삶의 임무를 수행해야 한다고 생각합니다.

하지만 현재에는 작가의 책무나 당위성, 당대성 같은 것들을 고리타분한 이야기로 여길 수 있을 것 같아요.

젊은 세대는 그럴 수 있다고 생각해요. 대부분의 젊은이들은 기성세대가 만들어놓은 체제나 제도에 저항하고 있습니다. 수직적 위계질서 속에서 살아온 우리 세대와 달리 그들은 수평적 삶을 추구하는 존재들이기도 하고요.

그러면 작가는 어느 정도까지 사회적인 역할을 담당해야 된다고 생각하세요?

사회적 담론의 생산에 일정 정도 관여해야겠죠. 물론 글쓰기를 통해서 말이에요. 이야기 자체가 담론체인데, 다양한 담론들이 충돌하고 마찰을 빚어야만 새로운 삶의 출구를 발견할 수 있다고 봐요.

SNS의 즉각적인 반응에 비하면 문학은 한 발짝 느리고 지난 어떤 과거의 일을 재현하는 것이라고 생각해요.

소설은 제작 기간이 오래 걸리고 또 '기억의 서사'라는 양식상의 특성 때문에 현실에 대한 즉각적인 반응은 불가능하다고 봐야죠.

그렇다면 문학은 지금 세계와는 점점 더 멀어질 수밖에 없는 것 같아요.

소설을 쓰는 행위는 지극히 아날로그적인 행위예요. 그런데 삶의 속성 또한 이와 정확히 일치합니다. 먹고 자고 사랑하고 꿈꾸고 고통을 받으며 거듭할 수밖에 없는 삶의 속성이 소설의 양식과 그대로 일치한다는 뜻입니다. 지금의 디지털 환경과 삶의 아날로그적 속성 사이에는 엄연한 괴리가 존재하지만, 그 때문에 더더욱 이야기 담론체가 필요하다고 봅니다. 기억의 서사인 소설은 삶을 다시 두드려 깨우고 애써 들춰내는 역할을 하기 때문이죠.

작년과 올해 문단에 굉장히 많은 일이 일어나고 있습니다.

저는 그것을 시스템 붕괴 현상의 하나로 파악하고 있어요. 오랫동안 유지돼 왔던 기존의 문단 체제나 제도가 이제는 수명이 다했다는 증거이기도 하고요. 모든 일은 원인에 의한 결과로 해석할 수밖에 없습니다. 우리들 삶에는 늘 무슨 일이 발생하게 마련인데, 그때마다 동시에 기회가 주어지기도 합니다. 그 기회라는 건 어떤 일이 발생했을 때 과연 어떤 방식으로 대응하고 풀어나가느냐의 문제이기도 합니다. 가령 작년에 발생한 표절 사태나 이후의 논쟁을 지켜보면서 저는 작가나 출판사가 결과적으로 그 기회를 놓쳐버렸다고 판단했습니다.

그 뒤로 별 논의가 없이 흐지부지되었어요.

앞으로 문단에 이런저런 변화가 찾아올 거라는 예감이 듭니다. 사실 '문단' 이라는 말 자체가 일제강점기에서부터 쓰인 낡은 용어입니다.

지금의 한국은 정치·사회적으로 피로도가 굉장히 높아요. 우리는 어떻게 달라질 수 있을까요?

돌이켜보면 기형적 형태의 근대화가 이루어져서 그렇다고 봅니다. 거슬러 올라가면 군부독재 시절이 있었고, 4·19와 5·16이 있었고, 또 한국전쟁과 일제강점기가 있었어요. 우리의 근대는 일제강점기에 비자발적으로 시작됐고요. 자발적이냐 혹은 비자발적이냐는 차이가 매우 큽니다. 그것은 곧 자의와 타의의 차이와 같은 거니까요. 결국 타의에 의해 근대화가 시작된 셈인데, 그런 과정에서 전통적 가치와 근대적 가치가 충돌할 수밖에 없었고 또한 엉겁결에 해방을 맞았잖아요. 저는 이 해방 정국의 시기가 매우 중요하다고 생각하는데, 이승만 정부가 들어서는 과정에서 반민특위가 해체됐잖아요. 이로써 친일 기득권 세력이 다시 득세하게 되었고, 한국전쟁을 전후하여 이념 차이를 근거로 무수한 사람들이 죽었습니다. 그러니 사회정의니 윤리니 하는 가치들이 자리잡을 틈이 없었던 거죠. 전통적 가치나 미덕은 전쟁을 겪는 동안 이미 사라진 상태였고요. 이후 군부독재와 경제개발 시대를 거치면서 오직 경쟁을 통해서만 살아남을 수 있는 시스템으로 변했습니다. 경쟁에서 탈락한 대다수의 사람들은 그대로 소외될 수밖에 없었고요. 그러한 현상은 지금까지도 유전되고 있고 사회 전반에 걸쳐 끊임없이 갈등을 재생산하는 요인으로 작용하고 있습니다. 이미 늦었다는 체념적 느낌에 사로잡힐 때가 있는데, 그래도 기회가 있다면 이제라도 무모한 경쟁을 멈추고 자발적으로 근대적 가치를 수용해야 된다고 생각합니다. 근대적 가치는 여러 가지가 있겠지만, 우선 수직적 구조에서 수평적 구조로 사회를 재편하는 일이 아닐까 합니다. 나와 모든 타인은 동등한 삶의 무게를 지고 있다는 것, 때문에 공평해야 한다는 것, 타인에 대해 윤리적인 태도를 취할 수 있어야 한다는 것. 이는 개인에게 주어진 과제이기도 하지만 현실적으로는 구조 자체의 혁신과 변화가 필요하겠죠.

그렇다면 이런 것들이 소설에 어떻게 반영되어야 하고 상징화되어야 할까요?

오래전에 원로 작가들을 만나는 자리에서 어떤 분이 요즘 젊은 작가들은 분단에 관한 이야기를 왜 안 하냐고 질책 조로 말했던 기억이 떠오릅니다. 그러나 모든 작가가 분단이나 사회 역사적 상상력을 바탕으로 한 작품을 쓸 필요나 이유는 없다고 생각합니다. 사실 너무 당연한 얘기지요. 저는 모든 작품은 리얼리즘에 속한다고 봅니다. 삶과 현실을 드러내는 방식의 차이를 두고 무슨무슨 이즘이나 계열로 분류하는 건 비평가나 문학사가들이 할 일입니다. 현실에는 두 가지 층위가 존재합니다. 현상적 측면과 잠복적 측면이죠. 막상 쓰는 입장에서 중요한 것은 작가인 내가 그때마다 무엇을 가장 중요하고 절실하게 느끼냐는 겁니다. 작가는 바로 그 절실한 것을 절실한 방법으로 쓰면 되는 것입니다. 그게 바로 리얼리즘일 테고요.

문학은 궁극적으로 무엇을 다뤄야 하는 걸까요?

나보코프의 『롤리타』 서문을 보면 이런 얘기가 나와요. 1920년대인가, 아무튼 그즈음에 프랑스의 한 일간지에 실린 가십 기사를 인용한 대목입니다. 삽화의 내용은 이렇습니다. 혼자 사는 어느 노화가가 원숭이를 키웠습니다. 아마도 반려동물이었겠죠. 화가는 원숭이에게 그림을 가르쳤습니다. 그리고 어느 날, 원숭이한테 '네가 그리고 싶은 걸 한번 그려봐'라고 했습니다. 그런데 원숭이가 최초로 그린 그림은 무엇이었을까요? 그것은 바로 자기를 가두고 있는 철창이었습니다. 무엇을 쓸 것인가, 하고 고민할 때마다 저는 그 철창을 떠올립니다. 원숭이에게는 그 철창이 자신에게 가장 절박한 현실이었겠죠. 말할 필요도 없겠지만, 쓰는 사람의 심정이 절실해야 독자한테도 그 절실함이 전해지게 마련입니다.

윤대녕   요즘 아이들은 SNS로 주로 소통하는데, 그게 하나의 엄연한 사회더 군요. 이건 내 경우의 얘긴데, 디지털 세계 밖으로 소환하려고 하면 아이의 저항이 무척 심해요. 부모가 그 틀을 깨려고 해도 안 돼요. 캐나다에 있는 동안 아이와 많은 대화를 하고 운동도 함께 하면서 사이가 돈독해졌는데, 귀국하자마자 바로 그들만의 디지털 세계로 바삐 돌아가더라고요. 그 세계는 우리가 상상하는 것 이상으로 견고합니다. 거기서 배제되면 곧바로 왕따나 루저가 되고요. 요즘 아이들은 부모보다는 자신들 또래한테서 더 많은 영향을 주고받습니다. 그건 그럴 수도 있는데, 압도적인 디지털 환경 속에서 성장한 아이가 앞으로 어떤 인간적 감정을 가지고 사유하며 살아갈지 걱정이 되는 것도 사실입니다.

백가흠   **사회에서 배제된 느낌이 드는 거겠죠.**

윤대녕   그렇습니다. 그들의 현실에서 배제되는 거죠. 어떤 의미에서는 우리 사회가 지나치게 진화를 한 게 아닌가 싶습니다. 비교문화적으로 보면, 캐나다 중고등학교 아이들은 우리 애들처럼 휴대폰을 다 가지고 있지도 않고 게임도 별로 하지 않습니다. 학교가 끝나면 주로 함께 모여서 운동을 하고 주말은 철저하게 가족과 함께 보내요. 성인이 되기 전까지는. 그리고 여전히 종이책을 많이 읽어요. 우리 애도 그렇게 변하더니 한국으로 돌아오기가 무섭게 디지털 키드의 일원으로 돌아가더라고요.

백가흠   **이제 입시가 스스로를 압박할 테니 반대로 탈출구 삼아 더 매달리는 게 아닐까**

싶네요.

윤대녕   결국 사회 환경과 시스템의 문제라고 봐요. 사람은 환경의 동물 아
닙니까.

백가흠   시스템에 대해 우리가 어떤 시스템을 만들어가야겠다는 합의 과정을 생각하지
않았던 게 아닐까요.

윤대녕   시스템을 정비할 기회가 있었는데, 그때마다 대수롭지 않게 생각
하고 지나갔던 게 아닐까 싶어요. 아까도 말했지만 이왕에 근대 시스템 속
에서 살아간다면 적극적으로 근대적 가치를 받아들여야 한다고 생각해요.
가장 우선적이고 근본적인 건 타자에 관한 문제겠죠. 우리는 가족 관계에
서부터 타자, 혹은 타자성을 인정하지 못하는 것 같아요. 여전히 계층, 서열
의식이 존재하는 사회적 관계에서는 말할 것도 없고요. 모든 사람은 고유
하고 개별적 존재라는 것, 모든 타인은 나만큼 삶의 무게를 지니고 있다는
것…… 이런 인식이 확보돼야 비로소 삶의 관계가 가능하다고 생각해요.

노승영   영어를 번역하다 보면, 영어는 낯선 사람들이 만나서 상대방을 전혀 모르는 상
태로 대화를 나눌 수 있게 되어 있는 언어라는 생각이 들어요. 서로에 대해 아는 것이 없
으니 모든 정보를 문장 안에 넣어줘야 하는데, 이에 반해 한국어는 상대방이 알고 있으리
라 생각되는 정보는 다 빼요. 대화에서 주어를 거의 쓰지 않는 것도 그런 측면에서 볼 수
있을 듯해요. 이미 많은 것을 전제한 상태에서 대화가 이루어진다는 거죠.

윤대녕   중요한 얘기네요. 언어 구조 자체가 그렇다는 뜻이지요? 과거 라틴
어도 마찬가지인가요?

노승영 이건 제 추측인데, 중상주의 시대를 거치면서 낯선 사람들끼리 소통해야 할 필요성이 대두되면서 언어도 그에 맞게 변화하지 않았나 싶어요.

윤대녕 소설의 기원을 따져 올라가면 라틴어가 아닌 이탈리아 남부의 평민들이 쓰던 언어로 이야기체를 만들었잖아요. 그래서 소설은 평민의 문학인 거고요. 그렇다면 우리가 지금 쓰고 있는 영어도 평민의 언어겠죠? 아니면 라틴어의 전통을 물려받은 건가요?

노승영 소설의 기원과는 좀 다른 문제인데, 영어는 문장의 각 요소가 반드시 자기 자리를 채워야 하는 언어입니다. 그래서 주어나 목적어가 중복되면 대명사나 다른 명사를 쓰는 한이 있더라도 그 자리를 비우진 않죠. 이런 형식주의는 상대방에 대한 앎을 전제하지 않는, 누구와도 소통할 수 있는 언어가 필요했기 때문에 등장하지 않았을까 싶어요.

윤대녕 그런데 우리 언어에는 존댓말이 있고 여러 층위가 있잖아요.

노승영 많은 유럽어에서 명사의 성을 남성, 여성, 중성으로 나누잖아요. 이것은 세상 만물을 그렇게 나눈다는 얘긴데, 한국어는 존대법이 그 역할을 한다는 생각이 들었어요.

윤대녕 거기서 계급이 발생하고 수직선도 발생하고. 그 차이네요.

노승영 소통의 측면만 보자면, 무척 효율적이죠. 이를테면 소설의 대화문에서 한 사람은 높임말을 쓰는데 다른 사람은 반말을 쓰고 있다면 지문이 없어도 누구의 말인지 분명히 알 수 있잖아요. 하지만 존댓말, 반말을 쓰는 것이 기존의 수직적 관계를 고착하는 역효과는 분명히 있죠. 넓게 보자면, 대화문의 화자를 알기 쉬운 것보다는 우리 사회에 스며 있는 차별을 없애는 게 훨씬 중요한 일이기도 하고요.

윤대녕 그렇군요. 이제 그만할까요? 몸살기가 있어서 조금 피곤하네요.

윤대녕

1962년 충남 예산에서 태어나 단국대 불문과를 졸업했다. 1990년 『문학사상』 신인상을 수상하며 작품활동을 시작했다. 소설집 『은어낚시통신』 『남쪽 계단을 보라』 『많은 별들이 한곳으로 흘러갔다』 『누가 걸어간다』 『제비를 기르다』 『대설주의보』 『도자기 박물관』, 장편소설 『옛날 영화를 보러 갔다』 『추억의 아주 먼 곳』 『달의 지평선』 『미란』 『눈의 여행자』 『호랑이는 왜 바다로 갔나』 『피에로들의 집』, 산문집 『그녀에게 얘기해주고 싶은 것들』 『이 모든 극적인 순간들』 『사라진 공간들, 되살아나는 꿈들』 등이 있다. 오늘의 젊은 예술가상, 이상문학상, 현대문학상, 이효석문학상, 김유정문학상, 김준성문학상을 수상했다. 현재 동덕여대 문예창작과 교수로 재직 중이다.

백가흠

1974년 전북 익산에서 태어났다. 2001년 서울신문 신춘문예로 등단했다. 소설집 『귀뚜라미가 온다』 『조대리의 트렁크』 『힌트는 도련님』 『사십사』, 장편소설 『나프탈렌』 『향』 『마담뺑덕』이 있다.

이방인 되기라는 예술

『Axt』 no. 010

2017

01 / 02

다 와 다 요 코

배 수 아

사진 제공 **다와다 요코** Tawada Yoko

"내가 중시하는 것은 어떤 언어를 구사할 수 있느냐 없느냐가 아니다. 그보다는 외국어의 한 문장, 표현, 혹은 어떤 텍스트가 내 생각과 감정을 움직일 수 있느냐 없느냐가 내게는 더욱 중요하다. 만약 그렇다고 한다면 나는 그 언어와 관계를 맺고 있는 것이다. 그것을 토대로 나는 집을 지을 수 있다."

언어의 여행자

배수아   어느 인터뷰에서 당신은 자신이 "언어 안에서 사는 사람(ein Mensch, der in der Sprache lebt)에 속한다"라고 말했다. 그렇다면 당신은 지금 어느 언어 안에서 살고 있는가, 그것은 어느 특정 언어인가 아니면 당신이 생각하는 문학이라는 언어인가.

다와다 요코   거기서 언어란 어느 특정한 언어를 가리키지는 않는다. 내가 알지 못하는 어느 언어의 한 어휘도 그 자리에 올 수 있다. 오직 언어만을 가지고 그것이 곧 문학이라고 부를 수 없을 것이다. 하지만 언어가 영감을 주는 질료인 것은 맞다.

당신은 두 가지 언어(독일어와 일본어)로 글을 쓰는 작가이다. 당신의 모국어인 일본어 작품과 독일어 작품에는 어떤 차이가 있다고 생각하는가? 당신의 일본어 작품을 독일어로

* 이 인터뷰는 배수아와 다와다 요코가 2016년 10월부터 이메일을 통해 주고받은 질문과 답을 정리한 것이다. 인터뷰 안에 삽입된 다와다 요코의 기사와 산문은 배수아가 직접 발췌·번역하였다.(편집자 주)

305

번역한다면, 그것은 당신이 처음부터 독일어로 쓴 것과 어떻게 다른 것인가?

나는 일본어로 스무 권이 넘는 책을 썼는데, 각각의 책은 모두 다른 성격과 특징을 갖는 다른 작품이 되었다. 마찬가지로 독일어로 쓴 작품도 스무 권이 넘지만 그들 역시 모두 다르다. 그러므로 내 일본어 작품과 독일어 작품을 언어별로 구분짓고 서로 비교하는 것은 불가능하다. 독일어로 발표된 내 책 중에 『여행하는 오징어』라는 책이 있다. 그 안에는 페터 푀르트너가 일본어에서 독일어로 번역한 세 개의 단편이 수록되었다. 아마도 그 책이 당신의 마지막 질문에 대한 답이 되어줄 것이라고 생각한다.

『여행하는 오징어』에 관한 리뷰 중에서

네덜란드 작가 세스 노테붐의 작품 『모쿠사이!』에서 한 주인공은 일본에 대해서 "다른 식으로 다르다"라고 말한다. 일본 작가 다와다 요코는 그 먼 나라를 탐색했다. 그리고 그녀 자신이 살고 있는 외국, 독일이란 나라를 탐색했다.

다와다 요코의 책 『여행하는 오징어』는 세 편의 단편들로 이루어진다. 「수미다 강의 주름진 남자」 「개 신랑」 그리고 「발꿈치 없는」이다.

키타나라, 즉 "더러운 여자"로 불리는 여교사 미츠코 키타무라가 있다. 그녀의 학생들이 전하는 말에 의하면, 그녀는 학생들이 화장실 용변을 보고 엉덩이를 닦을 때 여러 번이나 코를 푼 더러운 수건을 사용하기를 권했다는 것이다. 또 학생들에게 「개 신랑」 이야기를 들려주었는데, 이야기 속의 개 신랑은, 여교사가 코 수건을 최종 사용한 것과 똑같은 목적으로 자신의 혀를 공주에게 제공했다. 타로라고 불리는 한 남자가, 개 신랑이 공주에게 했던 것과 유사한 봉사를 여교사에게 했다고 한다.

다와다 요코는 이렇게 말했다. "진실은 문화와 문화 사이에 있다. 인간과 인간 사이, 단어와 단어 사이에 있다." 비슷한 모양으로 계속 이어지며 나란히 놓인, 대부분 오직 쉼표로만 구분되는 그녀의 단어들. 그 단어들이 밀집하여 가상의 현실을 이루고, 신비하고 괴이하게 보이는 이야기를 구축한다.

단어와 단어 사이, 문화와 문화 사이의 공간을 움직이는 것은 다와다 요코의 고향없는 자웅동체 존재들이다. "개 신랑"인 타로는 남자 애인과 함께 소문의 세계를 떠난다. 그 애인의 딸은 미츠코와 함께 사라졌다. 다른 단편에서는 『여행하는 오징어』처럼 "발꿈치 없는" 여인이, 자신이 서류상으로 결혼한 남편을 찾아 나섰다가, 어느 낯선 도시의 비스듬한 백일몽 건축물에 걸려 비틀거린다. 그녀가 어린 시절 노래에서 배운 대로, 침대로 올라가려면 발꿈치가 없이는 아주 어렵기 때문이다. 하지만 그녀는 인공 발꿈치를 이식하는 것을 거부한다. 다른 식으로 다르게 머물기를 원하는 여인은, 오직 꿈속에서만 남편을 만날 수 있다. 소설가인 남편은, 그녀의 귓속에 잉크를 분사한다. 그는 출장 여행을 떠난 잉크 회사의 감독관이다. 그는 오징어 사체이다. 여인은 그가 누워 있는 방의 잉크처럼 새까만 문을 열어젖힌다. 여인은 이 이야기를 잊고 싶어 한다. 그녀는 새로운 시작을 원한다. 우리는 흥미롭게 그것을 기다린다.

〈Die Zeit〉(1994년 10월 7일자) 부분 발췌

당신은 자발적인 의사에 의해 두 언어 사이를 유영하는 듯 보인다. 작가에게 두 언어 사

이의 유영이 하나의 모국어에 매달리는 것보다 더 중요하다고 보는가?

내가 근본적으로 다루며 작업하는 언어는 모국어이다. 그러면서 나는 하나의 언어 안에 여러 언어들이 깃들어 있음을 느낀다.

내가 가장 좋아하는 당신의 글 중의 하나는 단편 「심부름꾼(die Botin)」이다. 짧고 강렬하고 매혹적이고 신비했다. 이 작품을 쓰게 된 배경이나 계기를 설명해줄 수 있는가?

당신이 「심부름꾼」을 읽었고 더구나 좋아한다니 참으로 기쁘다. 하지만 내가 어떤 계기로 그 작품을 쓰게 되었는지는 정말이지 기억나지 않는다. 그것은 마치 번역과도 같다. 번역 텍스트가 탄생하면서, 원본 텍스트는 그로부터 사라져버리는 것이다.

"내 생각에 언어를 정복한다는 건 불필요하다. 사람은 언어와 모종의 관계를 맺거나, 혹은 맺지 못하는 것뿐이다(meiner Meinung nach ist es überflüssig, eine Sprache zu beherrschen. Entweder hat man eine Beziehung zu ihr oder man hat keine)." "모국어는 사람을 만든다. 반면에 사람은 외국어로 뭔가를 만들 수 있다(Die Muttersprache macht die Person, die Person hingegen kann in einer Fremdsprache etwas machen)."

당신의 단편 「귀의 목격자」에 나오는 잊을 수 없는 문장들이다.

내가 중시하는 것은 어떤 언어를 구사할 수 있느냐 없느냐가 아니다. 그보다는 외국어의 한 문장, 표현 혹은 어떤 텍스트가 내 생각과 감정을 움직일 수 있느냐 없느냐가 내게는 더욱 중요하다. 만약 그렇다고 한다면 나는 그 언어와 관계를 맺고 있는 것이다. 그것을 토대로 나는 집을 지을 수 있다. 반면에 산처럼 많은 지식을 갖추었다고 해도 관계를 맺지 못한다면 아무것도 지을 수 없다.

유럽이 시작되는 곳

Eigentlich darf man es niemandem sagen

Aber Europa

gibt es nicht

원래는 아무에게도 얘기해서는 안 돼

유럽은

없다는 것을

다와다 요코 산문집 『부적』 중에서

당신의 글 「유럽이 시작되는 곳」은 한국에서 출간된 『영혼 없는 작가』(다와다 요코, 최윤영 옮김, 을유문화사, 2011)란 책에 수록되었다. 나는 그것이 매우 의미심장한 제목이라고 생각한다. 이 책은 당신이 처음으로 독일어로 쓴 작품이다. 독일로 갈 때부터 당신은 독일어로 글을 쓰는 작가가 되기를 꿈꾸고 있었나?

열아홉 살 때 시베리아 횡단열차를 타고 처음으로 유럽으로 향하던 당신은 유럽이 모스크바에서 시작한다고 생각했지만, 시베리아 평원 한가운데서 아시아-유럽 경계 표지판을 발견한다. 그리고 정작 유럽인들은 모스크바를 유럽이라고 생각하지 않는다. 지금 당신의 생각은 어떤가? 유럽은 어디서 시작하는가?

우선 분명히 하고 싶은 점이 있다. 나는 「유럽이 시작되는 곳」을 에세이로 쓰지 않았다. 그러므로 당연히 그 안에 나오는 일인칭 화자는 나와 동일인이 아니다. 따라서 나(다와다 요코)는 유럽이 모스크바에서 시작한다고는 생각하지 않았다는 것을 말하고 싶다.

내 독일 친구들의 상당수는 푸틴의 러시아를 유럽이라고 여기지 않는 반면 폴란드는 유럽으로 생각하고 있다. 내 개인적인 견해로는 유럽와 비유럽 사이에 분명한 경계선을 긋는 것은 불가능하다고 본다. 왜냐하면 유럽이란 하나의 관념이기 때문이다.

1982년 독일에 갔을 때, 나는 독일어로 글을 쓰겠다는 생각은 전혀 없었다.

최초의 유럽 여행을 위해 비행기가 아니라 시베리아 횡단열차를 선택한 데는 특별한 이유가 있는가?

당시 나는 러시아어를 공부하고 있었는데, 시베리아 횡단열차에서는 러시아어로 대화할 기회가 많았다. 그리고 비밀경찰도 없었고. (적어도 나는 비밀경찰일 것 같은 사람은 하나도 보지 못했다.)

당신의 소설 『목욕탕』에서 통역사로 아르바이트하는 여주인공은 일본인 남자 회사원들을 위해서 독일어로 통역하는 자리에서 한 일본인이 이렇게 말하는 것을 느낀다.

"통역하는 여자는 몸을 파는 창녀나 마찬가지이며 조국의 남자들에게 이런 여자는 증오의 대상이었다. 그들은 내 귀에 부어지는 독일어 단어들이 모두 다 남자의 정자라고 생각할 것이다."

이 부분을 읽었을 때 좀 충격적이었다. 지금은 아니겠지만 예전에는 한국에서도 그와 비슷한 생각이 있었다고 생각한다. 모든 의식과 사고방식이 한국과 매우 달라 보이는 일본인의 속마음에도 이런 생각이 있다는 점이 놀라웠다. 그 소설에는 젊은 여자 통역사를 대하는 가부장적인 남자들의 전형적인 묘사가 있다. 이것은 당신의 경험에서 나온 에피소드인가?

일단 "창녀"라는 비유가 약간은 과장되었음을 인정해야겠다. 하지만 어느 정도의 진실을 내포하는 것만은 분명하다. 예전에는 지식인들이라고 해도 외국어를 읽을 줄만 알았지 회화에는 능숙하지 못한 경우가 많았다. 반면에 외국 군인들과 직접 상대하는 여자들은 말로 의사소통이 가능했다. 내 생각에 위와 같은 편견이 생겨난 데는 지식인들의 열등감도 한몫을 했으리라고 본다. 오늘날에는 여자 통역사들이 그런 시선을 받지도 않고 또 외국어를 능숙하게 말하는 지식인들도 많다.

과거의 일본은 젊은 여자들에게 예쁘게 화장한 모습과 상냥한 태도를 기대했다. 다행스럽게도 독일에서는 그런 기대를 크게 느낄 수 없다. 하지만 유럽이나 미국에서도 여자들은 죽을 때까지 매력적인 모습을 갖추려고 애쓰는 편이다. 그렇지 못하면 은연중에 경멸을 당한다. 그런 삶이란 생각만 해도 피곤하지 않은가? 그 무엇도 요구당하지 않으며 살고자 하는 내 삶의 요구에는 맞지 않는다. 전 세계 어디에도, 여자로 살기가 쉬운 나라는 없다. 그렇다고 남자로 살기가 더 쉬운 것도 아니다. 그런 점에서 나는 내가 남자가 아니라는 사실이 매우 좋다.

외국에 오래 거주한 사람들은 외국어를 모국어처럼 느끼는, 혹은 그렇게 되기를 지향하는 경향이 있다. 당신은 오래 독일에서 거주했을 뿐만 아니라 심지어 외국어인 독일어로 글을 쓰는 입장이다. 그런데도 자신이 다루는 언어를 고집스럽게 계속 '낯선 외국어'로 바라보려고 하고 그것을 꾸준히 문학의 주제로 삼는다. 이것은 불가항력이 아니면 당신의 의도적인 작가적 선택(전략)인가?

이 질문에 대해서 내가 할 수 있는 말은 단지 이것뿐이다. 독일어가 외국어가 아니었다면 나는 독일어를 사랑하지 않았을 것이다. 그래서 나는 독일어를 계속해서 낯선 언어로 느끼려고 노력하고 있다. 내가 독일어를 더욱 심도 있게 다룰수록 그것은 나에게 외국어로 남게 된다.

언어는 '이방인 되기'와 어떤 관련이 있는가? 낯선 언어를 사용하는 사람들 사이에서 이방인이 되는 거라면, 당신의 경우 일본에서는 이방인 느낌이 없는가?

일본에 살 때 나는 종종 일본이 낯설다는 느낌을 갖곤 했다. 내 경우가 특별한 것은 아니다. 젊은이들이 사회와 거리를 두고 비판적인 시각을 갖는 것은 반드시 필요하다. 그래야만 자신만의 사고를 작동시킬 수 있기 때문이다. 하지만 내가 독일에 와서 발견한 낯섦은 아주 다른 종류였다. 나는 도착하자마자 친구들이 생겼고, 모국어와 다르게 작동하는 언어의 낯섦을 즐길 수 있었다. 80년대의 일본은 내게 낯설었다. 왜냐하면 당시는 경제가 너무도 큰 역할을 하고 있었기 때문이다. 다행히 그런 경향은 많이 수그러들었다. 2011년 이후로 나는 일본을 전혀 낯설게 여기지 않는다. 핵발전소 재난 이후로 이런 식으로 계속 나가서는 안 된다는 것을 사람들이 깨달았기 때문이다. 그 이후로 내 일본 독자들이 더 늘어나기도 했다.

독일어 단어 중에서 당신이 특별히 좋아하는 것은 무엇인가? 당신에게 특별하게 기억되는 단어는? 처음으로 독일어를 배울 때 혹은 들을 때 당신에게 깊이 각인된 어떤 단어가 있는가?

Ahnung(예감)이라는 독일어 단어이다. 더 정확히 말해서 Ahnung을 이용한 "Keine Ahnung(모르겠어요)"이란 표현이다. 독일에 온 첫해에 그 표현이 얼마나 인상적이었는지. 그런가하면 "Kein Bock(뭔가를 하고 싶지 않음)" 혹은 "Keine Bohne(별것 아님)"라는 말도 마찬가지였다. 명사 앞에 작고 작은 단어 kein을 붙여서 모든 존재를 무화시켜버리고 있지 않은가! 일본어로는 그런 표현을 할 수가 없다.

지금 이 순간 내게 떠오른 단어는 "Schmutz(더러움)"이다. 거기에는 뭔가 부드러운 것, 사랑스러운 것이 깃들어 있다.

소설 『벌거벗은 눈』이 나온 후 한 인터뷰에서 당신은 자신의 작품이 탈공산주의(Post-Kommunismus), 탈식민주의(Post-Kolonialismus), 탈유교사상(Post-Konfuzianismus)라고 표현한 적이 있다. 공산주의나 식민주의, 유교사상이 과거 당신에게 어떤 영향을 미쳤다고 생각하는가?

한마디로 대답하기에는 너무 방대한 질문이지만, 그래도 답변을 시도해보겠다. 어린 시절을 회상해보면 정말 이상했던 점이 있다. 내가 아는 주변의 많은 어른들이 공산주의자거나 적어도 공산주의 사상을 절반쯤은 갖고 있었는데, 그럼에도 그들의 삶의 태도는 다들 어느 정도 유교적이었다. 나는 민주주의를 가장 소중한 가치로 여기지만, 서열과 상관없는 존경심 또한 중요하다고 생각한다. 나는 증오와 폭력이 없는 혁명을 원한다.

또한 나는 배움이야말로 삶에서 가장 아름다운 일이라는 생각에 친숙하다. 어쩌면 그런 점에서 유교는 오직 우리에게 유용한 면이 있을 것이다.

그리고 식민주의. 현대 일본이 저지른 가장 큰 오류는 다른 아시아 국가들을 식민지로 삼고 아시아의 평화를 파괴한 일이다. 유교와 식민주의, 공산주의는 일면 모두 과거의 일처럼 보이긴 하지만, 또다른 면으로는 내가 현재를 이해하는 키워드로 작용하기도 한다.

베를린의 평범한 하루

내가 당신에 대해서 처음 들었을때 당신은 함부르크에 살고 있다고 했다. 그런데 최근 인터뷰에서 베를린으로 이사했다는 것을 알게 되었다. 어느 인터뷰에서 당신은 베를린을 "나의 놀이터(mein Spielplatz)"라고 말했다. 함부르크와 베를린을 비교하면 베를린은 어떤 도시인가? 당신의 베를린에 대해서 듣고 싶다.

베를린은 함부르크보다 슬라브적인 분위기가 더 많다. 나는 그것이 좋다. 이곳에 처음 이사와서는 마야콥스키환상로(Majakowskiring)에 살았는데 인근에 차이콥스키 거리와 보리스 파스테르나크 거리가 있었다. 이 도시에는 러시아인들이 많이 산다. 지하철을 타고 있거나 거리를 걸을 때 러시아어가 귀에 들려오곤 한다. 오페라극장에서도 마찬가지다. 그것이 놀랍고도 좋다.

2주일 전 한 화가가 전화를 걸어왔다. 자정이 다 된 시각이었다. 함께 아는 친구들이 여럿이고 공동작업도 한 적이 있는지라 우리는 오래 알고 지낸 사이처럼 스스럼없는 관계였다. 하지만 그날까지는 단 한 번도 개인사에 대해서는 이야기한 적이 없었다. 그는 수화기 저편에서, 등에 견딜 수 없는 통증이 있다고 말했다. 전쟁 중에 총을 맞은 바로 그 자리라고 했다. 아흔 살인 그 남자가 나에게 통증에 대해 이야기한 것은 그날이 처음이었다. 평소에는 항상 석판화나 민속학, 캘리그라피 얘기만 했던 것이다. 당시에 수술로 금속 탄환을 꺼냈고, 바로 몇 시간 전까지만 해도, 아무런 통증을 느끼지 않고 평생 살았다고 했다. "혹시 내 몸에 아직 구멍이 뚫려 있는 건 아닐까?" 그는 이렇게 말하고 웃었다. "난 지금 구멍을 주제로 한 에세이를 쓰고 있는 중이었어요." 내가 말했다. "극장으로서의 구멍 말이에요. 스웨터에 구멍이 생긴 걸 발견하면, 그 사람은 이제 눈을 대고 들여다보는 극장을 몸에 지니고 있는 셈이잖아요." 남자는 웃었다. 그리고 슬쩍 지나가는 말투로, 언젠가 나와 다시 한번 더 공동작업을 했으면 좋겠다고 했다. 수화기를 내려놓자 나는 "환상고통"이란 단어가 떠올랐다. 하지만 반대로, 고통 없는 상태가 환상일 수도 있지 않을까? 삼 일 후 나는 그 화가가 죽었다는 소식을 들었다. 너무 두려워서 정확히 언제 죽었느냐고 물을 용기가 나지 않았다. 소변과 니코틴의 악취가 진동했다. 신발끈을 다시 묶어야 할 일이 생기지만 않았다면, 이 어두컴컴한 지하 통로에서 단 1초도 지체하지 않았으리라. 비쩍 마른 남자 세 명이 통로 벽에 등을 기대고 서 있었다. 한 남자가, 군인으로서 영웅적인(heroisch) 죽음을 맞이하기보다는 차라리 헤로인(Heroin)이 더 좋다고 말했다. 두 번째 남자가 고독으로 비틀린 얼굴을 들더니 말했다. "나는 도시를 책임지려고 했어. 비록 내 것이 아닌 도시였지만, 그래도 도시를 구하려고 했다구. 헤로인이든 영웅주의(Heroismus)든 상관없이 말이야!" 세 번째 남자가 말했다. "난 베를린을 구했어. 그런데 베를린은 날 경멸하지." 그리고 오른발로 벽을 한 번 걸어찼다. 벽은 흰 치즈 덩이처럼 물렀다. 발로 찬 자리에 커다란 열쇠구멍만 한 구멍이 생겼다. 세 남자들은 주머니에서 담배를 꺼냈는데, 동시에 하지는 않고 한 명 한 명 시차를 두었다. 최대한 독립적인 방식으로 시간을 죽이겠다는 의지처럼 보였다. 그러자 도시 전체가 갑자기 쥐 죽은 듯 조용해졌다. 그 순간 나는, 이 모두가 연출된 상황이라는 생각이 들었다. 감독의 이름은 슈코프. 원래는 정적이 찾아오기 전에 수류탄 터지는 소리가 났을 것이 분명한데, 나는 그만 그 장면은 놓쳤고 귓속의 시간을 뒤로 돌릴 수도 없었다. 이 정적은 첫 번째 공격에 대한 응답인 걸까? 왜 베를린은 아무런 응답을 하지 않는 걸까? 이봐 베를린, 네 주먹은 병들었어, 그러니 네 주먹이 네 얼굴을 피가 날

때까지 때리고 있지. 네 두 팔을 절단해야겠어. 안 그러면 넌 자신을 구제불
능으로 망가뜨려버릴 거야.

머리 위의 비상브레이크가 움직이더니, 톱니바퀴가 삐걱거리면서, 마치
화물열차가 급격하게 멈추는 듯한 육중한 소리가 울렸다. 세 남자는 담배
꽁초를 웅덩이에 던지고 지하통로에서 달아났고, 나도 그 뒤를 따랐다. 그
들은 손과 발로 가파른 비탈을 기어 철로가 지나는 둑길 위로 올라갔다.
나도 그 뒤를 따랐다. 등반가가 밧줄을 붙잡듯이 축축하게 젖은 풀포기를
간신히 붙잡고, 걸음을 옮길 때마다 뒤로 미끄러지긴 했지만, 그래도 한참
뒤에는 어떻게 성공하여 위쪽으로 올라설 수 있었다. 기관차의 시커먼 몸
체가 내 시야를 가렸다. 금속은 그을음이 묻어 있으면 더 오래간다고, 러시
아 악센트를 가진 어떤 목소리가 내 귀에 이렇게 속삭였다. 한없이 긴 화
물열차 한 칸의 문이 열려 있었다. 나는 거기 올라탔다. 열차 안에는 좌석
이 없었고 궤짝들만 가득했다. 가장 가까이 있는 궤짝의 뚜껑을 열자, 그
안에는 이끼처럼 짙은 초록빛에 칼라가 붉은색인 군복 외투를 걸친 한 남
자가 들어 있었다. 남자는 눈을 떴다. 그의 속눈썹은 메릴린 먼로보다 더
길게 자랐고 숱도 더 많았다. 그는 팔꿈치를 구부려 궤짝 바닥에 받친 자
세로 상체를 일으켰다. 그리고 무릎을 앞으로 끌어당겨 구부리고 장화를
털었다. 그러자 마른 흙덩이가 부서지며 바닥에 우수수 떨어졌다. 왁스로
빛은 듯 아무런 표정이 없는 얼굴로 그는 일어섰다. 그 바람에 단추를 채
우지 않은 외투 자락이 커튼처럼 열리고, 털이 잔뜩 난 벌거벗은 몸이 4월
의 공기 속에 드러났다. 그가 2월에 저 외투를 입었을때, 스탈린은 그를 보
내줄 생각이 없었다. 그는 외투의 단추를 잠그지 않은 채로 서 있으므로,

풍만한 가슴이 "어머니 고향"의 가슴으로 보였다. 털이 가득한, 근육질의 허벅지 사이에는 껍질이 반쯤 벗겨진 석류가 하나 매달려 있었다. 나는 고개를 가로저었다. 아니야, 내 앞에 서 있는 이 사람은 군인이 아니라 수염 난 과일 상인이야. 여기 배 한 여단, 저기 토마토 한 부대. 그가 예리한 칼을 과육 속에 박고 석류를 잘라내자 붉은 과즙이 사방으로 튀었다. 그는 의기양양하게 웃었다. 나는 그의 웃음이 섬뜩하여, 가책을 느끼면서 그에게 작별을 고했다. 몇 걸음 걸은 뒤에 보니 내 흰 자켓에 붉은 얼룩이 묻어 있었다. 평범한 베를린의 하루였다.

다와다 요코, 「베를린의 구멍」 중 일부

작가가 자신의 고향을 떠나서 사는 것은 어떤가? 그것은 작가의 작업을 풍요롭게 만들어 준다고 생각하는가? 이외에 작가의 작업을 풍요롭게 만들어주는 요소에는 어떤 것이 있을까? 예를 들자면 고양이를 기르는 것도 해당이 될까?

각자의 경우마다 다를 것이다. 그렇지 않을까? 외국에서의 삶이 울적하기만 하고 아무런 자극이 되지 못하는 작가들도 많다. 하지만 나는 그로부터 많은 영감을 받는다. 또 고양이에 대해서 예를 들자면, 고양이 알레르기를 가진 작가들도 많다. 하지만 나는 두 마리 고양이와 함께하는 시간이 무척 좋았다. 하지만 슬프게도 내 고양이들은 모두 죽었다.

베를린은 한국 독자들에게도 어느 정도 친근한 도시이다. 여러 작가들이 베를린을 방문하고 그곳에 관한 글을 쓰기도 했다. 당신은 베를린을 어떤 식으로 즐기는가. 베를린에서의 당신의 일상이 어떤지 궁금하다.

한국 작가가 베를린을 배경으로 책을 쓴다면 어떨까 관심이 생긴다. 무척 흥미로울 것 같다. 하지만 내 일상은 그리 흥미롭지 않다. 나는 아침에 일찍 일어나 점심때까지 글을 쓴다. 그런 다음에는 우체국에 가서 편지를 부치거나 유기농 매장에 들른다. 돌아와서는 책을 읽고 목욕을 한다. 일주일에 세 번은 동네에 있는 태극권 도장에 다닌다.

당신에게 여행이란 무엇인가?

항상 시계를 들여다보면서, 여권을 챙겨야 하고, 낯선 사람들과 밥을 먹으며, 깨끗한 양말의 숫자를 세고, 새로운 인상을 메모하는 일. 그런 일과 동시에, 진행 중인 작품을 계속해서 써나가기도 하는 일.

지금 당신에게 가장 소중한 것은 무엇인가?

내 다음 작품.

다와다 요코

1960년 도쿄에서 태어났다. 1982년, 와세다 대학 러시아문학과를 졸업한 후, 독일로 이주했다. 1987년, 일본어로 써 놓았던 시를 지인의 도움을 받아 독일어로 번역해 『네가 있는 곳에만 아무것도 없다』를 출간하며 데뷔했다. 이듬해에 독일어로 처음 쓴 소설 『유럽이 시작되는 곳』을 출간했고, 1991년 일본에서 『발뒤꿈치를 잃고서』로 군조 신인 문학상을 수상하면서 일본어로도 작품을 출간하기 시작했다. 이후 독일어와 일본어로 글을 쓰면서 연극과 사진, 그림 등 여러 분야의 예술가들과 함께 새로운 작업을 하고 있다. 독일에서 레싱 문학상, 샤미소 상, 괴테 메달 등을, 일본에서 아쿠타가와 상, 이즈미 교카 상, 다니자키 준이치로 상, 요미우리 문학상 등을 받았으며 독일 이주자 문학의 중요한 작가로 평가받고 있다. 주요 작품으로 『영혼 없는 작가』 『용의자의 야간열차』 『유럽이 시작되는 곳』 『개 신랑 들이기』 『데이지 차의 경우』 『구형시간』 『목욕탕』 등이 있다.

배수아

소설가이자 번역가이다. 지은 책으로 『밀레나, 밀레나, 황홀한』 『푸른 사과가 있는 국도』 『바람 인형』 『철수』 『일요일 스키야키 식당』 『에세이스트의 책상』 『올빼미의 없음』 등이 있고 옮긴 책으로 페르난두 페소아의 『불안의 서』, 프란츠 카프카의 『꿈』, W. G. 제발트의 『현기증. 감정들』 『자연을 따라. 기초시』, 막스 피카르트의 『인간과 말』, 사데크 헤다야트의 『눈먼 부엉이』, 마르틴 발저의 『불안의 꽃』, 토마스 베른하르트의 『비트겐슈타인의 조카』 등이 있다.

정신없이
쓰고 있습니다

Kim Takhwan 김탁환, 2017
photo **Paik Da huim** 백다흠

『Axt』 no. 011
2017
03 / 04

김 탁 환

노 승 영

"종이라는 재료가 사라지더라도, 문자를 읽고 상상하며 즐기는 이야기는 계속 가리라고 봅니다. 그 틀이 모바일이나 웹으로 달라질 수는 있겠지만 말이죠. 작가로선, 혼자 이야기를 만드는 작업과 함께 이야기를 만드는 작업을 계속 병행할 예정입니다. 독자들도 혼자 이야기를 즐기는 경우와 함께 이야기를 즐기는 경우가 병행될 것 같네요. 독서가 전자의 대표라면, 함께 게임 속 무대로 들어가서 즐기는 롤플레잉 게임은 후자에 속하겠죠. 저는 게임까지는 가지 않고, 소설과 영화기획에만 집중할 예정입니다. 이번 생에서는."

#1. 외삼촌의 작은 방

잠자리에서 아이는 옛날이야기를 해달라고 조른다. 어릴 적 할머니께서 들려주시던 옛날이야기에 로망이 있는 나는 무형의 자산을 후대에 전수해야 한다는 의무감과 아이를 재우고 싶은 욕망에 사로잡힌 채 기억을 더듬어보지만, 줄거리가 온전히 떠오르는 것은 「해와 달이 된 오누이」뿐. 서너 번 들려줬더니 지겹다며 다른 얘기 없느냐고 채근하는데, 일단 "옛날 옛적에……" 하고 운을 띄워보지만 금세 머릿속이 하얘진다. "신은 이야기를 사랑하여 인간을 만들었"다는데(엘리 위젤, 『숲의 문』) 이야기 재능이 없는 나란 인간은 뭐하러 만들었을까? 그래서였을 것이다. 이번호 인터뷰이 김탁환을 내가 맡고 싶었던 것은. "서울 주재 프랑스 공사관의 젊은 대리공사가 왕궁 소속의 어느 무희에게 반했다. 그는 고종 황제에게 이 여인을 달라고 요구해 프랑스로 데려간 뒤 결혼했다. ……인권에 대한 자각을 경험했던 리심은 금 조각을 삼키고 자살했다"라는 기록을 가지고 프랑스에서 모로코까지 그녀의 행적을 더듬은 여행기

『파리의 조선 궁녀 리심』를 쓴 작가라면 이야기를 잘하는 법을 알려주지 않을까, 싶었다.

우선, 김탁환은 어쩌다 소설가가 되었는지 궁금했다. "어느 날 아침에 출근하는데 날치 떼가 물살 위로 오르더라. 그 날치 떼를 보다가 소설 쓰고 싶다는 생각이 처음 들었다." 이 일화는 많이들 알고 있겠지만, 더 평범하고 따분한 사연을 듣고 싶었다. 어쩌면 나의 날치 떼를 찾고 싶었는지도 모르겠다.

노승영　맨 처음 읽은 소설이 무엇인가요?

김탁환　제일 처음에 읽은 소설? 제가 초등학교 5학년 즈음이었는데 엄마 고등학교 후배가 책을 사오셨어요. 『크눌프』였어요. 크눌프라는 사람은 방랑자구나, 자유롭게 돌아다니는. 그리고 크눌프처럼 사는 것도 매우 재밌겠다고 생각했죠. 소설가도 그런 존재인가? 보통 사람들은 직장을 다니며 붙박이로 사는데 떠돌아다니면서 살아가는 존재가 소설가인가?

일상을 살아가는 생활인과는 다른 존재라고 생각하셨군요.

제 인생의 첫 소설이었어요, 『크눌프』.

자발적 독서라기보다는 책이 생겨서 읽으신 것이군요.

오늘 이 자리에서 처음 말씀드리는 건데, 고등학교 때 책을 많이 읽을 기회가 있었어요. 저는 부모님이 독실한 크리스천이시라 어려서부터 교회에 다녔습니다. 유년 주일학교와 중등부를 거쳐 고등부로 올라갔죠. 고등부만 따로 예배를 봤습니다. 40~50명 정도 학생들이 모였어요. 그런데 그때 좀 이상했던 게 같은 1학년인데 나이가 많아 보이는 여학생들이 있었어요. 나중에 알고 보니 실제 나이가 많았습니다. 마산에는 한일여실고(한일여자실업고등학교)라는 학교가 있었습니다. 한일합섬이라는 회사에서 일하면서도 시간을 나눠 학교 공부를 병행했죠. 가난하지만 공부에 열의가 있는 이들이 진학했습니다. 이런저런 이유로 2~3년 다른 일을 하다가 이 학교로 진학하기도 했습니다. 그중에서 책을 늘 끼고 사는 여학생들이 있었습니다. 나는 고1이고 남자들은 (정신연령이) 좀 떨어지잖아요. 그런데 그녀들은 대학생 수준의 책들을 읽고 있었던 것 같아요. 제가 글 쓰는 걸 좋아하니까, 누나들 중 몇 명이 책들을 권하더군요. 소설들이 많았어요.

주로 외국소설이었나요?

고1 남학생이 읽음 직하지 않은 소설들. 토마스 만, 엔도 슈사쿠, 도스토옙스키, 프란츠 카프카, 허먼 멜빌, 앙드레 지드의 소설들. 무척 고맙죠, 지금 생각해보면. 대학교 가니까 그 누나들이 그때 권했던 책들이 그 책들이더라고요. 내가 고1, 열일곱 살일 때 그녀들은 스무 살이었으니까요. 그리고 「앵두의 시간」이라고 중편에 썼었는데, 우리 막내 외삼촌이 소설가 지망생이었거든요. 삼촌이 읽으려고 쌓아둔 책들을 많이 훔쳐봤죠.

아, 외삼촌 얘기, 예전에 강의 때 들은 기억이 나요.

외할아버지가 앵두나무 과수원을 했거든요. 외삼촌은 산중턱에 있는 과수원에서 먹고 자고 했죠. 앵두나무를 80~90그루 키웠습니다. 삼촌의 작은 방에 들어가면 앉은뱅이 탁자가 있었고, 삼촌은 그 위에 원고지를 항상 얹어놨어요. 아무것도 적지 않은 원고지가 항상 놓여 있었고 책들은 그 주위에 아무렇게나 방을 삥 둘러 쌓고 있었습니다. 거기 혼자 놀며 아무 책이나 보는 겁니다. 소설도 읽고 시도 읽고 그러다가 문예지도 보고 그랬어요. 『문예중앙』이나 『현대문학』이나 『창작과비평』 같은 것도 봤습니다. 문예지에서 비평이나 소설은 어려우니까 조금 읽다가 건너뛰고, 토막글들을 많이 찾아서 봤어요. '헤밍웨이는 몇 명의 여자와 사랑을 나눴나.' '샤르트르와 까뮈는 왜 사이가 나빴을까.' 뭐 이런 가십성 이야기들이죠. 그런 토막글을 보다가 누가 썼을까 궁금해졌는데, 쓴 사람이 없더라고요. 시나 소설이나 비평은 지은이가 앞에 있잖아요. 양귀자면 양귀자, 이인성이면 이인성, 황지우면 황지우, 이렇게 있는데 토막글들은 쓴 사람이 없고 맨 마지막에 한 자만 나와요. 괄호 치고 진, 윤 이렇게 있잖아요. 대부분 문예지 편집자죠. 나중에 제가 등단하고 나서, 지금은 출판사 대표가 된 편집자를 만난 적도 있어요. 토막글들을 읽었노라고 말씀드리니 무척 신기해하셨어요.

소설 쓰기의 모델이 된 작가나 작품이 있나요?

30대 초반에 장편 작업을 할 때는 발자크를 자주 떠올렸습니다. 파리에 가서 발자크 작업실을 둘러보기도 했고요. 무엇보다도 꾸준히 몇십 년 동안 장편 작업을 이어갈 수 있는 비결이 무엇인지 궁금했습니다. 요즈음은 존 버거의 삶과 글들을 찾아 읽습니다. 문학의 관습적인 갈래들을 훌쩍훌쩍 뛰어넘는 자유, 지구라는 행성 전체의 문제를 깊이 들여다보는 마음, 그리고 농사를 짓는 손이자 다정한 연대의 손이자 무엇인가를 끊임없이 그리는 손을 부드러우면서도 즐겁게 놀리는 방법까지. 존 버거와 함께 읽는 작가는 필립 로스입니다. 냉철하게 미국사회를 비판하는 소설들을 읽고 있노라면 숨이 턱턱 막히죠.

국내외 작가 중에서 좋아하는 사람이 누구인가요?

발자크와 존 버거와 필립 로스는 앞에서 말씀드렸고요. 그때그때 좋아하는 작가들이 바뀌긴 합니다만, 습작 시절부터 꾸준히 반복해서 읽는, 뭔가 마음이 허전하다 싶으면 제가 집어드는 소설을 쓴 작가는 아니 에르노와 양귀자입니다. 두 분의 소설을 앞으로도 아끼며 읽을 겁니다.

서당 다니셨다고 들었어요.

서당은 학부 4학년 때 고전문학으로 대학원을 가기로 정한 후에 다녔습니다. 제가 학부는 현대시 연구자인 김용직 선생님 지도학생입니다. 그 당시에 학부 지도교수는 크게 중요하지 않지만, 어쨌든 저는 현대시를 전공하고 싶었습니다. 3학년 때 대학문학상 평론도 「길 안에서의 겹쳐 보기—장정일론」으로 당선되었고요. 진은영 시인 등과 함께 시를 습작하는 모임도 꽤 오랫동안 가졌습니다.

같은 과 선배 중 제가 제일 존경하고 따랐던 선배가 류준필 형님입니다. 형님이 제게 그러셨어요. 문학을 폭넓게 공부하고 싶으면 현대문학 대신 고전문학을 전공하라고. 신화부터 전설과 민담을 거쳐 소설까지 도도한 서사의 흐름을 공부하는 게 어떻겠느냐고. 그래서 현대시 대신 고전문학으로 전공을 바꿨습니다. 고전문학 중에서도 고전소설 전공입니다.

고전소설이라면 어떤 소설을 일컫나요?

고전소설 중에서도 고전장편소설 전공입니다. 제 대학원 지도교수님은 규장각 관장을 하셨던 이상택 선생님입니다. 선생님은 고전소설 중에서도 대하소설 영역에서 탁월한 연구를 하셨습니다. 선생님이 박사논문에서 다룬

『명주보월빙(明珠寶月聘)』이란 소설은 100권 100책이구요. 『명주보월빙』의 연작인 『윤하정삼문취록(尹河鄭三門聚錄)』은 105권 105책이에요. 학부 4학년 때 선생님께 인사드리러 갔을 때, 방 한가득 고전장편소설과 대하소설들이 꽂혀 있었습니다. 그때까지 춘원 이광수 이후 근대와 현대소설만 읽던 제겐 큰 충격이었죠. 학부 4학년부터 박사과정까지, 거의 5년 가까이 이상택 선생님 연구실을 지키며 공부했습니다. 아침에 등교해서 저녁에 하교할 때까지, 고전소설을 읽고 읽고 또 읽던 나날이었죠.

　석사과정과 박사과정 시험을 칠 때는 보통 다섯 문제 중에서 세 문제 정도 택해서 쓰게 됩니다. 지도교수 문제는 반드시 써야 하죠. 그게 지도학생으로서 기본 예의이기도 할 겁니다. 그래서 저는 『명주보월빙』을 읽고 분석하는 답을 썼습니다. 제가 쓴 논문 중에는 『완월회맹연(玩月會盟宴)』이란 소설을 분석한 것도 있습니다. 이 대하소설은 180권 180책이죠. 하루에 한 권씩 읽으면 180일이 걸리는 소설, 기억의 속도보다 망각의 속도가 빠른 소설. 조선 후기에 탄생한 그런 거질(巨峡)들을 20대에 읽었다는 것이 장편작가로 살아가는 제겐 참으로 소중한 경험입니다. 지금도 장편소설을 쓰다가 그 양에 눌리는 날이면, 가끔 『명주보월빙』이나 『완월회맹연』을 떠올리곤 합니다.

그것만 읽을 순 없잖아요.

고전소설은 전공이니까 당연히 공부하는 것이고, 대학원에선 구비문학, 고전시가, 한문학, 국문학사 등을 폭넓게 배웠습니다. 고전을 공부하기 위해선 기본적인 소양을 갖춰야 했습니다. 선배들이 다녔던 서당, 선배들이 추천하는 책 등 기본 커리큘럼이 이미 있었죠. 그걸 익혀야 고전문학을 공부할 토대가 닦이는 거니까요. 석사를 졸업할 때까진 제 글을 쓴 적이 거의 없고, 축적된 논문들과 중요 자료들을 읽고 정리하느라 바빴습니다.

어릴 적에 할아버지께 한학을 배우셨나, 생각했는데. 그런 소양을 기르신 건 아니고 대학원 가서 하신 거군요.

고전을 전공하면서 배우고 익힌 겁니다. 그땐 참 힘들기도 했는데, 장편작가로 살아가는 데 큰 도움이 됩니다. 무엇보다도 국학 쪽 논문을 읽고 또 자료를 찾고 답사를 가는 데 거리감이 없습니다. 대학원에선 학자가 되기 위해 배운 것인데, 장편 작업에도 그대로 적용이 가능하더라고요.

지금껏 역사소설을 쓰신 건 그런 맥락인가요? 나한테 익숙한 게 고전이었으니까?

익숙하다기보다는 고전을 공부하면서 100년 단위로 끊어서 사람과 상황을 보지 않게 되었어요. 보통 사람들은 100년 단위로 보거든요. 인생이 100년이기 때문에 저 사람의 100년은 어땠을까 하고 말이죠. 하지만 생각하는 시간의 길이는 그때그때 다릅니다. 조선시대나 고려시대를 생각하면 500년 단위로 생각하고, 신화를 연구할 때는 1000년 단위로 생각하고, 고생물학으로 가고 하면 10만년 혹은 100만년 단위로 생각하게 되죠. 고전을 공부하면서 확실히 달라진 점이죠. 조선시대 배경으로 소설을 쓸 때, 처음에는 사람 개개인에 집중했습니다. 이순신은 어떤 사람일까, 김만중은 어떤 사람일까, 허균은 어떤 사람일까, 김옥균은 어떤 사람이지? 그렇게 몇 작품하고 나선 생각이 바뀌더라고요. 조선이라는 왕조 자체는 도대체 이런 국가를 지탱하게 했던 힘은 뭐고 어떤 시스템이었고 누가 맨 처음에 그런 걸 차단했고 발전하다 멸망했는가, 로마를 생각하듯이 그런 것도 생각해보는 거죠. 조선만 생각하면 비교할 게 없으니까 고려를 요즈음 많이 들여다보고 있습니다. 고려는 어떻게 처음 만들어졌고, 이 국가 시스템은 도대체 무엇이었을까. 정도전이라는 인물을 중심에 놓고 본다면, 고려 500년의 핵심 문제를 그는 어떻게 파악했고, 또 앞으로 최소한 500년은 가야 할 새 나라에선 그 문제를 어떻게 해결하려고 했는지를 소설로 쓰려고 했습니다. 고전문학을 공부하면서 배운 거죠. 대학원에 다니면서 그 시대가 친근하기 때문에 역사소설로 쓰게 되었느냐고 질문하셨는데, 그것보다 고전 공부가 제게 준 것이 훨씬 많다는 겁니다. 삶을 바라보는 시각 자체가 달라진 것이죠. 약간 생각이 튀는 것 같지만, 저는 공룡을 가지고 소설을 쓰고 싶기도 합니다.

공룡 시대라면, 사람이 없겠네요.

사람 없어도 상관없잖아요. 소설에 꼭 사람 있어야 하나요?

대화를 하나도 못 넣잖아요.

공룡들끼리 대화하면 되잖아요.(웃음)

저는 계속 거슬러 올라가셔서 결국은 빅히스토리(big history)를 소설로 쓰는 게 아닌가, 잠깐 생각했었거든요.

당연히 빅히스토리에 관심이 있죠. 그런데 무작정 시기를 끌어올려 소설을 쓰진 않습니다. 여기엔 장편작가인 제 나름대로 어떤 원칙이 있습니다. 어떤 거냐면 소설에선 작중 세계를 구축하는 디테일이 중요하다는 겁니다. 『밀림무정』을 쓸 때도 그게 큰 고민이었죠. 겨울 개마고원이 배경인데, 남한 사람 중 거길 겨울에 누벼본 사람은 아무도 없으니까요. 제 아버지 고향이 평안북도 영변이세요. 제가 쓴 대하소설『압록강』의 배경이 바로 그곳이죠. 소월이나 백석 등이 평안북도 시인이죠. 이건 약간 딴 이야기긴 한데, 백석의 시에 보면 음식들이 계속 나오잖아요? 저는 어렸을 때 그것들을 먹었어요. 월남한 친척들이 가끔 모이면 바로 그 평안북도 음식들을 해 먹었으니까요. 백석 시 연구자들을 만난 적이 있는데, 백석의 시를 독해하기 어렵다고 하더군요. 그런데 저는 백석 시가 오히려 친근했습니다. 어렸을 때 먹어본 음식들, 친척 어른들이 쓰는 평안도 사투리가 시에 그득하니까요. 지금도 백석 시가 좋습니다. 아! 그런데 무슨 이야기하려다 이리 갔죠? 아, 개마고원 이야기였죠. 실향민들도 으뜸으로 치는 산이 다르다는 거 알아요? 함경도에서 내려온 사람들은 금강산이 최고라고 그러고요, 평안도에서 온 사람들은 묘향산이 최고라고 그래요. 친척 어른들이 그러셨어요. 묘향산엔 죽기 전에 꼭 한 번 올라가보고 싶다고. 그리고 개마고원을 통해 백두산에 오르고 싶다고. 백두산은 평안도 출신이든 함경도 출신이든 다 인정했죠.『밀림무정』에선 개마고원을 써야 하니까, 국회도서관에 가서 북한 지도도 찾아보고 자료도 많이 봤습니다. 골짜기를 골골마다 다르게 쓰면 소설이 되는 거고 다 똑같으면 우화 수준으로 떨어지니까요. 역사소설도 마찬가지라고 생각해요. 사료들을 검토해보니 고려 중엽 정도부터는 가능하더라고요. 신라시대로 올라가면 디테일을 살리는 건 불가능해요. 김동리 선생이 쓴 것처럼 '정신'을 중심에 두고 쓰는 거지요. 〈롬(ROME)〉이라는 드라마가 부러웠던 게 바로 이 지점입니다. 사료를 바탕으로 로마를 복원해서 동네 동네를 다 쓸 수 있다는 것 말입니다. 그렇게 디테일을 확보하며 쓸 수 있는 건 고려 중기부터고 좀 더 안전한 건 고려 말 정도전부터죠. 빅히스토리를 소설로 쓴다? 물론 존 단튼의『네안데르탈』같은 장편소설을 저도 읽었습니다. 고인류 혹은 인류가 탄생하기 전의 이야기를 소설로 쓸 때, 작중 세계의 디테일을 과학을 통해 얼마나 확보할 수 있는가가 중요한 부분인 것이죠. 그것만 확보가 가능하다면, 호모 날레디(Homo naledi)든 깃털 달린 티라노사우루스든 소설 작업에 착수할 수 있는 것이죠. 정리해보자면 고려 말부터 지금까지는 역사적 사료를 가지고 쓸 수 있습니다. 그런데 생명의 탄생부터 고인류까지 사료 자체가 존재하지 않는 과거나 아직 도래하지 않은 미래는 과학을 바탕으로 쓸 수밖에 없는 겁니다. 제가 카이스트 정재승 선생님과 함께 쓴 『눈먼 시계공』이란 장편의 시간적 배경은 2049년입니다. 근미래를 어떻게 쓸 수 있을까요. 과학을 공부해서 쓴 겁니다. 아주 많은 과학자들이 미래를 보며 연구에 매진하고 있거든요. 내가 연구하는 이 약이 30년 후에 암을 정복할 것이다. 내가 연구하는 이 차가 20년 후에 서울 시내를 다닐 것이다. 이런 식이죠. 이건 역사고 이건 과학이라는 식으로 딱 나눠 논하는 경우가 많죠. 하지만 장편작가인 제 입장에서 보면, 특정 시간 속 세계를 구축하기 위해 필요한 지식이 있다면 그게 역사든 과학이든 공부해야 합니다.

사료가 너무 많아서 감당할 수 없는 시대도 있나요?

현재에 가까워질수록 사료가 많아지는 거죠. 자기 세대는 사료 없이 경험을 바탕으로 쓸 수 있다고들 합니다. 그러나 그렇게 쓸 수 있는 것도 30년 정도가 한계인 듯해요. 한 세대만 거슬러 올라가면 자꾸 기억의 착오가 생기거든요. 아버지 세대, 할아버지 세대에 관한 이야기를 쓰려면 자료부터 뒤져야죠. 특히 해방 이후부턴 자료가 엄청나게 많죠. 저는 자료는 많으면 많을수록 좋다고 보는 편입니다. 좋지 않나요?

자료 조사는 어느 수준까지 하나요?

역사 속 실존인물이나 사건을 다룰 땐 사학계나 고전문학계에서 연구자들이 검토하는 사료들은 다 찾아 읽으려고 합니다. 하지만 그렇다고 해도 제가 모든 사료를 다 볼 순 없죠. 자료 조사를 해서 사실을 쓰는 게 아니니까. 자료 조사를 해서 사실을 쓰겠다, 역사학자처럼 사실을 쓰겠다, 그래버리면 내가 미치겠죠. 내가 본 게 전부니까. 내가 안 본 것 중에 뭔가 나오면 어떻게 하나, 이런 두려움들은 역사학자에게 있는 것 같고 저한테는 없어요. 왜냐하면 튀어나오면 그때 또 맞추지, 하는 그런 게 있죠. 인터뷰를 하면 계속 실패담을 이야기하게 되어 난감한데, 말씀드릴게요. 『방각본 살인사건』 백탑파 시리즈를 준비할 때였어요. 준비를 최대한 한다고 했습니다. 시리즈의 주인공으로 '김진'이라는 탐정을 만들었죠. 『백화보(百花譜)』라는 꽃에 대한 책을 쓴 김 군(金君)이라는 이가 있습니다. 꽃미치광이죠. 그는 100가지 꽃의 족보를 그렸습니다. 책의 서문은 박제가가 썼습니다. 책은 아직 발견되지 않았지만, 그 서문은 박제가의 문집에 실려 있는 것이죠. 김 군이 얼마나 꽃에 미친 사람이냐 하면, 꽃밭에 들어가 누워 꽃을 감상할 정도였다는 겁니다. 탐정은 관찰력이 뛰어나야 하잖아요. 이렇게 꽃을 평생 관찰해서 족보를 만들 정도면 매우 관찰력이 뛰어난 거죠. 그러니까 이 사람을 탐정으로 해야겠다고 정한 겁니다. 역사추리소설 시리즈에서 탐정은 핵심이죠. 그런데 박제가의 서문에선 김씨라는 성만 나오고 이름이 없는 겁니다. 그래서 제가 이름을 붙였어요. 참 진(眞). 실학파의 '실(實)'과 '진(眞)'은 서로 이어지니까요. 백탑파의 정신을 그 한 글자에 담은 겁니다. 그렇게 해서 『방각본 살인사건』을 출간했습니다. 그런데 서울대에서 한문학 전공 교수인 이종묵 선생님이 제게 전화를 주셨습니다. 한양대 정민 선생님이 김 군의 본명을 찾아냈다는 겁니다. 유재건(1793-1880)의 『이향견문록(里鄕見聞錄)』에서 김 군의 본명이 김덕형(金德亨)으로 나온 것이죠. 김 군의 이름을 제가 '참 진'이라고 지었는데, '참 진'이 아니란 게 밝혀진 겁니다. 이종묵 선생님이나 다른 지인들은 걱정을 하시더라고요. 제가 어떻게 했느냐고요? 쇄를 바꿀 때, 김 진의 아명이 덕형(德亨)이라고 넣었습니다. 이런 일들은 늘 있죠. 볼 수 있는 자료는 최대한 보려고 하지만, 새로 어떤 자료가 발굴된다면 거기에 맞춰 소설도 고쳐야겠죠. 개화기 이후엔 새로운 자료들이 발굴될 가능성이 더 커집니다. 한반도를 다녀간 세계인들이 어디서 무엇을 썼는지 다 찾아보긴 어려우니까요.

조선시대는 조선왕조실록을 기본으로 하시겠네요?

꾸준히 보고 있습니다. 조선시대는 『조선왕조실록』, 고려시대는 『고려사』가 기본이겠죠.

#2. 정확히 알아야 거짓말을 더 잘할 수 있어요.

김탁환의 주 종목은 역사소설이다. 소설은 허구의 세계를 그리지만 역사소설은 역사적 사실을 바꾸지 않는다. 번역가 조영학은 엘리자베스 코스토바의 『히스토리언』 옮긴이 후기에서 역사소설과 팩션을 이렇게 구분했다. "역사소설은 기존의 역사적 글쓰기를 진실(truth)로 인정하고, 그 역사를 바탕으로 개연성 있는 허구를 엮어낸다. 그에 반해, 팩션은 역사의 진실성을 거부하고 스스로 '허구로서의 역사'를 대체하려 든다." 이에 따르면 김탁환의 소설은 팩션이 아니라 역사소설이다. 집필 기간의 3분의 1을 자료 조사에 할애하고 주인공의 행적을 좇아 현지를 답사하는 정성을 들이는 것은 이 때문이리라.

일전에 인터뷰한 어떤 소설가는 자료 조사 때문에 16년째 소설을 완성하지 못했다고 하더군요. 어딘가에는 자신이 쓰려는 부분이 묘사되어 있을 텐데 그걸 확인하기 전까진 쓸 수 없다는 거예요.

정확히 아는 게 중요하긴 하죠. 객관적으로 확인이 가능한 세계라면 더더욱 그렇습니다.『거짓말이다』쓸 때 객실의 배치와 크기 등을 가장 먼저 확인했고요. 어느 객실에서 몇 명의 희생자가 생겼고, 그 희생자를 언제 모셔왔는가를 일일이 확인하는 것이 중요했습니다. 좀 더 디테일하게 들어가자면, 4월 15일 저녁에 배정된 객실과 시신이 발견된 지점을 하나하나 대조해봐야 합니다. 잠은 이 방에서 잤는데 시신이 다른 장소에서 발견되었다면 그 이유를 따져봐야 하는 겁니다. 장편작가라면 집필 전에 당연히 숙지하고 정리해둬야 할 부분입니다.

정확히 알면 어떤 이점이 있나요?

제가 가끔 농담처럼 말하곤 합니다. 정확히 알아야 거짓말도 더 잘할 수 있다고요. 애매하게 알면 시쳇말로 뻥을 칠 수 없거든요. 애매하게 아는 경우엔 뻥을 치면서도 어디서부터 어디까지 뻥을 쳐야 하는지 확신을 못해 불안하죠. 그런데 전문가 의견도 듣고 논저도 살펴보고 해서, 이 문제에 관해선 여기까지 자료가 있다는 걸 확인하고 나면 거기서부터 마음대로 뻥을 치는 겁니다. 더 세밀하게 허구를 만들죠.『열녀문의 비밀』을 쓸 때인데요. 그때 가장 문제가 됐던 게 지방자치, 지방분권입니다. 노무현 대통령이 강조한 지방분권에 대해 소설을 쓰고 싶었던 것이죠. 이덕무나 박제가는 규장각에서 근무했습니다. 지금으로 말하면 국립도서관에서 내근직으로 근무한 겁니다. 국립도서관에 근무하던 관원을 지방 관리로 보낸 거죠. 도서관에서 책은 잘 검서하지만 한 고을을 맡아서 잘 다스릴 것인지는 미지수잖아요. 이덕무는 경기도 적성 현감으로 갔습니다. 거기서 이덕무는 내내 최고 등급으로 평가를 받아요. 검서도 잘했지만 현감도 매우 잘한 거죠. 이것이 『열녀문의 비밀』의 역사적 배경입니다. 이덕무를 중심에 놓고 지방분권에 대한 문제, 지방자치 문제에 대해 이야기할 수 있겠다고 생각한 겁니다.

황금가지 출판사 대표였던 장은수 선배랑 지리학자 이현군 선생이랑 셋이서 적성 고지도를 들고 답사를 갔지요. 재밌는 게 옛날에 관청이 있던 곳이 지금도 관청이에요. 터가 변하지 않는 거예요. 터가 넓으니 계속 그렇게 쓰는 겁니다. 제가 쓴 소설 『뱅크』에서, 일본 조계에 있던 일본공사관 자리가 지금은 인천 중구청입니다. 어쨌든 이렇게 확인을 하면서 적성 관아가 있던 자리까지 간 겁니다. 그런데 거기엔 묘지만 몇 개 있고 아무것도 없더군요. 너무 기뻤어요. 아무렇게나 써도 되니까.(웃음) 왜 아무것도 없는지 나중에 찾아보니, 칠중성이라는 언덕이 그 앞에 있는데 6·25 때 영국군 포병 부대가 있었어요. 전쟁을 하면서 서로 포를 쏘았겠죠. 북한군이 쏜 포탄이 칠중성을 넘어 뒤에 있던 마을을 때린 겁니다. 그래서 다 사라져버린 것이죠. 나중에 독자 중 한 사람이 전화를 해서 적성현으로 답사를 가야겠다고 하는 거예요. 작가님 소설을 보니 묘사가 잘되어 있어서 가보고 싶다고. 그래서 제가 가보라고 했죠. 묘지만 있는 적성 관아터에 가서 엄청 저를 욕했을 겁니다. 장소가 됐든 인물이 됐든 사건이 됐든 확실히 확인하고 나면 거기서부터 더 맘껏 상상력을 펼칠 수 있습니다. 가령 노트르담대성당처럼 조금씩 증축을 한 경우는 소설로 쓰기가 까다롭습니다. 좌우가 같은 건물이 많지만, 증축된 건물은 각각의 조건에 따라 크기나 형태가 달라지기도 하니까요. 건물이 아예 하나도 없든지 아니면 그대로 고스란히 다 남아 있으면 좋지요.

그래서, 노트르담대성당 설계도는 찾으셨어요?

지금은 성균관대 불문과에 재직 중인 정지용 선생님과 의논하며 확인했지요. 『리심』을 쓰기 위해 정 선생과 함께 한 달 정도 파리와 탕헤르를 답사했습니다.

『리심』의 창작 과정을 말씀해주시죠.

『리심』의 남자친구 플랑시가 1대 그리고 3대 주한 프랑스 공사예요. 2대 공사가 프랑뎅인데, 플랑시와 프랑뎅은 사이가 안 좋았다고 합니다. 프랑뎅이 『한국에서(En Coree)』라고 하는 책을 냈습니다. 이 책에 보면 외교관이 조선 궁녀랑 사랑에 빠져 함께 프랑스로 갔다는 이야기가 등장합니다. 그 궁녀는 똑똑해서 프랑스어를 금방 배워 여행기까지 썼다고 나옵니다.

그게 남아 있는 유일한 건가요?

그렇습니다. 프랑뎅은 그 외교관이 플랑시라고 밝히진 않았습니다. 그냥 어느 외교관 정도로 해둔 거죠. 그런데 그 정도면 그 외교관이 플랑시라는 것 정도는 예측 가능합니다. 제가 매혹된 게 뭐냐면, 『리심』의 중(中) 권으로 구현해보기도 했지만, 개화기 때 리심이 유럽을 여행하면서 글을 쓴 겁니다. 저는 바로 이 리심의 여행기를 제 문장으로 만들고 싶었습니다. 조선의 궁녀, 중세의 틀에 갇힌 여자가 유럽 문물을 어떻게 접했을까요. 픽션이든 논픽션이든 조선 여자의 눈으로 세계를 여행하고 남긴 글은 없습니다. 그걸 어떻게 하면 쓸 수 있을까. 쓰고 싶다고 해서 쓸 수 있는 게 아니니까, 어떻게 쓸 수 있는지 고민에 빠진 거죠. 플랑시와 사랑에 빠져 프랑스에 갔다면, 리심은 계속 파리에서도 플랑시와 함께 다녔겠죠. 플랑시가 파리로 돌아갔으면 주소가 있을 거잖아요. 그럼 그 주소를 알아내야 하는 겁니다. 주소가 없으면, 프랑스 사람이 파리에 산다는 건 서울에서 김서방 찾는 거와 마찬가지로 어렵습니다. 김서방이 서울에 살았다, 라고 치고 소설을 쭉 써나갈 수는 없잖아요? 플랑시가 외교관이었으니 뭔가 기록이 남아 있지 않을까 생각했죠. 그런데 플랑시는 죽으면서 자신에 관한 모든 자료를 고향 도서관에다가 기증했더라고요. 그래서 정지용 선생과 함께 그 고향 도서관으로, 파리에서 차를 대절해서 갔습니다. 그 도서관에 가서 수많은 자료들을 검토했는데, 그 와중에 영수증 다발이 나왔습니다. 영수증을 연도별로 분류하면서 보니까, 주소가 적혀 있는 겁니다. 파리에선 세 군데에서 살았더라고요. 가난한 시절 살던 곳에서 더 나은 집으로 이사를 했더군요. 그 집들을 하나하나 가서 확인을 했습니다. 플랑시가 거기 살 때 건물 그대로 남아 있더군요. 소설 속 등장인물들의 동선이 확보된 겁니다. 주인공의 주소가 있으니, 백화점에 갈 때 걸어간 건지 마차를 타고 갈 건지를 정할 수 있죠. 센 강에 갈 때도 마찬가지고요. 파리 고지도를 구해 펼쳐놓고 사건에 따라 인물들의 동선과 이동거리를 확인했습니다. 플랑시는 파리에 있다가 모로코 탕헤르 근무를 하게 됩니다. 탕헤르로도 답사를 갔죠. 외교관들이 모여 살던 프티소코라는 동네를 중심으로 리심의 북아프리카 시절을 소설에 옮겼습니다.

자료 조사와 답사를 거쳐 소설을 창작하는 방식은 국내나 국외나 같습니다. 리심이나 혜초를 쓰는 것과 이순신이나 허난설헌이나 김만중을 쓰는 것이 다르지 않다는 겁니다. 오히려 파리가 더 쉬운 측면이 있더군요. 백탑파 시리즈를 쓸 때 어려운 부분이, 예를 들어 북촌의 박지원이 남촌의 박제가 집에 갈 때 구체적인 길이 거의 남아 있지 않다는 겁니다. 전쟁도 겪고, 도시 전체가 개발이 되면서, 고지도에 나오는 건물과 길들이 아주 많이 사라진 것이죠. 파리는 달팽이 모양으로 점점 커졌잖아요. 물론 달라진 부분도 있지만, 서울에 비하자면 아주 많은 부분이 남아 있습니다. 19세기를 기준으로 볼 때 그렇습니다. 많이 놀랐어요. 파리가 답사하기 훨씬 어려울 것이라고 생각했는데, 그게 아니었으니까요. 성과도 더 많았고 더 정확했고.

우리나라가 압축성장을 한 결과가 그렇게 나타나는 군요.

소설을 쓸 때 공간을 아는 것이 참 중요합니다. 별 게 다 궁금해지죠. 어떤 게 궁금하냐면, 예를 들어 어떤 기록에 보니 한 남자가 서대문에서 동대문까지 걸었다고 칩시다. 서대문에서 동대문까지 걸어서 얼마나 걸리는지 모르겠더라고요. 우리는 버스를 타거나 지하철을 이용하죠. 소설을 위해 직접 걸어보는 겁니다.

『리심』 권두에 사진하고 영수증을 공개하지 않으셨으면 그렇게까지 했다는 걸 아무도 몰랐겠네요.

다른 작품들 경우는 자료 조사와 답사의 과정을 밝히진 않죠. 『리심』은 공교롭게도 그때 두 소설가가 비슷한 시기에 같은 소재로 작품을 발표했어요. 저는 제가 어떻게 이 소설을 쓰게 되었고, 어떤 방식으로 작업을 했는가를 정리해서 밝힌 겁니다. 영수증을 비롯해서 제가 찾은 자료들을 바탕으로 일본과 프랑스와 모로코에서 리심의 삶을 최대한 생생하게 담으려고 노력한 것이고요. 두 작품에 대한 본격적인 평은 비평가의 몫이겠죠. 다시 한 번 말씀드리지만, 저는 개화기 여성의 근대 여행기를 여성 일인칭으로 쓰고 싶었습니다.

#3. 읽는 이야기, 보는 이야기

이야기는 장르를 넘나든다. 김탁환의 소설은 상당수가 영화와 드라마로 제작되었다. 『허균, 최후의 19일』『불멸의 이순신』『서러워라, 잊혀진다는 것은』『나, 황진이』『독도평전』은 드라마로 제작되었고 『열녀문의 비밀』『노서아 가비』『조선 마술사』는 영화로 제작되었다. 현재 『조선 누아르: 범죄의 기원』과 『아편전쟁』이 영화로 제작 중이다. 김탁환은 처음부터 영화화를 염두에 두고 집필하는 걸까, 아니면 이야기의 힘인 걸까?

배수아 『리심』과 같은 얘기가 한국에서 드라마나 영화로 왜 안 만들어지죠?
제작비 문제가 있다고 하더군요. 공간적 배경이 자꾸 바뀌니까, 특정 공간에서 벌어지는 이야기보다 제작비가 훨씬 많이 드는 겁니다. 책으로 읽으면 여행기니까 쭉쭉 나가는데 드라마나 영화론 어려운 부분이 있나봅니다. 『리심』이나 『혜초』는 당분간 책으로 즐기셔야 할 듯해요.

요즘에는 그렇게 안 쓰시겠네요. 같이 진행하시니까. 영화도 같이 생각하면서.
그건 또다른 삶의 영역입니다. 초창기엔 소설을 완성하고 나면 영화나 드라마 판권을 계약하러 왔습니다. 소설과 영화는 굉장히 다른 작업입니다. 소설은 A부터 Z까지 소설가가 다 해내야 하는 작업이고, 영화는 A부터 Z를 세분하여, A 따로 B 따로 C 따로 하는 거예요. 물론 감독이 전체를 디렉팅하긴 하지만. 엄청나게 분화시켜 집대성하는 게 영화라고 볼 수 있겠죠.

영화 작업이 시작되는 건 크게 세 가지 경우입니다. 첫째, 감독이 하겠다고 하는 경우, 둘째, 배우가 하겠다고 하는 경우, 셋째, 작가가 흥미로운 이야길 내놓는 경우. 우리나라는 첫 번째와 두 번째의 예는 많았지만 세 번째는 약했습니다. 작가 집단이 계속 영화가 가능한 이야길 만들어야 하는 것이죠. 영화도 알면서 이야기도 잘 만들어낸다는 게 만만한 일이 아닙니다. 가령 제가 정재승 선생님과 『눈먼 시계공』이란 소설을 썼는데, 한국에선 이걸 영화로 만드는 게 불가능에 가깝습니다. 어느 감독님 말씀에 따르면 최소한 3천억 이상 들겠다고 하더군요. 이런 이야길 한국영화로 만들겠다고 기획을 해선 안 되는 겁니다. 소설가의 상상력은 돈과 상관없이 막 뻗어가지만, 영화는 철저하게 제작비를 따져야 하죠. 이 소설이 나오고 몇 년 뒤에 로봇 격투 영화가 개봉했습니다. 정재승 선생님과 저는 무척 아쉬웠어요. 우리 소설이 한글이 아니라 영어로 출간되고 그게 할리우드 쪽에 들어갔다면 어땠을까, 하는 상상을 하기도 했죠.

고향 친구인 이원태 감독과 함께 '원탁'이라는 콘텐츠기획사를 만들고, 무블 시리즈를 내고 있습니다. 『조선 누아르』『조선 마술사』『아편전쟁』. 이렇게 세 작품이 나왔죠. 『조선 마술사』는 벌써 개봉했고, 『조선 누아르』와 『아편전쟁』도 판권 계약이 되었고, 영화로 제작 중입니다. 무블 시리즈는 영화로 만들 것을 전제로 소설 작업을 합니다. 저 혼자라면 이런 시도를 할 엄두도 내기 힘들었을 겁니다. 드라마 연출과 영화 제작 경험이 풍부한 이원태 감독과 협업을 하기 때문에, 영화가 될 가능성이 높은 이야기를 지금까지 만들고 있습니다.

소설이 영화화되는 타율이 높은 비결이 있나요?

글쎄요. 그런 비결이 따로 있는 것 같진 않습니다. 원탁의 경우는 이야기가 강한, 스케일이 큰 시대물에 장점이 많습니다. 저 혼자 작업하는 소설의 경우는 솔직히 모르겠습니다. 저는 최대한 매력적인 캐릭터를 만들고 재미있는 이야기를 짜려고 애쓰죠. 그런 부분이 영상화에 도움이 된다는 평가를 듣곤 합니다.

영화사와의 판권 계약은 어떻게 이루어지나요?

경우에 따라 각각 다릅니다. 무블 시리즈의 경우는 퇴고가 끝난 완결된 작품을 놓고 계약을 하진 않습니다. 왜 이 작품을 기획했는지, 그리고 주요 등장인물의 특징과 시놉시스 정도를 놓고, 논의가 진행되지요.

시나리오 쓰는 사람들은 굉장히 많잖아요.

저는 시나리오 작업에 깊게 참여하진 않습니다. 시나리오 작가는 기본적으로 감독의 스태프입니다. 소설가랑 맞먹는 지위가 감독이라고 생각해요. 그 작품 전체를 책임지죠. 『거짓말이다』의 경우도 오멸 감독님이 영화 작업을 하시게 되었는데, 거기서 제가 시나리오를 쓰는 건 아니거든요. 시나리오까지 오멸 감독님이 쓰고 계시죠. 제 역할은 이 소설의 창작 동기와 배경 등을 오 감독님께 설명드리고 자문하는 정도입니다.

『뱅크』는 안 됐어요?

드라마 원작 계약은 했는데 아직 제작에 들어간다는 소식이 없네요.

『뱅크』가 되면 재밌을 것 같은데.

50부작 드라마 정도 할 이야긴 되죠. 이 소설의 핵심은 '4전5기'입니다. 개화기를 들여다보니까 그때가 딱 이렇더라고요. 계속 지고, 지고, 지는 시절, 백 번쯤은 지고 나서야 한 번 이길까 말까 한 시절이더라고요. 주인공인 장철호가 지고 지고 또 지면서도 도전을 이어가죠. 제 주인공들 중에서 가장 혹독하고 다양한 방식으로 패배를 맛보는 인물입니다. 소설을 써나가면서 미안할 정도였어요.

식민지로 귀결되는 최종적 패배가 기다리고 있던 것이겠죠.

개화기라는 시기가 룰 전체가 바뀌는 겁니다. 주식회사의 룰, 근대은행의 룰을 우린 몰랐던 것이죠. 그 룰에 적응하기 전에, 예전 방식대로 했다가 실패를 반복하는 겁니다. 1867년부터 1905년 사이가 제겐 그렇게 보였어요.

실제로 민족자본, 중앙은행의 필요성에 대해 공감대는 있었죠?

그럼요. 민족자본으로 대한천일은행이 설립되었습니다. 논저와 자료 들을 찾아봤습니다. 소설의 마지막을 1905년에서 자른 건 대부분의 은행가들이 친일파가 되기 때문입니다. 민족을 위해 은행에 뛰어든 이들이, 1905년 이후엔 그냥 은행 업무에만 밝은 전문가로 전락해버렸던 겁니다. 일본이든 조선이든 상관하지 않고, 돈 많이 버는 쪽에 붙는 것이죠. 소설의 모델이 되는 실존인물들의 자료를 은행과 관련된 박물관에서 찾을 때 애로사항이 좀 있긴 했습니다. 우리가 지금도 이용하는 몇몇 은행의 뿌리가 친일에 닿아 있다는 사실이 드러나길 원하지 않더라고요.

지금 있는 은행들의 역사가 그때까지 거슬러 올라가는군요.

친일파 되기 전까지만, 그러니까 1905년까지만 쓰기로 했죠. 실패해도 떳떳한 선한 자본의 이야기가 『뱅크』고, 그다음 이야기를 쓴다면 아마도 변절의 이야기를 쓰게 될 것 같긴 합니다. 자료들은 풍부합니다. 주주 명단도 있고요, 그 당시 부기법과 통장 등이 다 남아 있습니다.

백다흠   말씀을 듣고 있으면 선생님은 자료 조사의 달인 같아요. 그것 자체를 즐기시는 것도 같고요. 자료를 내주지 않으면 그 이후를 소설에 쓸 생각을 안 하시는 건지요? 자료 제공처와의 약속도 있었겠고 또 1905년 이후에 대해 쓰지 않을 다양한 이유가 존재했겠죠. 그런데 그 이후 자료는 보셨을 테고 일부러 안 쓰신 건가요?

자료들을 보긴 했습니다. 실존인물들이 일제강점기에 어디까지 승진했고, 어떤 방식으로 친일을 했는가도 파악하고 있긴 합니다. 문화일보에 『뱅크』를 연재할 땐, 프롤로그에 반민특위가 등장해요. 단행본에선 이 부분을 일단 뺐습니다. 개화기부터 반민특위까지는 가야, 한 은행가의 초상이 완성되는 셈이죠. 아직 절반도 못한 셈입니다.

백다흠   자료 조사와 공부를 많이 하실 수밖에 없는 것 같아요. 처음부터 끝까지 자료가 계속 세밀하게 들어가고 마지막 장까지 자료의 끝과 소설의 끝이 같이 가는, 그런 느낌을 받습니다.

"상상력은 책과 램프 사이에서 나온다"는 바슐라르의 말을 좋아합니다. 다른 작가는 모르겠지만, 저는 자료를 볼수록 책을 읽을수록 더 깊고 풍부한 상상을 하게 됩니다.

백다흠 이 자리에서 선생님의 작업 과정 얘기를 충분히 듣고 나니 그런 생각을 하게 되는 거지, 선생님 작품만 읽게 되면 그런 느낌은 안 든다고 생각합니다.

그렇다고 내가 이런저런 자료를 봤다고 드러내놓으면 안 됩니다. 그건 소설이 설익은 것이죠. 소설은 어디까지나 이야기입니다. 자료를 드러나지 않게 밑에 깔아놓고 시작해야 하고요.

이게 소설이 되겠다는 느낌이 들면 시작하실 거 아니에요. 『뱅크』의 경우 가령 뭐에 착안하신 건가요?

영정조시대만큼이나 개화기도 흥미로운 시기입니다. 문제적 인물도 많고 중요한 사건도 연이어 일어나지요. 그래서 『뱅크』『노서아 가비』『리심』에 무블 시리즈인 『아편전쟁』까지 벌써 네 작품이나 썼나봅니다. 그동안 개화기를 다룬 소설은 꽤 많습니다. 먼저 동학 이야기가 있고요. 둘째로 대원군과 명성황후가 대결하는 이야기가 있습니다. 이 두 가지는 해방 이후 지금까지 버전을 달리하여 계속 나오고 있지요. 1890년대 이후에는 문호를 개방한 이후 외국에서 어떤 문물이 들어왔는지, 그리고 우리나라 사람들이 어디까지 갔는지를 다루는 이야기들이 등장했습니다. 『노서아 가비』가 커피를 중심으로 전자에 포함되는 이야기라면, 『리심』은 유럽을 거쳐 북아프리카까지 갔던 궁녀를 다룬 후자의 이야기겠지요. 그런데 개화기부터 본격적으로 제도로서의 자본주의가 시작되었다고 한다면, 그 자본주의 시스템을 다룬 이야기는 없더군요. 주식회사와 은행이 세워지고.

부두와 철도가 놓이는 이야기. 개화기 경제를 다루는 소설이 없는 겁니다.

무엇인가가 비어 있을 땐 그만한 이유가 있는 법입니다. 개화기를 마지막 방식으로 쓰는 건 어렵더군요. 공부할 부분이 너무 많은 겁니다. 우선 은행과 주식회사를 중심에 두고 경제를 알아야 하죠. 그리고 제국주의도 알아야 합니다. 영국이 인도를 식민지화하는 것과 일본이 조선을 식민지화할 때 같고 다른 점도 파악해야 하고요. 마지막으로 앞에서도 말씀드렸지만, 훗날 친일파가 되지만 이 시기엔 누구보다도 의욕을 가지고 은행 업무를 봤던 인물들의 삶을 발굴해야 합니다.

몰입은 『뱅크』가 제일 좋았던 것 같고 『혜초』도 정말 마지막에 절정이 대단하더라고요. 오름의 정체가 밝혀지는 부분은 생각도 못했던 반전이었어요. 나중에 분위기가 이상해서 미륵보살인가, 생각했었는데 전혀 반대이더군요.

『혜초』도 제겐 도전이었습니다. 혜초는 여행가였으니까, 그가 여행한 길을 최대한 많이 답사하고 소설로 옮기고 싶었습니다. 카이스트에 교수로 있을 때, 콘텐츠진흥원에 문화원형 프로젝트 공모에 나갔습니다. 다행히 프로젝트에 선정이 되어, 중국 타클라마칸 사막과 인도와 우즈베키스탄까지 답사를 했지요. 그 프로젝트의 자문위원이신 정수일 교수님과 함께 열차의 침대 칸에 누워 대화를 나누던 장면이 떠오르네요. 언제든 기회가 되면 실크로드를 다시 여행하고 싶습니다. 사막길은 답사를 했으니, 초원길과 바닷길로 가고 싶어요.

『왕오천축국전』 자체가 분량이 많지 않죠?

앞과 뒤가 잘려나간 낙본입니다. 혜초 스님이 동인도에 내리면서부터 시작해서 타클라마칸 사막을 무사히 지나오는 정도까지죠. 분량은 많지 않지만, 제대로 이해를 하려면 끝도 없습니다. 실크로드는 세계 그 자체니까요. 정수일 선생님의 역주본을 보고 있으면, 이토록 엄청난 여정이었구나 새삼 감탄하게 됩니다.

공부 많이 하셨네요. 선생님 소설은 각주가 달려 있는 게 이채롭더라고요.

소설가는 기억도 잘하지만 망각도 잘하는 족속입니다. 뇌를 비워야 새 소설을 쓰죠. 쓸 땐 디테일까지 알지만, 책이 나오고 새 작품 시작하면 거의 대부분 잊어버립니다.

읽다 보면 역사적 사실과 상상의 산물을 분간하지 못하겠어요.

저도 오랜만에 예전 작품을 읽으면 사실과 상상을 구분 못합니다. 따로 확인을 해봐야 해요.(웃음)

이야기의 미래는 어떤 형태가 되리라 생각하는지?

읽는 이야기, 보는 이야기, 듣는 이야기가 따로 또 같이 가리라고 봅니다. 혹자는 종이책의 쇠퇴를 주장하기도 합니다만, 종이라는 재료가 사라지더라도, 문자를 읽고 상상하며 즐기는 이야기는 계속 가리라고 봅니다. 그 틀이 모바일이나 웹으로 달라질 수는 있겠지만 말이죠. 작가로선, 혼자 이야기를 만드는 작업과 함께 이야기를 만드는 작업을 계속 병행할 예정입니다. 독자들도 혼자 이야기를 즐기는 경우와 함께 이야기를 즐기는 경우가 병행될 것 같네요. 독서가 전자의 대표라면, 함께 게임 속 무대로 들어가서 즐기는 롤플레잉 게임은 후자에 속하겠죠. 저는 게임까지는 가지 않고, 소설과 영화

기획에만 집중할 예정입니다. 이번 생에서는.

#4. 삶 또한 위로하는 편집자

김탁환은 언젠가 "출판사와 작가의 관계는 편집자와 작가의 관계와 같다"라고 말했다. 작가는 출판사와 일하는 것이 아니라 편집자와 일한다는 뜻이리라. 편집자가 얼마나 중요한지는 글을 써본 사람이라면 누구나 알 테고, 김탁환에게 편집자란 어떤 의미인지에 대해 듣고 싶었다.

편집자 중에 기억에 남는 사람이 있는지요?

우선 장은수 형님이 기억에 남죠. 『방각본 살인사건』을 출간한 것이 2003년이니까 그때부터 2015년 『목격자들』을 낼 때까지 계속 은수 형님이 제 담당 편집자였습니다. 물론 2003년엔 꼼꼼하게 제 원고를 보셨고, 민음사 대표가 된 후에는 여력이 없어 그렇게까진 못하셨죠. 저한테 필요한 편집자는 세세한 부분을 체크해주는 사람이 아니라, 장편작가로서 제 삶에 관한 의논이 가능한 사람입니다. 가령 이런 이야기를 쓰려고 하는데 좋으냐 나쁘냐, 지금 쓸까 말까, 이런 의논을 집필 전에 먼저 편집자랑 하는 거죠. 지금 나로선 이것도 쓸 수 있고 저것도 쓸 수 있고 그것도 쓸 수 있는데 어떤 걸 먼저 써야 하는지 의논할 상대가 필요하거든요. 이걸 12년 동안 의논한 사람이 은수 형님입니다. 특히 백탑파 시리즈에서 은수 형님의 조언이 큰 도움이 되었습니다. 시리즈 첫 소설 제목을 '방각본 살인사건' 이렇게 하자는 거예요. 처음엔 너무 낯설어서 제가 좀 꺼렸습니다. 역사소설인데 제목을 '방각본 살인사건'으로 붙이는 게 너무 노골적이더라고요. 그때까지 역사소설 제목은 『대망』이니 『천명』이니 그랬으니까요. 결국 은수 형님의 조언대로 제목을 '방각본 살인사건'으로 출간했습니다. 결과는 성공적이었죠.

『거짓말이다』를 작년에 내면서 함께 작업한 김홍민 북스피어 대표도 뛰어난 편집자입니다. 소설의 콘셉트를 잡아내는 실력이 탁월합니다. 초고를 쓰며 제가 붙인 제목은 '포옹'입니다. 민간 잠수사들이 희생자를 침몰선에서 한 명씩 안고 나오는 이야기니까요. 저는 끝까지 제목을 '포옹'으로 하려고 했습니다. 그런데 퇴고도 거의 끝나갈 즈음 김홍민 대표가 제목을 '거짓말이다'로 하자고 하더군요. 10초 정도 생각한 것 같아요. '거짓말이다'가 더 낫더라고요. 그래서 바꿨죠. 『거짓말이다』를 내던 8월만 하더라도 지금과 상황이 다릅니다. 세월호 활동이 많이 위축되고 궁지로 몰리는 상황이었어요. 책을 내고 나면 어쩌면 출판사가 세무조사를 당할지도 모르겠다고 생각했습니다. 만약 박근혜 최순실 국정농단 사건이 안 터졌으면 세무조사를 당했을 수도 있습니다. 영화 〈변호인〉이 흥행에 성공한 뒤, 제작사 NEW가 겪은 고초를 우리가 다 알지 않습니까. 이왕 당할 거 제목부터 세게 해서 치고 나가자고 한 거죠. 『거짓말이다』, 세월호에 대해 정부와 해경, 너희들이 하는 말들 전부 다 거짓이다 구라다, 이렇게 가장 세게 치고 나가자고 한 겁니다. 김홍민 대표가 그때 참 고마웠습니다. 당당하게 정면에서 강하게 주장하자는 소리였으니까요. 그런 마음을 먹었기 때문에 『거짓말이다』의 여러 세부사항들도 조금은 특별하게 만들어진 겁니다. 겉표지를 뒤집으면 속에 구호를 넣자고 한 것도 김홍민 대표입니다. 그걸 들고 촛불집회에 가도 되니까, 장편소설이자 시위용품인 셈이죠. 통쾌하잖아요? 수습은 어떻게 나중에 하더라도 일단 끝까지 밀어붙였습니다. 그게 『거짓말이다』의 마음이에요.

처음에 세월호에 대해 쓰겠다고 마음먹었을 때부터 북스피어랑 같이할 생각이었나요?

『거짓말이다』가 사회파 소설이니까 사회파 소설을 다루고 있는 편집자가 필요했습니다. 백탑파는 역사추리소설이니까 황금가지로 갔던 것이고요. 추리소설을 만질 줄 아는 편집자가 황금가지에 많이 있었습니다. 장은수, 김준혁, 이지연 등 최고 멤버였죠. 정확히 찾아간 겁니다. 멋진 조언들도 많이 해줬고요.

　마찬가지로 사회파 소설이 쓰고 싶었으니까 한국에서 사회파 소설을 내는 곳이 어딘지 봤더니 북스피어였어요. 마쓰모토 세이초와 미야베 미유키를 계속 내고 있었으니까. 세이초와 미야베 미유키 모두 사회파 소설도 내면서 역사소설도 썼죠. 저도 역사소설과 사회파 소설을 병행하려는 바람도 있었습니다. 그래서 북스피어가 맞겠다는 생각이 들었죠. 제가 그냥 김홍민 대표를 만나서 단도직입적으로 말했습니다. 장편 작업 같이하자고.

그런데 출간되고 나서 김홍민 대표도 고생 많이 했죠.

지금처럼 이렇게 상황이 돌변할 줄은 정말 몰랐죠. 걱정 많이 했어요.

지금도 계속 강연하고 계신데 그때의 연장선상은 아니죠? '전국재패'는 다 하신 거죠?

작년 9월에 '김탁환의 전국재패'를 했고, 올겨울에 세월호 유가족들과 함께 '4·16전국재패'를 광주와 대구와 제주와 창원에서 마쳤습니다. 지금은 정신없이 글을 쓰고 있죠. 『거짓말이다』로 인해 강연을 많이 다니긴 했지만,

저는 글을 쓰는 작가입니다. 2017년엔 다양한 이야기로 독자들과 만나려고 합니다.

『거짓말이다』 이후의 얘기를 그때 쓰실 건가요?

3월 3일에 『엄마의 골목』이란 여행에세이집을 냅니다. 김민정 시인이 하는 '걸어본다 시리즈' 중에서 제가 맡은 곳은 진해입니다. 제 고향인 진해의 골목을 엄마와 함께 걸으며 수다를 떠는 것이죠. 공간 여행이자 시간 여행입니다. 4월 초엔 『아름다운 그이는 사람이어라』라는 제목으로 소설집을 출간할 예정입니다. 세월호 참사 이후 3년 동안 만난 이들 중에서 우리가 꼭 기억해야 할 사람들을 단편에 담았습니다. 세월호엔 슬픔과 분노만 있는 것이 아니라, 아름다운 사람도 있습니다. 소설집엔 실리는 여덟 편 중에서 두 편만 발표했고 여섯 편은 미발표작입니다.

#5. 역사와 과학, 그 둘이 하나로 모일 때

과학 강연에서 사회를 보고 과학자들과 어울리고 과학책을 읽는 모습을 보면서 그가 SF소설을 쓰고 있는 줄 알았다. 과학의 순수한 즐거움을 소설가도 느낄 수 있다는 걸 왜 생각하지 못했을까. 과학책을 좋아하는 소설가와 번역가. 우리의 공통점을 하나 찾았다. 소설가에게 과거는 역사의 영역이고 미래는 과학의 영역이다. 김탁환은 과거와 미래를 넘나들 수 있는 소설가일 것이다.

과학에 대해 관심이 많으신 것 같습니다.

노승영 선생님과 이야기 나누고 싶었던 건 노승영 선생님이 참 다양한 책을 번역하시기 때문입니다. 인문학부터 과학까지 종횡무진이시죠. 저도 역사에 많은 비중을 뒀다가, 5년 전부터 고생물학, 천문학 등 과학 쪽을 기웃거리고 있습니다.

재작년인가 서대문 자연사박물관 강연은 어떻게 하신 거예요?

그게.

이정모 관장과의 친분 때문인가요?

친하긴 합니다만(웃음) 그게 전부는 아니죠. 거슬러 올라가면 카이스트 문화기술대학원 교수로 2006년부터 2009년까지 재직하면서, 과학에 대해 많은 생각을 했던 것 같아요. 정재승 선생님과 공동 랩을 운영하고, 또 함께 소설을 쓰면서 그 생각들을 다양하게 적용시켜볼 기회를 얻기도 했고요. 카이스트엔 온갖 랩이 있죠. 그런데 연구 분야뿐 아니라 과학자들의 개성에 따라 랩의 공간 배치와 연구 방식이 달라지는 겁니다. 단순한 수식이 아니라, 과학을 하며 살아가는 사람들을 가까이에서 만나고 사귄 것이죠.

　농담 하나 곁들여볼까요. 인문대 사람들에게서 자료를 받거나 자문을 구하려면 일단 만나서 술을 먹어야 합니다. 네가 어떤 사람인지 알아야 자료를 주지, 이런 입장입니다. 하지만 과학자는 다릅니다. 메일을 정성껏 잘 써서 보내면 됩니다. 내가 수행하고 있는 일이 무엇이란 걸 밝힌 다음, 당신이 어떤 부분에 기여할 수 있고 그 기여를 이렇게 보상하려고 한다고 적는 겁니다. 그럼 된다 안 된다 답 메일이 옵니다. 일단 술부터 먹어보고 결정하겠다는 과학자는 없습니다. 접근하는 방식이 다른 겁니다. 제가 몇몇 과학자들과 친하게 지내는 것도 카이스트 교수를 하면서 이런 차이를 느끼고 적절한 방식을 제 나름대로 찾은 겁니다.

2009년 6월 카이스트를 사직하고, 『밀림무정』을 첫 장편으로 썼습니다. 초고를 마친 후 서울대 수의학과의 이항 교수님께 감수를 받고 싶었죠. ㈜한국범보전기금을 이끌고 계시는, 호랑이 전문가이시니까요. 그때도 만나서 술을 마시고 이러지 않고, 메일부터 써서 보냈습니다. 한국 호랑이가 주요 등장 동물로 나오며, 제가 여기까지 공부를 했고, 제게 필요한 건 어떤 것인지를 자세히 적었습니다. 이항 교수님이 감수해주시겠단 답 메일을 주셨고, 덧붙여 동물원에 있는 호랑이가 아니라 밀림에 사는 야생 호랑이를 보고 싶다면 답사를 주선해주시겠다고 하셨습니다. 러시아 학자들과 공동으로 호랑이 연구를 진행 중이며, 선생님 휘하 연구원 두 명이 호랑이 보호구역으로 가는데 같이 가겠느냐는 제안이셨습니다. 선생님 덕분에 저는 블라디보스토크 북쪽 라조 지구라는 호랑이 보호구역을 답사할 수 있었습니다. 호랑이 발자국을 따라 밀림을 걸었죠.

제 소설을 풍부하게 만드는 두 개의 날개가 있습니다. 하나는 역사라는 날개고 또 하나는 과학이라는 날개입니다. 예전엔 랩을 방문해야만 과학과 과학자를 느낄 수 있었는데, 최근 들어선 좋은 과학책들이 쏟아지고 있습니다. 그즈음 서대문 자연사박물관에 가서 강의를 꾸준히 듣게 되었습니다. 매주 목요일마다 강연이 있죠. 그래서 저도 목요일엔 약속을 잡지 않고 과학 강연을 듣는 날로 정해버린 겁니다. 문학도 여러 가지 세부 갈래가 있듯이 과학도 하나가 아니잖아요? 한두 해 듣고 나선, 제게 도움이 되고 흥미를 주는 분야를 더 공부하고 있습니다. 고생물학과 천문학이 특별히 끌리더군요. 다윈이란 거인도 궁금하고요.

소설 쓰는 데 필요해서 공부하는 게 아니라 순수한 관심사이군요.

궁극적으론 인간을 이해하고 싶어서입니다. 인간을 역사적으로 이해하는 것과 과학적으로 이해하는 것은 매우 다른 시각이니까요. 그 둘이 하나로 모일 때, 인간에 대한 이해가 사뭇 다른 차원으로 나아가게 되는 것이죠.

서대문 자연사박물관 목요강연이 다른 곳의 과학 강연과 다른 점이 있나요.

과학책 중심의 강연이라는 점이 우선 다르죠. 각 강연에 어울리는 필독서가 미리 제시됩니다. 강연장 앞에서 판매하는 경우가 대부분이지만, 저는 미리 그 필독서를 사서 읽고 강연에 참가하려고 애씁니다. 지금은 과학책이 일주일에도 몇 권씩 쏟아지고 있어서, 어떤 책을 먼저 읽어야 하나 선택의 어려움을 겪기도 합니다. 그때 서대문 자연사박물관에서 권하는 과학책들을 우선 읽는 것이죠.

　'책'으로 과학을 접하는 것과 '논문'으로 과학을 접하는 것이 상당한 차이가 있는 것 같습니다. 과학 '책'은 과학을 다루긴 하지만, 어쨌든 책으로서 지녀야 할 기본틀과 또 나름대로의 덕목을 갖춰야 하니까요. 과학 '책'을 읽기 시작하면서 제목 자체에 놀라는 경우도 많습니다. 가령 닉 레인이 쓴 『미토콘드리아』라는 책도 있고 『산소』라는 책도 있습니다. 미토콘드리아 가지고 어떻게 책을 한 권 쓸까? 또 산소를 가지고 어떻게 책을 한 권 쓸까? 처음엔 이게 궁금하더라고요. 목차를 펴놓고, 과학자가 이 소재로 글을 어떻게 풀었는지 파악한 후, 책을 읽어나갔습니다. 소어 핸슨의 『깃털』이란 책도 놀랍지요.

제 생각엔, 과학자들이 책을 쓰면서 이야기꾼이 됩니다. 논문은 전문 학자용이지만, 책은 대부분 일반 독자용으로 써야 하니까요. 지식이 많다고, 훌륭한 과학 '책'이 되질 않습니다. 과학 지식을 어떻게 책으로 만들었는지, 이야기의 전략이라면 전략이랄까 작전이라면 작전이랄까, 그게 과학 '책'에도 있는 겁니다. 그 작전이 흥미로우면 그 사람의 다른 저서들도 따라서 읽습니다. 칼 세이건이나 스티븐 제이굴드, 올리버 색스 등이 그런 과학책 저자들이지요.

서대문 자연사박물관 목요강연의 또다른 특징은 강연의 수준을 일부러 낮추지 않는다는 겁니다. 청중은 초등학생부터 70대 노인까지 다양하죠. 물론 직업과 전공도 제각각이고요. 그렇다고 강연의 수준을 낮춰서 할 필요는 없다고, 박물관 측에서 강연자들에게 미리 알려드린다고 들었습니다. 대학원생들을 대상으로 하던 강연 프레젠테이션 자료를 그대로 가져와서 강연을 하는 경우도 자주 있습니다.

맛보치킨에서의 뒤풀이도 언급을 해야겠네요. 강연 후에 박물관 앞 맛보치킨에서 강연자와 청중이 함께 뒤풀이를 합니다. 이 자리에서 강연 중 궁금했던 점들을 묻고 답하죠. 그리고 강연자와 개인적인 친분을 쌓기도 하고요.

서대문 자연사박물관에서 읽은 책들 중에 기억에 남는 게 있다면?

『오파비니아』 시리즈를 한 달에 한 권씩 일 년 내내 독파해나갔던 적이 있습니다. 그 책들 정말 두껍습니다. 500페이지가 넘는 과학책을 읽고 또 이해할 수 있다는 게 힘들면서도 묘한 쾌감이 느껴지더군요.

정말 그렇죠.

과학책을 읽고, 과학 강연을 듣는 것이 어느덧 제 삶의 한 부분으로 자리를 잡았나봅니다. 2016년을 돌이켜보면, 세월호 참사와 관련된 장편소설을 쓰고 강연을 다니느라, 개인적인 모임이나 공부 등은 잠시 중단했었습니다. 과학책과 강연도 거의 못 읽고 못 들었지요. 그런데 이것도 하나의 스트레스가 되더군요. 역사는 20년 넘게 꾸준히 공부해왔으니까, 1년쯤 쉬어도 괜찮았습니다. 과학은 이제 재미를 느끼기 시작해서 그런지, 더 자주 생각나고 흥미로운 신간이 나오면 읽고 싶고 그랬습니다.

꾸준히 공부하시는군요.

작년에는 서대문 자연사박물관을 거의 못 갔어요. 올해는 되도록 전부 가보려고 합니다. 다음주 목요일부터. '벌레의 마음'이라는 걸 가지고 강연을 하고, 그다음주는 『다윈의 정원』 장대익 선생이 하고. 다윈의 정원에 있는 벌레의 마음 같아요. (웃음)

목요강연을 통해 과학자들을 만나는 것은 큰 기쁨입니다. 『서민의 기생충 열전』을 읽고 강연을 들은 후 서민 선생님과 생맥주를 마시기도 하고, 『박진영의 공룡열전』을 읽고 강연을 들은 후 박진영 선생님으로부터 새가 왜 공룡인가에 대한 보충 설명을 듣기도 했습니다. 목요강연이 아니라면, 제가 어디서 기생충 학자와 술잔을 기울이고 공룡 학자와 공룡학계의 최근 동향에 대해 대화를 나눌 수 있겠습니까.

그중에서도 가장 유쾌한 만남은 사람 뼈를 연구하는 우은진 선생과의 대화였습니다. 지금은 화장 문화가 정착하고 있지만, 그 전에는 대부분 매장을 했지요. 그러면 시신은 대부분 썩고 뼈만 남게 됩니다. 그 뼈들을 연구하면, 특정 시기 특정 지역에 살았던 사람들의 신체적 특징은 물론이고 앓았던 병까지 알 수 있다는 겁니다. 아파트 대단지를 만들려고 기초공사를 위해 땅을 파다 보면 묘지들이 무더기로 발견되는 경우도 있다고 합니다. 그때 가장 먼저 달려가서 그 뼈들의 상태를 확인하는 이야기도 들었고요. 조금 오싹한 이야기입니다만, 가령 어떤 장소에서 뼈의 일부만 발견된 경우, 그것이 사람의 뼈인지 동물의 뼈인지 판단해야 하죠. 사람의 뼈라면 어느 부위인지까지 알아내야 하고요. 우 선생님의 이야기를 듣는데, 쓰고 싶은 이야기가 마구마구 떠오르더라고요.

백다흠　미드 중에 〈bones〉라는 드라마가 있는데.

딱 그 사람이죠. 드라마의 주인공이 제 앞에 앉아 있는 기분.(웃음)

백다흠　과학적인 발견이 역사 영역으로 옮겨 오는 게 쉽지 않을 것 같은데, 어떠세요?

백탑파에 속한 인물 중 상당수가 과학자이면서 인문학자예요. 홍대용은 망원경으로 별을 관찰하는 천문학자이면서 별을 노래하는 시인이기도 하고 묵자에 빠진 교육자이기도 합니다. 유득공도 발해의 역사를 연구하면서 관상용 비둘기를 연구했습니다. 『발해고』에서 『발합경』까지. 지금 역사가들 중에서 새 연구를 겸하는 이가 있나요? 제가 백탑파를 좋아하는 것도, 그처럼 대부분의 인물들이 다양한 영역을 함께 즐기기 때문이지요.

독보적이고 유례가 없는.

과학역사소설을 한번 써보고 싶은 생각은 하는데 어려워요. 고전에도 밝으면서 과학에도 조예가 깊어야 하니까요. 대전 한국천문연구원에 계시는 천문학자 안상현 선생님이 바로 그런 분이시죠. 『목격자들』이란 백탑파 시리즈 네 번째 이야기를 쓰면서, 조선 후기 천문학을 소설에 등장시킬 때, 안 선생님의 도움을 많이 받았습니다.

백다흠　**공룡을 소재로 소설 작업을 구상 중이라고 했을 때 처음에는 그런가보다, 했는데 이제는 구체적으로 머릿속에 잡히는 느낌입니다.**

목요강연을 듣는 기간 동안 가장 뜨거웠던 논쟁은, 새가 공룡인가 아닌가 하는 거였습니다. 과학자들끼리 정말 엄청나게 싸워요. 새가 공룡으로 판명난다면 린네가 분류했던 '조류'라는 틀 자체가 사라지는 겁니다. 이미 조류를 바탕으로 만들어진 여러 조직과 제도가 있는데, 그것들의 전면적인 폐지 혹은 조정이 필요해지죠. 깃털이 달린 공룡 화석들이 계속 발견되었는데, 조류학자들이 계속 반론을 제기하는 겁니다. 새의 깃털과 공룡의 깃털은 다르다. 공룡의 깃털로는 날지 못한다. 이렇게 논쟁이 뜨거웠죠. 그런데 이젠 새가 공룡이라는 쪽으로 논의가 모아지고 있습니다. 이 과정을 지켜보면서, 과학 지식도 바뀐다는 걸 생생하게 느꼈죠. 제가 고등학교 다닐 때 조류로 배웠던 새들이 이제 공룡이 된 거니까요. 파충류에 가깝게 공룡을 상상하고 만들어온 인형들이 대부분이잖아요? 이제 완구 회사들은 깃털로 덮인 공룡 인형들을 만들어야 할 상황입니다. 어린이들이 과연 깃털 달린 티라노사우루스를 좋아할까요? 맛보치킨에서 치킨을 먹다가 그런 생각이 들더라고요. 닭도 공룡이구나! 새가 공룡이라면, 공룡이 멸종되었다는 말은 옳은 걸까? 소행성과 부딪치면서 수많은 공룡이 죽었지만, 저렇듯 '조류'로 묶어 살폈던 새들은 살아남았습니다. 여전히 이 지구의 하늘을 지배하는 것은 공룡인 셈이죠.

배수아 〈쥬라기공원〉을 다시 찍어야겠네요.

다시 찍어야겠죠?(웃음) 깃털 달린 티라노가 달리는 장면은 상상만 해도 신기해요. 목요강연을 다니면 이런 즐거움도 있답니다.

배수아 닭이 1000배로 커진 상태를 생각하면 무섭긴 해요.

닭발이랑 공룡 발이랑 비슷하지 않습니까? 그걸 그냥 우연한 유사점이라고 치부했던 건데, 닭이 공룡이었던 거죠.

『눈먼 시계공』은 학생들하고 공동으로 작업하신 건가요?

아닙니다. 학생들과 근미래에 대한 책과 논문을 같이 읽긴 했지만, 소설 집필은 정재승 선생님이랑 둘이서 한 것이죠. 과학자랑 공동 작업을 하니까 무척 재미있더라고요. 혼자 작업하는 것이 대부분인, 소설가인 제가 오히려 어색했고, 정 선생님은 착착 꼼꼼하면서도 부드럽게 집필을 진행시켰습니다. 과학자들이 연구를 할 때도 논문을 쓸 때 공동 작업이 많아서인지도 모르겠습니다.

과학자들은 공동 작업과 공유에 대해 열려 있어서 그런가보군요.

과학자들이 참 합리적이더라고요. 기회가 되면 또 공동 작업을 해보고 싶습니다. 제가 그렇게 착하고 스마트한 과학자들만 만나서일까요?(웃음)

배수아 과학자랑 작가의 근본적 차이가 뭐라고 생각하세요? 많이 접해보셨으니까. 결정적인 차이점.

과학자는 사유를 압축시켜 객관화하는 것 같습니다. 수식을 하나 쓰곤 그 수식이 얼마나 아름다운지를 설명한 과학자도 있죠. 그 짧은 수식이 얼마나 많은 것을 설명할 수 있는지를 납득시키려고 애쓰더군요. 반면 작가는 팽창시키는 방식에 익숙한 듯합니다. 핵심 질문 하나를 붙들고, 그걸 장편 한 편으로 펼쳐 보이니까요.

제 생각에 과학자들은 누가 했던 얘기를 되풀이하고 싶어 하지 않는 듯해요. 이미 누가 발표한 것을 내가 다시 발표할 필요는 없다는 거죠. 그래서 이론을 잘 포장해서 대중들이 쉽게 이해하도록 하는 것에 대해서도 '이미 나온 이야기 아니냐. 다 아는 건데'라는 식으로 바라보는 것 같더라고요.
대중을 상대하지 않는 과학자가 있는 것도 사실이죠. 결국 선택의 문제인 것 같습니다.

일단 먼저 발견하는 게 굉장히 중요하기 때문에 이걸 내가 어떤 문장으로 표현하느냐에 대해서는 관심이 덜한 것 같아요.
그런 과학자도 있고 아닌 과학자도 있죠. 칼 세이건이나 리처드 도킨스의 저서들을 읽고 있노라면, 작가 뺨치는 언어 감각에 놀랄 수밖에 없으니까요.

#6. 소설, 그 이후에 대하여

쓸모없음의 쓸모를 이야기하는 소설가에게 소설의 쓸모를 물을 수는 없다. 나는 이야기에 힘이 있고 소설가가 그 힘을 의식하고 활용한다고 생각하지만,

여느 소설가에게는 그런 말을 하지 않았다. 하지만 『거짓말이다』를 쓴 소설가에게는 물어도 되지 않을까? 『거짓말이다』는 이미 많은 인터뷰에서 다루었지만 지금의 김탁환을 이 책과 뗄 수는 없는 노릇이다. 태도의 변화가 아니라 실천을 요청하는 소설. 그는 이야기의 세계로 우리를 데려갔다가 세상 한가운데에 내려놓는다.

'4·16의 목소리' 팟캐스트를 하고 나서 소설을 쓰셨잖아요. 이 소설을 가지고 뭔가를 해야겠다는 생각을 하신 건데, 그러면 이야기가 사회에서 어떤 역할을 할 수 있을 거라는 생각이 있으셨을 것 같아요.

굉장히 어려운 질문이군요. 『거짓말이다』를 출간하고 나서, 20년 넘게 작가 생활을 하면서 처음 독자들에게 이런 말을 들었습니다. "고맙습니다!" 그전에는 책을 아무리 잘 써도 고맙다는 소리까진 안 하더라고요. 잘 읽었습니다, 재밌네요, 정도죠. 그래서 『거짓말이다』는 그전에 발표한 소설들과 차이가 있다는 생각을 했습니다. 그 차이가 뭘까요? 어쨌든 자기가 붙잡을 수 있는 어떤 하나의 버팀목 역할을 이 소설이 한다고 독자들이 여기는 것 같습니다. 힘들어 외면하고 싶고 잊고 싶었는데, 이 소설을 읽고 이 소설에 공감하면서 어쨌든 계속 그 감정을 이어갈 수 있겠다, 이런 생각을 독자들이 하는 게 아닐까. 이 소설이 그와 같은 버팀목이 되어줬기 때문에 고맙다고 제게 이야기하는 것 같습니다. 이런 것도 소설의 효용 중 하나이겠지요. 세월호 관련한 소설을 쓰고 고치고 출간하면서는 제 마음이 무척 복잡합니다. 이전까진 총체성을 담보하는 장편을 주로 썼습니다. 이 이야기의 역사적 가치, 예술적 가치를 제 나름대로 공부하고 정리한 다음에 작업에 임했죠. 세월이 흘러간다 해도, 새로운 자료들이 나와서 디테일들은 수정을 하겠지만, 제가 파악한 총체적인 가치들은 흔들리지 않습니다.

그런데 지금은 그와 같은 총체성이 담보가 되지 않습니다. 참사가 일어난 지 아직 3년도 되지 않았고, 진상 규명을 요구하는 목소리가 여전히 높습니다. 배가 왜 침몰했는지, 해경은 왜 적극적으로 승객 구조에 임하지 않았는지, 침몰한 세월호를 왜 아직도 인양하지 않고 있는지, 밝혀지지 않은 부분들이 매우 많습니다. 두 가지 입장이 있을 겁니다. 5년이든 10년이든 좀 더기다렸다가 세월호 참사에 대한 여러 의문들에 답이 어느 정도 나오면 그때 소설을 쓰는 것. 또다른 입장은 총체성은 잠시 유보하더라도 지금 최대한 노력해서 소설을 쓰는 것. 저는 후자의 자리에 서 있습니다. 앞에서도 말했지만, 가을까지만 해도 상황이 매우 좋지 않았습니다. 저는 제 소설이 문학작품으로만 독자를 만나는 것이 아니라, 세월호 진상 규명의 한 방식으로 독자들에게 다가가기를 원했습니다. 운동의 차원이었다고나 할까요. 장편이 됐든 단편이 됐든, 지금도 계속 쓰고 있습니다.

『혜초』에서 사람이나 마을이 잊히지 않고 계속 누군가가 그 사람에 대해서 그 마을에 대해서 이야기를 하면 그 사람은 죽지 않은 것이고 그 마을은 사라지지 않은 것이다, 라는 구절이 나오는데 그런 식의 사유와 비슷하지 않나 싶어요.

비슷하죠. 『왕오천축국전』을 썼기 때문에, 혜초의 여행길도 남은 겁니다. 글쓰기는 기록의 의미도 큽니다. 기록이라는 게 객관적인 상황을 그대로 옮기는 방식의 기록도 있지만, 글을 쓴 사람이나 글 속에 등장하는 사람의 내면의 기록도 있습니다. 소설은 그 둘을 동시에 할 수 있는 글쓰기 방식이지요.

역사 속 인물을 다룬 소설은 역사적 사실로서의 뼈대만 남은 인물에서 '사람'을 다시 살

리는 작업이라는 생각이 들어요.

그게 재밌죠. 한 인간의 삶이 책과 문자로 얽힌 거잖아요. 문자를 읽으면서 그 사람의 삶을 상상한 후 다시 문자로 쓰는 것이 제 일이죠. 삶과 문자와 상상이 왔다 갔다 하는 겁니다. 그렇게 왔다 갔다 하다 보면, 소설가만의 특별한 관심이 생기기도 해요.

어떤 거죠?

가령 『심청전』이나 『별주부전』을 보면 용궁이 나오잖아요. 그럼 이 판소리계 소설의 작가들은 용궁을 어떻게 썼을까 궁금해집니다. 수중 용궁에 직접 가보지는 않았을 테니, 용궁을 쓰기 위해 용궁을 듣기도 하고 읽기도 했겠죠? 그 작가들이 듣고 읽었을 법한 용궁 이야기들을 찾는 겁니다. 『구비문학대계』에서 대대로 전하는 용궁 이야기들을 추려 읽기도 하고, 야담집이나 문집에서 용궁담들을 뽑아내기도 하고요. 그걸 잘 정리하며 따라가면 조선시대에 유행하던 용궁 이야기들이 보이지요. 그 이야기들을 낳은 이야기가 또 앞에 있고, 또 그 앞에 다른 용궁 이야기가 있는 식이라고나 할까요. 황진이의 시를 예로 들어볼까요. 황진이의 한시를 해석하는 게 첫 단계라고 한다면, 황진이가 한시에서 사용한 글자들이 그 전에 다른 시인들의 한시에선 어떻게 사용되었는가를 살펴보는 것이 두 번째 단계입니다. 황진이가 이 글자를 사용한 것은 그 전에 당나라나 송나라 시인의 작품들을 읽었기 때문에 가능하다는 식이죠. 그렇게 따라 올라가면, 그 사람이 소중히 여겼던 그만의 서재를 추정할 수 있습니다. 과학자들도 그런 게 가능하지 않을까요? 다윈의 『비글호 항해기』나 월리스의 『말레이 제도』를 읽으면서, 이렇게 항해를 하면서 자연탐사를 하는 방식을 두 사람은 어떤 책을 읽고 알았을까 궁규해지더군요. 장대익 선생님이 쓰셨지만(웃음) '다윈의 서재'도 궁금하고, '윌리스의 서재'도 궁금한 겁니다.

그렇죠. 지금 같은 문자의 시대에는 기록으로만 기억할 수 있으니까요.

여행은 제가 중요하게 여기는 또 하나의 큰 주제입니다. 『혜초』나 『리심』은 모두 여행소설이죠. 똑같은 곳을 여행하더라도, 작가는 글감을 찾고, 다윈과 윌리스는 동식물을 모읍니다. 여행을 가서 그 인간이 가져오는 것이 곧 그 인간을 규정한다고도 볼 수 있겠습니다.

백다흠　한국의 굵직한 역사적 사건이 많겠지만 6·25 이후 관심이 가는 시기가 언제인가요? 조금 좁혀서 70년대인가요, 80년대인가요?

우선은 80년대죠. 광주에서부터 87년까지를 들여다보고 있습니다. 박종철 선배의 죽음이 결정적인 원인이긴 하지만, 광주에서부터 시작된 군부독재 정권의 폭압이 87년에 이르러 폭발한 겁니다. 세월호 참사도 마찬가지입니다. 사람들의 머릿속에서 떠나질 않는 것이죠. 아무리 생각해도 이건 말이 안 되는 참사니까요. 2014년 세월호 참사가 우리들 가슴속에 깊이 자리잡은 채 가다가, 2016년 10월부터 지금까지 촛불정국을 만들어낸 것이죠. 그래서 지금의 상황을 더 폭넓게 이해하기 위해선, 80년부터 87년까지를 다시 살필 필요가 있다고 봅니다.

백다흠　유시민 전 장관이 그걸 압력밥솥에 비유했던 게 기억납니다. 분노의 팽창. 세월호로 인해 팽창하다 이번 최순실 사태로 인해 결국 터졌다는. 그런 차원이라면 다음 작품은 광주로 가는 건가요?

공부를 한다고 다 소설로 곧바로 쓸 수 있는 건 아닙니다. 언젠가 한번은 꼭 쓰리라는 다짐 정도죠.

백다흠 소설이라는 장르가 그런 것들을 재현해내기가 쉽지 않은 것 같아요. 역사적 사실에 머물러 있는 중심 사건에 대해 다른 재해석을 내리기가 쉽지 않고 삐끗하면 대체나 대안적인 이야기가 될 게 뻔하니까요.

세월호 참사와 관련된 작품을 쓰면서, 당사자들과 인터뷰를 계속 해오고 있습니다. 그 전에 역사소설을 쓸 땐 내가 소설로 쓰려는 사람들이 대부분 이미 죽었죠. 인터뷰를 할 수 없습니다. 인터뷰에 나가기 전에 예상을 해봅니다. 오늘은 어떤 이야길 듣게 될까. 그런데 항상 내가 생각하며 그어놓은 어떤 경계선을 넘어가는 이야길 듣게 됩니다. 그 순간 멍해집니다. 경계를 넘어서는 이야길 들려준 분들은 제 가슴에 평생 남는 겁니다. 가령 안산에서 슈퍼마켓을 해온 승묵 엄마 은인숙 씨를 예로 들어볼까요. '4·16의 목소리' 시즌 1을 하면서 만난 엄마입니다. 승묵이가 세월호에서 희생된 후 승묵 엄마는 실어증에 걸렸습니다. 그렇게 거의 1년을 앓은 후 말을 조금씩 되찾죠. 그리고 세월호 진상 규명을 위해 열심히 활동합니다. 작년엔 사생결단 단식에도 참가하셨죠. 커다란 불행을 당해 말을 잃은 사람이 그 말을 찾고 투쟁하며 단식까지 한 겁니다. 이런 엄마의 이야기를 듣고 있노라면 한참 멍해지는 거예요.

그 얘기가 『거짓말이다』에 들어갔던가요?
『황해문화』 2016년 여름호에 발표한 「찾고 있어요」라는 중편에 등장하는 재서 엄마의 모델이시죠.

백다흠 힘든 작업이라고 생각합니다.

인터뷰가 힘든 것 같아요. 강연을 다니다 보면 뜻밖의 장소에서 세월호 참사에 관련된 분들을 만나기도 합니다. 지난겨울에 제주도에 가서 '시인의 집'에서 독자와의 만남을 한 적이 있어요. 그때 청중들 중에 팽목항에 들어온 희생자의 시신을 깨끗하게 씻기셨던 자원봉사자 한 분이 앉아계셨습니다. 강연회를 마치고 나서야 그 사실을 알았죠.

백가흠 제가 한 달 동안 제주4·3평화문학상 예심 심사를 했거든요. 그래서 장편소설을 25편 정도를 읽었는데 거기 제주 4·3을 가지고 쓴 게 반 정도 돼요. 그런데 제가 읽으면서 자꾸 관성이라는 게 생기는 거예요. 다 비슷해 보이고, 우리가 아는 어떤 역사적 관점에서 좌가 됐건 우가 됐건 비극적인 요소, 익히 알고 있던 것들 말고는 잘 읽어낼 수가 없으니까 굉장히 무뎌지는 것 같기도 하고 문화관에서 새로운 시점들이 나와야 하는 게 아닌가, 하는 바람도 읽으면서 생기더라고요. 뒤바꿔서 내가 쓴다고 하면 힘들겠구나, 하는 생각이 들었거든요. 원래 내가 지어내서 쓰는 대체역사소설이라고 한다면 편할 것 같다는 생각이 드는데 그게 아니니까.

디테일이죠.

백가흠 역사적 사건에 대한?

그게 말씀하신 대로 전형적이지 않아요. 개별 인터뷰를 하면 상상치 못한 이야기를 듣게 됩니다. 『문학사상』 10월호에 발표한 「돌아오지만 않는다면 여행은 멋진 것일까」라는 단편을 예로 들어볼까요. 최성호 군의 아빠인 최경덕 씨를 인터뷰했는데, 2014년 당시 이 아빠는 외국에서 직장 생활을 했습니다. 성호가 고3이 되기 전 여름방학 때 함께 외국 여행을 하려고 표를 끊어놓은 겁니다. 그런데 성호가 세월호에서 희생된 겁니다. 시간이 흘러 여름방학을 시작할 무렵이 되었습니다. 성호 아빠는 인천공항으로 갑니다. 그리고 성호 여권에 출국도장을 받습니다. 이 실화를 바탕으로 그때 심정을 되살려 쓴 단편이죠.

백다흠 단편 미발표작 있다고 하셨죠.

6편 정도.

백다흠 한 편 주시면 안 될까요? 『Axt』에 실으면 좋겠어요.

그래요.

백다흠 이 이야기를 들으니까 너무 책이 궁금해져요.

단편들만 8개. 다 가슴 아파요. 다 너무너무 달라. 한번 들으면 잊히지 않고.

백가흠 시인들이 돌아가면서 희생자 학생들 생일시 행사를 합니다. 그 행사를 하는 걸 옆에서 봤는데, 지금 말씀하신 게 금방 이해가 되었습니다. 역사의 디테일들을 공감하게 되는. 시인들은 대단하구나, 하는 생각도 들었어요. 걱정했거든요. 참여할 시인 수가 적어지니까 소설가들을 섞어서 하자, 그랬는데 저부터도 거기 갈 자신이 없는 거예요. 생일 모임에. 저는 안산도 안 갔거든요.

저는 이웃 생일 모임에 두 번 참석했습니다. 엄마들이 생일시를 무척 좋아하십니다.

백다흠 다른 질문인데요. 결말만 떼놓고 얘기해보자면 판타지에 대한 욕망이 있지 않나요?

욕망하죠.

백다흠 그것 때문에 갈등하고 그러시죠. 거의 마무리 단계에서 역사적 사실들 앞에 이걸 어떻게 갈 것인가.

나는 이렇게 상상했는데 팩트가 이러면, 내가 상상한 것보다 팩트가 더 나을 때가 있죠. 그런 경우가 많다니까요. 그런 경우들만 쓰려고 하는 건지도 모르겠고.

백다흠 팩트가 존재하고 작가들의 상상이 존재했을 때 팩트에 옮겨가려는 욕망은 없는 건가요?

전혀 없어요. 팩트에 충실하려면 따로 논픽션 작업을 해야겠죠. 가령 정도전에 대해서도 다양한 입장들이 있죠. 제 관심 중 하나가 정도전의 콤플렉스이기도 해요. 소설가니까, 그 인물의 업적뿐 아니라, 어두운 내면에도 관심이 가는 것이죠. 그런 콤플렉스가 그 인물의 위대함과 어떻게 연결될까 하는 질문을 던지기도 하고요. 그걸 정몽주와 연결 지어 쓴 소설이 『혁명, 광활한 인간 정도전』입니다.

백다흠 인터뷰 초반에 스스로 이야기꾼이라고 하셨는데요. 역사 지식으로 중무장한 이야기꾼이자 시대를 막론하고 사회구조에 대해 특별히 관심이 있으신 것처럼 느껴졌습니다. 특히 사회구조 이면에서 문제적 인물을 찾는, 그런 사람만 주인공으로 하시는 것 같습니다.

문제적인 걸 찾는 건 맞죠. 제가 생각한 것 이상으로 나가는 인물들에 매혹

됩니다.

백다흠   **교훈을 주는 것에는?**

관심이 없어요.

백다흠   **아까 말씀하신 다음 장편소설 작업은 어느 정도 진행되신 건가요?**

정신없이 쓰고 있습니다.

백다흠   **장편을 많이 써보셔서 정말 후다닥?**

지금 쓰는 장편은 현대물이고, 통통 튀는 이야기라서, 경쾌하게 작업하고
있습니다.

향후 장기적 작품 구상이 궁금합니다.

세월호 참사 이후 장편소설 『목격자들』 『거짓말이다』를 출간했고 소설집
『아름다운 그이는 사람이어라』를 4월에 낼 예정입니다만, 세월호에 대해 쓸
이야기는 아직 많이 남아 있습니다. 소설뿐만 아니라 논픽션 작업도 해나갈
예정입니다.

   역사소설도 계속 쓸 예정입니다. 19세기, 정조 사후부터 대한제국 사이를
다루는 작품들을 오래전에 구상해뒀습니다. 세월호 참사가 없었다면, 이 이
야기를 벌써 소설로 출간했겠네요. 하여튼 저는 2018년부터는 19세기 또다
른 어둠 속으로 들어가려고 합니다.

   옛날이야기를 들려달라는 아이에게 『혜초』의 한 대목을 기억나는 대로 읊어

주었다. 혜초가 신라 상인 김란수에게 속아 노예로 팔려 가던 차에 늑대 무리
를 만나 간신히 목숨을 건지는 장면이었다. 읽을 때는 손에 땀을 쥐게 하더니
왜 내가 이야기할 때는 건조한 것인가. 짧은 인터뷰를 이야기 클리닉으로 삼으
려던 나의 계획은 수포로 돌아갔다. 이야기는 이야기꾼에게 맡기고 나는 독자
로 남는 편이 나을 것 같다. 그는 지금도 앞으로도 이야기를 지어낼 테니까.

김탁환

서울대학교 국어국문학과와 동 대학원을 졸업했다.
장편소설 『거짓말이다』 『조선마술사』 『목격자들』 『조선누아르』 『혁명』 『뱅크』 등과 산문집 『엄마의 골목』 『아비 그리
울 때 보라』 『읽어가겠다』 『독서열전』 『원고지』 『쉐이크』 등이 있다. 영화 〈조선마술사〉 〈조선명탐정〉 〈가비〉, 드라마
〈불멸의 이순신〉 〈황진이〉 〈천둥소리〉의 원작자이다. 문화잡지 『1/n』을 창간하여 주간을 맡았고, 콘텐트 기획사 '원
탁'의 대표 작가이다.

노승영

번역가. 서울대 영문과를 졸업하고 서울대 대학원 인지과학 협동과정을 수료했다. 역서로 피터 싱어 『이렇게 살아가
도 괜찮은가』, 잭 골드스톤 『혁명』, 리처드 토이 『수사학』, 토머스 캐스카트 『누구를 구할 것인가?』, 팀 버케드 『새의
감각』, 대니얼 데닛 『직관펌프, 생각을 열다』, 잭 이브라힘 외 『테러리스트의 아들』, 이반 일리치 『그림자 노동』, 조너
선 실버타운 『늙는다는 건 우주의 일』, 앤 이니스 대그 『동물에게 배우는 노년의 삶』, 재런 러니어 『미래는 누구의 것
인가』 등이 있다.

이것이 나의 도끼다

1판 1쇄 인쇄 2017년 4월 5일
1판 1쇄 발행 2017년 4월 12일

지은이 · 『Axt』편집부

사장 · 주연선 | 발행인 · 이진희
책임편집 · 사진 백다흠
편집 · 심하은 강건모 이경란 최민유 윤이든 양석한
디자인 · 김서영 이지선 권예진
마케팅 · 장병수 김한밀 최수현 김다은
관리 · 김두만 유효정 신민영

(주)은행나무
04035 서울특별시 마포구 양화로11길 54
전화 · 02)3143-0651~3 | 팩스 · 02)3143-0654
신고번호 · 제 1997-000168호(1997. 12. 12)
www.ehbook.co.kr
ehbook@ehbook.co.kr

잘못된 책은 바꿔드립니다.

ISBN 978-89-5660-136-6 03800